나는
나

나는 나 가네코 후미코 옥중수기

초판 1쇄 발행 2012년 7월 23일
개정판 1쇄 발행 2022년 6월 1일
2쇄 발행 2023년 6월 27일

지은이 가네코 후미코
옮긴이 조정민
펴낸이 강수걸
기획실장 이수현
편집장 권경옥
편집 강나래 신지은 오해은 이선화 이소영 이혜정 김소원
디자인 권문경 조은비
펴낸곳 산지니
등록 2005년 2월 7일 제333-3370000251002005000001호
주소 부산시 해운대구 수영강변대로 140 BCC 613호
전화 051-504-7070 | 팩스 051-507-7543
홈페이지 www.sanzinibook.com
전자우편 sanzini@sanzinibook.com
블로그 http://sanzinibook.tistory.com

ISBN 979-11-6861-030-9 03830

* 책값은 뒤표지에 있습니다.
* 잘못 만들어진 책은 구입처에서 교환해드립니다.

나는 나

가네코 후미코 옥중수기

—조정민 옮김

산지니

차례

책을 펴내며-구리하라 가즈오 … 7

첨삭에 관한 희망 … 11

머리말 … 12

1부
어린 시절

아버지 … 21

어머니 … 40

고바야시의 고향 … 65

어머니의 친정 … 79

2부
조선

새로운 집 … 91

부강 … 94

이와시타 가문 … 98

조선 생활 … 100

3부

다시 고향으로

고향으로 돌아가다 … 189

호랑이 굴로 … 204

소용돌이치는 성 … 225

안녕히 계세요, 아버지 … 256

4부

독립

도쿄로 … 261

작은 외할아버지댁 … 263

신문팔이 … 271

노점상인 … 296

식모살이 … 314

거리의 방랑자 … 329

일! 나 자신을 위한 일! … 353

맺음말 … 379

역자 후기 … 380

일러두기

* 이 책은 가네코 후미코(金子ふみ子)의 옥중 수기 『何が私をこうさせたか』(春秋社, 1931)를 번역한 것으로, 2005년에 발행된 동 출판사의 증보판을 저본으로 삼았다. 편의상, 원문의 방점과 문단 나눔 등은 조정하였고, 주석은 모두 옮긴이가 붙인 것이다.
* 삭제된 글자([redacted])에 대한 설명 : 일본의 경우, 메이지 초기부터 패전까지 모든 저작물은 출판법규에 따라 발행 3일 전에 내무성에 보고해야 했다. 내무성은 황실을 모독하거나 군주제를 부정하는 내용, 공안과 풍속을 해치는 내용이 포함된 것은 발매반포 금지처분을 내렸다. 불온하다고 판단되는 부분이 비교적 적은 경우, 혹은 해당 부분을 삭제하면 사회적으로 크게 문제가 되지 않는다고 판단되는 경우에는 해당 부분을 삭제하고 출판을 허락하기도 했다. 본문에서 삭제된 글자는 내무성 검열에 의해 지적된 부분이거나 출판사의 자체 검열에 의한 것으로 판단된다.

잊지 못할 모습

잊지 못할 1926년 7월 27일, 가네코 후미코의 차가운 시신이 도치기현(栃木縣) 우쓰노미야(宇都宮) 형무소 도치기 지소의 차가운 감방 창가에서 발견되었다. 후미코는 전날인 26일 새벽 23세의 나이로 이 세상과 영원한 이별을 고하고 말았다.

그 후 31일 새벽, 그녀의 어머니와 후세(布施) 변호사, 우마시마(馬島) 의사의 입회하에 나를 포함한 일행 십수 명은 도치기현 변두리 갓센바(合戰場) 묘지에 가매장되어 있던 후미코의 시체 발굴에 착수하였다.

정확히 3시—달이 밝은 새벽—촉촉하게 내려앉은 밤이슬은 갓센바 묘지 일대 잡초 위에 창백하게 빛나고 있었고, 주위의 논밭은 무서울 정도로 침묵하고 있었다. 반짝반짝 빛나는 나뭇잎의 끝, 글자 그대로 죽음의 묘지, 일행의 발소리만이 묘한 긴장과 흥분에 휩싸여 묘지 깊숙한 곳에 이르고 있었다.

그리고 난 뒤, 몇 송인가의 과꽃이 올려진 묘소를 파헤쳐 지하 4척 습지 가운데서 후미코를 찾아내었다. 물기로 부풀어올라 문적문적해진 후미코의 사체, 피부가 벗겨진 넓은 이마, 두껍게 돌출한 입술, 손을 대면 스르르 표면이 벗겨지는 부패한 몸……. 특징적인 이마와 짧게 자른 머리카락이 없었더라면 후미코의 시체라고는 알아볼 수 없을 만큼, 다시는 볼 수 없을 정도로 무참한 모습이었다. 헌 솜과 톱밥에 묻힌 관 속의 시체는 특유의 악취를 풍기고 있었다. 물이 줄줄 흐르는 관을 짐수레에 실어 8킬로미터 정도 떨어져 있는 화장장으로 겨우 옮겼을 때에는 동쪽 하늘 일대가 어렴풋이 밝아오는 다음날 오전 5시였다.

이리하여 1931년, 후미코 스스로 목숨을 끊은 지 5년이 흘렀고 그녀가 죽은 7월이 돌아왔다. 게다가 올해 7월에는 후미코가 이치가야(市ヶ谷) 형무소에서 4년의 시간을 보내는 가운데 남긴 수기, 후미코의 전 생애를 담은 수기가 책으로 엮여 세상에 나오게 되었다. 이 수기를 건네던 당시, 후미코는 이렇게 말했다. "천지신명에게 맹세하며(만약 그러한 맹세를 할 수 있다면) 말하겠지만 이 수기는 어떠한 거짓도 없는 생활 사실의 고백이며 어떤 의미에서는 모든 생활의 폭로이자 말살이다. 저주받은 나의 생활의 최후의 기록이며 이 세상을 하직하기 위해 남겨두는 기록이다. 어떠한 재산도 가지고 있지 않은 내가 보내는 유일한 선물이다."라고.

그 후로 5년, 어찌되었든 세상에 이 책이 나오게 된 것은 후미코 생전 재소 4년간의 숙원이 이루어진 것이자 나에게도 평생 잊지 못할 사건이다.

후미코는 멀리 사라졌고 그 모습조차 흐릿해져가고 있다. 그러나 인간 후미코—이 세상에 태어나 스물세 살의 청춘을 마지막으로 스스로 목숨을 끊은 후미코—성격적으로도 큰 의문을 남기고 떠난 후미코, 이런 후미코에 대한 사회의 관심은 분명 지속되고 있다.

"무엇이 나를 이렇게 만들었는가."

정말이지 후미코는 무엇 때문에 이렇게 되었을까. 수기는 이에 대해 자세하게 답하고 있다. 또한 이렇게 되어버린 자신의 모든 것을 거짓 없이 대담하게, 솔직하게 백일하에 폭로하고 있다.

생전의 후미코는 대단히 감정적이었다. 곧잘 이야기하고 웃음이 많았지만, 조선에서의 생활이 화제가 되면 눈물을 뚝뚝 흘리며 큰 소리로 울부짖기도 했다. 옆에 있던 박열이 얼굴을 찌푸리며 제지해도 아랑곳하지 않고 참혹하고 불행했던 조선 생활을 끝까지 이야기하곤 했다. 감정적인 후미코.

일을 하나 시작하면 끼니도 잊고 몰두하는 편이었지만, 인생에 있어서는 어떠한 기대도 가지지 않고 오히려 절망하며 그 절망의 밑바닥에서 쓴웃음을 지었던 후미코—그 생활, 강한 의지, 노력, 그럼에도 눈물 많고 적나라하게 자신을 해방시켰던 인간 후미코—후미코에 대해 하고 싶은 이야기는 많지만 인간 후미코에 대해서는 그녀 스스로 이 수기에 충분히 써주었으리라 생각한다.

괜한 소리는 이쯤에서 접어두고자 한다. 필시 누구라도 눈물 없이는 읽지 못할 이 수기를 전국의 마음 있는 사람들에게 보낸다.

1931년 7월 후미코 사후 5주년을 즈음하여

구리하라 가즈오(栗原一男)

첨삭에 관한 희망

구리하라 형

* 기록 외의 장면은 전후 관계 등에 있어서 조금 윤색한 부분이 있습니다. 그러나 기록은 모두 사실에 입각한 것입니다. 그리고 사실인 것에 생명이 있습니다. 따라서 어디까지나 '사실의 기록'으로서 봐주고 다루어주었으면 좋겠습니다.
* 문체는 어디까지나 단순하게, 솔직하게, 그리고 딱딱하지 않게 가능한 평이하게 해주었으면 합니다.
* 특수한 경우를 제외하고는 미사여구를 사용한다든지 지나친 기교를 부린다든지 우회적인 형용사를 붙인다든지 하는 일은 피하고 싶습니다.
* 문체에 중심을 두고, 문법에는 그다지 구속되지 않았으면 좋겠습니다.

가네코 후미코

머리말

다이쇼(大正) 12년(1923년) 9월 1일, 오전 11시 58분. 돌연 수도 도쿄(東京)를 얹은 관동지방 대지 밑바닥이 격동하기 시작했다. 집들은 우지직 소리를 내며 뒤틀리고 넘어졌다. 사람들은 거기에 깔린 채 생매장을 당했다. 겨우 뛰쳐나온 사람도 미친개같이 고래고래 소리를 지르며 뛰어다녔다. 이리하여 문명의 낙원은 순식간에 아비규환의 아수라장으로 변모하고 말았다.

끊임없이 여진과 격진이 찾아왔다. 화산의 분연 같은 적란운이 뭉게뭉게 피어올라 넓은 하늘을 향해 소용돌이쳤다. 끝내 도쿄는 사방에서 일어난 대화재로 검은 연기에 사로잡히고 말았다.

격동, 불안, 그리고 종국에는 그 바보 같은 유언비어와 소요.

그로부터 얼마 지나지 않았을 때의 일이다. 도쿄의 경비를 맡고 있는 자들의 명령에 따라 우리들이 경찰에 연행된 것은.

무엇 때문이었을까. 하지만 나는 그 일에 대해 이야기할 자유가 없다. 그저 그로부터 얼마쯤 지난 후에, 도쿄지방재판소 예심정에 불려나가 취조를 당했다는 말밖에는.

간수가 안내하는 예심정의 문을 지나자 법관 한 사람이 서

기와 함께 나를 기다리고 있었다. 나를 보고서야 법원 직원은 피고석을 마련하기 시작했다. 그러는 동안 나는 쓰고 있던 삿갓을 손에 들고 입구에 가만히 서 있을 수밖에 없었다. 판사는 그 장면을 냉정하게 바라보고만 있었다.

이윽고 나는 피고석에 앉혀졌다. 판사는 또다시 나를 가만히 응시했다. 뼛속까지 들여다보고야 말겠다는 듯 지긋이 지켜본 다음 조용히 입을 열었다.

"당신이 가네코 후미코(金子ふみ子)인가?"

그렇다고 답하자 그는 의외로 친절하게, "나는 당신의 예심을 담당할 예심판사 다테마쓰(立松)라고 하오."라며 자신을 소개했다.

"그렇습니까? 아무쪼록 잘 부탁합니다."라고 나도 엷게 웃으며 답했다.

이후, 형식적인 예심 질문이 시작되었다. 그러나 이러한 형식적인 질문 가운데서도 판사는 취조상 중요한 무언가를 간파하고 있는 듯했다. 나는 지금부터 당시의 대화를 그대로 옮겨놓으려 한다. 이는 앞으로 내 수기를 읽고 이해하는 데 도움이 되리라 생각하기 때문이다.

판사가 말을 시작했다.

"먼저 당신의 본적은?"

"야마나시현(山梨縣) 히가시야마나시군(東山梨郡) 스와무라(諏訪村)입니다."

"기차로 간다면, 어디서 내려야 하지?"

"엔잔(塩山)이 가장 가까울 듯합니다."

"음, 엔잔?"

판사는 갸우뚱거리며, "그렇다면 오후지무라(大藤村) 쪽이 더 가깝지 않은가? 사실 나는 오후지무라에 대해 잘 알고 있어. 지인 중 사냥꾼 한 사람이 거기 있어서 겨울에는 자주 들르곤 한다네……."라고 말했다.

나는 오후지무라를 알지 못했다.

"글쎄, 그에 대해 답하긴 좀 곤란하군요. 실은 그곳은, 그러니까 스와무라는 말입니다, 저의 본적지이긴 하지만 지금까지 2년도 채 머물지 않았어요."

"음, 자네는 본적지에서 태어나지는 않았는가?"

"그렇습니다. 아버지와 어머니의 말로는 저는 요코하마(横浜)에서 태어났다고 합니다."

"그렇군. 그렇다면 부모님 성함은 무엇이며, 어디에 계시는가?"

대략적인 사항을 이미 경찰 조서로 알고 있으면서도 일부러 묻고 있다고 생각하니 쓴웃음이 났지만, 나는 정직하고 솔직하게 답했다.

"좀 혼란스러운 부분도 있지만, 호적상으로 아버지는 가네코 도미타로(金子富太郎), 어머니는 요시(よし)로 되어 있습니다. 실제로는 외할아버지와 외할머니의 성함입니다."

판사는 놀라는 얼굴을 하였다. 그리고 실제 부모에 대해 물었다.

나는 답했다.

"글쎄요. 아버지는 사에키 후미카즈(佐伯文一)입니다. 아마도 지금은 시즈오카현(靜岡縣) 하마마쓰(浜松)에 살고 있을 겁니다. 어머니는 가네코 기쿠노(金子きくの)이며, 자세한 소식은 알 수 없으나 아마 고향 친정집 근처에 있을 거예요. 호적상으로 어머니는 저의 언니, 아버지는 형부로 되어 있습니다."

"잠깐."

판사는 나의 대답을 가로막았다.

"좀 이상하게 들리는군. 어머니가 언니로 되어 있는 것은 이해가 되지만, 아버지와 어머니는 성도 달라 남남으로 되어 있는데……."

"맞습니다."

무거운 마음으로 나는 답했다.

"아버지와 어머니는 이미 오래전에 헤어졌습니다. 하지만 어머니의 동생, 즉 저의 이모가 아버지의 후처가 되어 현재 아버지와 함께 살고 있습니다."

"그렇군. 무슨 사연이 있겠지. 그렇다면 자네의 아버지와 어머니가 헤어진 것은 언젠가?"

"이미 13, 14년 전의 일입니다. 아버지와 헤어진 건 제가 일곱 살 때로 기억합니다."

"그래서? 이후 자네는 어찌 되었지?"

"아버지와 헤어진 후 어머니와 함께 살았습니다."

"음, 이후에는 어머니 슬하에서 자랐군."

"그렇지 않습니다. 저는 아버지와 헤어진 후 얼마 지나지 않아 어머니와도 헤어졌습니다. 그 이후로는 거의 부모님께 신세를 지지 않았습니다."

이렇게 대답하면서 나는 지금까지의 이력과 경험이 모두 가슴속에 넓게 펼쳐지는 것을 느낄 수 있었다. 무의식중에 그만 눈물을 머금고 말았다. 그것을 보았는지 못 보았는지, 판사는 얼마간 동정하듯 "고생이 많았겠군. 이 부분에 대해서는 다음에 다시 천천히 듣기로 하고."라 말하며, 서기의 책상 앞에 놓여 있던 서류를 눈앞으로 가져왔다. 그러고는 사건 심문에 들어갔다.

그러나 앞에서도 이야기했듯이, 이에 대해서는 쓸 수가 없고, 그럴 필요도 없다.

그 후, 판사는 나에게 나의 과거와 경력에 대해 글로 쓸 것을 명령하였다. 들리는 이야기에 따르면 법률에는 피고에게 불리한 점뿐만 아니라 유리한 점도 물어보아야 한다는 조문이 있다고 한다. 이는 좀처럼 사용되지 않는 조문이지만, 나에게는 이 조문이 적용되었던 것이다. 내가 그처럼 엄청난 일을 한 배경에는 분명 특별한 이유가 존재할 거라고 생각하고, 그 이유가 무엇인지 궁금했기 때문인지도 모른다. 물론 그게 아니라 그저 신문기자와 같은 흥미 때문에 명령했을지도 모른다. 아무래도 좋다. 나는 명령을 받은 대로 나의 성장 과정에 대해 썼다. 그게 바로 이 수기이다.

이 수기가 재판할 때 어느 정도 참고가 되었는지 나는 알지 못한다. 그러나 재판도 끝난 지금, 이 수기는 판사에게 더 이상 쓸모없는 것이 되어버렸다. 그래서 나는 판사에게 수기를 돌려달라고 부탁하였다. 나는 이 수기를 나의 동지들에게 보내려 한다. 그 이유는 동지들이 나를 더 깊이 이해해주었으면 하는 바람 때문이며, 다른 이유는 행여 조금이나마 유용하다면 이것을 책으로 출판해주었으면 하기 때문이다.

나는 더 많은 세상의 부모들이 이 수기를 읽어주었으면 한다. 아니, 부모들뿐만 아니라, 더 좋은 사회를 만들고자 하는 교육가, 정치가, 사회사상가 모두가 읽어주었으면 한다.

1부

어린 시절

아버지

기억은 4살 무렵으로 거슬러 올라간다. 당시 나는 나를 낳아주신 부모님과 함께 요코하마 고토부키쵸(壽町)에 살고 있었다.

아버지가 무슨 일을 하고 있었는지, 물론 나는 몰랐다. 나중에 안 사실이지만 그 무렵 아버지는 고토부키 경찰서에서 형사 일을 하고 있었던 모양이다.

그 당시 아주 잠깐 천국과 같은 시절이 있었던 것으로 기억한다. 아버지가 나를 매우 귀여워해 주었으니까…….

매일 저녁 아버지는 목말을 태워 나를 목욕탕에 데려갔다. 나는 아버지의 머리를 붙잡고 목욕탕에 드리워진 발 사이로 들어갔다. 이발소에 갈 때도 아버지는 항상 나를 데리고 다녔다. 아버지는 내 곁에서 머리털이 난 가장자리나 눈썹 정돈하는 것을 지켜보았고, 마음에 들지 않으면 이발사의 면도칼을 빼앗아 직접 손봐주기도 했다. 옷의 문양을 고르는 것도, 기장이나 품을 재는 것도 아버지의 몫이었고, 어머니는 아버지의 지시에 따라 바느질을 했다. 아플 때 머리맡에서 간호하는 것도 역시 아버지였다. 아버지는 틈만 있으면 맥을 짚고 이마에 손을 얹으며 나를 지켜보았다. 그럴 때면 나는 말도 할 필요가 없었다. 아버지가 내 눈을 바라보며 내가 원하는 것은 무엇이든 다 해주었으니까.

나에게 음식을 먹일 때도 아버지는 예사로이 주는 법이 없었다. 고기는 먹기 좋게 잘라주었고, 생선은 잔가시 하나 남기지 않고 발라주었으며, 밥이나 국물은 반드시 미리 먹어보고 뜨거우면 식을 때까지 기다렸다가 먹여주었다. 말하자면, 다른 집에서는 보통 어머니가 하는 일을 아버지가 해주었던 것이다.

지금 생각해보아도 우리 집은 유복하지는 않았던 것 같다. 그러나 결코 불우하지도 않았다. 당시 우리 집은 몹시 가난하고 궁핍한 생활을 하고 있었다. 유서 깊은 집안의 장남으로 태어난 아버지는 그나마 풍족하게 살던 할아버지 밑에서 부잣집 도련님으로 자랐기 때문에, 빈곤한 가운데서도 나를 소싯적의 자신처럼 키웠다. 이는 틀림없는 사실이다.

나의 좋은 추억은, 그러나 여기서 끝이 난다. 나는 머지않아 아버지가 젊은 여자를 집에 들인 걸 알게 되었다. 그리고 그 여자와 어머니가 끊임없이 말다툼을 하며 서로 욕설을 퍼붓는 것을 지켜보았다. 또 그럴 때마다 아버지가 그 여자 편을 들며 어머니를 때리고 발길질하는 것을 보아야 했다. 어머니는 가끔 가출도 했다. 이틀이 지나고 사흘이 지나도 돌아오지 않았다. 그 사이에 나는 아버지의 친구 집에 맡겨지곤 했다.

아직 어렸던 나로서는 그런 일들이 참으로 슬펐다. 특히 어머니가 없을 때는 더 그랬다. 하지만 언제부턴가 그 젊은 여자는 우리 집에서 자취를 감추었다. 적어도 내 기억에는 없다. 대신 집에서 아버지를 보는 일도 거의 없게 되었다.

아버지가 계신 곳—지금 생각해보면 그곳은 유곽이었다—을 찾아 어머니와 내가 여기저기 다니던 기억이 있다. 아버지가 잠옷 바람으로 일어나 어머니를 밖으로 매몰차게 밀쳐내던 것도 기억난다. 그래도 아버지는 가끔 새벽에 큰 소리로 노래를 부르며 집으로 돌아왔다. 그럴 때 어머니는 순순히 아버지의 옷가지를 받아 벽에 박힌 못에 걸었고, 소맷자락 속의 과자 껍질, 귤껍질 등을 꺼내며 원망스러운 듯이 말했다.

"아이구 많기도 해라. 애한테 줄 물건 하나 사 오지 않으면서……."

아버지는 경찰서 일을 그만두었던 것이다. 그렇다면 당시 무슨 일을 하고 있었을까. 나는 지금까지 알지 못한다. 단지 무수히 몰려 온 폭군들과 술을 마시거나 화투를 치던 일, 그리고 어머니가 항상 불만을 토로하며 아버지와 말다툼하던 일을 기억할 뿐이다.

이러한 생활이 화근이었을까. 아버지는 병에 걸리고 말았다. 아마 외가의 도움으로 아버지는 입원했던 것 같고, 어머니는 아버지의 수발을 들어야 했기에 나는 외가에 맡겨졌다. 그리고 반년 동안 외할머니와 작은 이모들의 등에 업혀 지냈다. 부모와 떨어져 있게 되었지만 그동안은 비교적 행복하게 지냈던 것 같다.

아버지가 회복되자 다시 집으로 돌아가게 되었다. 그 무렵 우리는 해안가에 살았다. 아버지의 요양 때문이기도 하고, 병약했던 나 때문이기도 했다.

우리가 살던 곳은 요코하마 이소고(磯子) 해안이었다. 우리는 종일 바닷물과 바닷바람을 맞으며 살았다. 그때를 계기로 내 몸도 다른 아이들처럼 좋아졌다. 그걸로 나는 행복해졌을까? 그렇지 않으면 다가올 고통스러운 운명과 마주하도록 자연이 장난을 친 걸까? 잘 모르겠다.

건강이 회복되자 다시 새로운 곳으로 이사를 했는데, 그곳은 요코하마의 변두리로, 열네다섯 가구가 논에 둘러싸인 곳이었다. 우리는 그중 한 집에 살았고, 이사한 해 겨울, 눈이 내리던 어느 날 아침에 남동생이 태어났다.

여섯 살 되던 해 가을이었다. 나는 우리가 몹시 자주 이사다니던 것밖에 기억나지 않는다. 어머니의 여동생, 즉 이모가 우리 집에 오게 되었다. 부인병에 걸린 이모는 벽촌에서 치료

받기 힘들어지자 우리 집에서 병원을 다니기로 했던 것이다.

당시 이모는 22, 23세쯤 되었을 것이다. 생김새가 단정하고 예쁜 편이었다. 친절하며, 모든 일을 야무지고 꼼꼼하게 하는, 그리고 시원시원한 성격이었다. 그래서 사람들이 좋아했고 어머니, 아버지도 마음에 들어 했다.

그런데 언제부턴가 이모와 아버지 사이가 이상해졌다. 당시 아버지는 집에서 가까운 해변의 한 창고에서 일하고 있었다. 인부들이 하역한 것을 기록하는 일이었다. 하지만 여느 때와 마찬가지로 무언가 구실을 만들어 곧 일을 그만둬버렸다. 늘 그런 식이었기 때문에 우리 집 형편은 조금도 나아지지 않았고, 그런 탓에 어머니와 이모는 부업으로 삼실 잣는 일을 했다. 어머니는 매일매일 실타래를 지어 보자기에 싸서 얼마 안 되는 공임을 받으러 남동생을 업고 나갔다.

그러나 희한하게도 어머니가 나간 뒤, 아버지는 반드시 현관 옆에 있는 자신의 방으로 이모를 불러들였다. 그다지 중요한 이야기를 나누는 것 같지도 않은데, 이모는 좀처럼 방에서 나오지 않았다. 나는 야릇한 생각을 하지 않을 수 없었다. 결국 나는 손톱으로 장지문 손잡이 틈에 구멍을 뚫어 훔쳐보게 되었다.

그런 모습을 처음 본 게 아니라서 특별히 놀라지도 않았다. 아주 어릴 때부터 나는 아버지와 어머니의 그런 칠칠치 못한 모습을 계속 보아왔던 터였다. 두 사람은 더펄이였다. 그런 탓인지 나는 꽤 조숙했고, 네 살 무렵부터 성에 흥미를 가지게 되었다.

어머니는 조용한 성격으로, 나를 심하게 꾸짖지도 않았고 귀여워하지도 않았다. 그러나 아버지는 격하게 야단치고 격하게 사랑하는 타입이었다. 두 성향 중 아이는 어느 쪽을 더 좋아했을까? 어릴 적 나는 아버지를 잘 따랐다. 아버지 때문에 어머니가 지독하게 고생하는 것을 보지 않았더라면 아마 나는 계속 아버지를 따랐을 것이다. 그러나 언제부턴가 아버지보다 어머니를 따르게 되었다. 어디를 갈 때도 어머니의 소맷자락을 붙잡고 다녔다. 그런데 이모가 온 후로 아버지는 어머니를 따라다니지 못하게 했다. 달래고 어르면서 못 나가게 했다. 지금 생각해보면 그것은 이모에 대한 어머니의 불안을 없애고, 두 사람의 행위를 감추기 위한 수단이었던 것 같다. 왜냐하면, 어머니가 외출하면 아버지는 나에게 용돈을 쥐어주며 밖에서 놀게 했기 때문이다. 아니, 쫓아냈기 때문이다. 내가 특별히 용돈을 조르지도 않았는데 아버지는 평소보다 많은 돈을 쥐어주며 오랫동안 놀다 오라고 했다. 그래놓고 어머니가 돌아오면 이렇게 말했다.

"못된 녀석이야. 내가 무른 걸 알고 당신이 나가면 곧장 용돈을 조르고는 뛰쳐나간다니까."

그러는 동안 한 해가 저물어갔다.

선달 그믐날 밤이었다. 어머니는 남동생을 업고 외출하고 아버지와 이모와 나는 거실에서 화롯불을 쬐고 있었다.

왠지 모르게 눅눅한 밤이었다. 평소와는 달리, 아버지도 이모도 어두운 얼굴이었다. 아버지는 엎드려 있다가 고개를 들고는 조용히 입을 열었다.

"왜 우리 집은 이리도 재수가 없을까. 난 지금까지 운이 좋지 못했어. 내년에는 제발 좀……."

사람에게는 운이라는 것이 있다. 그것이 오지 않으면 어쩔 도리가 없다. 이것이 미신을 믿는 아버지의 철학이었다. 그런 아버지의 말을 나는 어릴 적부터 듣고 자랐다.

두 사람은 끊임없이 말을 주고받았고, 그러는 가운데 이모가 일어나 서랍 속에서 빗 상자를 꺼내 왔다.

"이게 어때요?"

이모는 빗 하나를 꺼내 찬찬히 살펴보며 말했다.

"아직 쓸 만한 것 같아요. 좀 아깝기도 한데."

아버지가 답했다.

"어차피 버릴 거 아냐. 정해진 건 없어. 그냥 빗이면 돼……."

그러자 이모는 이 빠진 빗을 골라 머리에 꽂고는, 머리를 흔들며 빗을 떨어뜨리는 연습을 했다.

"그렇게 야무지게 꽂을 필요 없어. 얌전히 앞머리에 붙어 있기만 하면 돼." 하고 아버지는 말했다. "우리 집 현관 앞에 있는 공터를 달리다 보면 금세 떨어질 거야."

아버지가 시키는 대로 이모는 이 빠진 빗을 꽂고 나갔다. 그리고 채 5분도 지나지 않아 빗을 떨어뜨리고 돌아왔다.

"됐어. 이걸로 액운을 면하고 내년엔 좋은 운이 올 거야."

아버지가 이렇게 말하며 기뻐하고 있는 찰나, 어머니가 돌아왔다. 어머니가 우는 남동생을 등에서 내려 젖을 물리는 동안, 이모는 어머니가 사 온 꾸러미를 풀었다. 떡 조각이 두세 개, 생선 토막이 일고여덟 개, 작은 봉투가 서너 개, 그리고 붉은 종이가 붙은 3전짜리, 아니면 5전짜리 하고이타* 하나가 전부였다. 즐거운 설을 맞이하기 위해 어머니가 준비한 것이었다.

새해 첫날, 외갓집에서 외삼촌이 왔다. 외삼촌이 돌아가자마자 이번에는 외할머니가 와서 이모를 데려가려 했다. 그러나 외할머니는 이모를 두고 혼자 돌아갔다.

듣자 하니 정월에 우리 집에 온 외삼촌이 이모와 아버지 사이를 눈치채고서 외갓집에 돌아가 외할머니에게 일러 주었고, 심히 걱정이 된 외할머니는 이모를 시집보낼 거라며 데리러 온 것이었다.

그러나 이런 전말을 알 리 없던 아버지는 이모의 병이 아직 완쾌되지 않았는데 지금 시집을 보내면 생명에도 지장을 줄

* 羽子板. 하고(배드민턴공과 비슷한 놀이기구 중 하나. 모감주나무 열매에 구멍을 뚫고, 채색한 새의 잔 깃털 꽂은 것)를 치는 장방형의 판자

거라며 오히려 으름장을 놓았다고 한다.

"그런 건 괜찮네. 상대가 부자여서 시집가면 당장 치료를 해주겠다고 약속했어."

외할머니가 이렇게 답하자 아버지는, 이번에는 자신의 지론인 운명론을 일장 연설하기 시작했다. 나쁜 운이 계속되기에 이모의 옷을 전당포에 넣었다, 따라서 이대로 돌려보낼 수는 없다, 이모는 몸이 약하기 때문에 힘든 일은 할 수 없다, 나도 이대로 있을 생각은 아니다, 조만간 좋은 인연을 찾아 책임지고 맺어주겠다, 등등 온갖 말과 구변을 다해 이모를 붙잡았다.

불쌍한 외할머니. 물론 외할머니는 아버지의 말을 믿지 않았을 것이다. 하지만 외할머니는 무지한 시골 사람이다. 교활한 도시인의 새빨간 거짓말에 당하지 않을 수 없었던 것이다.

외할머니는 허무하게 시골로 돌아갔다. 아버지는 성가신 외할머니를 보내고 안도의 한숨을 쉬었을 것이다. 혼자 마음의 짐을 지고 고통스러워한 사람은 바로 어머니였다. 사실, 그 이후로 우리 집은 항상 소란스러웠다. 그렇다면 이모는?

이모도 마음이 편안할 리 없었을 터. 이모가 때때로 두세 달 동안 집을 비웠던 것을 기억한다. 그리고 뒤에 안 사실이지만, 이모는 아버지 몰래 혼자 남의 집 식모살이를 하기도 했다. 그러나 그럴 때마다 아버지는 끝내 이모를 찾아 데리고 들어왔다.

두 번째로 이모가 집에 돌아왔을 때, 우리는 또 이사를 했다.

이번에 옮긴 곳은 요코하마 구보야마(久保山)로, 언덕 중턱에 자리한 조그만 마을이었고, 절과 화장장까지 있는 곳이었다.

여전히 아버지는 아무 일도 하지 않는 듯했지만 어떻게 돈을 마련했는지, 언덕 바로 아래에 있는 스미요시쵸(住吉町)에 장사하기 좋은 집 하나를 빌렸다. 아버지는 얼음 장사를 시작하려 했던 것이다.

얼음가게 일은 이모가 도맡아서 했다. 어머니와 우리는 언덕에 있는 집에 남았고, 아버지는 가게를 관리한다는 이유로 낮이면 얼음가게로 나갔다. 그러나 그러는 것도 처음 잠깐뿐이었다. 나중에는 아예 우리 집에는 돌아오지 않았다. 즉, 자연스럽게 어머니와 우리는 아버지와 이모의 생활로부터 거리가 멀어지고 만 것이다.

당시 나는 이미 일곱 살이 되어 있었다. 그리고 1월생이었기 때문에 마침 취학연령에 이르러 있었다. 그러나 무적자(無籍者)인 나는 학교에 갈 수가 없었다.

무적자! 이에 대해 나는 아직 아무 말도 하지 않았지만 여기서 잠시 설명해두고자 한다.

왜 나는 무적자인가? 표면적인 이유는 어머니가 아버지의 호적에 입적되지 않았기 때문이다. 어머니는 왜 입적되지 않았을까? 한참 시간이 흐른 뒤 이모에게 들은 내용이 가장 납득할 만한 사정이라 여겨진다.

이모 이야기로는, 아버지는 처음부터 어머니와 인생을 함께 할 마음이 없었고, 좋은 사람이 생기면 버릴 작정이었기에 의도적으로 입적시키지 않았다고 한다. 어쩌면 이 말은 아버지가 이모의 환심을 사기 위해 되는 대로 이야기한 것인지도 모른다. 또 추측하건대 아버지는 유서 깊은 사에키 집안의 아내로 고슈(甲州) 산촌에서 자란 처녀를 맞이할 수 없다고 생각했는지도 모른다. 여하튼 그런 연유로 나는 일곱 살이 될 때까지 무적자였다.

어머니는 아버지와 함께한 지 8년이 지나도록 입적시키지 않는 데 대해 어떠한 말도 하지 않았다. 그러나 가만히 있을 수 없는 것은 바로 나였다. 왜냐하면 그건 내가 학교에 가고 싶었기 때문이다.

나는 어릴 적부터 공부가 좋았다. 그래서 학교에 보내달라고 줄기차게 졸랐다. 내 성화에 못 이긴 어머니는 급한 대로 나를 어머니의 사생아로 신고하려 했다. 그러나 허세 부리기 좋아하는 아버지는 그것도 용납하지 않았다.

"바보같이, 사생아 신고를 하겠다고? 사생아는 평생 떳떳하게 살 수 없어."

아버지는 이렇게 말하면서도 나를 자신의 호적에 넣어 학교에 보내려 하지 않았다. 학교에 보내주지 않는 것 정도는 참을 수 있다. 그렇다면 나에게 히라가나쯤이라도 가르쳐주면 되지 않는가. 아버지는 그것마저도 하지 않았다. 하는 일이라고는 종일 술 마시고 화투 치며 놀고 지내는 것이었다.

나는 취학연령에 이르렀지만 학교에 갈 수 없었다.

시간이 흐른 뒤 나는 다음과 같은 내용의 글을 읽게 되었는데, 아아, 그때 내 심정이란.

메이지(明治) 시대가 되어 서양제국과 교통이 열렸다. 잠자던 나라 일본은 급히 눈을 뜨고 거인과 같이 발걸음을 옮겼다. 한걸음에 족히 반세기를 뛰어넘었다. 메이지 초기에 교육령이 발포되자 아무리 깊은 산골이라도 소학교를 세워 사람의 자식이라면 모두, 정신적으로 육체적으로 특별한 결함이 없는 한, 남녀를 불문하고 만 7세가 되는 4월부터 강제적으로 국가가 의무교육을 시켰다. 그리고 모든 인민은 문명의 혜택을 누렸다.

하지만 무적자인 나는 그 혜택을 그저 말로만 접할 뿐이었다. 나는 산간벽촌에서 태어나지도 않았다. 오히려 수도 도쿄와 가까운 요코하마에 살고 있었다. 사람의 자식으로서 육체적으로도 정신적으로도 특별한 결함이 없었다. 그런데도 나는 학교에 갈 수가 없었다.

소학교가 세워졌다. 중학교도, 여학교도, 전문학교도, 대학도, 학습원(學習院)*도 세워졌다. 부르주아의 딸들과 아들들은

* 1877년(명치 10년), 황족과 화족의 자제를 위해 도쿄에 설립된 학교

양복을 입고 구두를 신고 자동차로 교문을 드나들었다. 그러나 그것이 나와 무슨 상관이란 말인가? 나는 조금도 행복하지 않았다.

우리 집에서 얼마 떨어지지 않은 곳에 함께 놀며 지내는 친구 두 명이 살고 있었다. 두 사람 모두 나와 동갑내기 여자아이였다. 한데 그들은 학교에 다녔다. 적갈색 깃의 윗옷을 입고, 머리에는 크고 붉은 리본을 묶었으며, 작은 손을 맞잡고 흔들며 노래를 불렀다. 그들은 매일 아침 우리 집 앞을 지나갔다. 나는 그런 모습을 집 앞에 있는 벚나무 밑에서 쪼그리고 앉아 부럽게, 그리고 슬프게 바라보곤 했다.

아아, 지상에 학교라는 게 없다면 나는 울지 않아도 될 텐데. 하지만 그렇게 된다면 저 아이들의 즐거운 모습도 볼 수 없겠지.

당시에는 모든 사람의 기쁨이 타인의 슬픔에 의해서만 존재한다는 사실을 아직 깨닫지 못하고 있었다.

나는 두 친구와 함께 학교에 가고 싶었다. 그러나 갈 수 없었다. 나는 책을 읽고 싶었다. 글을 써보고 싶었다. 그러나 아버지도 어머니도 글자 한 자 가르쳐주지 않았다. 아버지는 성의가 없었고 어머니는 글자를 몰랐다. 어머니가 시장에서 물건을 사 오면 나는 물건을 싼 신문지를 펴서 무슨 내용인지도 모르고 그냥 내가 생각했던 걸 글자에 맞추어가며 읽곤 했다.

그해 여름도 거의 반이 지났을 무렵이었다. 아버지는 어느 날 우연히 이모의 얼음가게에서 멀지 않은 곳에 사립학교 하나가 있다는 걸 알게 되었다. 그곳은 입적 여부를 묻지 않고 무적인 채로 다닐 수 있는 곳이었다. 그래서 나는 그곳에 다니게 되었다.

학교라면 제대로 된 시설이 있어야 하는데 그곳은 빈민굴의 집 한 칸이 전부였다. 낡아서 거무데데해진 방에는 망가져 속이 훤히 보이는 다다미가 깔려 있었고, 그 위에 빈 삿포로 맥주 상자 대여섯 개가 옆으로 누워 있었다. 그것이 아이들의 책상이었다. 나의 펜의 요람이었다.

스승님—아이들은 그렇게 불렀다—은 40대 중반으로 보이는 여자였다. 머리를 둥글게 묶고 때 묻은 유카타*에 줄무늬 앞치마를 두르고 있었다.

나는 보자기를 대각선으로 등에 매고 이 훌륭한 학교에 다녔다. 매일같이 언덕에 있는 집에서 이모의 얼음가게 옆을 지나다녔다. 아마 나와 비슷한 처지의 아이들이었지 싶다. 십여 명의 아이들은 좁은 골목길과 널빤지 깔린 길을 지나다녔다.

아버지는 나를 그 사립학교에, 즉 빈민굴 같은 집에 다니게

---

* 浴衣. 두루마기 모양의 긴 무명 홑옷. 옷고름이나 단추가 없고 허리띠를 두름

하고부터는 귀에 딱지가 앉을 정도로 말했다.

"잘 들어. 후미코는 착한 아이지. 저쪽 학교에 다니는 걸 집에 드나드는 아저씨들한테 말해서는 안 된다. 남에게 알려지면 아버지가 곤란해져. 알았지?"

이모의 얼음가게는 꽤 번창했다. 그러나 조금도 벌이가 나아지지는 않았던 것 같다. 아니, 벌이가 좋았는지도 모르지만, 아버지가 매일 술을 마시고 화투를 쳤기 때문에 좋아졌을 리가 없었을 것이다. 뿐만 아니라 아버지와 이모의 관계는 그 무렵 소문이 퍼져 이웃의 입에 오르내리고 있었던 것 같다.

그래도 그나마 이모 집은 괜찮았다. 힘든 것은 어머니와 우리였다. 어느 날이었다. 먹을 것이 아무것도 없었다. 저녁이 되었지만 쌀 한 톨 없었다. 그래서 어머니는 나와 남동생을 데리고 아버지를 찾아 나섰다. 아버지는 친구 집에 있었다. 그러나 어머니가 아무리 만나려 해도 좀체 나와주지 않았다.

아마 어머니는 더 이상 참을 수가 없었던 모양이다. 갑자기 그 집 마루에 올라가 장지문을 열고 안으로 들어갔다. 밝은 램프 아래, 네댓 명의 남자들이 화투를 치고 있었다.

어머니의 분노가 폭발했다.

"흥, 대충 짐작은 했었어. 집에는 쌀 한 톨 없는데, 나도 이 아이들도 굶고 있는 지경인데 잘도 마시고 놀고 있네……."

아버지도 몹시 화가 난 듯 얼굴을 붉히며 일어났다. 그리고 어머니를 마루에서 밀쳐내고 맨발로 뛰쳐나와 어머니를 때리려 했다. 아마 함께 있던 남자들이 뒤에서 아버지를 말리고 어머니를 달래지 않았더라면, 그리고 아버지를 방으로 데려가지 않았더라면 불쌍한 어머니는 아버지에게 또 어떻게 당했을지 모르는 일이다.

주변 사람들의 도움으로 어머니는 맞지는 않았지만 우리는 쌀 한 톨, 돈 한 푼 얻지 못하고 맥없이 그 집에서 나와야 했다.

슬픔을 가슴에 담으며 우리는 묵묵히 언덕길을 올라갔다.

“어이, 잠깐.”

아버지의 목소리가 들렸다. 우리는 아버지가 쌀값이라도 쥐어주려고 온 거라 생각했다. 갑자기 기분이 좋아졌다. 하지만 그건 착각이었다. 아버지는 참으로 잔혹한 악마와도 같았다.

아버지는 발을 멈추고 구원을 기다리는 우리에게 다가오더니 큰소리를 쳤다.

“사람들 앞에서 창피하게시리. 재수 없게 너 때문에 완전히 망했잖아. 두고 보자고!”

아버지는 이미 한쪽 게다를 벗어 손에 들고 있었다. 그리고 그걸로 어머니를 때리기 시작했다. 또 어머니의 멱살을 잡고 절벽 밑으로 떨어뜨리려 했다. 밤이라 잘 보이지는 않았지만, 밝은 낮에 보면 그 밑은 작은 가시나무가 무성한 높은 절벽이었다.

어머니 등에 업힌 남동생이 겁에 질려 울어댔다. 나는 바들바들 떨면서 두 사람 주변을 맴돌고 또 아버지의 소매를 붙잡으며 만류하려 했다. 문득 가까이에 고야마(小山)라는 아버지의 친구가 살고 있다는 사실이 떠올랐다. 엉엉 울면서 그 집을 찾아갔다.

"그랬구나……." 하며 아버지의 친구는 들고 있던 저녁상을 물리고는 같이 가주었다.

사립학교에 다니고 얼마 지나지 않아 추석이 다가왔다. 스승님은 학생들에게 백설탕 두 근을 가져오라 했다. 아마 설탕이 선생님의 유일한 보수였던 모양이다. 그러나 나는 가져갈 수가 없었다. 생활이 여의치 않았기 때문이기도 하지만, 복잡한 집안 사정은 나의 학교생활을 돌볼 여유가 없었다. 여하튼 이런저런 이유로 나는 가타가나 스무 개, 서른 개도 외우기 전에 학교와 멀어질 수밖에 없었다. 이모의 얼음가게도 여름이 끝나기 전에 문을 닫았다. 두 사람은 다시 언덕에 있는 집으로 옮겨 왔다. 집은 더욱 어수선해지고 아버지와 어머니는 사흘이 멀다 하고 싸움을 했다.

두 사람이 싸울 때마다 나는 어머니를 동정했다. 아버지에게는 반감을 가졌다. 그 때문에 어머니와 함께 맞기도 했다. 아버지는 심지어 비가 억수같이 쏟아지는 밤중에 어머니와 나를 집 밖으로 내쫓고 문을 걸어 잠그기도 했다.

아버지와 이모 사이는 변함이 없었다. 그러나 외갓집에서는 이모가 돌아오기를 채근했다. 결국 이모도 고향으로 돌아가고 싶다고 했고, 또 아버지도 돌려보내겠다고 했다. 어머니와 내가 무척 기뻐했던 것은 새삼 말할 필요도 없을 것이다.

그러나 아버지는 이모를 돌려보내더라도 맨손으로 보낼 수는 없다면서 얼음가게를 접은 돈으로 당시 17, 18엔이나 하는 비단 속옷과 오비,* 양산 등을 사주었다. 어렸을 적 나에게 해주던 것처럼 아버지는 모든 물건을 손수 마련하여 이모에게 주었다. 예전에 딸에게 쏟던 마음이 지금은 여자에게 향해 있었던 것이다.

어느덧 가을이 왔다. 아버지는 이모를 위해 짐을 꾸리고, 우리 집에서 가장 좋은 이불까지 챙겨주었다. 남동생을 업은 어머니는 나와 함께 이모를 배웅했다.

"시집도 안 간 너를 이렇게 해서 보내다니 정말 미안하구나. 그렇지만 운이 나빴다고 생각하고 단념하자……."

어머니는 몇 번이나 이런 말을 되풀이하고 번번이 사과했다. 눈에는 눈물까지 맺혔다.

우리는 중간에 돌아왔지만 정차장까지 배웅하러 간 아버지는 밤이 되어서야 돌아왔다. 아아, 이 얼마나 기분 좋은 밤인가. 아이였지만 나도 깊이 안도했다. 조용하고, 또 조용한, 평

---

* 帶. 허리에 두르는 띠

화로운 밤이다!

그러나 얼마 지나지 않아 우리는 지나치게 조용한 생활을 하게 되었다. 왜냐하면 그 바로 다음 날이었는지, 사오 일이 지나서였는지, 아버지가 또다시 집에서 모습을 감추었기 때문이다.

"아아, 분하고 억울해라. 두 사람은 우리를 버리고 도망친 거야."

어머니가 어금니를 꽉 깨물며 말했다.

가슴에 분노를 담고 있으면서도 지푸라기라도 잡고 싶은 심정으로 우리는 두 사람의 행방을 찾기 시작했다. 그러던 어느 날, 아버지가 우리 집에서 가져간 이불이 널려 있는 집을 발견했다. 두 사람을 찾기는 했지만 우리는 여느 때처럼 게다짝으로 늘씬하게 얻어맞았고, 무엇 하나 받아내지 못했다.

어머니

아버지에게 버려진 우리는 달리 방도가 없었다. 처음에는 가재도구를 팔아 먹을거리를 마련했지만, 그런 생활도 오래 이어지지 않았다. 물론 아버지는 돈 한 푼 보내주지 않았다.

그러나 우리는 살아야만 했다. 나카무라(中村)라는 대장장이와 동거를 시작한 어머니를 나는 비난할 수 없을 것이다.

"그 사람은 꽤 괜찮은 일당벌이야. 하루에 1엔 50전이나 번다는 구나……. 그러면 지금보다 생활도 나아질 테고, 너도 학교에 다닐 수 있어." 하며 어머니는 아무것도 모르는 철없는 나에게 허락을 구걸하듯 말했다.

작은 보자기를 들고 우리 집으로 온 나카무라는 슬그머니 눌러 앉았다. 매일 아침 그는 푸른 작업복을 입고 도시락을 가지고는 조금 떨어진 공장으로 출근했다.

나카무라는 당시 48, 49세였던 것 같다. 희끗희끗 센 머리에 심보가 나쁜 듯 눈은 움푹 패었으며, 자그마한 키에 등이 약간 굽어 있어 풍채가 시원치 않았다. 젊었을 적 꽤 귀공자 타입이었던 우리 아버지, 게다가 노동자를 심히 경멸하던 아버지의 모습에 길들여져 있던 탓인지 나는 풍채가 나쁜 나카무라와 친해지기는커녕 말조차 붙이기 싫었다. 그래서 나는 의붓아버지인 나카무라를 마치 남처럼, 항상 "아저씨, 아저씨" 하고 불렀다. 어머니도 그다지 개의치 않았고, 역시 그를 무시하는 듯이 뒤에서는 "수염"이라는 별명으로 불렀다.

나는 나카무라의 말에는 뭐든 토를 달았다. 나카무라도 어떻게 해서든지 핑계를 만들어 나를 나무랐다. 어머니가 없을 때에는 혼자 몰래 밥을 먹고, 밥통을 내 손이 닿지 않는 높은 곳에 치워두기도 했다. 나를 이불에 싸서 벽장 속에 던지기도 했으며, 어느 날 밤에는 새끼줄로 공처럼 묶어 강가 나무에 매달기도 했다.

물론 어머니는 그런 사실을 알고 있었다. 하지만 어쩔 도리가 없었다. 그저 우리를 이런 처지로 만든 아버지와 이모에게 저주를 퍼부을 뿐이었다. 어머니는 항상 "그것들, 당장이라도 벌 받아 길에서 뒈져버렸음 좋겠어." 이렇게 말했다.

나카무라와 함께 사는 동안 가장 슬펐던 일은 나카무라에게 야단맞고 들볶인 게 아니었다. 그것은 바로 남동생과 헤어지게 된 것이었다.

어느 날 나는 어머니와 나카무라가 이야기하는 걸 언뜻 듣게 되었다.

"그렇다면 한시라도 빨리 데려가야지. 어차피 저쪽 아이이고, 조금이라도 어릴 때 데려가는 게 좋지."

나카무라가 말했다.

"그런 놈에게 아이를 맡기는 건 마음이 편치 않지만, 그렇다고 달리 방법이 있는 것도 아니고."

어머니는 이렇게 대꾸했다.

나는 두 사람이 무슨 말을 하고 있는지 잘 알고 있었다. 불안했다.

"저기, 엄마. 겐 짱을 어디에 보내려고?"

참다못해 내가 물었다. 어머니는 나에게, 어머니와 아버지가 헤어지면서 나는 어머니가, 남동생은 아버지가 키우기로 약속했다고 설명했다. 슬펐다. 지금 나의 진정한 친구는 남동생뿐이라고 생각했고, 무엇보다 나는 내가 사랑하는 사람을 소유하고 있지 못했다. 나는 어머니에게 애원하고 또 애원했다.

"엄마. 내일부터 친구들과 놀지도 않고 아침부터 밤까지 겐 짱을 돌볼 테니, 울리는 일도 절대 없도록 열심히 돌볼 테니, 아버지에게 데리고 가지만 말아주세요. 네, 엄마. 그렇게 해주세요. 혼자가 되는 건 너무 슬퍼요."

그러나 어머니는 내 말을 들으려고 하지 않았다.

"그럴 순 없어, 후미. 겐 짱이 있으면 너나 나나 고생만 할 뿐이야. 마침 네 아버지도 애를 달라고 하고……."

내가 무슨 말을 해도 소용없었다. 결국 다음 날 나카무라가 없는 틈을 타 어머니에게 이렇게 말했다.

"엄마, 겐 짱을 아버지에게 보내야 한다면 저도 같이 보내줄 수 없어요? 겐 짱 없이 나 혼자 아저씨와 함께 있는 건 너무 무서워요."

그러나 어른들은 어른들만의 이유가 있을 뿐, 아이의 감정 따위에는 애당초 관심이 없는 듯했다. 어머니는 냉혹하게 나의 부탁을 거절했다. 그것은 나에게 운명과도 같은 것이었다. 나는 결국 무릎을 꿇을 수밖에 없었다.

그로부터 얼마 지나지 않아 어머니는 남동생을 등에 업고 아버지에게 데려다주러 갔다. 당시 아버지는 기차로 가야 할 만큼 멀리 떨어진 시즈오카(静岡)에 살고 있었다.

남동생이 떠나고 곧바로 또 이사를 했다. 이사라고는 하지만 남의 집 셋방살이를 전전하는 것이었다. 철도 선로 침목 가까이에 있는 작은 집이었다. 6조 다다미방에는 항만 하역부 가족 5명이 살았고, 4조 다다미방에는 우리가 살았다. 너무나도 더러운 방이었다. 장지문에 발라놓은 신문지는 노랗게 색이 바래 있었고, 다다미는 망가져 속이 드러나 있었다.

특히 창문 밑 다다미에는 커다란 구멍이 나 있었는데, 그것을 감추기 위해 어머니는 그 위에 화로를 놓았다. 나머지 구멍에는 종이 골판지를 덧대 실로 꿰매었다. 이렇게 하여 망가진 다다미에서 나오는 먼지를 겨우 막을 수 있었다.

나카무라는 변함없이 공장에 다녔다. 어머니는 조금 떨어진 강가 창고에 나가 콩을 선별하는 일을 했다. 나는 집에 혼자 남겨지지는 않았다. 어머니가 간절히 부탁한 덕분에, 무적자였지만 근처 소학교에 다닐 수 있었다.

당연히 기뻤다. 남동생과 헤어진 후의 슬픔도 학교에 다니면서 잊을 수 있었다. 무엇보다도 그 학교는 예전과는 다른, 제대로 된 학교였다. 시설을 갖춘 멋진 학교로 보였다. 아이들도 좋은 집안의 자식들인 듯 여자아이들은 예쁜 옷을 입고 매일 리본 색을 바꾸어가며 치장하고 왔고, 그중에는 하인과 하녀가 등하교를 시켜주는 아이들도 있었다.

하지만 이런 환경이 또 나를 괴롭혔다.

학교를 다니기 시작한 후 얼마 지나지 않아 석판 대신—석판이 폐에 좋지 않다는 이유였다—연필과 공책을 지참해야 했다. 나에게는 좀처럼 어려운 일이었다. 나카무라는 당연히 나에게 관심이 없었고, 어머니도 연필과 공책을 사줄 여유가 없었다. 그래서 나는 공책 한 권과 연필 한 자루가 마련될 때까지 이삼 일씩이나 결석했다. 어머니는 돈이 들지 않는 학교로 보내려 했지만, 주거지상 학교를 옮길 수는 없었다.

어느 날 문득 아버지가 우리를 찾아왔다. 당시 아버지는 장사를 하는 듯, 큰 보따리 짐을 등에 지고 있었다. 어린 내 눈에도 아버지의 얼굴은 놀랄 정도로 야위어 보였다.

아버지를 정말 미워했지만 왠지 기뻤다. 아버지는 짐을 방

한구석에 놓고 화로 옆에서 나카무라와 대화를 나눴다. 그러는 동안에도 나는 왠지 아버지가 훨씬 훌륭해 보였고, 또 응석 부리고 싶은 기분도 들었다. 그래서 나카무라가 자리를 비운 사이 아버지에게 귓속말로 "고무공 사주세요."라고 했다. 아아, 나는 학교에서 모두가 가지고 있는 고무공을 정말 갖고 싶었던 것이다.

그날 밤, 아버지는 신사 앞 상점으로 나를 데리고 갔다. 집 앞 길을 벗어나자 "자, 업어줄까?" 하며 쪼그리고 앉아 나를 등에 태웠다. 마치 어릴 적 목말을 태우던 것처럼.

상점에서 고무공을 골랐다. 뭐든 네가 좋은 것으로 골라, 하고 아버지가 말했다. 나는 빨간 꽃무늬 모양의 공을 큰 것과 작은 것 두 개 골랐다. 그 외에도 여러 가지 무늬의 공이 있었다. 나는 넋을 잃은 듯 그것들을 바라보았다.

"또 가지고 싶은 게 있니?"라고 아버지가 물었다.

나는 조용히 고개를 저었다.

"불쌍한 것……."

아버지는 급히 자리를 뜨며 떨리는 목소리로 말했다.

"아직 갖고 싶은 게 많을 나이지. 아버지도 사주고 싶지만…… 지금은 돈이 없어. 조금만 참아줄래? 후미코……."

가슴이 뭉클했다. 하지만 나는 참았다. 사람들 앞에서 우는 것이 창피하다는 것쯤은 알고 있었기 때문이다.

우리는 잠시 밤길을 걷다가 집으로 돌아왔다. 밝은 시가지를 지나 어둡고 적적한 길로 들어서자 아버지가 말했다.

"후미코, 아버지가 잘못한 것 같구나. 미안해. 내가 어긋난 생각을 한 탓에 너까지 고생이 많구나. 정말 미안해. 하지만 후미코, 아버지가 돈을 벌게 되면 제일 먼저 너를 찾아 편하게 해주마. 그때까지만 기다려줘."

아버지는 울고 있었다. 떨리는 목소리로 훌쩍이고 있었다. 나도 울었다.

나는 마냥 어린애가 아니었다. 의리와 인정을 아는 어른처럼, "아무래도 좋아요. 아무리 가난해도 좋아요. 아버지 집에 가고 싶어요. 겐 짱이 있는 곳에 가고 싶어요." 하고 말했다.

"알아, 알아." 하고 아버지는 한층 훌쩍이며 말했다. "할 수 있다면 아버지도 그렇게 하고 싶어. 아무리 가난하다지만 너를 굶겨 죽이기야 하겠니. 하지만 지금 너를 데려가면 엄마는 쓸쓸해서 어쩌니. 엄마는 너만 믿고 있는데. 그러니까 조금만 참아. 그리고 엄마랑 양아버지 말을 잘 듣고 있어. 그럼 내가 데리러 올게. 꼭 올게……."

아버지는 걸음을 멈추었다. 길 한가운데 서서 소리를 억누르며 계속 울었다. 나도 아버지 등에 업힌 채로 흐느끼며 울었다.

하지만 아버지는 언제까지나 울고 있을 수가 없었다. 이윽고 분명한 말투로 "자, 그만 돌아가자. 엄마가 기다리잖니."라고 말하며 발걸음을 재촉했다. 그리고 집에 다다르자 등에서 나를 내려 흰 손수건으로 눈물을 닦아주었다.

그날 밤 늦은 시각, 아버지는 다시 짐을 지고 터벅터벅 발길을 옮겼다.

그 후로 나는 저녁이 되면 길가에 나가 사람들이 지나다니는 모습을 바라보곤 했다. 아버지가 데리러 올지도 모른다고 생각했기 때문이다. 하지만 그 후로 아버지는 나를 찾으러 오지 않았다.

우리는 또 이사를 했다.

어머니는 나를 소학교에 보내기 위해 제일 먼저 교장을 찾아가 울며 매달렸고, 그 바람은 이루어졌다.

예전에 다니던 학교에 비하면 새 학교는 훨씬 초라한 곳이었다. 가난한 아이들이 많아서 내가 다니기에는 적당했지만, 나는 노골적으로 차별 대우를 받았다.

아침에 수업이 시작되면 선생님은 학생들의 이름을 하나하나 부르며 출석을 확인한다. 하지만 내가 자리에 앉아 있어도 선생님은 내 이름을 부르지 않았다. 내 옆자리 아이의 이름은 불렀지만, 내 이름은 생략했다. 지금 생각하면 아무 일도 아니지만, 당시는 어린 마음에 꽤나 힘들었다. 그 때문에 나는 일부러 늦게 가기도 하고, 선생님이 출석을 부를 동안 책상 서랍 속을 들여다보거나 괜히 책을 읽기도 했다. 그리고 선생님에게 혼나면 치맛자락에 손을 넣고 우물거리곤 했다.

입학한 다음 달—아마—에 생긴 일이다.

아침에 나는 선생님에게 월사금 봉투를 건넸다. 잠시 후 선생님은 나를 교무실로 불렀다. 무슨 일인지 몰랐던 나는 태연한 얼굴로 교무실에 들어갔다.

담임선생님은 내가 건넨 월사금 봉투를 보여주며 말했다.

"봉투뿐이잖니. 안에 아무것도 들어 있지 않았어. 어떻게 된 거야?"

물론 나는 봉투에 손을 대지 않았다. 어머니가 월사금을 넣었을 거라 생각하고 가져온 것뿐이었다.

"저는 아무 짓도 하지 않았어요."

이런 대답 외에는 아무 말도 할 수 없었다.

"아무 짓도 하지 않았는데 돈이 없어질 리 없잖아. 학교 오는 길에 뭔가 샀니?"

"아니오."

"그럼 오는 길에 잃어버렸니?"

"아니오. 가방 속에 넣고 왔는걸요."

교장선생님도 무서운 눈으로 나를 다그쳤다. 군것질이라도 한 건 아니냐고 물으며 겁을 주었다. 결국 내 가방까지 뒤졌지만, 가방 속에는 돈이 없었을 뿐만 아니라 새로 산 물건 같은 건 나오지 않았다.

교장선생님과 담임선생님의 눈은 점점 매서워졌다. 선생님들은 내가 그 돈으로 뭔가 샀을 거라고 확신한 듯, 나의 나쁜 태도를 힐책했다. 그러나 나는 아무리 야단을 맞아도 모르는 일은 모르는 일이라고 주장했다.

급사가 집으로 가서 어머니를 데려왔다. 교장선생님에게 불려온 어머니는 처음에는 조금 당황하는 기색이었지만, 이내 상황을 파악했다.

"그건 제 딸이 한 짓이 아니에요. 그런 일은 하지 않았을 겁니다."

이렇게 말하며 어머니는 나를 위해 변명하기 시작했다.

"월사금은 어제 제가 가방 속에 넣어두었어요. 잃어버리면 안 되니까요. 그걸 남편이 본 모양이에요. 가방을 벽에 걸어두었는데, 아마 남편이 공장에 출근할 때 몰래 가져간 것 같아요. 이번이 처음도 아니에요."

이렇게 말하며 어머니는 여러 예를 들었다. 사실 나도 알고 있었다. 공책 속에 끼워둔 연필이 없어져 학교에서 울면서 집으로 돌아오기도 했다. 그런 일이 한두 번이 아니었다.

어머니의 말에 교장선생님의 마음이 움직였다. 나는 교장선생님이 어머니에게 말한 것을 기억한다.

"이렇게 똑똑한 아이를 그런 환경에 두는 것은 너무 불쌍하잖아요. 잘 돌볼 테니 차라리 우리 집에 양녀로 보내는 게 어때요?"

교장선생님이 진심으로 나를 동정한 것인지, 아니면 아이가 없던 교장선생님이 마침 좋은 기회라고 생각한 것인지, 지금 생각해도 잘 모르겠다. 여하튼 의심이 풀려 나를 위해주는 것이 기뻤다.

"감사합니다."라며 어머니는 교장선생님에게 인사했다. 하지만 나를 양녀로 보낼 수는 없었다. 어머니는 이어서 말했다.

"그렇지만 이 아이는 저의 유일한 자식입니다. 이 아이만을 바라보고 있어요. 아무리 고생스러워도 이 아이는 제 손으로 키우고 싶습니다."

교장선생님은 무리하게 요구하지는 않았다. 나는 어머니와 함께 집으로 돌아왔다.

이 일로 어머니는 나카무라와 싸움을 했다. 나카무라는 밖에서 술을 마시곤 했는데, 그 때문에 내 월사금에까지 손을 댔던 모양이다. 그리고 그 후로 이런 일이 더 빈번하게 일어났다. 때때로 나카무라가 벗어놓은 작업복 주머니에서 요리점 영수증이나 청구서가 나오곤 했다. 그러면서도 나카무라는 생활비를 줄여라, 숯을 아껴 써라, 잔소리를 해댔다.

어머니는 또다시 고통스러운 생활을 하게 되었다. 우리 아버지의 경우와 같이 좋아서 함께 사는 게 아니라, 생계 때문에 나카무라와 함께하는 생활은 훨씬 힘들었을 것이다. 하지만 나카무라도 공장의 기계인가 무언가를 훔쳐 판 일이 발각되어 결국 해고당하고 말았다.

그것을 계기로 어머니는 나카무라와 헤어졌다.

나카무라와 헤어진 후, 우리는 일단 살림을 정리하여 지인의 집에 머물게 되었다. 어머니는 나를 그 집에 맡겨놓고 매일 일자리를 찾아 나섰다. 그리고 아침에 나갈 때마다 이렇게 말했다.

"길가에서 놀면 안 돼. 나카무라가 찾아올지도 몰라."

어머니는 나카무라의 반대를 무릅쓰고 억지로 헤어진 듯한 눈치였다.

어머니는 매일매일 일을 찾아 다녔다. 하지만 시내에는 적당한 일자리가 없었다. 지인 아주머니의 오빠가 교외에 있는 제사장*에서 감독 일을 하고 있다기에 어머니는 그곳을 찾아가기로 했다.

어머니는 기쁜 듯이 말했다.

"아무튼 감독이래. 감독이라면 말발이 서니까 그 사람을 찾아가면 어떻게든 될 거야. 분명히 우리를 가엽게 여길 거야."

어린 내가 답답할 정도로 어머니는 남에게 의지하는 편이었다. 어머니는 혼자서는 단 한 걸음도 앞으로 나아가지 못하는 사람이었다. 한 발을 딛더라도 자신을 도와주는 뭔가가 없으면 안 되는 여자였다. 하지만 나는 어린아이였다. 어머니를 따라야만 했다.

제사장에서도 좋은 일은 찾을 수 없었다. 첫째로, 어머니가 찾아간 사람은 감독이 아니었다. 제일 힘든 허드렛일을 하는

---

* 製絲場. 솜이나 고치 따위에서 실을 뽑아내는 일을 하는 곳

사람에 지나지 않았다. 하지만 우리는 그곳에서 3개월 정도를 머물렀다. 당시의 생활은 희한하게도 아무것도 기억나지 않는다. 유일하게 기억하는 것은 어느 날 조선 엿을 가지고 아버지가 불쑥 나타난 것이다.

아아, 나는 얼마나 기뻤는지 모른다. 약속을 지키려고 아버지가 온 것이다. 나를 데리러 올 만큼 아버지 형편이 나아진 거야, 나는 그렇게 생각했다.

하지만 실제로는 그렇지 않았다. 아버지임에는 틀림없었으나, 한층 초라해진 모습이었다. 예전에 고무공을 사주던 그 모습이 아니었다.

아버지가 찾아오자 어머니는 공장 일을 그만두고 아버지와 함께 살았다. 헤어지기 전과 같이 두 사람은 그렇게 살았다. 하지만 언제부턴가 아버지는 또 자취를 감추었다. 얼마나 아버지가 집을 비웠는지, 언제 사라졌는지 기억이 나지 않을 정도로, 아버지도 나도 서로에게 무관심했다.

우리는 다시 원래 있던 곳으로 돌아왔다. 어머니는 방적공장 일을 구한 모양이었다. 우리는 연립 공동주택에 집을 빌렸고, 나는 예전에 다니던 학교에 다시 나갔다. 원래 아무것도 없던 터라 생활이 편하지는 않았지만, 이번에는 어머니와 나 둘만 살게 되었기에 거치적거리는 것이 없어 비교적 순조로운 일상이 이어졌다. 두 사람에게 갑자기 재해가 닥쳐오지 않는 한, 적적하기는 하지만 재미있는 생활이 지속될 거라고 생각했다.

더도 말고 덜도 말고 이렇게만 지냈으면 좋겠어. 어린 나도 기도하는 심정이었다. 하지만 그런 바람은 역시 어림도 없었다. 남에게 의지만 하는 어머니, 게다가 남자가 없으면 안 되는 여자였던 어머니는—지금 생각해보면—젊은 남자와 동거를 시작했다.

그 남자는 어머니보다 일고여덟 살이나 어렸다. 당시 스물에 널곱 살 정도였다. 어머니가 아는 과부의 집에 하숙을 했기 때문에 나도 물론 그 남자를 본 적은 있었다. 그 남자는 장발에 기름을 덕지덕지 발라 반듯하게 가르마를 타고, 푸른 비단 손수건을 목에 두르고는 담배를 빼끔거리며 동네를 돌아다녔다.

그 남자와 동거하기로 결정했을 때 어머니는 나에게 말했다.

"아주 부지런한 사람이래. 게다가 젊잖니. 열심히 일해준다면 이번에는 너나 나나 편히 지낼 수 있어."

나는 싫었다. 왠지 슬퍼지기도 했다. 조금 되바라진 면이 있었던 나는 대놓고 싫은 내색을 했다.

"그렇게 열심히 일하는 타입은 아니래요, 엄마. 어제도 그제도 그 전에도 항상 빈둥빈둥 돌아다니는 걸 나도 봤는걸요."

그러나 어머니는 나의 반대에 전혀 개의치 않았다. 어제, 그제 쉬었던 것은 감기에 걸려 공장에 나갈 수 없었기 때문이야, 라며 그 남자를 감쌌고, 보기 드문 근면한 사람이라고 과부가 말한 것을 계속 되풀이하기만 했다.

이런 이야기를 나누고 사흘도 지나지 않아 그 남자는 어물

쩍 우리 집에 들어와서 그대로 살게 되었다.

그 남자는 고바야시(小林)라는 사람이었다. 그는 부두 인부로, 아주 게을렀다. 그의 하숙집 주인 중년 과부—실제로 고바야시와는 부부관계였다—는 전과 2, 3범이었지만, 그 과부조차도 고바야시를 다루기 힘들어 우리 어머니에게 떠넘긴 것이었다. 즉, 뒤탈이 없도록 어머니를 꾀어 넘겨버린 것이었다.

고바야시는 집 안에 틀어박혀 나올 생각을 하지 않았다. 어쩌다 일하러 가는 날이면, 늦게 나간 탓에 공치게 되었다며 다시 돌아왔다. 어머니 또한 언제부턴가 공장 일을 그만두었고, 두 사람은 그냥 집에서 누워 지냈다. 그리고 가능하면 나를 멀리하려 했다.

어느 날 밤이었다. 9시가 지난 시각이었지만, 나는 자지 않고 하나밖에 없는 6조 다다미방 구석에서 복습을 하고 있었다.

고바야시와 어머니는 바로 옆 이불에 누워 나 따위는 아랑곳하지 않고 시시덕거리고 있었다. 갑자기 어머니가 나에게 군고구마를 사 오라고 했다. 누운 채로 팔만 뻗어 머리맡 이불 밑에서 지갑을 꺼내더니 툭 던졌다. 5전짜리 은화와 동화 서너 개가 다다미 위로 흩어졌다.

"지금 이 시간에 군고구마라뇨, 엄마."라고 불평하면서 "군고구마 가게는 벌써 문 닫았을 텐데요." 하고 말하자 어머니는 짜증이 나는 듯 거칠게 내뱉었다.

"군고구마 집이 어디 거기 한 군데뿐이니? 뒷길 목욕탕 옆 집에 가면 살 수 있을 거야. 얼른 다녀오렴."

뒷길 목욕탕 옆 군고구마 가게. 그 말을 듣고 어린 나는 몸서리쳤다. 거길 가려면 하치만(八幡)*이 있는 숲을 지나야만 했기 때문이다.

"저기, 엄마. 군고구마 대신 과자를 먹으면 안 될까요? 과자 가게는 바로 저쪽 밝은 곳에 있잖아요."

"안 돼! 군고구마가 아니면 안 돼!"

어머니는 날카롭고 높은 목소리로 화를 냈다.

"너는 지금 부모 말을 거역하는 거냐? 얼른 가. 약해 빠져서. 뭐가 무섭다는 거야."

어머니의 기세에 눌린 나는 마음을 다잡지 않을 수 없었다.

"그럼 얼마나 사 와야 하는 건데요?"

"탁자 밑에 5전짜리 동전이 있네. 그만큼 사 와."

어머니는 이불 속에서 턱짓으로 말했다. 어쩔 수 없이 나는 동전 하나를 쥐고 일어섰다. 그리고 부엌으로 가 보자기를 집어 들고 길을 나섰다.

문을 열고 밖을 보니 더럭 겁이 났다. 밖은 새까맣고 바람이 쌩쌩 불고 있었다. 멀리서 화재 순찰 당번이 딱따기 치는 소

---

* 오진천황(應神天皇)을 주신(主神)으로 모시는 신사

리가 들렸다. 왼편에는 시커먼 하치만 숲이 솟아 있었다. 숲은 낮에 보는 것보다 가까이 있는 듯했고, 무겁게 덮쳐오는 듯했다. 그 숲속을 나 혼자 지나야만 했다. 도리가 없었다. 나는 가야만 했다.

문에 선 채 망설이며 우물쭈물하는 나에게 갑자기 어머니가 다가와 "얼른 가지 못하겠니." 하며 밖으로 밀쳐냈다. 그러고는 문을 닫아버렸다. 이건 운명이다. 나는 내가 가진 모든 용기를 내어 숨도 쉬지 않고 죽도록 달렸다. 숲속을 언제 어떻게 지났는지 기억도 나지 않는다. 군고구마 가게에서 뜨끈한 녀석을 보자기에 싸서는, 쫓기듯 다시 한걸음에 그 길을 달려 집으로 돌아왔다.

그런데, 아아 그때! 나는 엉겁결에 얼굴을 돌리며 다시 어두운 문 밖으로 나올 수밖에 없었다. 어머니는 군고구마가 먹고 싶었던 게 아니었다. 단지 나를 밖으로 내보내고 싶었던 것이다.

봄이 되자 학교에서 종업식을 했다.

교장선생님의 이해를 얻어 학교를 다니기는 했지만 나는 수료장을 받을 수 없었다. 그런 나는 진급도 할 수 없었다. 어머니는 교장선생님을 찾아가 다시 사정했다. 그 결과 나는 학교를 다녔다는 증명서를 받을 수 있었고, 그 덕에 어머니가 아는 분의 아들이 입던 옷을 빌려 입고 종업식에 참석할 수 있었다.

식장 정면의 하얀 테이블보를 씌운 탁자 위에는 수료장과 상품이 푸짐하게 준비되어 있었다. 격식을 갖추어 옷을 입은 어머니들과 선생님들이 좌우로 엄숙하게 서 있었고, 탁자 앞에는 예쁘게 차려입은 아이들이 줄지어 섰다.

식이 시작되었다. 교장선생님은 무슨 연설을 하고 나서 테이블 앞으로 학생들을 한 사람 한 사람 불러 수료장과 상품을 수여하였다. 아이들도 기쁜 듯 방긋방긋 웃으며 자랑스럽게 수료장과 상품을 받았다.

마지막으로 내 차례가 되었다. 내 이름이 불리자 나도 아이들 사이를 비집고 나가 역시 웃으면서 테이블 앞에 섰다. 인사를 하고 두 손을 높이 들었다. 교장선생님은 나에게 종이를 주었다.

아아, 그건 말 그대로 종이였다. 다른 아이들은 딱딱하고 두꺼운 종이에 글자가 인쇄된 수료장을 받았지만, 나 혼자 붓글씨로 뭔가를 쓴, 반으로 접힌 종이를 받은 것이다. 교장선생님으로부터 건네받자마자 그 종이는 힘없이 축 처졌다.

나는 굴욕스러웠다. 친구들이 손에 들고 있는 훌륭한 수료장과 상품, 좌우로 서 있는 학부형과 교사, 졸업식 자체가 모두 나를 멸시하기 위한 거라는 생각마저 들었다. 이럴 거면 처음부터 참석하지 말 것을. 남자아이의 옷까지 빌려 입고 온 내가 싫었다.

그런 일은 그나마 나은 편이었다. 우리 집 형편은 날로 어려워져 가재도구를 팔아 생계를 이어가야 했다. 쥐약도 내다 판 상태였다. 화로도 없었다. 돈이 되는 물건은 죄다 팔았다. 그리고 이윽고 내 차례가 왔다. 즉, 내가 유곽에 팔려가게 된 것이었다.

어느 날이었다.

우리 집에 먹을 것이 하나도 없다는 사실은 아이였던 나도 잘 알고 있던 터였다. 그런데도 어머니는 나에게 빨간 매화가 달린 비녀를 사주었다. 평소부터 그게 갖고 싶었던 나는 하늘을 날 듯이 기뻤다.

어머니는 내 머리를 빗겨주며 비녀를 꽂아주었다. 옷은 한 벌밖에 없었기 때문에 새옷을 입을 수는 없었지만, 평소와는 달리 단정하게 입혀주었다. 그리고 어머니는 우리 집이 얼마나 어려운지, 나를 이렇게 내버려두기에는 내가 얼마나 불쌍한지, 하는 이야기를 절절하게 읊어댔다. 나도 눈물을 흘릴 뻔했다.

그러나 어머니는 이내 어조를 바꾸며 밝은 얼굴로 이렇게 말했다.

"그런데 후미, 다행스럽게도 너를 받아준다는 곳이 있어. 그곳은 우리 집처럼 가난하지도 않아. 어쩌면 너를 꽃가마에 태워 시집을 보내줄지도 몰라."

나는 어머니와 헤어져 다른 집으로 간다는 것이 슬펐지만,

어린 나도 어머니가 나 때문에 얼마나 고생하는지 잘 알고 있었기 때문에, 그런 곳이 있다면 가야 한다고 생각했다. 물론 나는 '꽃가마'가 무엇인지도 몰랐다. 하지만 그것을 타는 것은 분명 좋은 일일 거라 생각했다. 나는 슬프기도 하고 기쁘기도 했다. 뭐라 말할 수 없는 복잡한 기분으로 어머니를 따라 집을 나섰다.

어머니는 나를 어느 멋진 집으로 데려갔다. 우리는 그 집 현관 앞에 잠시 앉아 기다렸다. 그러자 검은 오비를 맨 중년 여자가 나와서 거만하게 인사를 건넸다.

지금 생각해보면 그 사람은 기생을 관리하던, 말하자면 인신매매업 알선자였던 것 같다. 중년 여자는 내 얼굴을 빤히 바라보았다. 잠시 후 물건 하나를 앞에 두고 중년 여자와 어머니 사이에 거래가 시작되었다.

"아이가 너무 어려. 얘가 물건이 되려면 적게 잡아도 오륙 년이 걸려. 그 비용이 만만치 않아. 놀려둘 수 없으니 학교에도 보내야 하고. 적어도 소학교는 졸업해야지 않겠어. 게다가 손님 앞에 내보내려면 연습도 시켜야지. 그러려면 밑천이 좀 든다는 얘기지……."

이것이 중년 여자의 계산이었다.

어머니는…… 어머니는 진심으로 괴로운 듯 흐느껴 울며 답했다.

"저는, …… 저는 정말 돈 때문에 이 아이를 여기 데려온 게 아니에요. 그러니 돈은 아무래도 좋아요. 제가 너무 가난해서 차라리 아이를 이곳으로 데려오는 게 아이한테도 좋다고 생각했어요."

"그건 그래. 아무리 기생이라도 출세하면 사정은 달라지지……."

중년 여자는 어머니의 약점을 쥐고 맞장구를 쳤다. 어머니는 기다렸다는 듯 아버지의 호적등본과 족보를 베껴 쓴 걸 보여주며, 아버지의 집안이 명망 높다는 걸 상대방에게 호소했다.

"이 정도면 떳떳한 편 아닐까요. 출세에도 도움이 될 것 같기도 하고……."

아마 중년 여자는 좋은 먹잇감이 절로 찾아왔다고 생각했을 것이다. 어머니는 그다지 돈에 집착하지 않았고 이야기는 순조롭게 진행되었다.

물론 나는 집에서 나올 때 어머니가 했던 말과는 달라졌음을 알고 있었다. 하지만 그때까지만 해도 기생이 무슨 일을 하는지 몰랐다. 또 학교에도 보내준다고 하고 예의도 가르쳐준다고 하기에, 그렇게 싫지는 않았다.

그러나 나를 어느 지방으로 보낼 것인가, 하는 이야기가 나오자 어머니는 다시 생각하기 시작했다. 중년 여자는 나를 도카이도(東海道) 미시마(三島)에 보내겠다고 했다. 미시마라는 말을 듣자 어머니의 얼굴이 어두워졌다.

"좀 더 가까운 곳에 보냈으면 하는데요."

어머니는 애원하듯 말했다.

"미시마는 너무 멀어서 때때로 만나러 가기도 힘들고……."

"그렇기는 하지."

상대방도 좀 당황스러운 듯했다.

"공교롭게도 미시마 외에는 지금 자리가 없어……."

어머니는 몇 번이나 가까운 곳을 부탁했지만, 상대방은 꿈쩍도 하지 않았다. 결국 어머니는 단념했다.

"그럼 다음에 올게요."

어머니는 유감스러운 듯 미시마 자리를 거절했고, 우리 두 사람은 다시 암울한 집으로 돌아왔다. 되돌아보면 얼마나 다행스런 일이었는지. 또 어머니가 내 행복을 위해 그렇게 행동했다는 것도 믿을 수 없을 것 같았다. 나의 행복을 위해서라면 때때로 만나지 못한다는 이유로 거절할 리 없을 테니까.

마지막 남은 물건인 '나'를 파는 데 실패한 우리는 방법이 없었다. 집주인은 매일같이 집세를 독촉했다. 주변 상점도 더 이상 외상을 해주지 않았다. 그래서 어머니와 고바야시가 생각해낸 것은 야반도주였다. 어느 날 밤 우리는 남은 가재도구를 제각기 손에 들고 몰래 도망쳤다. 이번에 자리 잡은 곳은 싸구려 여인숙이었다. 우리는 말 그대로 '밑바닥'으로 떨어진 것이다.

우리는 다다미 3조 방을 빌렸다. 다른 방에는 인부, 양산 고치는 사람, 점쟁이, 마술사, 목수와 같은 사람들이 함께 북적북적 살고 있었다. 그들은 비가 오는 날에도, 날씨가 좋은 날에도 대부분 빈둥빈둥 놀며 지냈다. 생활비가 바닥이 나면 그제야 어쩔 수 없다는 듯 작업복을 걸치거나 구깃구깃한 옷을 다려 입고 나갔다. 그리고 돌아올 때는 싸구려 술을 마시고 알아볼 수 없는 모양새가 되어 들어왔다. 그러면 또 한바탕 소동이 벌어졌다. 도박을 하거나 쓸데없는 허세를 부리다가 결국에는 엄청난 싸움으로 번지곤 했다.

이런 환경 속에서 게으름뱅이 고바야시가 일할 리 만무했다. 어린 나조차 기가 막혀버릴 정도였다. 어쩌면 저렇게 질리지도 않고 잘 자는 걸까 감탄스러울 정도로, 그는 매일매일 아침부터 밤까지 방구석에서 잠만 잤다.

우리는 하루에 삼시 세끼를 먹는 일이 거의 없었다. 종일 굶는 날이 더 많았다. 항상 배가 고팠다. 지금도 나는 배고플 때마다 생각한다. 주린 배를 움켜쥐고 길을 가다가 어느 집 쓰레기통에 버려진 새카맣게 탄 밥을 나도 모르게 입에 넣던 것을. 그리고 그 밥을 참으로 맛있게 먹었던 것을.

“정말 너를 너무 고생시키는구나. 미안하다.”

어머니는 항상 미안한 얼굴을 하며 나에게 사과했다.

내가 “저런 남자와 같이 사니까 그런 거지.”라고 말하자 어머니는 한층 곤란한 얼굴을 하며 대꾸했다.

"조금은 부지런한 사람인가 했더니, 정말 넌더리가 난다. 지긋지긋해. 누가 무슨 말을 해도, 어떤 고생을 하더라도 혼자 살아야 했는데. 너랑 나랑 둘이서 살았으면 이렇게 망가지지도 않았을 텐데."

어머니는 비통한 듯 고개를 떨어뜨렸다. 제대로 말을 잇지도 못했다. 다시 얼굴을 들고는 이번에는 체념한 듯 조금은 또렷한 목소리로 말했다.

"하지만 지금은 헤어지고 싶어도 마음대로 헤어질 수 없는 상황이 되어버렸어. 이럴 줄 알았다면 헤어질 수 있었을 때 과감하게 헤어졌어야 했는데……."

그게 나는 무슨 말인지 몰랐다. 단지 나약한 어머니가 답답했을 따름이다.

어머니는 고바야시에게 자주 잔소리했다. 하지만 고바야시는 맷돌처럼 대꾸도 하지 않았다. 단념한 어머니는 부업으로 삼실 잣는 일을 했지만, 그것도 곧 그만두었다. 어딘가 몸이 아픈 듯 생기 잃은 얼굴을 하고 항상 누워 있거나 했다.

그러나 나는 아직 어린아이였다. 괴로운 상황에 처해 있기는 했지만, 밖에서 놀고 싶었다. 어느 날 내가 동네 아이들과 제방 아래에서 놀고 있는데 느닷없이 어머니가 무거운 걸음으로 다가와 나를 불렀다.

"왜요, 엄마?"

어머니는 힘없는 목소리로 주변에 꽈리나무가 없냐고 물었다. 본디 아이들은 친절한 법이다. 함께 놀던 아이들 모두 꽈리나무를 찾아다니던 가운데 다리 밑에 있는 걸 금세 찾아낼 수 있었다. 아이들 가운데에는 훨씬 예전부터 꽈리나무가 있다는 걸 알고 자랄 때까지 기다렸다는 녀석도 있었지만, 선뜻 그것을 뽑아주었다.

"고맙구나."

어머니는 인사를 하며 뿌리만 뚝 잘라 소매 속에 넣고 돌아갔다. 그날 밤 나는 이 꽈리나무의 노란 뿌리가 헌 신문지에 싸여 방 안 램프 옆에 놓여 있는 것을 보았다.

지금 생각해보니 어머니는 임신 중이었고, 꽈리나무 뿌리로 아이를 지우려 했던 것 같다.

고바야시의 고향

이윽고 가을이 되었다.

어머니와 고바야시가 무슨 수로 돈을 마련했는지, 어쨌든 두 사람은 나를 데리고 고바야시가 태어난 고향으로 갔다.

고바야시의 고향은 야마나시현(山梨縣) 기타쓰루군(北都留郡)으로, 마을 이름은 잊어버렸지만 꽤나 깊은 산골이었다. 고바야시의 가족들은 농업으로 생계를 유지하고 있었지만, 불편하지 않을 정도의 생활은 할 수 있는 형편이었다. 고바야시의 형제는 세 명이었지만 제대로 된 사람은 없었고, 차남인 고바야시가 그나마 나은 편이었다. 그래서 아버지가 사망한 후에는 장남을 대신하여 고바야시가 일가를 꾸렸지만, 그런 고바야시도 얼마간의 돈을 들고 집을 뛰쳐나오고 말았던 것이다. 가족들은 이미 고바야시가 한 짓을 알고 있었지만, 그로부터 오랫동안 소식이 뜸했던 터라 나이 많은 아내를 데리고 홀연히 나타난 걸 보고 놀라는 한편 기뻐하기도 했다. 그리고 고바야시를 위해 가능한 한 편의를 제공해주려 했다.

앞에서도 말한 것처럼 잘 기억나지는 않지만, 그곳은 고소데(小袖)라는 마을이었다. 씨족사회처럼 친인척이 모여 열네댓 가구를 형성하고 있는 조용한 마을이었다. 그곳에 도착했을 때 우리가 살 만한 집은 없었다. 그래서 친인척들은 고바야시의 형수 친정집 서쪽에 있는 장작창고를 정리하여 살게 해주었다.

본디부터 장작과 짚을 마구 쌓아두던 곳이라 마루는 썩었고 벽은 헐었으며 비까지 샜다. 도저히 어떻게 할 수 없는 곳이었지만 낡은 판자를 덧대고 진흙을 이겨 벽에 발라 겨우 잠을 잘 수 있도록 만들었다. 장작창고는 다다미 10장짜리 네모진 마루와 다다미 2장짜리 방으로 이루어져 있었다. 헌 다다미가 2장 깔려 있는 방이, 말하자면 우리의 안방이자 식당이었다. 화로는 입구 가까운 곳에 있었지만 원래 시골 장작창고였던 터라 문도, 문지방도 없었다. 여름에는 멍석을 매달아 문을 대신하였지만, 겨울에는 견딜 수 없이 추웠기 때문에 다른 집 문짝을 2개 정도 빌려 입구를 막고 새끼줄로 고정시켰다. 그렇게 해도 눈보라가 치는 밤에는 눈과 함께 차가운 바람이 가차 없이 방 안으로 불어왔고, 아침에 일어나 보면 화로 주위에 눈이 쌓여 있는 일이 허다했다. 게다가 한쪽 벽 옆은 마구간, 다른 한쪽 옆은 공동변소였기 때문에 몹시 불결했다.

고바야시는 고향에 자리를 잡자 의심스러울 정도로 성실하게 일을 했다. 처음에 그가 한 일은 숯을 굽는 일이었다. 어머니는 어머니대로 이웃의 재봉 일을 하고 그 대가로 무나 감자와 같은 채소를 받아 왔기 때문에 입에 풀칠 정도는 할 수 있었다. 그리고 나는 이전의 종업식 이래 그만두었던 학교를 다시 다니게 되었다.

나는 그리운 고소데 마을을 추억하고 싶지만, 그 전에 먼저 이 마을의 생활상에 대해 이야기하고자 한다.

도시에 살면서 7, 8층짜리 빌딩과 긴자(銀座)의 화려한 쇼윈도를 본 사람이라면, 또는 자가용을 타고 다니거나 카페에 드나드는 사람이라면, 또는 여름에는 선풍기, 겨울에는 난로를 마음껏 사용하는 사람이라면 내가 지금 하는 이야기를 거짓말이라고 생각할 것이다. 그러나 이것은 거짓도 과장도 아니다. 나는 생각한다. 도시의 번영은 시골과 도시 간의 교환에서 도시가 시골을 속여 갈취한 결과라고.

앞서도 말한 바와 같이 고소데 마을은 친인척 열네댓 가구가 모여 형성된, 말하자면 원시사회와도 같은 곳이었다.

마을은 급경사진 산기슭의 해가 잘 드는 남쪽 골짜기에 자리하고 있었다. 논은 한 마지기도 없었다. 있는 거라곤 산과 산을 개간한 밭뿐이었다. 그래서 마을에서는 봄과 여름에는 주로 양잠을 했고, 또 밭에 보리와 뽕을 심었으며, 집에서는 먹을 채소를 길렀다. 모래땅에는 와사비를 심었다. 겨울이면 남자는 산에서 숯을 굽고 여자는 집에서 숯가마 엮는 일을 했다. 마을이 산간에 있었기 때문에 마을 사람들은 대부분—70~80%—의 수입을 숯으로 얻었다.

이러한 상황인지라 마을 사람들의 식사는 매우 조악하였다. 밥은 지금 내가 먹고 있는 것과 같은 굵게 쪼갠 보리밥이었지만 실은 감옥에서 먹는 밥보다 못했다. 감옥 밥은 4분 6반이라 하여 동남아시아산 쌀이 40% 섞여 있지만 마을에서는 흰 쌀 한 톨 구경할 수 없었다. 대신 감옥 밥과 같이 벌레, 돌, 지푸라기 등은 섞여 있지 않았다. 채소 조림은 감옥과 같다고 할 수 있다. 왜냐하면 채소를 조릴 때 설탕 하나 넣지 않으니까. 마을에서 먹을 수 있는 생선이라곤 뱉어버릴 정도로 짠 연어가 유일했다. 그것도 한 달에 한 번밖에 먹을 수 없었다.

그러나 이런 조악한 식사로 건강을 유지할 수 없었을 거라고 판단한다면 곤란하다. 산에 한번 들어가 보면 그 이유를 알 수 있다. 산에서는 지금 유행하는, 소위 비타민을 다량 함유한 먹을거리가 풍부했다. 평소 끼니에 결핍되어 있는 당분이나 칼로리는 으름, 배, 밤 등으로부터 얻을 수 있었다. 아이들은 물론 어른들도 열매와 과실을 따 먹었다. 그래도 남는 열매는 까마귀나 쥐의 먹이가 되었고, 그중에는 동물의 눈에도 띄지 않고 휘어버린 가지가 흙에 묻혀 썩어가는 일도 있었다. 아이들은 동물을 쫓기만 할 뿐 죽이지는 않았다. 그래서 사냥하면 먹을 수 있는 야생 동물들, 특히 토끼 같은 것들이 마을

뒷산이나 학교 가는 길가 숲에 여기저기 자주 뛰어 다녔다.

나는 이 시기에 진정으로 자연과 친구가 될 수 있었다. 그 덕분에 나는 시골 생활이 얼마나 이상적이고 건강한 것이며 또 자연스러운 것인가를 지금도 느끼고 있다. 그렇다고는 하지만 마을 사람들의 생활이 그리도 비참한 것은 무엇 때문일까. 아주 먼 옛날은 모르겠다. 도쿠가와(德川)의 봉건시대, 그리고 지금의 문명시대, 시골은 도시 때문에 점차 야위어간다.

내 생각에는 시골에서도 양잠을 할 수만 있다면 농민들의 삶이 나아질 것 같다. 그러면 일부러 시내 상인들에게서 목면 옷과 오비를 살 필요도 없을 것이다. 누에와 숯을 도시에 팔기 때문에 그 가치보다 훨씬 못한 질 낮은 목면이나 머리장식을 살 수밖에 없고, 교환상의 속임수로 시골은 도시에 돈을 빼앗기고 마는 것이다.

그런데 마을에서는 이런 일을 할 수가 없다. 돈의 유혹 때문에 숯과 누에를 팔고 마는 것이다. 시내 상인들은 기회를 놓치지 않고 마을로 들어와 돈벌이를 해 간다. 행상인들은 여성용 장식 깃 10장이 든 상자 하나, 다시마나 건어물 상자 하나, 방물 상자 하나, 갖가지 마른 과자가 든 상자 하나 등을 층층이 포개어 들고, 또 게다나 다시마, 건어물 등을 등에 짊어지고 왔다. 그들은 한집 한집 들러 물건을 선보이는 것이 아니라 비교적 유복한 집 화롯가에서 임시 상점을 열었다.

"상인이 왔어."

소식은 온 마을에 퍼졌다. 마을의 여자들은 모여들어 갖고 싶은 듯 물건들을 손에 들어보면서 가격을 물었다.

"어머 비싸기도 해라. 오마사 상은 열흘 전에 시내에서 이런 걸 20전에 샀다던데."

행상인들은 그런 말 하나하나에 뭔가의 이유를 붙여, 결코 비싼 게 아니라는 둥, 물건이 다르다는 둥 그럴듯하게 속여 넘겼다. 아니, 그럴듯하게 둘러댈 뿐만 아니라 꼭 사고 싶게 만들었다. 거래가 성사되기까지는 꽤 오랜 시간이 걸렸다. 당연한 일이다. 아무리 시간이 지체되어 어딘가에서 자고 가야 하더라도 숙박비는 시내와 비교해 4분의 1, 5분의 1에 지나지 않았고, 또 그들과 같은 여행객에게는 숙박비를 받지 않는 곳도 있었기 때문이다. 따라서 시간이 문제가 아니라 조금이라도 많이 파는 것이 중요했다.

여자아이들은 아버지 몰래 장식용 깃이나 머리장식을 샀다. 아낙들은 고치, 손수 자은 생사, 곶감, 흙 묻은 와사비를 짚 꾸러미에 몰래 넣어 가지고 와서는, 3분의 1 값어치도 안 되는 물건과 교환한다. 이렇게 마을은 매년 상인들에게 자신의 피와 땀으로 만들어진 결과물을 빼앗기는 것이다.

우편배달은 5일에 한 번, 7일에 한 번밖에 오지 않았다. 겨울에는 고타쓰*에 모여 앉아 가족들과 차를 마시며 이야기하

* 炬燵. 일본의 실내 난방 장치의 하나. 나무틀에 화로를 넣고 그 위에

거나, 다른 집에 온 편지글을 하나하나 읽어보거나, 사진을 보거나 하며 시간을 보냈다. 식사 시간이 되면 밥을 먹고는 유유히 자기 집으로 돌아갔고, 절에 배달 가야 하는 날이면 절 부엌에 앉아 주지스님의 바둑 상대를 하며 해가 저무는 것도 잊을 정도로 시간을 보냈다.

이번에는 학교 이야기다. 학교는 가모자와(鴨澤)라고 불리는 작은 마을 변두리에 있었다. 소학교 과정만 있었고 학생은 60, 70명 정도였던 것 같다. 처음 다니던 학교만큼이나 후진 곳으로, 선생님은 난폭한 주정뱅이 남자였다.

학교는 고소데에서 한적한 산길로 1리* 정도 떨어진 곳이었는데, 겨울에는 엄청난 눈이 와서 남자아이 여자아이 할 것 없이 모두 대나무로 만든 나막신을 신고 수건으로 머리와 볼을 감싼 채 같은 길을 왕복해야 했다.

역시 최소한의 연필과 종이, 먹은 필요했다. 하지만 마을에는 현금이 없었다. 학용품이 필요하면 마을 아이들은 각자 집에서 만든 숯 가마니를 하나둘씩 등에 지고는 등굣길에 학교 주변 가게로 갔다. 그리고 필요할 때마다 아이들은 가마니 숯 가격만큼 학용품을 가지고 갔다. 물물교환인 셈이다.

여기서 나는 가장 중요한 점을 지적하고 싶다. 숯 가마니를

이불, 포대기 등을 씌운 것. 이 속에 손, 무릎, 발을 넣고 몸을 녹인다.

* 일본의 1리(里)는 36정(町)으로 3.927km이다.

지고 1리나 되는 산길을 오가는 아이들이 대체 몇 살인가 하는 점이다. 그 아이들 가운데는 아홉 살 난 여자아이도 있었다. 나도 실제로 해보고 싶었다. 하지만 도시에서 태어난 나는 도저히 할 수가 없었다. 그보다 집에는 내가 이고 갈 숯 가마니가 없었다.

덧붙여 한 가지 더 이야기하고자 한다. 별것도 아닌 이야기인지도 모르겠지만, 도시에서 자란 나에게는 상상도 할 수 없었던 일인데, 그것은 마을에서는 변소에서 종이를 사용하지 않는다는 점이다. 마을 사람들은 변소에서 종이를 사용하는 것을 낭비라고 생각했다. 그들은 편지를 쓸 때에도 바래고 낡은 장지문 종이를 사용했다. 그렇다면 종이 대신 무엇을 사용했을까. 대나무 토막이나 나뭇가지를 젓가락 길이 정도로 잘라 변소 한구석 상자에 넣어두고 사용했다. 사용한 후의 나뭇가지는 별도의 상자에 담아두고, 다 쓰면 냇가에서 씻어 다시 사용했다. 이 이야기는 거짓말도 헛소리도 아닌, 사실이다.

어느 이른 봄날, 우리 집에 아이가 태어났다. 고바야시의 어머니는 크게 기뻐했다. 봄에 태어났기 때문에 하루코(春子)라고 이름을 짓고 잔치까지 했다.

대여섯 개의 숯 가마니를 실은 말이 5, 6리 떨어진 시내로 향했다. 다시 돌아온 말 등에는 숯 대신 쌀과 쪄서 말린 멸치, 옷가지 등이 소박하게 실려 있었다. 그것이 첫 손녀에 대한 선물이었다. 하루코는 튼튼하게 자랐다.

3월 말, 나는 또 종업식에 참석해야 했다. 언제나 굴욕적인 종업식에. 하지만 올해는 별다른 고통이 없었다. 왜냐하면 선생님은 무적자인 나에게도 다른 아이들과 똑같이 수료증을 주겠다고 했기 때문이다.

어머니는 종업식을 위해 궁한 가운데서도 목면 옷과 하오리*를 만들어주었다. 나도 그 옷을 입고 아이들과 함께 기쁜 마음으로 학교에 갔다.

형식만 겨우 갖춘 쓸쓸한 종업식이 시작되었다. 모두들 수료증을 받고 기뻐하였다. 그러나 선생님은 약속을 했음에도 불구하고 나에게는 수료증을 주지 않았다. 이제나저제나 마지막까지 차례를 기다리던 나는 결국 맥이 빠져버렸다.

종업식도 끝나고 모두 돌아갈 채비를 했다. 여전히 미련이 남아 단념하지 못한 나는 멍하니 서 있을 수밖에 없었다. 그러자 선생님이 다가와 수료증과 우수상장을 코앞에 내밀었다.

"네 수료증은 여기 있다. 상장도 있어. 받고 싶으면 어머니께 직접 오시라고 전해라."

종업식 전, 아이들의 집에서는 교사에게 무언가를 준비해서 보내는 것이 보통이었다. 제일 많이 보내는 것은 술이었다. 말하자면 술과 수료증을 교환하려는 것이 선생님의 생각이었다.

---

* 羽織. 일본식 겉옷

우리 집에서는 선생님에게 아무것도 보내지 않았다. 보내려 해도 보낼 물건이 없었다. 어머니가 눈치가 없었던 것도 있다.

선생님이 그렇게 말했을 땐, 정말 억울했다. 너무 분한 나머지 친구들과 헤어져 혼자 뒷길로 집에 갔다. 집에 도착하자마자 화롯가에서 마구 울었다. 보다 못한 어머니가 "걱정 마. 내가 술을 가지고 가서 수료증을 받아 올게." 하며 달랬다.

하지만 나는 도무지 그 모욕적인 순간을 잊을 수 없었다.

"됐어요. 됐어, 엄마."

나는 고집을 피웠다. 그리고 결국 학교를 무단으로 결석하고 말았다.

나는 슬펐다. 지금도 그때의 심정을 제대로 설명할 수 없다. 굳이 말하자면 떼쟁이가 울다 지친 나머지 울음을 그친 그런 상태였다.

그렇게 며칠을 보내던 어느 날, 뜻밖에도 어머니 친정에서 외삼촌이 찾아왔다.

외삼촌이 집을 어떻게 찾아냈는지, 나는 이미 알고 있었다. 그것은 내가 여기 와서 처음으로 맞은 설날에 어머니 대신 연하장을 보냈기 때문이다. 그때 어머니는 이렇게 말했다.

"이제 와서 데리러 와달라고는 할 수 없지만, 혹시 연하장을 읽고 와줄지도 몰라."

그 후로도 가끔 어머니는 말했다.

"친정에 가면 좋은 소리는 못 듣겠지만 이렇게 가난하게 살지는 않아도 되는데. 그뿐이겠니. 네 외할머니와 외할아버지가 기뻐할지도 몰라."

말하자면 어머니는, 연하장을 보내면 친정 식구들이 아버지에게 버려진 우리를 걱정하며 찾으러 와줄 거라고 믿었던 것이다.

"누님, 계시냐?"

외삼촌은 문턱을 넘자마자 말했다.

"어서 와."

어머니는 벌써 눈물을 뚝뚝 흘리고 있었다. 그리고 두 사람은 정말 반가운 듯 선 채로 이야기를 나누었다. 내가 들은 이야기는, 연하장을 받고 당장에 달려오려 했지만—어머니의 친정은 여기서 여자 발걸음으로도 이틀이 걸리지 않는 가까운 곳에 있었다—눈이 많이 쌓여 있는 바람에 세 번이나 실패하고 말았다, 눈이 녹을 때까지 기다렸다가 겨우 찾아왔다, 어머니를 친정으로 데리고 가려고 왔다는 것이었다.

고바야시가 일터에서 돌아왔다. 곧장 이야기가 시작되었다. 고바야시의 가족과 친척들도 모여들었다.

상당히 오래 이야기를 나눈 끝에, 어머니는 친정으로 가도 좋다는 의견이 모아졌다. 하지만 젖먹이 아기가 문제였다.

고바야시의 노모는 어머니에게 따져 물었다.

"일이 이렇게 될 줄 알았으면 진작 이야기를 하지 그랬냐? 그렇게 했으면 무슨 수라도 썼을 텐데……."

무슨 수? 나는 그것이 무엇을 의미하는지, 처음에는 몰랐다. 하지만 점차 무슨 뜻인지 알 수 있었다.

어머니가 말했다.

"저도 알고는 있었지만…… 하지만 불쌍해서……."

어머니의 이 한마디에 나는 불현듯 어떤 사건이 떠올랐다. 그것은 옆 마을 여자와 어머니가 나누던 대화에서 엿들은 내용이었다.

"큰 소리로 떠들 일은 아니지만, 그건 어렵잖게 해치울 수 있어." 하고 옆 마을 여자가 목소리를 죽이며 어머니에게 말하기 시작했다. "있잖아. [redacted] 아이를 물끄러미 쳐다보고는, 아직이냐, 아직이냐 [redacted] 실제로 옆집 여자는 처녀 시절에 애비 없는 자식을 낳고, 집안 때문에 그 아이를 그렇게 어둠을 틈타 몰래 묻었다니까."

가만히 듣고 있던 어머니의 낯은 흑색으로 변했고, 오히려 무언가 두려워하고 있는 듯했다. 그리고 마지막에는 "어쩜 불쌍하게도……." 하고 중얼거릴 뿐이었다.

하루코도 어찌 되는 건 아닌지 마음속으로 걱정했지만 사나흘 옥신각신한 끝에, 하루코는 고바야시 집에 남겨두기로 결론이 났다.

하루코의 문제가 해결된 다음 날, 나는 어머니와 함께 외삼촌을 따라 길을 나섰다. 고바야시 본가의 막내딸 유키 상이 포대기에 잠든 하루코를 업고 마을 밖까지 배웅해주었다.

정 많은 유키 상은 때때로 눈시울을 붉혔다. 아무것도 모르는 하루코는 포대기에 업혀 잠들어 있을 뿐이었다. 편안한 듯이 새근새근.

이미 마을을 훨씬 벗어나 있었다. 하지만 우리는 쉽게 헤어질 수가 없었다. 산기슭을 따라 굽어진 길에 이르러서야 겨우 헤어졌다.

어머니의 발은 쉽사리 움직이지 않았다. 헤어진 후 네댓 걸음 걷다가 다시 뒤돌아갔다. 그리고는 유키 상의 등에 잠든 하루코를 내려 흐느껴 울며 길 옆 제방 아래 잔디에 앉아 하루코를 억지로 깨워 젖을 물렸다. 어머니는 젖을 먹고 있는 아이의 얼굴을 쓰다듬고 볼을 비볐다. 옆에서 울며 서 있는 유키 상에게 "부탁할게, 유키 상. 부탁할게." 하며 지금까지 수없이 했던 말을 되풀이했다.

어머니는 언제까지나 아이 곁을 떠나려 하지 않았다. 그러나 저 멀리서 외삼촌이 큰 소리로 부르고 있었다. 어머니는 하는 수 없이 일어나 유키 상의 등에 하루코를 업혀주었다. 흐르는 눈물은 멈추지 않았다.

어머니와 나는 두 걸음 걷다가 멈추고, 세 걸음 걷다가 또 멈추어 뒤를 돌아보았다. 유키 상은 길모퉁이에 그대로 서 있었다.

두세 정(町)* 가다가 길이 다시 굽어지는 자리에 서서 우리는 또 뒤를 돌아보았다. 그때 유키 상의 모습은 짙은 아침 안개에 싸여 뿌옇게 보였다. 하지만 선잠을 깬 하루코의 울음소리만은 자신을 버리고 가는 어머니와 언니를 원망이라도 하듯 선명하게 들렸다. 울음은 아침 산의 고요함을 깨우고 있었다. 언제까지나, 언제까지나…….

이것을 마지막으로 나는 하나밖에 없는 여동생 하루코와 이별했다. 완전히 헤어졌다. 그 후로 이래저래 십여 년이 흘렀다. 하루코는 아직 살아 있을까. 아니면 벌써 죽었을까.

---

* 1정(町)은 약 100m

어머니의 친정

고소데를 떠난 지 이틀째 되는 날 정오 무렵, 우리는 어머니의 친정에서 약 1리 정도 떨어진 구보다이라(窪平)라는 곳에 도착했다. 여기서 외가까지는 얼마 걸리지 않았다. 하지만 어머니의 걸음은 무뎠다. 대낮에 친정으로 돌아가는 것이 부끄럽다는 것이었다. 그래서 외삼촌을 먼저 보내고, 우리는 잠시 이발소에 들러 얼굴을 다듬거나 외할머니께 드릴 선물을 사며 시간을 보냈다. 외가에 도착한 것은 날이 완전히 저문 시각이었다.

외할머니, 외할아버지는 물론 기뻐했다. 하지만 그 기쁨 가운데는 아픔도 묻어 있었을 것이다. 그런 심정은 우리도 마찬가지였다.

외할머니와 외할아버지는 이미 안방을 내주고 뒷방에서 조용한 생활을 보내고 있었고, 어머니의 셋째 여동생인 이모는 2

리 정도 떨어진 마을의 상인에게 시집간 상태였다. 작은 외삼촌은 출가하고, 큰 외삼촌—우리를 데리러 온 분—이 집안의 호주였으며 이미 두 살배기 아기가 있었다.

나는 외삼촌 집에 맡겨졌다. 그동안 어머니는 젊었을 적에 다녔던 제사장에서 일을 했다.

나는 적적함과 쓸쓸함에는 이미 익숙해져 있었다. 그래도 이번에는 마음만은 편했다. 안정되고 평온한 날들이 이어졌다.

하지만 아아, 참으로 불행하게도 어느 여름 밤, 단잠에 빠져 있던 나는 돌연히 외숙모가 깨우는 바람에 일어났다. 잠이 덜 깬 눈을 비비며 외숙모를 따라가자 생각지도 못한 어머니가 와 있었다. 어머니는 오비를 푼 채로 부엌 한쪽에서 밥을 먹고 있었다.

어머니는 나를 위해 모슬린 홑옷과 종이를 사 왔다. 당연히 나는 기쁘지 않았다. '이번에도 일을 관두고 돌아온 걸까.' 하며 마음속으로 불안불안했다. 집안에 딱히 별일이 있었던 것도 아니다. 멀리 떨어진 마을에 일하러 간 어머니가 이 시간에 왜 온 걸까. 나는 알 수 없었다. 하지만 어머니에게도 외삼촌에게도 외숙모에게도 그 누구에게도 물어보지 못하고 또다시 잠에 들었다.

그 이유가 곧 밝혀졌다.

어머니는 "아버지 위독하니 급히 귀가 바람"이라는 전보를 받고 달려온 것이었다. 하지만 외할아버지는 아프기는커녕 팔

팔했다.

그 다음 날, 위독하다고 알려진 외할아버지도 자리를 같이 한 가운데 외할머니, 외삼촌 내외, 어머니가 모여 중요한 이야기를 시작하는 듯했다. 나는 밖에서 놀다 오라는 말을 들었지만 나가지 않고 어른들 곁에 있었다.

"아이가 셋 있는데, 모두 장성해서 특별히 손 가는 일은 없을 거야."

외할아버지가 이야기하자 외할머니는 "사는 것도 편하다 하고, 무엇보다 시골이 아니라 시내야. 그동안 여기저기 전전하던 너에게는 딱 맞는 자리다." 하고 말을 이었다.

듣자 하니, 엔잔역 근처에서 잡화점을 경영하는, 꽤 살 만한 집에서 어머니를 후처로 들이고 싶다는 이야기였다.

어머니가 그곳으로 가게 되면 어쩌지……. 나는 불안해하며 가만히 어머니 얼굴을 쳐다보았다. 그러나 어머니는 나 따위는 안중에도 없는 듯, "그건 그렇군요." 하고 답하며 무언가를 곰곰이 생각하는 듯했다. 주위에서 연신 부추기자 어머니는 "그럼 그렇게 할까? 가서 힘들면 무리하게 고생하며 살 것은 없고. 그때는 이 아이가 있으니까." 하고 말했다.

나는 깜짝 놀라 나동그라졌다. 불안함이 가슴에서 치밀고 올라왔다.

"어머니, 제발 부탁이니 가지 말아주세요. 가지 마요……."

어머니의 목을 붙잡고 울며 호소했다.

"너에게는 정말 미안하지만." 하고 어머니가 말했다.

어머니가 시집을 가도 그곳은 여기서 멀지 않으니까 언제든지 만날 수 있다, 너에게도 시내에 갈 기회가 많이 생길 테니 오히려 좋은 기회다, 이런저런 이유를 달며 외할머니와 외할아버지는 나를 달래려 했다. 결국 어머니는 시집을 가게 되었다.

그렇다. 어머니는 결국 시집을 가버렸다. 자신의 행복을 위해 나를 남겨두고. 예전에 아버지가 우리를 버렸던 것처럼…….

나는 앞에서 우리를 버리고 간 아버지가 홀연히 찾아와 고무공을 사준 것을 이야기 한 바 있다. 그때 얼마나 아버지가 그리웠는지. 하지만 나를 꼭 데리러 오겠다는 약속은 지켜지지 않았다. 나는 이미 아버지를, 아버지의 사랑을 포기한 상태였다. 단 한 사람, 어머니만을 믿고 의지해왔다. 하지만 이번에는 어머니마저 나를 버리고 간다. 나는 어머니가 나를 유곽의 기생으로 팔려 한 사실을 떠올리지 않을 수 없었다. 그때 어머니는 나의 행복을 위한 일이라고 했지만, 그것은 거짓말이었는지도 모른다. 어머니는 그저 고달픈 생활에서 벗어나기 위해 나를 팔아버리려고 한 것이 틀림없다.

아아, 할 수만 있다면 나는 큰 소리로 세상에 소리치고 싶다. 특히 세상의 부모들에게 일갈해주고 싶다.

"당신들은 진정으로 아이를 사랑하는가. 당신들의 사랑은 모성애가 남아 있는 동안에만 유효할 뿐, 나머지는 자신들의 이익을 위해서 아이를 사랑하는 척 위장하고 있는 것은 아닌가." 하고. 그리고 "우리 어머니와 같이 진실로 아이를 사랑하는 것이 아니라, 자신의 행복을 위해 아이를 버리고 만약 힘들어지면 그때는 아이에게 의지하려는 뻔뻔함을 지니고 있는 것은 아닌가." 하고.

나도 모르게 감정적으로 말한 듯하다. 하지만 이것은 그 당시, 그리고 그 후로 계속된 나의 절망적인 심정에서 나온 표현이므로 이해해주기를 바란다.

어머니는 가버렸다. 나는 외삼촌 집에서 소학교를 다녔다.

나는 이미 학교에도 흥미를 잃어버렸다. 그리고 여기서도 따돌림 받기 일쑤였다. 체조시간에는 나보다 키가 작은 아이가 몇 명이나 있는데도 "너는 저리 가"라는 듯, 제일 뒷줄에 혼자 서야 했다. 학생 수가 짝수인 경우에는 그나마 나았다. 그렇지 않을 때는 혼자서 뒤를 따라가야 했다. 학급 성적은 내가 제일 좋았는데도—서예와 그림은 아니었지만—모두가 받는 통지표조차 받을 수 없었다.

여름이 지나고 제법 시원해졌을 무렵, 어머니는 제일 어린 의붓자식을 데리고 친정에 왔다. 그렇게 원망했던 어머니였지만, 역시 어머니를 그리워했던 모양인지 반가웠다. 어머니가 나에게 시집간 집에 같이 가자고 했을 때, 나는 한사코 싫다고 했지만 어머니가 끈질기게 이야기하는 바람에 도리 없이 같이 가기로 했다.

어머니의 집은 식료품과 잡화, 문방구 등을 파는 가게였다. 나는 그곳 아이들과 쉽게 친해졌다. 하지만 어머니 남편 되는 사람과는 도저히 친해질 수 없었다. 이틀 정도 묵고 나니 돌아가고 싶어져 죽을 지경이었다.

“벌써 가려고?”

어머니의 표정은 쓸쓸한 듯했다. 어머니는 여러 구실을 만들어 나를 붙잡으려 했지만, 나는 집에 가고 싶다고 고집을 피웠다.

결국 어머니가 단념했다. 경대를 마루로 가져와 내 머리를 빗겨주었다. 장롱 맨 위 서랍에서 비단 조각으로 만든 주머니와 끈을 꺼내 나에게 내밀었다.

“요전에 보니 장롱 속에 이런 게 있잖아. 너에게 주려고 몰래 숨겨두었어.”

그리고 가게에서 통조림 세 개와 흰 설탕 한 봉지, 빨간 가죽 줄이 달린 삼실 짚신 한 켤레를 재빨리 보자기에 싸서는 소맷자락에 숨기듯 하며 나를 데리고 가게에서 나왔다. 동구 밖에 있는 대나무 숲 옆 물레방아까지 나를 배웅하며 어머니는 보자기를 나의 등에 매주었다. 그리고 근처 과자가게에서 막과자를 사주었다.

“먹으면서 가렴. 길을 잘못 들면 안 돼. 집에 가면 상황을 보고 또 들르겠다고 전해줘."

어머니는 금방이라도 눈물을 흘릴 듯이 말했다. 나도 왠지 울고 싶은 심정이었다. 고개를 푹 숙인 나는 그저 고개만 끄덕거렸다. 그랬다. 틀림없이 나는 울고 싶었다. 하지만 무언가가 내 눈물을 틀어막고 있었다.

나는 그때부터 어두운 성격을 가지게 되었던 것 같다.

집으로 돌아온 나는 다시 학교를 다니기 시작했다. 아무리 따돌림을 당해도 학교가 그리 싫지만은 않았다. 학교에 다니는 것, 그것이 나의 유일한 즐거움이기도 했다.

이윽고 겨울이 다가올 무렵이 되었다. 조선에서 아버지 쪽 할머니, 그러니까 친할머니가 나를 찾아왔다.

할머니는 외할머니와 같은 나이로 이미 쉰대여섯 살가량이었다. 하지만 외할머니보다 건강한 듯했고 혈색도 좋았다. 무엇보다 복장이 달랐다. 할머니는 고급 명주 천으로 만든 코트를 입고 있었는데, 그 옷차림은 마치 부잣집 사모님 같았다. 시골 농부들과는 비교가 되지 않았고, 그 때문인지 나이보다 훨씬 젊어 보였다.

용건은 나를 조선으로 데려가 키우고 싶다는 것이었다. 거기에는 이유가 있었다.

조선에는 할머니와 아버지 바로 밑 여동생, 즉 고모가 살고 있었는데, 고모에게는 아이가 없었다. 내가 서너 살일 무렵, 만약 고모에게 아이가 계속 생기지 않는다면, 나를 데려가 키우기로 되어 있었다고 한다. 하지만 어머니와 아버지가 그런 모양으로 헤어지는 바람에 아버지 집에서는 어머니의 행방을 알지 못해 손을 쓰지 못하고 있었는데, 어머니가 친정에 돌아온 것을 계기로 이야기가 다시 전개된 것이었다.

할머니 쪽은 아버지가 아무리 이모와 함께 살고 있다고 해도, 아버지와 어머니가 그렇게 되어버린 것에 일말의 책임은 느끼고 있었고, 무엇보다 조선에 살고 있는 고모는 더 이상 아이를 가질 수 없게 되었기 때문에 불쌍한 나를 데려가 키우는 것이 좋다고 생각했으며, 또한 내가 지금 살고 있는 외할머니 쪽에서는 어머니가 이번에는 시집가서 잘 살고 있고, 부자 할머니를 만나면 나도 잘 지낼 수 있을 거라고 생각했기 때문에 결론은 빨리 내려졌다.

조선에서 온 할머니는 나를 위해 예쁜 옷도 가져왔다. 35엔이나 할 것 같은 정장용 오비, 지금까지 보지도 못한 비단옷, 코트, 숄, 나막신, 리본 등등. 할머니의 이야기로는 이 외에도 많은 물건이 있지만, 짐이 되기 때문에 놓고 왔다는 것이었다.

할머니의 집안 사정상, 나를 무적자인 채로 입양할 수는 없기 때문에 나는 외할머니의 다섯째 딸로 호적에 오르게 되었고, 할머니를 따라 조선으로 가게 되었다.

정말이지 너무나도 화려한 옷가지들이었다. 조금 과장되게 말하자면, 나는 그런 옷들을 본 적이 없었다. 나는 그 옷들을 입었다. 형용할 수 없는 수치심과 기쁨이 하나가 되었다. 나는 소매와 오비를 몇 번이고 몇 번이고 바라보았다.

"자, 좀 있으면 조선으로 갈 테니까 그 예쁜 옷을 입고 주위에 인사를 다녀오너라."

주변 사람들의 말에 따라 나는 이모와 함께 학교와 이웃에 인사를 하러 갔다. 나는 비단옷과 오비, 커다란 리본으로 치장했다. 이웃 여자아이들은 옷을 보여 달라며 몰래 우리 집 뒷문으로 모여들었다. 그러고는

"후미는 정말 좋겠다……." 하면서, 이는 그동안 내가 고생한 대가라고 입을 모았다. 어머니도 물론 와주었다. 그리고 모두처럼 기뻐해주었다.

"지금 이 모습을 사진으로 남기면 좋을 텐데. 그렇지 않아요?" 외숙모가 이야기하자, "그러게, 근처에 사진관이 있으면 좋으련만." 하고 어머니가 답했다.

"사진이라면 우리 집에 가서 찍어서 보내줄게."

할머니는 모두가 놀라는 모습을 즐기기라도 하듯 이야기하며, "우리 집에는 한 달에 한두 번은 사진사가 온답니다. 가거든 곧 보내드리지요."라고 덧붙였다.

"꼭 부탁드릴게요."

모두가 한 목소리로 이야기하자 신이 난 할머니는 "하지만 만나지 못하는 것도 잠시뿐일 거예요. 소학교를 졸업하면 바로 여학교에도 보낼 거고, 공부를 잘해 여자대학에 진학하게 되면 역시 도쿄로 가야 하니까 그때는 언제든지 만날 수 있을 거예

요." 하며 더욱 커다란 희망을 안겨주는 이야기를 늘어놓았다.

아니, 그것뿐만이 아니다. 나를 데리고 간다면 결코 부족함이 없도록 필요한 것은 물론 장난감도 마음껏 살 수 있도록 할 테니 염려 말라는 말까지 했다.

모두들 눈물을 흘리며 기뻐한 것은 새삼 말할 필요도 없을 것이다. 물론 나도 행복했다.

연일 내리던 비가 그치고 하늘이 쾌청하게 개어 쌀쌀함마저 느껴지던 어느 아침, 모두가 배웅하는 가운데 축복을 받으며 나는 할머니와 함께 여행길에 올랐다.

2부

조선

새로운 집

드디어 조선에 도착했다. 나의 행복을 기다리는, 희망의 빛에 가득 찬 조선에 도착한 것이다.

그러나 조선은 과연 나에게 약속된 행복을 주었을까? 그것은 앞으로 내가 할 이야기를 들으면 자연히 알 수 있겠지만, 먼저 나는 조선으로 가는 동안 느낀 점에 대해 잠시 언급하고자 한다. 이 부분을 설명하지 않으면 아마 독자들은 너무나도 급작스러운 변화에 판단이 흐려질지도 모르니까…….

그렇다면 내가 조선으로 갈 때 느낀 점이란?

그것은 한 마디로 요약할 수 있다. 내가 할머니에게 기대하던 것—손녀에 대한 할머니의 사랑—을 거의 받지 못했다는 약간의 실망과, 할머니 또한 나에게 기대하던 것을 거의 발견하지 못했을 것이라는 나의 불안, 이 두 가지이다. 그러나 나는 고작 이것만으로 희망을 버리지는 않았다. 나는 나를 기다리는 행운의 여신을 꼭 부여잡고 있어야만 했다.

마침내 조선에 도착했다. 내가 살게 될 집에도 도착했다. 그곳은 충청북도 부강이라는 곳으로 이와시타(岩下) 가문이었다.

이와시타? 아마 독자들은 여기서 의문을 가지게 될 것이다. 아버지의 성은 사에키인데 할머니의 집은 왜 이와시타인지. 먼저 여기에 대해 이야기해두자.

할머니는 열대여섯 살에 히로시마에서 결혼했다. 할머니가 스물일곱 살이 되었을 때 할아버지는 아홉 살 난 아이를 시작으로 네 명의 자식을 남기고 돌아가셨다. 이어 두 명의 아이가 죽었다. 설상가상 장남—우리 아버지—은 집을 나가버려 집에는 여자아이 하나, 즉 고모만이 남게 되었다. 고모는 히로시마에서 여학교를 졸업한 후 곧 해군군인으로부터 청혼을 받았지만 할머니가 허락하지 않아 성사되지 않았다. 이후 면식이 없었던 한 관리(이와시타)가 고모에게 청혼을 하였고 할머니도 '이 남자라면 괜찮겠다'고 여겨 대번에 혼인이 성립되었다. 장남인 우리 아버지가 없는데도 불구하고 그 남자를 양자가 아닌 정식 사위로 맞아 고모를 줘버렸다. 법률적으로 고모는 이 남자에게 시집간 것이었다. 할머니는 혼자 사는 몸이었고, 게다가 사위도 마음에 들었기 때문에 딸 부부와 한집에 살게 되었다. 하지만 법률상 고모는 이와시타의 아내였기 때문에 남편의 성인 이와시타가 할머니와 아버지의 성 사에키를 대신하여 집안을 대표하게 된 것이다. 이런 연유로 내가 정착한 새로운 집은 이와시타 가문이었다.

부강

이와시타 일가가 사는 곳이 부강이었다는 것은 앞에서도 이야기했다. 부강은 어떠한 곳이었을까?

부강은 경부연선(京釜沿線)에 있는 작은 마을이었다.*

조선인과 일본인이 섞여 사는 곳으로, 조선인들은 꽤나 많았지만 일본인은 겨우 40가구에 지나지 않았다. 하지만 이곳의 조선인과 일본인은 전혀 융화되지 않은 채 각각 지자체를 따로 가지고 있었다. 조선인들에게는 '면사무소'라는 것이 있어, 면장이 조선인에 관한 업무를 일괄 관리하였고, 일본인들에게는 일본에서 말하는 소위 관공서 같은 사무실이 있어, 촌장 격인 관리자 한 사람이 일본인에 관한 업무 일체를 담당하

---

* 부강은 현 세종특별자치시 부강면에 있는 지역으로, 1916년 2월에 부강—대전 간 철도 노선이 개량되었다.

였다.

일본인 마을이 어떻게 구성되어 있었는지 잠시 살펴보면, 여관, 잡화점, 문방구점, 이발소, 모종가게, 게다가게, 과자가게, 목공소 등을 운영하는 사람들이 각각 한 가구씩, 의사, 우체국 직원, 소학교 교사와 같은 사람들이 각각 한 가구씩, 헌병 다섯 가구, 농부 세 가구, 매춘부 두 가구, 역장 및 역원 네 가구, 철도 직원 서너 가구, 그리고 조선인을 대상으로 고리대금업을 하는 자가 예닐곱 가구, 해산물 중개업자가 두 가구, 담배와 막과자 소매점 두세 가구, 대략 이렇게 구성되어 있었다.

그렇다면 이 작은 일본인 마을 내의 모습은 어떠했을까. 이들은 모두 금전적 이익 때문에 모인 자들이었기 때문에 공동체 의식으로 연결되어 있지는 않았다. 마을을 지배하는 정신과 힘은 모두 경제력이었다. 돈이 있는 자는 자연히 세력을 가질 수 있었고, 마을의 행정—이라고 하면 조금 과장된 것일지 모르지만—에도 위세를 부릴 수 있었다. 즉, 돈이 있어 빈둥빈둥 놀고 지내며, 도시에서는 약간 유행이 지난 옷을 입고 있는, 그런 계급들이 으스대고 있었다.

그 가운데서도 가장 힘이 있는 자는 단순히 돈만이 아니라 얼마간의 논과 밭을 가지고 조선에 생활의 뿌리를 내린 자였다.—그런 사람들 가운데는 고리대금업자가 가장 많았다—그 다음은 헌병, 역장, 의사, 교사 등이 힘이 있었다. 이들의 부인들은 '오쿠상(사모님)'이라는 경칭으로 불렸지만, 그 외에 상인들이나 농부, 인부들의 아내는 죄다 '오카미상(여편네)'으로 불렸다.

마을은 그야말로 두 개의 계급으로 나뉘어 있었다고 보아도 무방하다. 이 두 계급은 물과 기름처럼 명확하게 구분되어 있었고, 여간해서는 서로 왕래하는 일이 없었다. 제사를 지낼 때에도, 잔치를 할 때에도 초대하고 초대받는 범위는 정해져 있었다.

같은 계급 내에서는 단오나 칠석날에는 경단을, 정월에는 떡을 주고받거나 하였다. 그러나 그것은 혈연으로 구성된 마을에서 이루어지는 것같이 진심에서 우러나온 것이 아니라, 체면상 어쩔 수 없이 주고받는 것이었다. 다른 집에서 받은 만큼, 또는 그만큼의 가격에 해당하는 것을 되돌려주는 식이었고, 속으로는 까다롭게 계산하면서도 겉으로는 격이 있어 보이도록 화려한 물건을 주고받는 것이 보통이었다. 마을의 전체적인 분위기는 화려하고 허영에 넘쳤으며 잔칫날이나 장례식에는 가능한 눈에 띄도록 야단스럽게 치장하는 것이 여자들의 특징이었다.

지금 말한 대로 부강은 작은 마을이었지만, 여하튼 본선(경부선—역자)의 정차장이 있었기 때문에 때때로 그곳을 통과하는 명사나 고관들의 송영을 위해 소학교 학생들과 헌병들은 물론이고 마을 유지들, 심지어는 여자들도 달려나와 플랫폼에 정렬하는 것이 거의 의무화되어 있었다. 그럴 때에는 양복에

'적십자사원'이라는 견장을 두른다든지 비단옷에 '애국부인회'라는 휘장을 걸친다든지, 우습기는 하지만 '청주 · 부강 간 도로개통기념' 배지와 같이 구리동전으로 착각할 만한 것까지 달고 참가했다. 대개 명사, 고관들이 어느 차량에 탑승한지도 모르게 기차가 지나갔지만, 아주 가끔, 열 번에 한 번 정도는 1분간 정차하는 일도 있었다. 그때에는 정장 차림의 관리자가 송영에 참가한 유지들의 명함을 붉은 비단 천을 깐 쟁반에 담아 황송한 듯 기차 창문으로 건네기도 했다.

그리고 마을에서는 조금이라도 무슨 일이 있으면 제등행렬이나 가장행렬을 하곤 했다. 때로는 돈대* 공터에 오두막을 지어 뛰어 놀고 춤추며 악기를 연주하고 노래를 부르기도 했다. 그리고 연극이나 희극(교겐)**의 흉내를 내기도 했다.

이는 실로 새로 개척한 식민지의 풍속이자 습관이었다. 남녀 모두 이러한 유희로 얼마간은 단조로운 일상에서 벗어나 즐길 수 있었던 것이다. 그러나 물론 이것은 제1계급에 속하는 자들의 행사로, 제2계급자들은 그저 멍하니 바라볼 수밖에 없었다.

---

* 墩臺. 평지보다 높직하게 두드러진 평평한 땅

** 狂言. 대화 위주의 일본 전통극으로 노래와 춤도 곁들인다.

이와시타 가문

우리 고모 집—이와시타 가문—은 대략 이러한 분위기 속에 있었고, 그 가운데서도 가장 유력한 편이었다. 그리 넓지는 않았지만, 얼마간의 산림과 조선인들이 소작하는 논과 밭을 가지고 있었고, 그로부터 얻는 수입으로는 조선인을 상대로 고리대금업을 하고 있었다.

집은 선로 북측 구릉에 있었다.

남측에 사는 사람들은 자기 동네가 중심이라며 북측을 서민 동네라고 말했지만, 북측에 사는 사람들은 그 반대로 말했다. 서로 자신이 사는 동네에 자부심을 가지고 있었던 것이다.

고모 집은 구릉의 주택지 가운데서도 가장 높은 곳에 있었다. 직사각형의 낮은 초가집 두 동에는 다다미 네 장 정도의 온돌방이 각각 2개씩 있었다. 집 자체는 초라했지만, 부지는 넓었다. 집 뒤에는 곳간이 두 동, 뜰 앞에 있는 밭 옆에는 쌀 창고가

한 동 있었고 뜰에는 채소와 과실나무가 자라고 있었다.

고모부는 나가노(長野)에서 태어난 사람으로 과묵하고 온화했다. 예전에는 철도 보조선 주임으로 일했지만 기차 전복 사고로 사상자가 나와 그 책임을 지고 사직했다고 한다. 이후로는 시골에 묻혀 단조로운 생활을 하고 있었다. 취미라고는 화초 손질과 요쿄쿠*를 흥얼거리는 정도로, 지극히 평범한 남자였다. 고모는 고모부와 열 살이나 차이가 났다. 키가 크고 품위가 있으며 영리한, 게다가 야무진 사람이었다. 시원시원한 성격은 남성적인 편이라고도 할 수 있다. 가루타**를 좋아하여, 정월에는 물론 다른 때에도 같은 계급 사람들을 자주 집으로 불러 모았다. 그 외에도 고토***와 무용을 즐겼으며, 봄에는 들에 나가 고사리를 따고 가을에는 버섯을 따는 등 부르주아 사모님이 가질 법한 취미들을 즐기고 있었다.

이웃 사람들은 할머니를 '뒷방 늙은이'라고 했지만, 실제로 할머니는 그냥 늙은이가 아니라 고모 집 전체를 휘어잡고 있었다.

---

* 노가쿠(能樂, 일본의 가면 음악극)의 대본

** 트럼프. 카드

*** 거문고

조선 생활

1

어머니와 외할머니, 외숙모, 마을 사람들은 앞으로의 나의 행복을 기원하며 배웅해주었다. 나 또한 갖가지 기분 좋은 꿈을 가슴에 그리며 여기 조선으로 왔다.

하지만 도착한 직후부터 나는 내가 발을 내딛은 이곳 생활이 그리 수월하지 않으리라는 것을 직감했다.

할머니의 말을 믿고 따라온 나였지만 비단 기모노와 오비까지는 바라지도 않았다. 그래도 보통의 여자아이들과 같은 옷차림 정도는 기대했다. 원하는 대로 사주겠다던 장난감은 그다지 갖고 싶지 않았지만 좋아하는 책 정도는 얼마든지 사주리라 생각했다. 그리고 또 부모 없는 나에게 아버지, 어머니가 되어 나를 사랑해줄 사람들이 있을 것으로 예상했다. 하지만 나는 그 어느 하나 가질 수가 없었다.

물론 다소 실망은 했다. 하지만 그 정도 일에는 이미 어렸을 때부터 익숙해 있던 터라 큰 고통으로 느끼지도 않았다. 단지 할머니 집에 와서 얼마 지나지 않아, 뭐라 말할 수 없는 적적함이 엄습했던 것만은 기억하고 있다.

어느 날, 누군지 모르지만, 처음 보는 한 여자가 와서 나를 보더니 그냥 인사치레로 "참 착한 아이구나." 하고 말을 건넸다. 그러자 할머니는 반가운 기색도 하지 않고 지극히 무심하게 "그냥 좀 아는 집 아인데, 여하튼 지독하게 가난한 집 아이라 예의도 모르고 말도 천박해요. 얼굴이 붉어지는 일이 한두 번도 아니지만 너무 불쌍해서 그냥 데려온 거랍니다." 하고 답했다.

가난한 집의 아이, 그런 말은 괜찮다. 어린 나였지만, 지금까지 정말이지 지독하게 가난한 생활을 해왔기 때문에 나는 내가 얼마나 불쌍하고 가난한 아이인지는 잘 알고 있었다. 하지만, 하지만 할머니는 왜 나를, 그것도 장남의 딸을 내 손녀라고 말하지 않았을까. 지금처럼 명확히 설명을 할 수 없지만, 당시 나는 왠지 모를 외로움과 쓸쓸함을 느꼈다.

이런 일은 한 번에 그치지 않고 계속되었다. 할머니는 항상 누구에게나 그렇게 나를 소개했다. 아니, 그뿐만이 아니다. 혹시 다른 사람이 물으면 그렇게 답하라고 나에게 주의까지 주었다. 그리고 목소리를 죽이며 아주 그럴싸하게 덧붙였다.

"너는 아직 모르겠지만, 너랑 우리랑은 호적상 아직 남남이야. 만약 이 사실이 알려지면 너와 네 어머니는 붉은 옷을 입게 될 테야."

그것이 무엇을 의미하는지 나는 이해할 수 없었다. 하지만 붉은 옷의 의미는 알았다. 할머니의 말을 다 이해하지는 못해도 나는 그 말이 너무 무서웠다. 그래서 나는 조선에서 햇수로 7년이나 살았지만, 어느 누구에게 단 한 번도 이 사실을 말한 적이 없다.

생각건대, 매우 어려운 환경 속에 자란 나는 성격이 비뚤어지고 말씨도 곱지 않았기 때문에 할머니는 나를 좋은 집안의 양녀로 들이기에는 어울리지 않는, 집안을 욕 먹이는 아이라고 여겼던 것 같다. 그러나 어린 내가 할머니의 마음을 알 리 없었다. 나는 여전히 고모의 자식이 되었다고 굳게 믿고 있었다.

2

조선에 도착한 지 열흘이 채 지나지 않아, 나는 마을의 소학교에 다니기 시작했다.

학교는 마을 가운데 있었고 초가집 지붕의 단층집이었다. 교실 한 쪽의 장지문을 열면 두세 마지기 밭 너머로 시장에 모인 사람들과 당나귀, 소, 돼지 등이 보였다.

학교는 촌립(村立) 소학교였고 아이들은 서른 명이 채 되지 않았다. 선생님은 예순이 넘은 꼿꼿한 노인으로, 의사 사촌을 둔 덕에 가르치고 있을 뿐이었다. 내가 입학했을 때에는 공교롭게도 3학년 반이 없어서 4학년 반에서 공부했다. 맥주 상자를 책상 삼은 서당에서 1학년 공부를 보름씩 띄엄띄엄 4번—그러니까 반년도 되지 않을 정도로 했고, 2학년을 5개월, 3학년을 4개월 남짓 공부한 내가 아홉 살이 되어 4학년이 되었다. 무리한 일임에는 틀림없었지만, 나는 오히려 즐거웠다. 특히, "잘 들어, 후미. 가네코라는 이름을 가진 가난한 아이라면 상관없지만, 적어도 지금부터 너는 이와시타 가문의 아이야. 이와시타라는 이름으로 학교에 가는 거야. 그러니까 똑똑히 공부해야 한다. 농부 자식에게 지거나 부끄러운 일을 하면 이름을 뺏어버릴 거야." 이런 말을 들었을 때는 정말 기뻤다. 역시 나는 이와시타 가문의 아이가 맞구나, 하는 생각이 들어 마음이 환해졌다. 실제로 아이들은 나를 이와시타라고 불렀다. 학년말 시험에서는 고모 덕분으로 우수상을 받았고 수업증서에는 당당하게 이와시타 후미코라는 이름이 새겨져 있었다.

그러나 5학년이 되어서는 언제부턴가 성적 통지표에 가네코 후미코라는 이름으로 바뀌어 있었고, 수업증서 역시 가네코 후미코로 되어 있었다.

겨우 반년밖에 지나지 않았는데, 나는 벌써 이와시타라는 성을 가질 자격을 빼앗긴 것인가? 나는 농부의 자식에게도 뒤지지 않았다. 이와시타라는 이름에 욕을 먹인 일도 없다. 그런데도 나는 이미 이와시타의 아이가 아닌 것이다.

어떻게 된 일일까.

지금도 그 이유를 모르겠다. 다만 다음과 같은 추측을 할 뿐이다.

내가 학교를 다니기 시작했을 때 고모 식구들은 나에게 뜰에 있는 빈 방 하나를 공부방으로 주었다. 그리고 학교에서 돌아오면 곧장 공부방에 들어가 한 시간씩 복습을 시켰다.

스스로 이런 말을 하는 것은 좀 이상하지만, 나는 그럴 필요가 없었다. 아무튼 나는 어떻게 습득했는지, 소학교 2학년 때에는 6학년 책을, 3학년 때에는 고등 2학년 도덕책을 아무런 어려움 없이 읽을 수 있었다. 수학의 경우, 소학교 전 과정 중에 단 한 번도 머리를 싸매고 고민한 적이 없을 정도로 성적이 좋았고, 열한두 살 때에는 네 자릿수와 네 자릿수 곱셈을 암산할 수 있을 정도였다. 노래도 선생님이 네댓 번 불러주면 이후에는 완전히 외울 수 있었다. 잘 못하는 과목은 서예와 그림 같은 기교적인 과목이었다. 복습이나 예습을 할 필요가 전혀 없었던 것이다.

그래서 나는 공부방에 들어가자마자 가방을 내려놓고 고모가 주는 전병을 아작아작 씹어 먹으며 할머니가 부르기만을 이제나저제나 기다리고 있었다.

어느 날, 나는 너무 무료해서 방에서 뛰쳐나와 할머니에게 어리광 부리듯이 부탁해보았다.

"저는 복습 같은 거 안 해도 잘해요, 할머니."

그러면 할머니는 화가 나는 듯 말했다.

"가네코 이름을 사용하던 가난한 때와는 다르단 말이야. 단정하지 못하고 야무지지 못한 행동은 용서 못해."

나를 이해해주지 못하는 것이 몹시 슬펐다. 용기를 내 한 번 더 호소했다.

"그렇지만 저는 일부러 복습하지 않아도 잘 읽을 수 있는걸요. 저는 더 어렵고 더 재미있는 책을 읽고 싶어요."

물론 내 부탁은 거절당했다.

"건방지게. 책은 교과서로 충분해."

이것은 할머니의 절대적인 명령이었다. 그리고 나는 그걸 지켜야만 했다. 처음에는 체념하고 복습을 해보기도 했지만, 아무래도 시시해서 견딜 수 없었다. 결국 나는 인형을 만들거나 공놀이를 했다. 이왕 놀 바엔 밖에서 놀고 싶었다. 어차피 꾸지람 받을 게 틀림없기에 복습하는 것처럼 책과 공책을 펴놓고 몰래 놀았다. 하지만 할머니도 눈치를 챈 모양이었다. 때때로 할머니는 몰래 공부방 문을 열어 보기도 했다. 대개 놀고 있던 나는 할머니에게 들켜 심한 꾸지람을 받았다.

그런 일이 네댓 번 이어졌다. 결국 나는 공부할 시간마저 빼앗겨버렸다. 이 일은 지금까지 내가 한 실수 중 가장 큰 실수였고, 내가 이와시타 가문의 아이가 될 자격이 없다는 최초이자 최대의 이유를 할머니에게 준 계기가 되었다고 생각한다.

3

서예, 그림, 재봉 등 기교적인 과목은 나와 전혀 맞지 않았다.

내가 특별히 그런 과목들을 싫어한 것은 아니다. 또 태생적으로 소질이 없다고 생각하지도 않는다. 지금 생각해보면, 요코하마에서 학교를 다니던 이래, 나는 변변한 붓이나 종이, 연필을 가져본 적이 없는 데다가 제대로 학교를 다니지 못한 탓에 그러한 과목에 익숙해질 만한 시간을 가지지 못했을 뿐인 것이다. 나는 조선에 와서 처음으로 이에 대해 자각하게 되었다.

조선에 온 나는 내 글씨가 지저분하다는 걸 느끼고 열심히 연습하려 했다. 하지만 고모네 식구들은 가장 필요한 종이조차 충분히 주지 않았다.

"오늘은 서예를 하는 날인데요." 하고 이야기하면 고모는 겨우 반지(半紙) 두 장을 줄 뿐이었다. 그 두 장조차도 남의 집에 선물을 보낼 때 포장하기 위해 간수해둔 것이라, 접힌 자국이 있거나 주름이 잡혀 있었다. 나는 그다지 신경질적이거나 꼼꼼한 성격은 아니었지만, 이런 종이에 정성 들여 글씨를 쓸 기분은 나지 않았다. 게다가 그 두 장을 잘못 쓰고 나면 더 이상 글을 쓰지 못하기 때문에 그것을 구실 삼아 고학년 때부터 졸업할 때까지 세 번에 한 번 정도만 정서하여 제출했다. 그런 탓인지 아닌지, 지금도 내 글씨는 지저분하고 붓과는 거리가 멀다.

그림에 관해서는 잊지 못할 기억이 있다.

5학년에 올라갔을 때, 우리는 물감을 사용하게 되었다. 나도 준비해야 했지만, 아무리 필요한 물건이라도 사주지 않는다는 걸 잘 알고 있었기에 물감을 사 달라는 말도 쉽게 나오지 않았다. 어렵게 입을 열어 물감이 필요하다고 말했더니 고모부가 "미술책을 가져와 봐." 하고 말했다.

내가 미술책을 가져오자 고모부는 책을 잠시 살펴보고는, "음, 이 정도라면 이걸로 충분해." 하며 자신이 쓰던 물감 통에서 낡아빠진 물감 세 개(빨강, 파랑, 노랑)와 붓 두 자루를 주었다.

고모부가 준 물감은 금세 없어졌다. 마침 당시의 마을 학용품 가게에서는 묵처럼 갈아서 쓰는 물감을 팔고 있었다. 발색이 좋았고, 무엇보다 신제품이었기 때문에 모두 그 제품을 썼다. 나도 갖고 싶었다. 몹시 고민하다가 크게 마음을 먹고 부탁해보기로 했다. 겨우 12전 하는 물감을 갖기 위해.

"필요하다면 사줘야지."

고모부가 말했다. 고모도 찬성했다. 하지만 할머니만큼은 허락하지 않았다.

"너 말이야."

할머니는 들고 있던 젓가락을 놓고 쏘아보며 말했다.

"설마 잊지는 않았겠지. 너는 무적자야. 무적이란 건 말이야, 잘 들어. 무적자라는 건 태어났지만 태어나지 않은 거야. 그러니까 학교에도 갈 수 없는 거야. 가더라도 바보 취급을 당할 뿐이야. 그걸 내가 불쌍히 여겨 호적에 올렸는데, 만약 내가 아니었다면 너는 지금도 무적자야. 이렇게 남들처럼 학교에도 갈 수도 없는 거라고. 그러니까 너는 우리가 베푼 자비로 학교에 다니고 있다는 사실을 기억해 두지 않으면 안 돼. 그런데도 주제를 모르고 남들처럼 이게 필요해, 저게 필요해 하고 버릇없이 굴면 되겠니? 제멋대로 굴면 학교에 보내지 않을 테야. 잘 생각하고 지껄여. 너를 학교에 보내는 것도 보내지 않는 것도 모두 우리 권한이야."

결국 물감을 사주지 않았다. 그런 건 아무래도 괜찮다. 하지만 항상 듣는 무적자라는 말 때문에 내 자존심이 얼마나 상했는지 모른다. 잊을 수가 없다.

독자들이여. 나는 내가 어렸을 때부터 학교에 갈 수 없었던 것, 학교에 가도 따돌림 받은 것은 내가 무적자였기 때문이라고 말했다. 하지만 지금 어른이 되어 그렇게 쓰고 있을 뿐, 사실 어릴 때에는 그런 걸 몰랐다. 몰랐기 때문에 더없이 수치스럽고 부끄러웠던 것이다. 왜 나는 제대로 대접을 받지 못하고 수업증서를 받을 수 없는가, 그것이 슬플 뿐이었다. 내가 무적자라는 것은 조선에 와서 비로소 알게 된 사실이었다.

그런데 내가 무적자인 것이 내 잘못인가? 내가 무적자인 것은 내 책임이 아니다. 그것은 어머니와 아버지만이 알고 있는 사실이며 그 책임도 두 사람이 져야만 한다. 그런데도 학교는 나에게 문을 열어주지 않았다. 모두 나를 멸시했다. 육친인 할머니마저 무적자라는 이유로 나를 업신여기고 닦아세웠다.

나는 아무것도 몰랐다. 내가 알고 있는 것이라곤 나 자신이 태어났고 살아 숨 쉬고 있다는 것뿐이었다. 그렇다. 나는 내가 태어나 살아 있음을 분명히 느끼고 있었다. 할머니가 아무리 태어났지만 태어나지 않은 것이라고 해도, 나는 태어나 숨 쉬고 있는 것이다.

4

5학년 여름의 일이다. 학교는 공립으로 바뀌었고, 고등과가 생겼다. 나이 많은 선생님 대신 사범대를 나온 젊은 선생님이 부임해 왔다.

마침 그 무렵, 부근에 대규모 선로이동공사가 시작되면서 가까운 산에 텅스텐이 발견되었고, 그 때문에 사람들이 들끓기 시작했다. 대부분 일본인이었다. 학생 수도 갑자기 백 명 이상으로 늘어나 학교가 좁아졌다. 그래서 마을 중앙에 있는 고모 집 소유의 산기슭에 새로운 교사가 세워졌고, 우리는 새 학교에 다니게 되었다. 신축이라고는 하나 교실이 겨우 두 개로 늘어났을 뿐, 선생님도 한 사람이어서 제대로 된 교육은 이루어지지 않았다.

여전히 고모네 식구들이 필요한 학용품을 사주지 않는 바람에 신임 교사 핫도리(服部) 선생님께 항상 물감과 연필을 빌려야 했다. 선생님은 나를 불쌍히 여기셨지만 마을의 유지인 고모네 기분을 상하게 할 수는 없었던 것 같다. 고모 집에 자주 놀러 오시면서도 고모나 할머니에게 나를 위해 그 어떠한 말이나 의견도 내놓지 않았다. 딱한 핫도리 선생님. 나는 지금 이렇게 말하고 싶다.

5

열두세 살 때부터 나는 할머니를 도와 부엌일을 했다. 이와시타 가문의 자식에서 식모로 전락한 것이다.

식모가 되어버린 나는 모든 집안일을 해야만 했다. 한겨울에 쌀도 씻어야 했고, 머리에 수건을 뒤집어쓰고 온돌 불도 지펴야 했다. 남포등 닦기부터 변소 청소까지 모두 내 몫이었다. 나는 이런 일들을 딱히 불만스럽게 생각하지는 않았다. 오히려 인생의 수행을 한 셈이라 생각하며 감사히 여긴다.

하지만…… 하지만…… 뭐라 해도 사람은 사람인 것이다. 게다가 나는 여자다. 참으로 견디기 힘든 일이 있었다.

봄이었는지 가을이었는지, 비가 부슬부슬 내리는 추운 날이었다. 고모부는 노래 모임에 나가고, 하인 고(高) 씨는 뜰 앞 쌀 창고 처마 밑에서 쌀을 찧고 있었다. 할머니는 방문을 걸어 잠그고 샤미센*을 연주하고 있었으며 고모는 그 리듬에 맞추어 무용 연습을 하고 있었다.

조용한 날이었다. 나는 혼자 부뚜막 앞 봉당에 쪼그리고 앉아 무료한 듯 절구 소리와 촉촉이 내리는 빗소리, 그리고 차분하면서도 고요하게 들려오는 샤미센 가락을 들으며 뭐라 표현할 수 없는 울적함에 빠져들고 있었다.

나는 이 적적함 가운데서 오는 조용함을 좋아했다. 그 가운데 나물도 다 데쳐져 건져서 찬물에 씻었고, 냄비에 남은 물은 우물가 하수구에 버리려 했다. 물을 쏟으려 한 찰나 김이 마구 올라와 나의 맨팔을 덮쳤다. 그때 조금 무리하게 힘을 쓴 탓인지 냄비 줄 한쪽이 끊어지고 말았다. 그리고 주물로 만든 냄비는 바닥에 떨어져 산산조각이 났다.

아차, 하고 생각했지만 이미 늦었다. 그러나 나는 별로 잘못한 일은 아니라고 생각했기에 할머니가 부엌에 나와 계실 때 아무렇지도 않게 냄비를 깨버렸다고 이야기했다. 그러자 할머니는 갑자기 고함을 쳤다.

"냄비를 깼다고? 칠칠치 못한 것……."

나는 바싹 움츠러들고 말았다. 그리고 멍하니 할머니의 얼

* 三味線. 삼현(三弦)으로 된 일본 고유의 현악기. 사각형의 납작한 동체 양쪽에 고양이 가죽을 댔음

굴을 보았다.

할머니는 몹시 나를 꾸짖었다. 그리고는 나더러 변상하라고 했다.

나는 할머니 말에 그저 "네, 네" 하고 답할 수밖에 없었다. 그로부터 약 보름이 지난 어느 날, 시내에 다녀온 할머니는 새 냄비를 사 왔다.

전에 쓰던 냄비는 4, 5년 전에 70전이었는데 요즘은 물가가 부쩍 올라 1엔 20전에 샀다고 했다. "뚜껑은 깨지지 않았고, 다른 볼일이 있어 나갔다가 사 온 거니까 교통비는 받지 않으마……."라고 할머니는 말했다.

할머니 집에 온 후로 나는 단 한 번 용돈 10전을 받았을 뿐이다. 그런 내가 어떻게 1엔 20전을 마련할 수 있단 말인가? 식모 월급? 지금 말한 것처럼 그런 돈은 한 푼도 받은 적이 없다. 고향을 떠나 조선으로 올 때 십시일반으로 받은 전별금 12, 13엔으로 나는 변상해야 했다.

6

물건을 망가트렸을 때는 할머니의 분노를 돈으로 해결할 수 있기 때문에 그나마 다행이었다. 또 위로가 되기도 했다.

돈으로 변상하려 해도 할 수 없는 잘못을 저질렀을 때의 고통이란. 나는 가끔 돈으로 변상하는 대신 벌을 받기도 했다.

내가 열세 살 되던 해에 맞은 설날 이튿날의 일이다. 그날 아침 이와시타 가족 모두는 식탁에 모여 조니*를 먹었다. 그때 어쩌다가 그만 할머니의 젓가락이 두 동강으로 부러지고 말았다.

그 젓가락은 지난밤 내가 각각 젓가락 봉투에 넣어둔 것으로, 그 책임은 물론 나에게 있었다. 얼굴빛이 변한 할머니는 젓가락을 나에게 집어던졌다.

"이게 뭐야. 재수 없게."

할머니는 욕을 하며 나를 닦아세웠다.

"정초부터. 후미, 너는 나를 두 동강 내서 죽일 참이냐? 단단히 각오해 두어라."

할머니가 던진 젓가락을 보니 중간쯤에 벌레가 먹어 큰 구멍이 두 개나 나 있었다.

나는 몰랐다. 몰랐던 것은 물론 내 잘못이다. 하지만 어떻게 내가 할머니를 두 동강 내서 죽일 마음을 가질 수 있겠는가? 그보다 부러진 젓가락이 사람이 죽기를 바라는 주술적인 의미가 있다는 걸 나는 몰랐다.

"잘못했어요. 정말 몰랐어요."

나는 싹싹 빌었지만 할머니는 용서하려 하지 않았다. 이럴 때 나는 어떻게 하면 좋을까? 지금까지의 경험상 두 가지 방

---

* 雜煮. 신년에 먹는 일본식 떡국. 채소와 닭고기, 생선묵 등을 넣고 된장이나 간장으로 간을 맞춰 끓인다.

법밖에 없다. 하나는 어디까지나 모르고 한 일이라고 말하며 버티는 것, 다른 하나는 "제 불찰입니다. 앞으로 주의하겠습니다." 하고 말하며 용서를 구하는 일이다.

이번에는 "제 불찰입니다. 저는 할머니를 두 동강 내서 죽이려고 했습니다." 하고 말할 수는 없는 노릇이다. 내가 그런 마음을 가졌다면 벌 받아야 마땅하나, 결코 그런 마음을 가진 적이 없다. 내 속을 이야기해봤자 나를 용서할 할머니가 아니다.

어떤 대답을 해야 할지 몰라 망설이고만 있었다. 결국 나는 진심을 말하며 모르고 한 일이라고 버틸 수밖에 없었다.

할머니는 늘 그렇듯 벌을 내렸다.

평소에 받던 여느 때의 벌! 아, 생각하는 것만으로도 소름이 끼친다.

나는 조니도 먹지 못하고 곧장 집 밖으로 내쫓겼다. 조선의 겨울, 영하의 아침. 추웠다. 배도 고팠다. 풀 죽어 서 있는 내 모습을 남들에게 보이기 싫었다.

나는 사람들의 눈에 띄지 않도록 변소 뒤에 숨었다. 한쪽은 변소 벽, 또 다른 한쪽은 집을 짓기 위해 땅 일부를 파낸 곳이었다. 아침부터 저녁까지 전혀 해가 들지 않는 곳이었다. 쌓인 눈은 얼어붙어 자칫하면 쭉 미끄러질 만큼 위험하다. 이따금 만주에서 불어오는 바람에 섞인 눈과 모래가 가차 없이 얼굴과 다리를 때린다.

나는 서보기도 하고 앉아보기도 한다. 흐느끼며 운다. 고통을 잊어보려 행복한 날을 공상해보기도 한다. 하지만 그런 상상으로 고통이 사라질 리 만무하다.

할머니가 닭 모이를 주러 나왔다.

"어때? 일 안 하고 노니까 좋을 게야."

심술 고약한 할머니의 입가가 일그러졌다. 구원의 손을 뻗어주기는커녕 할머니는 휙 지나가버렸다. 나는 뒤따라가며 할머니의 옷자락을 붙잡고 빌었지만 할머니는 그것마저 뿌리쳤다. 아아, 그때의 내 슬픔이란…….

해가 저물고 식사가 모두 끝났을 때가 되어서야 비로소 나는 용서받을 수 있었다.

저녁 무렵의 냉기. 저녁이 되면 기온은 부쩍 내려간다. 추위와 피곤으로 내 얼굴은 널빤지처럼, 다리는 지팡이처럼 굳고 저렸다. 꼬집어보아도 감각이 없을 정도였다. 배는 고파 현기증이 날 지경이었다.

용서받고 방에 들어왔지만, 맥이 빠지고 이가 떨렸다. 기운이 없어 젓가락조차 들 수 없었다.

이런 일들은 셀 수 없이 많았다. 더 심한 일도 겪었다. 일부러 내 잘못이라 우기거나 자신들의 실수를 내 불찰로 돌리고 벌을 주기도 했다. 이제 더 이상 이런 말을 할 필요도 없다.

하지만 나는 하나만 더 덧붙이고자 한다. 내가 벌 받은 후,

이치에 맞건 안 맞건 용서를 구하게 하고 "앞으로는 절대로 이런 일이 없도록 하겠습니다." 하고 다짐시키는 데 대한 이야기이다. 할머니 가족은 그렇게 하는 것이 자신들의 위엄을 지키는 길이라고 생각했는지, 아니면 그렇게 하면 내가 나아질 거라고 생각했는지 종종 나의 다짐을 받아냈다.

하지만 나는 처절한 경험을 바탕으로 한마디 하고 싶다. '아이로 하여금 자신의 행위에 대한 책임은 오직 자신에게만 지게 하라. 자신의 행위를 남에게 맹세하게 하지 말라. 그것은 아이에게 책임감을 박탈하는 일이다. 비굴하게 만드는 일이다. 마음이나 행동에 겉과 속이 다름을 가르치는 일이다. 누구든 자신의 행위에 대해 남과 약속해서는 안 된다. 자신의 행위의 주체를 감시인에게 맡겨서는 안 된다. 자신의 행위의 주체가 온전히 자기 자신임을 자각해야 한다. 그럼으로써 비로소 사람은 누구에게든 거짓되지 않고, 누구도 두려워하지 않고, 진실로 확고하고 자율적인 책임 있는 행위를 할 수 있는 것이다'라고.

할머니 가족의 체벌은 실제로 나를 비뚤어진 거짓말쟁이로 만들었다.

나는 접시 한 장을 깨도 몸이 야윌 정도로 고민했다. 머리숱이 많아 자주 빗을 망가트렸는데, 빗 하나가 망가져도 밥이 목구멍에 넘어가지 않을 정도로 걱정했다. 나는 잘못을 숨기는 것이 싫었다. 하지만 있는 그대로 말하는 것도 두려웠다. 나에게 쏟아질 잔소리와 벌이 무서웠던 것이다. 그래서 언제나 용서를 구할 좋은 기회를 놓쳤다. 오늘 말할까 내일 말할까 고민하며 고통스러워하는 가운데 하루하루 시간을 보냈다. 결국 나는 오로지 나의 잘못을 숨기려고만 하였다. 그릇을 깨면 종이에 싸서 상자 깊숙이 숨겨두거나, 빗을 부러트리면 밥풀로 붙여 서랍 속에 뉘어놓았다.

나의 가슴은 언제나 어둡고 무거웠다. 그러면서 또한 안절부절못하며 차분함을 잃어갔다.

7

이렇게 내 경험을 이야기하자니 머슴 고 씨가 생각난다. 그에 대해 조금이라도 쓰지 않으면 미안한 마음이 들 것 같다.

고 씨는 그다지 영리한 사람은 아니었지만 대신 정직하고 순박하며 보기 드물게 부지런한 사람이었다. 잠시도 쉬지 않고 일을 했으며, 주인의 물건을 실수로라도 속이는 일이 없었다.

고 씨에게는 아내와 아이 셋이 있었다. 큰딸은 얼굴이 예뻐 현미 서 말에 사고 싶다는 남자도 있었지만, 열두세 살이 되면 100엔은 받고 팔 수 있을 거라며 할머니가 만류하는 바람에 어쩔 수 없이 키우고 있었다.

월급은 일반적인 시세보다 2, 3엔 적은 9엔 안짝이었다. 하지만 그것도 처음에만 지켜졌을 뿐, 얼마 지나지 않아 할머니는 현금 대신 쌀을 주는 것이 득이라고 생각하고 갖가지 이유를 붙여 9엔 중 2엔은 쌀 다섯 되로 지급했다. 그것도 좋지 않은 쌀을 2전 적게 계산하여.

그러했기에 고 씨는 상당히 가난했다. 가족들이 배불리 밥을 먹는 일은 없었다. 아이들은 한겨울에도 쌀 포대를 덮고 오들오들 떨며 지냈다. 집안의 가장인 고 씨도 옷이라고는 몸에 걸친 옷 하나가 전부였지만, 그것마저 할머니는 체면이 깎이지 않도록 더러운 옷에 신경을 쓰라고 잔소리를 해댔다.

몹시 추운 어느 저녁이었다. 고 씨가 문 밖에서 방 안에 있는 할머니에게 조심조심 말했다.

"죄송하지만, 내일 하루만 쉴 수 없을까요? 꼭 해야 할 일이 있어서……."

할머니는 고타쓰 안에서 소리쳤다.

"뭐라고? 쉬겠다고? 슬슬 너도 꾀부리기 시작하는 거냐? 뺀들거리면 용서치 않을 거야."

"아니요, 그런 게 아닙니다. 정말 나오기 힘든 사정이 있습니다."

"음. 그게 뭔가? 내일 너희 집에 경성에서 돈 많은 친척이라도 온단 말이냐?"

할머니와 고모는 마주보고 킬킬대며 놀렸다.

"아니요. 그런 건 아니고…… 사실은……."

고 씨는 주저하며 답했다.

"빨래를 하려고요……."

"빨래? 빨래라면 네가 하지 않아도 되잖아. 마누라는 어디에 쓰려고 그러는 거냐. 너도 참 물러빠진 남편이구나."

아아. 한쪽은 악의적인 장난, 다른 한쪽은 간절함. 이 대조적인 풍경이란. 어린 나였지만, 아니 어렸기 때문에 나는 정의감에 사로잡혀 할머니와 고모에 대해 지금까지 없던 분노를 느꼈다.

고 씨는 대답했다.

"그게 아니라, 사모님. 사실 저는 이 옷 말고는 입을 옷이 없어서 내일 빨래하면 옷을 불에 말리고 또 면을 넣어 원래대로 바느질을 할 동안 벌거벗은 채로 있어야 합니다. 그동안은 이불을 덮고 있어야 하고요."

두 사람은 깔깔댔다. 그러면서도 다른 옷을 준비해주지는 않았고 부탁만은 들어주었다.

고 씨는 정직한 일꾼이었다. 그런데도 가난하게 살아야 했다. 그런 까닭에 그는 원래 다니던 철로공사장으로 돌아가 17, 18엔의 임금을 받는 편이 좋다고 생각하고 그만두려고 했지만 할머니는 허락하지 않았다. 17엔을 받든 18엔을 받든 자신의 집에 있는 편이 낫다고 이야기했고, 또한 자신이 주는 혜택을 늘어놓으며 만류했다.

"무엇보다 우리 집에서 일하면 집은 공짜지, 급한 일이 있으면 월급도 가불해주지, 돈을 빌릴 때는 시세 이자의 70%만 받지, 작지만 채소밭도 한 마지기 주지, 솥과 냄비까지 빌려주지 않으냐."

고 씨는 실제로는 철도인부로 일하는 편이 낫다고 생각했지만 무리하게 밀어붙이지는 못하고 그 고통 속에 가두어졌다.

8

5학년 때의 일이다. 아니 5학년이 되었을 때이다. 이삼십 명의 아이들이 새로 입학한 가운데 예쁘장하고 말이 없으며 어딘지 모르게 쓸쓸해 보이는, 하지만 굉장히 똑똑해 보이는 여자아이가 하나 있었다. 나는 왠지 그 아이가 좋았다. 내 마음이 그 아이에게도 전해졌는지, 어느새 그 아이도 나를 가깝게 대했다. 나는 그 아이가 더 좋아졌다. 그리고 우리 둘은 마치 자매처럼 돈독한 사이가 되어 학교생활을 함께했다.

당시 나에게는 이것이 유일한 기쁨이었다. 집에서 나는 사랑받지 못했다. 하지만 그 아이는 나를 좋아했다. 그리고 나는 사랑이라는 걸 이 아이를 통해 발견했다. 아아, 그때 나에게 이런 기쁨이 없었다면 나는 살아갈 마음조차 가지지 못했을 것이다.

그 아이는 바로 다미 짱이었다. 다미 짱은 학교에서 조금 떨어진 곳에서 게다와 문구를 파는 가게의 딸이었다. 다미 짱이 어렸을 때 아버지가 돌아가시고 어머니는 친정으로 갔기 때문에 다미 짱과 여동생은 조부모의 손에서 컸다. 자매는 조부모에게 미움 받는 일 없이 많은 사랑을 받으며 자란 것 같았다. 그렇지만 나는 조부모 밑에서 자란 다미 짱이 어쩐지 불쌍해 보였다. 다미 짱의 얼굴에 묻은 쓸쓸함도 그 탓이라고 생각했다.

"이와시타 상, 이와시타 상."

다미 짱은 나만 따라다녔다. 읽기나 산수 등, 모르는 것이 있으면 언제나 나에게 물었다. 나도 성심껏 가르쳐주었다.

그러나 다미 짱은 몸이 약한 편이었다. 자주 감기를 앓았다. 열이 나서 결석하기도 했다. 겨울에는 항상 목에 흰 수건을 매고 있었다. 나는 학교 오가는 길에 가끔 병문안을 가기도 했다. 그 때문인지 다미 짱의 할머니도 나를 귀여워해주었다. 과자나 학용품을 주는 일도 많았다.

우리의 우정은 점점 깊어졌다. 한해 두해 지남에 따라 더욱 친해졌다. 그 여동생도 좋았다.

우리가 사이좋게 놀 수 있는 곳은 학교뿐이었다. 나는 다른 아이들처럼 친구 집에 놀러 가는 것도, 가까운 들에서 노는 것도 허락되지 않았다.

이웃 아이들은 대부분 학교에서 돌아오면 가방을 던져놓고 근처 들판에서 놀곤 했다. 내가 집에 돌아와 마당 청소 등을 하고 있으면 아이들이 누구누구야, 하며 서로를 부르는 소리가 들렸다. 가위바위보를 하거나 토라지거나 화내거나 울거나 웃거나 하는 소리가 손에 잡힐 듯 들려왔다. 뜰 앞 울타리 사이를 비집고 보면 여자아이 남자아이 할 것 없이 모두 한데 모여 오비가 땅에 끌리는 줄도 모르고 뛰어놀았다. 잡거나 잡히거나 하는 모습이 잘 보였다. 얼마나 즐거울까. 얼마나 자유로울까. 아이들을 보고 있노라면 나는 '가난뱅이'가 부러웠다. "우리 집은 말이야. 가난뱅이들과는 격이 달라. 아이를 밖에 내팽개쳐둘 순 없어."라고 할머니는 입버릇처럼 말했고, 그 '고상'한 교육방침에 따라 집에 갇혀 있는 내 자신이 불쌍했다. 그리고 할머니의 말이 단지 나를 노예처럼 부리기 위한 구실에 지나지 않는다는 것을 알고 난 후에는 더욱 슬퍼졌다.

이웃 사람들은 내가 얼마나 엄하게 그리고 얼마나 무거운 노동을 하며 지내는지 잘 알고 있었다. 아이들도 역시 잘 알고 있었다. 그래서 자신들이 놀 때에는 나를 불러내지도 않았다.

가끔 사람 수가 부족하거나, 그냥 나와 놀고 싶을 때, "이와시타 상, 같이 놀지 않을래?" 하며 묻는 일이 있기는 했다. "시장에서 아키 상이랑 밋 짱도 놀러 왔어." 하고 불러내는 것이다.

나도 아이인지라 같이 놀고 싶은 마음은 굴뚝같았다. 하지만 어차피 놀 수 없다는 걸 알기에 그저 잠자코 있을 뿐이었다. 때마침 밖에 있다가 황급히 집 뒤편에 몸을 숨겨 숨을 죽이고 있으면, 아이들의 목소리를 들은 할머니는 화를 내며 밖으로 나와 이렇게 말했다.

"후미코는 평소에 밖에서 놀지 않는다. 어서 가거라!"

할머니의 말을 들은 아이들은 귀신에게 쫓기기라도 하는 듯 도망쳤다. 그 후에 야단맞는 것은 나였다.

내가 친구들을 부추겨 불러 모았다는 둥, 뻔뻔하다는 둥, 심보가 고약하다는 둥…….

9

학교에서 돌아와 친구들과 놀지 못하는 것쯤은 참을 수 있었다. 나는 학교가 파하면 곧장 집에 돌아오도록 명령을 받았고 5분이나 10분이라도 샛길로 빠지는 일은 허락되지 않았다. 물론 학교가 파하는 시간이 항상 같지는 않았기 때문에 가끔은 5분이나 10분 정도 여유가 있어서 다른 길로 샐 수 있었지만, 대신 들키기라도 하면 끝장이었다. 당연히 5분 일찍 등교할 수도 없었다.

마침내, 참으로 견디기 힘든 일이 일어나고 말았다.

지금까지 선로를 가로질러 시내 학교에 다녔지만 역장이 바뀌고 난 뒤부터 소위 '양반동네'에서 '서민동네'로 나가는 길이 막혀 멀리 둘러 다녀야 했다. 불편함을 참지 못한 사람들은 모두 선로 남측으로 이사했고 북측에는 고모 집을 비롯한 두세 가구와 허름한 이발소 하나만 남게 되었다. 그 외에는 일본인이 없었지만, 그런 건 아무래도 좋았다. 힘든 점은 여기에서 학교에 다니는 학생이 나와 그 이발소 집 딸—오마키 상—둘 뿐이라는 것이다.

그 이발소는 고모네 집에서 조금 떨어진 길가에 있었다. 바닥은 좁고 질척했으며 거울은 수은이 다 벗겨져 있었고, 의자는 다리가 부러져 새끼줄로 동여맨 허름하기 짝이 없는 곳이었다.

나는 오마키 상과 함께 둘이서 학교에 다녔다. 하지만 이 사실을 안 할머니가 가만히 있을 리 없었다.

"후미, 너 말이야. 남의 머리에 낀 때로 먹고사는 집의 아이와 함께 학교 다녀서는 안 돼."

당연히 나는 할머니의 명령에 따라야 했다. 그래서 아침에는 설거지에 일부러 시간을 들여 혼자 늦게 출발하거나 뒷문으로 몰래 혼자 빠져나가기도 했다.

등굣길은 이렇게 해결할 수 있었지만 하굣길은 도리가 없었다. 오마키 상은 항상 나에게 같이 가자고 했다. 나는 오마키 상과 함께 다닐 수 없었지만, 아무리 그렇더라도 "너와 같이 가난한 집의 아이와 같이 다닐 수 없어."라고도 말할 수 없는 노릇이었다. 할머니 식구들의 눈치를 살피며 조심조심, 그리고 항상 조금 빨리 걷거나 조금 늦게 걷거나 하면서 이야기도 나누지 않고 집으로 돌아왔다.

어느 여름날의 일이다. 오마키 상과 나는 정오가 지났을 무렵 함께 교문을 나왔다. 길을 반 정도 지나왔을 때, 오마키 상이 갑자기 멈춰 잠시 생각하더니 이렇게 말했다.

"나, 큰아버지댁에 들러서 좀 받아 가야 할 게 있는데……. 저기, 잠시만 기다려줘, 후미 짱. 금방 끝나."

오마키 상의 큰아버지 집은 우리가 서 있는 곳 바로 앞 철물점이었다. 큰아버지 집은 상당히 부자인 듯, 오마키 상 가족의 생활비 일부를 보조하고 있었다.

오마키 상과 헤어질 수 있는 절호의 기회다! 나는 구원받은 기분이었다. 한껏 용기를 내어 말했다.

"그래? 미안하지만 좀 바빠서 먼저 집에 갈게."

하지만 오마키 상은 아주 붙임성 있는 성격이었다.

"그러지 말고……."

오마키 상은 애원하듯 부탁했다.

"금방 끝나니까 좀 기다려줘. 금방 끝난다니까……."

나는 거절할 수가 없었다. 불안해하면서도 결국 나는 집 밖 울타리에 기대서서 오마키 상을 기다리기로 했다.

오마키 상도 기쁜 듯 힘차게 집 안으로 들어갔다. 하지만 금방 끝난다던 오마키 상은 좀처럼 나오지 않았다. 3분, 5분, 7분, 시간이 차츰 흘러갔다. 점점 걱정이 밀려왔다. 나는 오마키 상의 말을 들어준 것을 후회했다. 걱정과 화가 치밀어 오른 바람에 집 밖에서 먼저 가겠다고 큰 소리로 외치고 말았다.

"오마키 상, 나 이제 갈래."

"늦어버렸네. 미안해." 오마키 상은 미안한 듯 답하고는 "얼른

요. 이와시타 상이 기다리잖아요." 하며 큰어머니를 재촉했다.

오마키 상의 큰어머니가 나와서 말했다.

"아이구, 오마키가 무리하게 부탁을 한 모양이구나. 몰랐네. 거긴 더우니까 이쪽으로 오렴. 요즘은 왜 이리 더운지……."

그 당시 나는 조금이라도 친절한 대접을 받으면 금방이라도 눈물을 흘릴 정도로 마음이 약해져 있었다. 화가 나던 마음도, 걱정되던 마음도 어디론가 사라져버려 나도 모르게 집 안으로 들어갔다. 그리고 되도록이면 밖에서 내 모습이 보이지 않도록 가게 구석에 앉았다. 앉자마자 다시 불안해졌다. 안절부절못하며 조심스럽게 밖을 내다보았다.

그때, 참으로 운수 사납게도 자전거를 타고 철물점 앞을 지나는 고모부의 모습이 눈에 들어왔다. 나는 물론이고 고모부도 나를 보았다. 고모부는 차가운 눈초리로 나를 흘겨보며 지나갔다.

섬뜩했다. 나는 제정신이 아니었다. 놀람과 두려움에 심장고동이 멈추어버릴 지경이었다. 하지만 즉시 나는 심장이 격하게 고동치는 것을 알 수 있었다. 정신을 차리고는 "오마키 상, 나 먼저 갈게." 하고 재빨리 가게를 빠져나왔다.

가방을 끌어안은 채 꽤 먼 거리를 필사적으로 달렸다. 집 앞에 도착한 나는 겁이 나서 안으로 들어갈 용기가 나지 않았다. 발이 무거워졌다. 하지만 용기를 내어 들어갔다.

고모는 평소와 같이 할머니 방에서 바느질을 하고 있었다.

나는 벌벌 떨며 마루에 앉아 "다녀왔습니다." 하고 인사했다.

그러자 갑자기 고모가 마루 끝에 앉은 나를 밀쳐냈다. 아니, 차서 떨어뜨렸다. 그걸로 성에 차지 않았는지 자를 들고 맨발로 나와서는 가리지 않고 마구 때렸다.

할머니도 밖으로 나와 "그렇게 주의를 주었는데도 아직 모르겠니? 좋아. 모르면 알게 해주마." 하며 게다를 신은 채로 나에게 발길질을 해댔다.

바닥에 나가떨어진 나는 도저히 일어날 수가 없었다. 땅에 쓰러진 채 그저 울 뿐이었다. 그럴 땐 우는 것 외에 자신을 위로할 방법이 없다.

한참을 혼낸 뒤, 할머니는 나를 뜰 앞 쌀 창고로 끌고 가 가두어버렸다. 그리고 감옥처럼 문 밖에서 자물쇠를 걸었다.

여름 볕이 긴 탓에 창고 안은 숨이 막힐 정도로 후텁지근했고, 벼도 뜨겁게 달구어져 있었다. 긴장이 풀리자 할머니와 고모가 때리고 찬 곳이 아파왔다. 머리장식이 부러져 머리에 상처도 나 있었다. 점심도 먹지 않았던 탓에 견딜 수 없이 배가 고팠다. 하지만 먹을 것이라고는 하나도 없었다. 힘없이 볏가리에 기대어 발밑에 떨어져 있는 벼를 주워 하나하나 피를 벗기고는 씹어 먹었다. 그리고 문득 오늘 일어났던 일들을 생각하곤 훌쩍훌쩍 울었다.

피곤했던 탓인지 나도 모르게 잠이 들었다.

창고에서 나온 건 다음 날 저녁이었지만 할머니의 분은 아직 삭지 않았다. 아무 말도 없이 호박잎 반찬과 밥을 내주었다. 나는 개처럼 게걸스럽게 먹어치웠다.

식사가 끝나자 고모부가 다가와 편지 한 통을 주었다.

"이걸 가지고 가거라……."

그것은 선생님에게 드리는 편지였다.

"지금이요?"

"그래. 지금 바로 가거라……."

세수를 하고 옷을 갈아입고 집을 나섰다.

무슨 일인지는 모른지만, 아마 선생님께 훈계를 부탁한다는 편지일 거라 생각했다. 아무리 생각해도 내가 크게 잘못했다고는 생각되지 않았다. 도덕책에도 친구와 사이좋게 지내라고 적혀 있다. 자신보다 가난한 사람을 멸시해서는 안 된다고도 적혀 있다. '우애(友愛)'에 대해 선생님이 가르쳐준 것도 겨우 이삼 일 전의 일 아닌가. 나는 선생님의 말을 잘 기억하고 있다. 그래서 선생님은 나를 꾸짖지 않을 거라고 생각했고, 또 유일한 내 편이 있는 곳으로 가는 길이 즐겁기까지 했다.

저녁식사를 마친 듯 선생님은 유카타 차림으로 아이를 안고 정원에서 꽃을 보고 있었다.

"선생님. 안녕하세요."

"응, 후미코구나. 오늘 무슨 일로 결석한 거야? 또 야단맞았어?"

선생님은 웃으며 나를 맞아주었다.

자주 있는 일이라 선생님은 내가 집에서 야단맞는 일에 그다지 신경을 쓰지 않는 듯했다. 그렇지 않으면 나에 대한 동정심에 그렇게 말한 것인지도 모른다. 나는 선생님을 만나면 선생님에게만은 사건의 경위를 모두 말하고, 정확한 판단을 들어보려 했지만, 막상 선생님을 만나니 그저 눈물만 나올 뿐 아무 말도 할 수 없었다.

나는 울면서 품속에서 편지를 꺼내 선생님께 드렸다.

선생님은 말없이 봉투 속의 편지를 꺼내 한번 훑어보고는 다시 봉투에 집어넣었다.

"얼마나 큰 잘못을 했는지 모르지만, 네 아버지가 후미 짱에게 좋지 못한 점이 있어서 퇴교시키겠다는구나."

가슴이 쿵하고 내려앉았다. 현기증이 나서 쓰러질 정도였다. 선생님은 다시 말을 이었다.

"너무 걱정은 말거라. 정말 학교를 그만두게 하는 것이 아니라, 잠시 동안만 학교에 보내지 않겠다는 의미니까. 나도 잘 말씀드릴게. 후미 짱네 식구들은 한 번 뱉은 말을 번복하는 일이 절대 없으니 참으로 곤란하게 됐구나. 그러니까 지금은 어른들 말씀 잘 듣고 얌전히 참고 있으렴. 달리 방법이 없어……."

더 이상 선생님에게 할 말이 없었다. 선생님에게 의지하지도 못하고 잠자코 선생님 집에서 나왔다. 기대가 어긋나는 바람에 마음은 더욱 아팠다. 나는 교실로 들어가 실컷 울었다. 내 울음에 답하는 것이라곤 텅 빈 교실 천정에 울리는 나의 흐느낌뿐이었다. 나는 이때만큼 확실하게 자신이 고독하다는 것을 느낀 적이 없었다.

선생님의 말에서, 이미 낮에 선생님과 고모부가 만나 나에 대한 이야기를 주고받았다는 것을 알 수 있었다. 그리고 이렇게 고독의 나락으로 떨어진 지금, 나는 깨달았다. 교사란 겁이 많고 성의가 없으며, 또한 그들이 하는 말은 공허한 거짓말에 지나지 않는다는 것을.

10

7월 초순의 일이다.

선생님의 말처럼 9월 신학기부터 나는 다시 학교에 가게 되었다. 그러나 1학기 통지표 품행점수에는 '을(乙)'이라고 적혀 있었다. 난생 처음이었다.

나는 다시 학교에 다닐 수 있었다. 학교에 다시 다닐 수 있게 된 것만으로도 힘이 났다.

무엇보다 기쁜 것은 내가 좋아하는 다미 짱과 만날 수 있다는 것이었다.

다미 짱은 3학년이 되었다. 다미 짱의 여동생 아이 짱도 입학했다. 나는 고등 1학년이 되었다. 이 두 사람을 만나는 것만으로도, 이 두 사람을 보살피는 것만으로도 내 마음은 안정되었다. 한동안 학교에 가지 못했을 때 내가 얼마나 다미 짱과 아이 짱을 그리워했던지.

하지만 다미 짱과 사이좋게 놀 수 있는 것도 잠시였다.

2학기가 시작되자마자 다미 짱은 여느 때처럼 감기로 결석을 했다. 이틀, 사흘이 지났지만 다미 짱은 보이지 않았다. 나는 학교 점심시간에 짬을 내 병문안을 가기도 했다. 다미 짱은 나를 매우 반가워했다. 하지만 병은 조금도 나아지지 않았다. 의사가 폐렴 진단을 내린 후에는, 내가 가서 갑자기 말을 시키거나 하면 오히려 몸에 나쁠 것 같아 병문안도 가지 않았다. 그러나 그 후, 나는 아이 짱에게서 다미 짱의 병이 더욱 깊어져 뇌막염으로 번졌다는 말을 들었다. 다시 점심시간에 병문안을 가보았다.

하지만 그때는 이미 내가 알던 다미 짱의 모습이 아니었다. 얼마 전 내가 갔을 때, 창백한 얼굴로 미소를 지으며 희미하게나마 반가움을 나타내던 모습조차 없었다.

다미 짱은 반듯이 누운 채로 그저 눈을 크게 뜨고 있을 뿐이었다. 의사는 다미 짱의 눈에 반사경의 빛을 모아보았지만, 눈에는 깜빡임조차 없었다.

의사는 포기한 듯했다. 할머니와 할아버지는 그 옆에서 힘없이 앉아 있었다. 나는 울었다.

다미 짱은 이미 죽어가고 있었다. 우리는 이제 더 이상 만날 수 없는 것이다. 나는 슬펐다.

그로부터 이틀이 지난 후, 모든 아이들이 모여 다미 짱을 먼산 화장장으로 보냈다. 그 다음 날 나는 두세 명의 아이들과 함께 학교 대표로 다미 짱의 수골을 도왔다.

다미 짱과 나는 우연히 알게 되어 친해졌다. 우리는 3년이 채 되지 않은 시간을 함께했을 뿐이다. 하지만 앞에서도 이야기한 것과 같이, 우리는 어떤 특별한 인연이 있는 사이처럼 친했다. 아버지가 죽고 어머니가 없는 다미 짱을, 나는 나와 같은 사정을 가진 아이로서 동정했는지도 모른다. 여하튼 내 마음속에 다미 짱은 내 여동생과 같았다.

그러하기에 다미 짱을 잃은 나는 단순한 쓸쓸함을 넘어서 무언가 소중한 것을 잃은 듯한 느낌마저 들었다. 학교에서도 집에서도 다미 짱을 생각하면 견딜 수 없는 슬픔에 울음이 터져나왔다.

그런 날이 한 달이나 이어진 후의 어느 날이었다.

운동장에서는 아이들이 즐겁게 놀고 있었다. 하지만 나는 어떠한 놀이도 함께하고 싶지 않았다. 정원 구석 포플러 나무에 기대어 그저 멍하니 있었다. 그러자 아이 짱이 천진난만한 모습으로 달려왔다.

"이와시타 상, 여기에 있었어?"

아이 짱은 내 손을 잡아당기며 말했다.

"모두 찾고 있었잖아. 저쪽으로 가자. 응? 뭘 생각하는 거야."

나는 참다못해 아이 짱을 와락 끌어안았다.

"나, 네 언니 생각하고 있었어."

천진하던 아이 짱의 얼굴도 갑자기 흐려졌다. 그리고 생각난 듯이 말했다.

"저기, 이와시타 상. 내가 요전에 가져다준 것 봤어?"

"요전에 갖다 준 거? 뭘 줬는데?"

"어머? 아직 몰라?"

아이 짱은 되바라진 투로 말했다.

"언니가 선물로 받은 재봉함 말이야. 언니 유품이라며 우리 할머니가 이와시타 상에게 가져다주라고 해서 내가 가지고 갔었는데."

다미 짱의 재봉함! 기억난다. 검게 옻칠된 바탕에 금색 가루가 뿌려져 있는, 멋진, 새 재봉함이다. 다미 짱은 그걸 나에게 준 것이다. 아아, 기쁘다. 적어도 그것만큼은 곁에 두어야지. 아직 고모네 가족 누구도 나에게 그걸 건네주지 않았다. 하지만 아이 짱을 실망시킬 수 없기에 그렇게 말을 하지는 못했다.

무거운 마음으로 나는 답했다.

"아, 그거? 받았어. …… 고마워……."

내가 정말 그것을 받았더라면 얼마나 행복했을까. 이 정도의 인사로는 부족하겠지. 하지만 나는 겨우 이런 인사 정도밖에 할 수 없었다. 그리고 미안한 마음을 숨기려고 "자, 가서 같이 놀자." 하고 이번에는 내가 먼저 아이 짱의 손을 당겼다.

11

나는 그 재봉함을 가지고 싶었다. 그걸 가지고 있으면 다미짱과 만날 수 있을 것만 같았다. 그날 집에 돌아오자마자 나는 일부러 청소 일을 만들어 서랍과 장롱 속을 뒤져보았다. 하지만 어디에도 재봉함은 없었다.

'어떻게 된 거지? 없을 리가 없는데.'

다음 날도 그 다음 날도 핑계를 만들어 서랍을 정리하고 방안을 청소하면서 찾아보았지만 모두 헛수고였다.

나는 포기했다. 심술궂은 할머니. 어딘가 내가 모르는 곳에 숨겨두었겠지, 하며 찾지 않았다.

몇 개월이 지났다. 어느 날 저녁, 할머니의 방을 청소하노라니 장롱과 벽 사이에 종이 같은 게 보였다. '뭐지?' 하고 호기심이 발동한 나는 억지로 꺼내보았다. 먼지투성이의 편지였다.

글씨체로 보아 아이가 쓴 편지였는데, 보낸 이의 이름은 '사다코(貞子)'였다.

사다코라면 할머니의 오빠의 딸로, 예전에 이 집에 입양되었다가 할머니와 그 오빠 사이에 의견 차이가 나서 다시 파양된 아이였다. 나는 그 아이 대신 양녀로 들어오게 된 것이었다.

나는 그 편지를 몰래 품에 숨겨 내 방으로 가져가 읽어보았다.

정확한 문장은 기억나지 않지만, 대강의 내용은 결코 잊을 수가 없는 것이었다.

그 편지를 통하여 나는 나 대신 다시 사다코가 이와시타 가문의 양녀가 된 것을 알게 되었고, 고모네가 여러 가지 물건을 사다코에게 보낸 것도 알게 되었다. 고향을 떠나올 때 나에게 입혀주었던 비단 기모노와 오비도—그리고 내가 그리도 찾던 다미 짱의 유품 재봉함까지—모두 사다코에게 보냈다는 걸 알아버렸다. 그리고 내가 식모보다 더 심한 대우를 받고 있는 것과는 달리 사다코에게는 무용, 재봉, 꽃꽂이까지 가르치고 있다는 걸 알아버렸다. 편지의 마지막에는 "어머니께 드림"이라는 글자가 똑똑히 적혀 있었다.

하지만 나는 나약한 말은 하지 않으려 한다. 나에게 주라고 보낸 물건마저 사다코에게 줘버렸다거나, 그 외의 일에 대해서도 이야기하지 않겠다. 나는 그저 다미 짱의 유품을 사다코에게 보낸 처사에 화가 날 뿐이다. 슬프다.

12

핫도리 선생님이 부임한 지 3년 정도가 지났다.

젊고 풍채가 좋으며 운동을 좋아하던 선생님은 넓은 교정에 유동원목, 회전탑과 같은 운동기구를 차례차례 만들어 아이들을 즐겁게 해주었다. 그런데 이번에는 운동만 해서는 안 된다며 농업 실습을 시작했다.

선생님은 먼저 학교 뒤에 있는 꽤 넓은 땅을 빌려 아이들의 농장으로 만들었다. 네댓 명을 한 조로 하여 구획을 나누고, 첫 작물로는 손이 많이 가지 않는 감자를 키우기로 했다.

아이들은 무척이나 좋아했다. 각자 자신의 조가 맡은 땅을 괭이로 파기도 하고, 선생님이 가르쳐준 대로 이랑을 짓기도 했다. 선생님은 선생님대로 모두에게 괭이 사용법부터 알려주면서 선생님의 밭을 일구었다. 아이들은 선생님이 밭을 일구는 걸 보고 따라했고, 간신히 씨를 뿌릴 수 있을 정도까지 만들었다.

이때 이미 감자 씨는 준비되어 있었다. 일군 밭에 화학비료를 뿌리고 씨도 뿌렸다. 선생님이 밭에서 몸소 시범을 보였고 아이들은 따라 했다.

“자, 모두 잘 들어.”

선생님은 기분 좋은 듯 큰 소리로 말했다.

“지금부터 열흘 정도가 지나면 싹이 나올 거야. 희한하지? 이렇게 진흙 같은 곳에서 싹이 나오고 또 감자도 생기는 거야. 나중에는 사람의 입으로 들어가 영양분이 되지. 이건 농사 중에서도 가장 쉬운 편에 속하지만, 그렇다고 그냥 놔두면 좋은 감자를 얻을 수 없어. 충분히 정성을 들이고 돌보지 않으면 안 돼. 대단한 수고가 있어야 하는 거야. 그러니까 모두들 농부를 우습게 생각하지 마. 농부야말로 일본 국민의 어버이라 할 수 있지. 아니 일본만이 아니라, 어느 나라든 다 같아."

모두 긴장한 얼굴로 선생님의 이야기를 들었다. 교실에서 배울 때보다 10배 이상의 흥미와 주의를 가지고.

따뜻한 햇볕을 받아 작은 싹이 트기 시작했다. 아이들은 창조의 기쁨에 춤췄다. 싹은 무럭무럭 자랐다. 아이들은 틈만 나면 밭으로 달려갔다. 자신의 밭에서 난 싹과 다른 친구들의 밭에서 난 싹을 비교하며 서로 자랑하기도 했다. 자를 가지고 싹의 길이를 재기도 하였고, 싹이 길어 보이도록 주변의 흙을 몰래 파놓기도 했다.

시간표상 농업시간은 일주일에 한 번이었지만 그것만으로는 부족하여 다른 과목 시간을 농업시간으로 사용하기까지 했다.

선생님은 흰 셔츠 한 장만 입고, 여자아이들은 기모노를 걷고 맨발로, 남자아이들은 속옷 바람으로 풀을 뽑거나 끙끙대며 비료를 주었다. 모두 땀범벅이 되고 얼굴과 손발은 진흙투성이가 되었다. 하지만 그걸 싫어하는 아이는 아무도 없었다.

"자, 모두 주목."

선생님은 이따금 큰 소리로 이야기했다.

"사람은 서로 사랑하지 않으면 안 된다. 아니, 사람만이 아니야. 뭐든 서로 사랑해야 한다. 하지만 진실한 사랑은 자신의 고생을 통해 자라나는 거야. 어때? 모두들 이 감자가 사랑스럽지?"

이런 말도 하였다.

“감자 하나를 키우는 데도 이렇게 많은 수고를 해야 한단다. 채소가게에서 감자를 사 먹을 때 아무 생각 없이 이 감자는 맛나다, 맛나지 않다, 고 말하지만 실제로 이걸 키우기 위해 농부들이 얼마나 고생을 하는지 너희들은 모를 거야.”

그리고 마지막에는 항상 “그러니까 농부를 무시해서는 안 돼. 농부는 생명의 어버이.”라고 덧붙였다.

비가 내리지 않았다. 땅이 너무 메말라 어렵게 튼 싹이 말라버릴 것 같았다. 모두들 앞을 다투어 아침 일찍 학교에 나와 우물에서 물을 길었다. 어떤 아이는 방과 후 다시 학교에 와 물을 주기도 했다. 그 정도로 아이들은 진지하고도 눈부신 희망을 감자를 통해 구하고 있었다. 물론 나도 그런 아이들 가운데 하나였다.

어느 날, 나는 학교에서 돌아 온 직후 고모와 할머니에게 불려 갔다.

“후미, 요즘 학교에서 농사일을 가르친다는데, 사실이냐?”

고모가 먼저 물었다.

또 무슨 일에 화가 난 것일까, 흠칫거리며 나는 “네.” 하고 답했다.

고모는 대수롭지 않은 듯, “이렇게 더운 날 여자아이들에게까지 농사일을 시키다니. 무엇보다 볕에 기모노가 바래잖아.” 하며 중얼거리고는 “지금 키우고 있는 건 어쩔 수 없지만, 다음부터는 하지 마…….” 하고 명령했다.

다음부터 농사를 할 수 없는 것은 괴로운 일이지만, 지금 당장 그만두는 것은 아니기에 나는 내심 안도했다.

그러나 할머니는 고모와 생각이 달랐다.

“다음부터라니. 지금 당장 그만둬. 우리 집은 월사금까지 내면서 농사일을 배우게 하진 않아. 그리고 너 같은 걸 농부에게 시집보내지 않더라도 먹고살 만은 하고…….”

나는 잠자코 듣고 있을 수밖에 없었다. 할머니는 말을 이었다.

“내일부터 농사일 같은 걸 해서는 안 돼. 뭐라고, 후미? 정규과목이라고? 그럼 농업시간이 있는 날에는 학교에 가지 마. 됐지?”

할머니는 내 얼굴에서 자신을 원망하는 표정을 읽은 듯 점점 짜증을 내며 다른 일까지 잔소리하기 시작했다. 할머니는 다시 말을 이었다.

“그 꼴에, 너는 게다 끈을 자주 끊어버리더라. 그건 분명 그네를 뛰거나 남자아이들과 같이 험하게 놀기 때문이야. 가난뱅이 자식같이. 여자아이라면 여자아이로서 조금은 고상한 척이라도 해보아라. 그러니까 내일부터는 그네도 술래잡기도 하지 마. 내가 못 본다고 안심하고 몰래 학교에서 놀아서는 안 돼. 우리 산에 올라가 꼭 확인할 거야.”

아아, 결국 나는 이렇게 모든 자유를 빼앗기고 말았다. 내 자신도 빼앗기고 말았다.

열두세 살이면 한창 놀고 싶을 나이다. 그런 내가, 기모노가 볕에 바랜다는 이유로, 게다 끈이 끊어진다는 이유로 시간표상의 수업 외에 모든 놀이를 금지당한 것이다. 다른 사람들보다 훨씬 말괄량이인 나에게 있어 손과 발이 모두 묶인 듯한 생활은 정말이지 지옥과도 같았다. 어른이 된 지금도 길을 지날 때 흙장난을 하고 있는 아이에게 어머니가 달려와 옷이 더러워진다며 야단하거나 흙장난이 하고 싶어 떼쓰는 아이를 억지로 끌고 가는 일을 자주 목격한다. 그런 광경을 볼 때마다 나는 이렇게 외치고 싶다.

'왜 그렇게 무리하게 아이를 나무라나요. 당신은 대체 아이가 중요합니까, 옷이 중요합니까. 아이는 옷을 입기 위해 존재하는 것이 아닙니다. 아이가 있기 때문에 옷이 있는 것입니다. 그렇게 더럽혀서는 안 되는 옷이라면 허름하고 질이 좀 낮은 옷을 입히면 되지 않습니까. 어른들은 자신의 체면을 위해 아이를 희생합니다. 어른들은 자신의 수고를 아끼기 위해 아이를 희생합니다. 어른들은, 특히 어머니는 아이를 위험에서 보호하고, 아이의 천성을 길러주는 것이 그 본분입니다. 아이의 자유를 뺏고 아이의 인격을 뺏는 것은 지독한 죄악입니다. 자유롭게 놀게 해주세요. 자유의 천지에서 뛰노는 일은 자연이 아이에게 주는 유일한 특권입니다. 그렇게 해야, 아이는 인간다운 인간으로 무럭무럭 성장하는 것입니다.'라고.

나는 이것이 결코 그릇된 판단이 아니라고 생각한다.

13

할머니와 고모에게 주의를 받은 후, 닷새 정도 지났다.

수업이 끝난 후, 핫도리 선생님은 문득 생각이 난 듯 교단에서 학생들을 둘러보며 말했다.

"어때. 이번에 학교에서 농사를 시작한 걸 가지고, 집에서 무슨 말을 하지는 않더냐? ……예를 들면, 좋은 일을 시작했다고 하거나, 아니면 나쁘다고 하거나……."

대답이 없었다.

선생님은 호소다(細田)라는 남자아이를 지목했다.

"호소다 군의 집에서는 뭐라고 하셔? 형님이 무슨 말씀을 하시더냐?"

폐병이 있는 형과 살고 있는 호소다 군이 답했다.

"형님은 몸이 건강해질 거라며 좋은 일이라고 하였습니다."

선생님은 반가운 얼굴을 하며 다시 둘러보았다.

"우리 아버지도 그렇게 말했어."

"우리 아버지도……."

아이들이 작은 소리로 말했다. 하지만 자진해서 큰 소리로 말하는 사람은 없었다. 선생님은 또 지목하려 했다.

나는 내가 지목당하지는 않을지 가슴이 조마조마했다. 그리고 될 수 있으면 선생님의 눈에 띄지 않도록 고개를 숙인 채 가만히 있었다. 그런데도 선생님은 일부러 내 이름을 불렀다.

"이와시타 상의 집에서는 뭐라고 하시던? 할머니가 분명 무슨 말씀을 하셨을 텐데……. 가만히 계시지는 않았을 거야……."

선생님이 뭔가 알고 있는 건 아닐까, 하고 나는 생각했다. 할머니랑 고모가 무슨 말을 했는지 모른다고 해도, 할머니의 성격을 잘 알고 있는 선생님께 뻔한 거짓말을 할 수도 없었다. 그렇지만 사실대로 말한다면…….

평소와는 달리 내 대답은 애매했다.

"네, 저기……. 할머니는 농업, 농부 일을 하면 옷이 바래서……, 라고 말씀하셨습니다."

그러자 선생님은 비꼬는 듯 얼굴에 쓴웃음을 지으며 화난 말투로 말했다.

"음. 그렇겠지. 여왕님같이 훌륭한 옷을 입으시니까……."

선생님은 성난 듯 교과서를 집어 들고는 거칠게 문을 열고 나가버렸다.

아이들은 모두 유심히 내 옷을 쳐다보았다. 나도 모르게 얼굴이 붉어졌다. 그리고 새삼스럽게 나의 초라한 모습에 놀랐다. 흰 바탕에 남색 무늬가 있는 호졸근하고 궁상스러운 옷이다. 무늬가 흐릿해진 데다 헝겊으로 여기저기 누덕누덕 기운

자국까지 남아 있다.

나는 선생님을 원망했다. 선생님은 왜 모두 앞에서 나를 수치스럽게 만들었을까. 농업시간에 자신이 기르던 것에 대한 사랑을 설교했던 선생님이 아닌가. 그런데……, 그런데…….

집에 돌아왔다.

학교에서 생긴 일이 머리에서 떠나지 않았다. 또 내가 한 대답이 할머니와 고모에게 옳지 못한 일로 비치지는 않을지 걱정스러웠다. 생각하면 할수록 가만히 있어서는 안 되는 일이라고 여겨졌다. 결국 학교에서 일어난 일을 사실대로 말했다.

할머니와 고모는 화내지 않았다. 의기양양한 표정이었다. 단지 할머니는 고모와 얼굴을 마주보며 이렇게 말했다.

"맙소사. 이 바보한테는 정말 손들었어. 남에게 말해도 되는 것과 안 되는 걸 구별하지 못하니. 그렇지? 앞으로 이 아이 앞에서는 무심코라도 진실을 말하면 안 되겠어. 뭐든지 말하니까……."

할머니와 고모는 지금까지 자신이 하는 행동과 말은 절대적으로 옳은 일이라고 나에게 세뇌시켰다. 적어도 할머니의 말을 믿도록 강요했다. 하지만 나는 처음으로 할머니도 역시 사람들 앞에서 무심코 말해서는 안 되는 일을 하거나 말하고 있다는 사실을 알게 되었다.

나는 더 이상 할머니의 말을 그대로 믿지 않겠다, 무비판적으로 받아들이지 않겠다, 막연하게나마 그렇게 느꼈다.

14

나는 모든 것을 빼앗겨버렸다. 학교도 집도 지금의 나에게는 하나의 감옥에 지나지 않는다.

그러나 나는 어릴 때부터 아무리 힘들어도 쓰러지지 않는 강한 아이였던 게 분명하다. 어려운 가운데서도 또 다른 즐거운 세계를 발견하곤 했는데, 이번에는 사람들을 멀리하며 혼자가 되는 것이 좋았다. 그렇다. 단지 그것뿐이었다.

힘든 과거를 회상하니 당시의 즐거운 경험도 떠오른다.

대산(臺山)은 고모네가 소유한 산이었다. 고모부가 예전에 철도국에 근무했을 때 사둔 것으로, 밤나무가 심겨 있었다. 가을이 되면 밤나무는 상당한 수입원이 되었다.

밤나무 사이사이에는 솔새와 참억새가 키만큼 자라고 있었고, 매년 가을에는 이것들을 사람들이 베어 갔는데, 그로 인한 수입도 꽤 좋았다.

가을에 밤이 여물어 밤송이가 벌어지면 우리 집 식구 중 누군가는 밤알을 주워 모아야 했다. 대개는 몸이 허약한 고모부의 몫이었지만, 가끔 고모부가 산에 오르지도 못할 만큼 상태가 좋지 않으면 나는 밤알 줍기를 자처했다. 왜냐하면 산에서는 진정한 자유를 누릴 수 있기 때문이다.

모든 것을 빼앗겨버린 어느 가을날의 일이다. 고모부의 건강이 또다시 나빠졌다. 나는 할머니에게 부탁하여 학교를 가지 않고 몇 번이나 밤알을 주우러 산에 갔다.

산에 가기 전에는 먼저 다비*를 신고 각반을 두른 후 조리**와 발이 하나가 되도록 동여맨다. 왜냐하면 그 산에는 살모사가 있어 이따금 사람을 물기 때문이다. 낫과 막대기, 그리고 밤을 담을 포대를 챙겨 서둘러 집을 나선다.

아이들은 학교로 가지만, 나는 더 이상 학교에 가지 못하는 걸 슬퍼하지 않았다. 그보다 혼자 산에 오르는 게 더 즐거웠다.

나무에는 담홍색 밤이 곧 떨어질 듯 가시 밖으로 불거져 나와 있다. 나는 양 다리를 벌리고 서서 막대기로 밤송이들을 비틀어 꺾는다. 그리고 조리 신은 발로 비벼 밤알을 골라낸다. 발로 비벼도 나오지 않는 것은 괭이 등으로 벗겨낸다. 밤송이가 벌어진 가지에서 밤을 모두 고르고 나면 이번에는 눈을 발밑으로 돌려 땅에 떨어진 밤알도 주워 담는다. 이렇게 나무를 옮겨 다니며 밤알을 줍는 것이다.

때로는 풀 한 포기 없는 곳도 만나고 때로는 풀숲이 우거진 곳도 만난다. 그런 곳에서는 놀란 꿩이 날아오르기도 하고, 토

---

* 足袋. 일본식 버선

** 草履. 일본식 짚신. 짚, 골풀, 죽순껍질 등을 엮어 만든다.

끼가 뛰어나오기도 한다. 놀라 멈칫하기도 하지만, 금방 그 동물들에게 미안함을 느낀다.

"이런, 놀랐잖아. 그렇게 도망가지 않아도 돼. 우리는 친구야." 하며 혼잣말을 중얼거린다. 물론 꿩이나 토끼는 나에게 아무런 답을 하지 않고 도망치지만, 그것을 서운하게 생각하지도 않는다. 빙그레 혼자 웃어본다. 그리고 다시 "재미난 녀석들!" 하며 혼잣말을 한다. 그들을 위해 풀숲에 떨어진 밤알을 남겨놓고 다른 곳으로 이동한다.

밤을 담은 포대가 무거워진다. 다리도 아파온다. 나는 잠시 가진 짐을 모두 팽개쳐두고 한걸음에 산꼭대기로 올라간다. 그리고는 잠시 쉰다.

산꼭대기에는 나무라고 할 만한 나무는 없고 노란색 여랑화와 보라색 도라지, 싸리 등이 어우러져 피어 있다. 선생님이 "저건 산이 아니라 언덕이야."라고 말할 정도로 낮은 산이었지만, 정상에 올라 내려다보면 부강이 한눈에 들어온다.

서북쪽에는 논과 밭을 사이에 두고 정차장과 여관, 그 외의 건물들이 줄을 지어 서 있다. 마을다운 곳이다. 그중에서도 가장 눈에 띄는 것은 헌병대 건물이다. 카키색 제복을 입은 헌병이 조선인을 뜰로 끌고 와 옷을 벗기고는 맨살 엉덩이를 채찍질한다. 하나, 두울. 헌병의 새된 목소리가 들린다. 맞는 조선인의 울음소리가 들리는 듯하다.

그런 광경을 보면 기분이 상한다. 이번에는 뒤돌아 남쪽을 바라본다. 우뚝 솟은 부용봉(芙蓉峯)이 멀리 보인다. 산기슭을 따라 동쪽에서 서쪽으로 유유히 흐르는 백강(白江)은 가을 햇살을 받아 은빛으로 반짝여 마치 흰 비단을 깔아놓은 것 같다. 강 옆 모래밭 위로 짐을 실은 당나귀가 깨나른한 듯 지나간다. 나무 사이로 낮은 초가지붕의 조선인 마을이 드문드문 보인다. 안개에 싸인 고요한 마을이다. 중국 남종화(南宗畵)를 보는 듯하다.

그 풍경을 가만히 바라보고 있노라면 나는 비로소 내가 진정으로 태어나 살아 있음을 느낀다. 느긋하게 풀 위에 누워 하늘을 바라본다. 높고 높은 하늘이다. 나는 그 끝이 궁금했다. 눈을 감고 생각에 잠긴다. 시원한 바람이 불어온다. 바람에 풀이 속삭인다. 다시 눈을 뜨면 잠자리가 눈앞에서 날고 있다. 방울벌레, 청귀뚜라미의 울음소리가 귓가에 맴돈다.

점심시간이 시작된 듯 학교에서 아이들 목소리가 소란스럽게 들려온다. 나는 일어나 교정을 바라본다. 아이들이 축구를 하고 있다. 공이 튀어오르는 소리가 들린다. 서로 공을 뺏으려는 아이들이 시끄러운 소리를 낸다. 재미있게 논다. 지금까지 나는 학교에서 그들을 그저 슬프게 바라보아야 했다. 하지만 지금은 슬픔도 기쁨도 느끼지 않는다. 단지 자연 속에 녹아든 자신을 발견할 뿐이다.

무언가 배 아래로부터 힘이 끓어오르는 느낌이 들어 나도 모르게 "오—이" 하고 외쳐본다. 물론 누구도 답하지 않는다.

산에는 나 혼자다.

종이 울리자 아이들은 다시 교실로 들어간다. 나도 산꼭대기에서 내려와 밤나무 숲으로 향한다.

마음이 가벼워진 나는 학교에서 배운 창가를 부르기 시작한다. 말리는 이도 없다. 작은 새와 같이 나는 자유롭다. 부르고 또 부르며, 목이 쉴 때까지 부른다. 때로는 즉흥적으로 노래를 만들어 부르기도 한다. 평소에 담아두었던 감정이 자유분방하게 마구 분출되는 느낌이다. 그것들이 위로가 된다.

목이 마르면 오두막 옆 배 밭에서 배를 따다가 껍질도 벗기지 않은 채 찌꺼기도 남기지 않고 그대로 먹어버린다. 그리고는 다시 땅에 누워 나무 사이로 흐르는 구름을 바라본다. 숨이 막힐 것 같은 풀의 훈김, 코를 찌르는 버섯 향. 나는 그것들을 아낌없이 들이마신다.

아아, 자연! 자연에는 거짓이 없다. 자연은 솔직하고 자유롭다. 인간과 같이 사람을 짓누르지 않는다. 마음속 깊이 느낀다. "고마워." 산에게 감사하고 싶다. 동시에 지금의 나의 일상이 떠올라 울고 싶어진다. 그럴 때는 실컷 울어버린다. 산에서 지내는 날만큼은 나 자신으로 돌아갈 수 있었다. 오로지 산에서 지내는 날에만 해방될 수 있었다.

15

한여름의 어느 날이었다.

강경(江景)이라는 곳에서 혼자 병원을 경영하고 있는 후쿠하라(福原)라는 사람의 부인이 할머니를 찾아왔다. 그 여자의 이름은 미사오(操)로, 할머니의 조카 중 한 사람이었다.

미사오 씨는 지금까지 한 번도 할머니 집을 찾아온 적이 없었고, 편지조차 제대로 주고받는 일이 없었던 것으로 기억한다. 미사오 씨는 나처럼 비천하고 가난한 사람이 아니었다. 할머니를 비롯하여 이와시타네 가족들 모두 미사오 씨를 대접하느라 야단법석이었다.

미사오 씨는 스물네다섯 살로 보였고 아름다웠다. 그녀는 갓난아기도 함께 데려왔다.

이와시타가를 방문한 그녀는 가슴과 소매에 화려한 국화모양이 장식되어 있는 비단 홑옷에 금사와 은사가 요란하게 섞인 오비를 매고 있었다. 게다가 더운 날씨임에도 금사 비단 반코트까지 입고 있었다. 목걸이와 반지 등, 조화롭지는 않았지만 한눈에도 귀부인임을 알 수 있게 하는 차림이었다.

한차례 인사를 한 후 할머니는 미사오 씨의 옷이 땀에 젖어 있는 것을 보고, "어머나, 미사오. 옷이 땀에 흠뻑 젖었구나. 다른 옷으로 갈아입으렴." 하고 말했다. 미사오 씨도 "그러게요. 갈아입는 게 좋겠어요." 하고 답하며 입고 있는 옷을 벗기 시작했다. 할머니는 손수 그 옷을 들고 하나하나 정성스럽게 펼쳐 햇빛에 말렸다. 근처에 사는 가난한 집 아낙네들이 우물에 갈 때 잘 보이도록…….

미사오 씨는 시집을 간 곳이 얼마나 유복한지 할머니에게 말했다.

"음, 음. 좋겠구나. 참 행복하겠어. 남편을 잘 모시고 내조도 잘해야 해."

할머니는 미사오 씨를 축복하고, 친절한 조언도 아끼지 않았다. 또 자신의 형편과 부강에서의 지위 등등도 자랑스럽게 말했다. 그런 이야기들이 하루이틀 계속되었다. 미사오 씨가 머무는 동안 할머니는 그녀를 데리고 정원을 산책하거나 소유지를 보여주거나 하며 지냈다.

나에 대해서도 이야기하는 듯했다. 미사오 씨는 나를 곁눈질하며 제대로 말을 붙이려고도 하지 않았다. 나는 마시오 씨를 미워하지는 않았지만 그다지 좋은 느낌을 가진 여자라고는 생각하지 않았다.

부강에서 십 리 정도 떨어진 곳에 미사오 씨의 지인이 살고 있었다. 미사오 씨는 지인을 방문할지 말지 고민하는 듯했다.

"그렇다면 다녀오렴. 기차를 타고 가면 훨씬 수월하잖니."

옆에서 할머니가 부추기듯 이야기했다.

"하지만, 애가 있어서 번거로워요."

미사오 씨는 계속 주저했다. 그것은 명백히 나를 데리고 가서 아이를 돌보게 하려는 의도로 말하는 것이었다. 할머니는 그걸 눈치채고 미사오 씨에게 말했다.

"아이는 후미가 업고 가면 되잖니."

나는 난처해졌다. 이렇게 더운 날 젖먹이 아이를 업고, 게다가 잘난 체하는 여왕마마 같은 여자의 엉덩이 뒤를 따라가야 하다니!

"그러게요. 그렇게 해준다면 정말 고맙겠지만……. 하지만 후미 짱이 같이 가줄까요?"

미사오 씨는 넌지시 나의 동의를 구하는 듯했다.

나는 당황한 나머지 정확한 답을 할 수 없었다. 평소의 할머니라면 소리를 지르고 화를 낼 법도 하건만, 웬일인지 그날만큼은 오히려 나의 기분을 맞추려는 듯 "같이 가주렴, 후미." 하고 명령이 아닌 부탁을 했다. 그리고는 미사오 씨가 없는 데서 작은 목소리로 온화하게 말했다.

"그래, 싫으면 싫다고 말해. 싫다는 걸 무리하게 시키지는 않을 테니까."

따뜻한 말에 굶주리고 있던 나는 할머니의 말을 듣자 묘하게도 솔직한 기분이 되었다. 할머니의 가슴에 안겨 울고 싶은 기분까지 들었다. 아이가 어머니에게 어리광을 부리는 기분으로 나는 분명하게 답했다.

"실은 나, 가지 않아도 된다면 가고 싶지 않아요."

"뭐라고?"

할머니는 돌연 울화통을 터트렸다. 그리고는 내 멱살을 잡고 밀쳤다. 불의의 습격을 당한 나는 마루에서 땅바닥으로 떨어지고 말았다. 그런 모습을 기분 좋은 듯 바라보며 할머니는 평소와 같이 욕설을 퍼부었다.

"뭐야? 가고 싶지 않다고? 조금만 잘 대해주면 금세 기어올라 이 모양이라니까. 가고 싶지 않은 것도, 가고 싶은 것도 네가 선택할 순 없어. 가는 게 당연한 거야. 코흘리개 농부 아이도 돌보던 주제에. 하지만 정 가고 싶지 않다면 무리하게 부탁하지는 않을 거야. 네가 가지 않아도 나는 전혀 불편하지 않아. 대신 넌 더 이상 우리 집에 있지 못해. 자, 나가. 지금 당장 나가줘."

할머니는 어느새 게다를 신고 내 옆으로 와 있었다. 그리고는 나를 질근질근 밟기도 하고 차기도 했다.

나는 쓰러져 누운 채 멍하니 있었다. 할머니는 부엌으로 뛰어갔다가 다시 돌아와서는 하인이 쓰던 이빨 빠진 목기 하나를 내 품에 쑤셔 넣었다. 그리고 누워 있는 내 머리채를 잡고 뒷문까지 질질 끌고 가 문 밖으로 밀쳐내고는 빗장을 잠근 다음 집 안 정원으로 사라졌다.

나는 완전히 지쳐 있었다. 몸이 너무 아파 조금도 움직일 수 없었다. 조선인 두세 명이 수군거리며 지나갔지만 나는 일어나지도 못하고 엎드려 힘없이 울기만 했다.

하지만 언제까지 울고 있을 수만은 없었다. 지나가는 사람은 아무도 없었다. 집 안에서 불러주는 사람도 없었다. 내가 기댈 곳은 할머니가 품속에 쑤셔 넣은 목기 하나밖에 없었다.

내가 의지할 곳은 너무나도 미약하였다.

'그래, 역시 돌아가서 비는 수밖에 없어.' 이렇게 생각한 나는 용기를 내 일어섰다. 그리고 비틀거리며 벽을 따라 앞문까지 가서는 집 안으로 들어갔다.

옷소매를 걷어붙이고 더러워진 마루를 열심히 닦기 시작했다. 할머니는 나를 보자 곧장 고 씨를 불러 내가 닦던 마루를 닦게 했다. 나는 설거지를 시작했다. 그러자 할머니는 나를 밀쳐내고 직접 설거지를 했다. 마당을 쓸기 시작하자 할머니는 아무런 말도 없이 내 손에서 빗자루를 빼앗았다.

나는 절망한 들개처럼 힘없이 나의 보금자리인 방으로 들어갔다. 맥없이 누워 영혼이 빠져나간 인형처럼 벽에 바른 신문지를 보고 있다가 문득 내 처지가 서러워 눈물이 났다.

오랜 고통의 시간을 보내고 나니 어느덧 저녁이 되었다.

할머니는 내 방과 뜰 사이에 있는 몸채 처마 밑에서 풍로를 꺼내어 튀김을 만들기 시작했다. 기름 냄새가 주린 뱃속으로 가득히 들어왔다. 생각해보니 아침부터 나는 아무것도 먹지 않았던 것이다.

고 씨의 작은아들이 남은 음식을 담았던 소쿠리를 비우고 돌려주러 몸채에 왔다.

"가지고 왔니? 착하기도 하지."

이렇게 칭찬하며 할머니는 튀김 두세 개를 아이의 손에 쥐어주었다. 그리고 나에게 어깨를 으쓱거리며 웃어 보였다.

나는 살짝 집을 나왔다. 나와 보아도 갈 곳은 없었다. 바로 밑에 있는 조선인들의 공동 우물가로 가서는 아무 이유 없이 우물 안을 들여다보았다. 낯익은 조선인 아낙네가 항아리 속에 담긴 채소를 씻으러 왔다가 나를 보고서, "또 할머니에게 혼났지?" 하며 부드럽게 말을 건넸다.

나는 가만히 고개만 끄덕였다.

"딱하기도 하지."

아낙네는 나의 초라한 모습을 유심히 쳐다보더니 동정하듯 말했다.

"우리 집으로 가자. 딸도 집에 와 있어."

나는 또 울고 싶어졌다. 슬퍼서 우는 것이 아니라, 그저 큰 자비심에 마음이 녹아 감격의 눈물이 흐를 것 같았다.

"고마워요. 같이 가볼래요."라고 감사해하며 나는 비슬비슬 아낙네의 뒤를 따라갔다. 아낙의 집은 고모 집 뒤 낭떠러지 위에 있었다. 거기에서는 고모네 집 안이 잘 보였다. 그래서 나는 고모네 식구들에게 들키지는 않을지 걱정이 되었다.

"저기, 점심은 먹었니?"

"아뇨. 아침부터 아무것도……."

"어머나, 아침부터?"

아낙의 딸이 놀란 듯 소리쳤다.

"아이고, 불쌍해라!"

아낙도 같은 말을 재차 반복했다.

"보리밥이라도 괜찮다면 먹지 않겠니? 밥이라면 얼마든지 있어……."

이미 감정은 더 이상 숨기지 못할 정도로 고조되었고 나도 모르게 울기 시작했다.

조선에 살던 길고 긴 7년 동안 나는 이때만큼이나 인간의 애정에 감동한 일은 없었다.

나는 진심으로 감사했다. 먹고 싶은 마음이 굴뚝같았으나 할머니와 다른 식구들 눈이 무서웠다. 조선인의 집에서 밥을 빌어먹는 거지를 우리 집에 들여놓을 수는 없어, 하며 호통을 칠 게 분명했다. 나는 사양했다. 그리고 주린 배를 쥐고 조선인의 집에서 나왔다. 하지만 집으로 다시 돌아가고 싶지는 않았다. 뒤편 풀밭을 정처 없이 헤매며 돌아다녔다.

아무리 생각해도 방도가 없었다. 나는 다시 집으로 돌아갔다. 날은 완전히 지고, 집 안에는 램프가 켜져 있었다. 모두 다실에 모여 앉아 화기애애하게 식사를 하고 있었다.

나는 매번 그러하듯, 다실 밖 마루에 꿇어앉아 나의 불찰을 용서해 달라고 빌었다. 대답이 없었다. 두 번, 세 번 계속해서 용서를 빌었지만 할머니네 식구들은 끝내 받아들이지 않았다.

"시끄러워. 조용히 못해?"

할머니는 냅다 소리를 질렀다.

"낮에 실컷 놀다가 해가 져서 갈 곳이 없으면 다시 집에 와서는 용서해 달라고 빌고 우는 게 네 십팔 번이야. 어떻더냐?

단 한 곳이라도 너에게 밥 한 공기 퍼주는 집이 있더냐? 우리 집도 마찬가지야. 너한테 줄 수 있는 밥은 없다."

나는 고모에게 애원해보려 했지만 고모는 선수를 치듯 할머니와 함께 나에게 욕을 하기 시작했다. 미사오 씨도 그 자리에 있었지만 물론 어떤 말도 하지 않았다.

모두 식사를 마친 듯했다. 뒷정리도 할머니와 고모가 서둘러 해치우고 말았다. 그리고는 언제나처럼 벤치를 가지고 나와 뜰에서 더위를 식혔다.

집 안에 혼자 남은 나는 뭔가 먹을 것이 없을까, 하고 찾아보았지만 헛수고였다. 할머니 방 뒤 넓은 차양 들보의 금색 사각 망 안에 먹을 것이 들어 있던 것을 간신히 생각해내고 살짝 들여다보았지만, 안에는 아무것도 없었다. 이번에는 부엌 구석에 있는 살강을 소리 죽여 살펴보았지만, 거기에도 먹을 것은 없었다. 평소와 달리 설탕 항아리도 비어 있었다.

나는 다시 방으로 돌아왔다. 방 안에 들어가 손으로 더듬더듬 이불을 펴고 모기장을 쳤다. 잠옷으로 갈아입을 여력도 없이 그대로 누웠다.

뜰에서는 이웃 미나미(南) 부부의 웃음소리와 이야기 소리가 섞여 들려왔다. 그 소리가 귀에 들려 좀처럼 잠을 이룰 수 없었다.

나는 할머니와 식구들을 증오했다. 또 나 자신이 한 일이 그렇게 잘못된 일인지 생각해보았다. 잘못한 점이 있다면 그것이 무엇인지 알고 싶었지만, 내가 무엇을 잘못했는지 알 수 없었다. 한 시가 지나서야 겨우 잠들 수 있었다.

다음 날, 눈을 떴을 때는 이미 해가 높아져 있었다. 고 씨는 평소와 같이 마당 쓸기에 여념이 없었고, 할머니는 부엌에서 아침 준비를 하고 있었으며, 고모는 평소에 내가 하던 방 청소와 장지문 먼지떨기를 하고 있었다.

'용서를 구한다면 지금이 기회야. 지금 나가서 무슨 욕을 듣더라도 일을 하면 분명 용서해주실 거야. 그래. 지금 기회를 놓치면 끝장이야!'

하지만 나의 몸과 마음은 완전히 지쳐 있었다. 아무리 일어나려고 해도 힘없이 쓰러질 뿐이었다.

전전날 먹은 저녁을 마지막으로 아무것도 먹지 않았던 탓에 배가 고픈지도 모를 정도였고, 몸에는 기운이 하나도 남아 있지 않았다. 일어나서 일하기는커녕, 다리도 들 수 없는 지경이었다.

그 사이 아침식사도 끝나버리고, 미사오 씨와 고모부는 외출하였으며, 할머니와 고모는 채소밭에 나가 있는 듯 집 안은 고요했다.

결국 나는 기회를 놓친 것이다.

"아아, 이제 어쩔 수 없구나!"

나도 모르게 한숨이 났다. 그리고 "에이, 나도 몰라." 하며 자포자기 심정으로 모든 것을 운명에 맡겨버렸다. 오히려 마음이 편안해졌다. 무거운 몸으로 몸부림을 치기도 하고, 발을 이불 위에 올려놓고 천장을 바라보며 몽롱한 정신으로 몇 시간을 보냈다.

언뜻 소리가 들려 눈을 떠보니 그것은 그릇이 덜그럭거리는 소리였다. 벌써 점심시간인 듯했다.

"이번에야말로." 하며 나는 겨우 일어났다. 눈앞이 어질어질하는 현기증에도 나는 모두가 모여 식사하는 곳으로 걸음을 옮겼다. 그리고 또 머리를 바닥에 조아리며 "제가 잘못했어요. 앞으로는 결코 이런 일을 하지 않겠어요." 하며 진심을 다해 용서를 구했다.

아니, 진심을 다했다기보다 목에 칼이 들어오기 직전의 죄인이 있는 힘을 다해 목숨을 구걸하듯, 그런 진지함을 가지고 용서를 구했다.

아아, 그러나 결국 모든 것이 소용없었다. 정성이 지극하면 하늘도 움직인다 했건만, 할머니와 고모는 그 하늘이 아니었던 것이다.

"오늘 찬은 꽤 괜찮은 편이구나."

할머니와 고모는 모르는 체 딴전을 부렸다. 내 말이 귀에 들어오지 않는다는 듯…….

"자신이 한 일이 나쁘다는 걸 알면서도 왜 아침 일찍 일어나 일을 하지 않은 거냐. 너는 진정으로 뉘우치지 않은 거야. 그런 마음으로 나와 할머니에게 빌어봐야 소용없다."

고모는 나를 쏘아보며 말했다.

어떤 대답이 돌아올지 대충은 짐작하고 있었지만, 딱 잘라 거절당하고 나니 더 이상 기운을 낼 수가 없었다. 힘없이 방으로 들어가 또 엎드려 울었다. 눈물도 이미 마른 듯했다. 벽에 등을 기대고 앉아 나는 잠시 동안 쭉 뻗은 다리를 바라보고 있었다.

그러자 텅 빈 마음속에서 '죽음'이라는 단어가 느닷없이 고개를 내밀었다.

"그래. 차라리 죽어버리자……. 그게 훨씬 나을지 몰라."

이렇게 생각한 순간, 나는 완전히 구원받은 기분이었다. 아니 완벽하게 구원받았다. 몸과 마음에 힘이 넘쳐흐르기 시작했다. 시들었던 손과 발이 싱싱해졌고, 기운도 차릴 수 있었다. 공복 따위는 영원히 잊을 수 있을 것 같았다.

12시 반 급행은 아직 지나가지 않았을 터. 그래. 그렇게 하자. 눈을 감고 단숨에 뛰어들면 돼. 하지만 이 모습은 너무 초라하기 짝이 없어. 그 순간에도 나는 이런 생각을 했다. 그래서 급하게 속치마만 갈아입고 방 안 구석의 옷상자 속에서 긴 소매 겉옷과 폭이 좁은 모슬린 오비를 꺼내 작게 접어 보자기에 쌌다. 서두르지 않으면 시간 안에 도착하지 못해. 보자기를 겨드랑이에 숨기고 뒷문으로 나왔다. 그리고 단숨에 달렸다. 모든 것을 버리고, 죽음이라는 구원의 세계로. 시원하고 개운한 마음으로…….

역 근처 동쪽 건널목에 도착했다. 시그널은 아직 내려와 있지 않았다. 시간을 잘 맞춘 듯했다. 곧 오겠지.

고모네 집 동쪽 돈대에서 보이지 않도록 건널목 근처 제방 밑에 숨어 옷을 갈아입었다. 입고 있던 옷은 둘둘 말아 보자기에 싸서 제방 옆 풀숲에 아무렇게나 던져 넣었다. 그리고 제방 밑에 숨어서 기차를 기다렸다. 하지만 시간이 지나도 기차는 오지 않았다. 나는 기차가 이미 지나갔다는 걸 겨우 알아차렸다.

갑자기 지금이라도 곧 누군가가 쫓아와 붙잡을 것 같아 미칠 것만 같았다.

"어떻게 하지…… 어찌하면 좋을까……."

하얘진 머리가 재빠르게 움직이기 시작했다. 나는 다른 방법을 생각해냈다.

"백강! 백강으로! 바닥을 알 길 없는 푸른 강 밑으로……."

나는 건널목을 건너 달리기 시작했다. 제방과 가로수와 밭을 따라, 뒷길을 통해 몇 리나 되는 길을 지나, 백강 못이 있는 구 시장 쪽을 숨도 쉬지 않고 달렸다.

못 주변에는 다행히 아무도 없었다. 나는 한숨을 돌리고는 자갈 위에 쓰러졌다. 햇볕에 달구어진 자갈이 뜨거웠지만 아무것도 느낄 수가 없었다. 가슴의 고동이 가라앉자 나는 일어나 자갈을 소매 속에 넣기 시작했다. 소매가 꽤 무거워졌지만, 자칫하면 자갈이 빠져나올 것 같아 붉은 모슬린 속치마를 벗어 그 안에 돌을 집어넣었다. 그리고는 몸에 허리띠처럼 감았다.

준비는 끝났다. 나는 물가의 버드나무를 잡고 못 속을 들여다보았다. 물은 검푸른 기름처럼 잔잔했다. 잔물결 하나 일지 않았다. 가만히 들여다보자니, 전설 속의 용이 물속으로 뛰어드는 나를 기다리고 있는 듯했다. 어쩐지 불안했다. 다리가 부르르 미미하게 떨렸다. 돌연 머리 위에서 매미가 울기 시작했다.

나는 다시 한 번 주위를 둘러보았다. 이 얼마나 아름다운 자연인가. 나는 다시 귀를 기울였다. 이 얼마나 평화로운 고요함인가.

"아아, 이별이다. 산과도, 나무와도, 돌과도, 꽃과도, 동물과도, 이 매미 울음과도, 모두와 헤어진다……."

그렇게 마음을 먹은 찰나, 갑자기 슬퍼졌다.

할머니와 고모의 무정함과 냉혹함과는 이별할 수 있다. 하지만, 하지만 세상에는 아직 사랑해야 할 것들이 무수하게 남아 있다. 아름다운 것들이 너무 많다. 내가 사는 세상은 할머니와 고모네 집만이 아니다. 세상은 넓다.

어머니, 아버지, 여동생, 남동생, 고향 친구들, 지금까지의 모든 일들이 머릿속에 펼쳐져 그리워졌다.

나는 죽는 것이 싫어졌다. 버드나무에 기대어 조용히 생각에 잠겼다. 내가 만약 여기서 죽어버린다면 할머니는 나에 대해 뭐라 말할까. 어머니와 세상 사람들에게 내가 무엇 때문에 죽었다고 말할까. 어떠한 거짓말을 늘어놓아도 나는 더 이상 "그게 아니에요."라고 변명조차 하지 못한다.

이런 상상을 하자 나는 "죽어서는 안 된다."라는 생각이 들었다. 그렇다, 나처럼 고통받고 있는 사람들과 함께 고통을 주는 사람들에게 복수해야 한다. 그렇다, 죽어서는 안 된다.

나는 다시 강가 자갈밭으로 갔다. 그리고 소맷자락과 몸에 감은 속옷에 들어 있던 자갈을 하나둘 내던졌다.

16

나이 어리고 불쌍한 소녀는 죽기로 결심했지만 죽지 못했다. 싱싱한 풀과 같이 자라야 할 나이에 죽음으로 구원받고자 한 것도 모자라, 복수라는 단 하나의 희망을 품고 살아간다는 것은 얼마나 무섭고 또 슬픈 일인가.

나는 죽음의 문턱에 한 발을 들여놓았지만 다시 발길을 돌렸다. 그리고 지옥과 같은 고모네 집으로 돌아갔다. 나에게는 단 하나의 희망의 빛줄기—우울한 검은빛—가 생겨났다. 그리고 어떠한 고통에도 견딜 수 있는 힘을 가지게 되었다.

나는 더 이상 아이가 아니었다. 가슴에 가시를 지닌 작은 악마와도 같았다. 지식욕이 맹렬하게 샘솟았다. 일체의 지식에 대한 욕구. 세상 사람들은 어떻게 살아가고 있는가, 세상에는 대체 어떠한 일들이 일어나고 있는가, 인간세계만이 아니라 곤충과 짐승의 세계, 풀과 나무의 세계, 달과 별의 세계, 말하자면 대자연의 세계에서는 어떠한 현상이 일어나고 있는가가 궁금했다. 학교 교과서가 가르쳐주는 그런 시시한 지식이 아니라.

학교에서는 운동과 놀이를, 집에서는 일체의 자유를 송두리째 빼앗긴 나였지만, 나의 가슴에 숨 쉬는 생명력은 그러한 것들로 인해 위축될 만큼 연약하지 않았다. 생명의 의욕! 그것을 어딘가에 발산할 수 있는 배출구를 만들어야 했다.

그 무렵이었다.

어느 날, 평소와 같이 아이들은 즐겁게 놀고 있었고 나는 그 모습을 교사 벽에 기대어 따분하게 지켜보고 있었다. 그때 어딘가에서 한 친구가 헌 잡지를 가지고 나타났다.

"그거, 뭐야?"

나는 친구에게 물었다.

"소년세계."

친구가 대답했다.

"재밌어?"

"응, 재밌어."

나는 그 잡지가 읽고 싶어 견딜 수 없었다.

"잠깐 보여줘……. 빌려줄 수 있어?"

"빌려줄게."

책을 받아 들고 나는 첫 장부터 읽기 시작했다. 아이들이 놀고 있는 동안, 빨려 들어가듯 탐독했다. 무엇 하나 재미나지 않는 글이 없었다. 수업시간에도 이 책을 잊을 수가 없었다. 방과 후에도 잠시 동안은 교실에 남아 책을 읽었다. 귀가하는 도중에도 느릿느릿 소처럼 걸으며 책을 읽었다. 집에 가서도 잠깐 틈을 내 숨어서 읽었다.

물론 할머니에게 들켜 혼나기도 했지만, 아무리 해도 단념할 수가 없었다. 그래서 집에서는 읽지 않기로 하고 등하굣길, 수업 후 쉬는 시간에 읽었다. 심지어는 수업시간에도 몰래 읽곤 했다. 그리고 차례차례로 여러 친구들에게서 잡지와 책을 빌려 읽었다.

힘든 것은 학교가 파한 다음이었다. 나는 종일 집에 있어야 했기 때문에 누군가에게서 책을 빌리는 일은 불가능했다. 책을 읽을 수 있는 방법이 어디 없을까, 골똘히 그 생각만 했다. 그때 이웃집 여자아이가 매달 구독하는 '부녀계(婦女界)'와 같은 잡지를 들고 왔다. 나는 그걸 빌렸다. 그리고 지난 호가 있으면 모두 빌려 달라고 부탁했다. 여자아이는 지난 일 년치 정도의 잡지를 들고 와 할머니가 보는 앞에서 나에게 빌려주었다.

나는 기뻐서 어쩔 줄 몰랐지만 할머니의 표정을 보고서는 주저하고 말았다. 할머니가 그 아이 앞에서 고맙다며 인사하고 받아주었기에 나는 떳떳하게 그 책을 읽을 수 있었다. 한두 권 읽을 때까지는 할머니와 식구들이 묵인해주는 듯했지만, 결국 할머니는 말을 꺼냈다.

"후미에게 책을 읽도록 허락했더니 집안일은 제쳐두고 책에만 정신이 팔려 못 살겠어. 가만히 보고 있자니 점점 더 심해져. 이제부터는 어떤 책도 읽지 못하게 해야겠어."

물론 고모도 동의했다.

"아, 그건 안 되는데."

나는 금방이라도 울음을 터트릴 듯이 "그럼 낮에는 책을 읽지 않을 테니 밤에만이라도……." 하고 응석을 부리듯 애원해 보았다.

하지만 할머니와 고모는 들으려 하지 않았고, 읽다 만 책까지 모두 빼앗아 책 주인인 여자아이에게 듣기 좋은 소리로 둘러대며 돌려주었다.

그 이후 내가 읽을 수 있는 글은 단지 신문뿐이었다. 하지만 그 신문조차 읽는 것이 허락되지 않았다. 아이는 신문 같은 걸 읽으면 안 된다는 게 할머니와 고모의 '고상한 의견'이었다.

나는 여기저기 기사를 골라 소리 내어 읽는 할머니의 목소리로 신문의 내용을 파악하려 했다. 가끔 곁눈질로 표제만 몰래 읽어보기도 했고 또 아침저녁 청소시간을 이용하여 오른손으로는 장지와 책장의 먼지를 털고 왼손으로는 신문을 들고 연재소설을 읽기도 했다. 흥미로운 기사가 있으면 살짝 변소로 가지고 들어가 읽기도 했다.

고모부의 빈약한 책장에는 서적 몇 권이 있었다. 나는 평소부터 그 책들을 읽고 싶었지만 기회가 없었다. 그러던 어느 날 고모 부부가 여행을 떠났다. 나는 이때다 싶어 책장에서 책 한 권을 꺼내 왔다. 그것은 안데르센 동화였다. 나는 그다지 동화에 흥미를 가지고 있지는 않았지만 고모부의 책장에는 그런 것들밖에 없었기 때문에 도리 없이 그걸 읽었다. 가지고는 왔지만 할머니의 눈을 피해 읽는 것은 쉬운 일이 아니었다. 하루 이틀은 무사히 지나갔지만 사흘째 오후, 짬을 보아 뒷밭 구석 변소 옆에서 정신없이 책을 읽고 있는데, 할머니가 언제나 그러하듯 발소리를 죽이며 다가왔다. 나는 조금도 알아차리지 못했다.

"후미, 이 나뭇가지를 좀 잘라보거라."

할머니는 날카로운 목소리로 나를 불렀다. 너무 놀란 나머지 황급히 책을 품속에 넣었다. 46배판 400쪽에 달하는 두꺼운 책 때문에 품은 부풀어올랐다. 그것을 보고 할머니는 재빨리 책을 낚아챘다. 그리고 "이 도둑년!" 하면서 나를 도둑 취급하며 말을 이어갔다.

"아버지가 소중히 여기는 책을 훔치다니 대체 너는 어떻게 돼먹은 아이냐. 만약 더럽히거나 찢어지면 무슨 말로 변명할 작정이었어. 참으로 무서운 아이로구나, 너는……."

할머니와 식구들에게 있어서 책이란 읽는 것이 아니라 장식용이었던 것이다.

할머니는 책을 가지고 방으로 들어갔다. 그리고는 고모부의 얼마 안 되는 책들을 벽장에 허둥지둥 넣고 자물쇠로 채워버렸다.

결국 나는 마지막 친구이자 세계인 모든 책들과 멀어지고 말았다. 학교를 졸업하고 할머니 집을 떠나기 전까지 2년간 나는 어떠한 글도 읽을 수 없었다. 내가 읽을 수 있는 글자라고는 내 방 벽에 발린 헌 신문지 조각밖에 없었고, 나는 그것을 매일같이 읽어서 외울 수도 있을 정도였다. 고모네 식구들은, 아이는 신문을 읽으면 안 되는 고상한 규칙을 내세우면서도 내 방—여기에 대해서는 나중에 이야기하겠지만—에는 헌 신문을 발랐다. 정말 우습다. 신문을 바른 이유는 간단하다. 식모 방에 돈을 들이는 것은 바보 같은 짓이기 때문이다. 헌 신문으로 충분했다. 단지 이런 이유였다. 고모네 식구들은 아무리 '고상한 규칙'을 정하더라도 자신들의 이익 앞에서는 아무렇지도 않게 그것을 짓밟으며 어겼다.

17

이러한 생활이 이어지던 가운데, 어찌됐든 나는 열네 살 되던 해 봄에 고등소학교를 졸업했다.

할머니는 고슈에서 나를 조선으로 데리고 올 때 약속했던 여자대학은커녕 여학교에도 진학시켜주지 않았다. 고등소학교는 내가 누릴 수 있는 최대한의 교육이었다. 아니, 고등과의 수업료가 심상과와 같이 40전이 아니었다면, 그리고 체면상의 문제만 없었더라면 나는 더 일찍 학교를 그만두어야 했을 것이다.

졸업 후의 일상은 견디기 힘들었다. 학교에 다닐 때에는 반

나절 정도 할머니로부터 벗어날 수 있었지만, 지금은 어쩔 수 없이 아침부터 저녁까지 나의 모든 생활을 할머니의 고약한 감시 속에서 보내야만 했다. 지금 생각해보아도 이렇게 감옥 안에 갇혀 있는 것보다 훨씬 힘든 생활이었던 것 같다.

소학교를 졸업한 직후, 아마 그해 여름이었을 것이다. 할머니는 집 뒤에 있는 광의 봉당에 소나무로 마루를 만들고 그 위에 두세 장의 헌 다다미를 깔아 방으로 만들어 나에게 주었다. 그 방을 식구들은 뒷전에서 '식모 방'이라고 불렀다. 결국 나는 말 그대로 식모로 전락하고 만 것이다.

식모 방은 할머니의 방과 마주보고 있었다. 한쪽 벽 옆은 장작창고였고, 내 방은 광의 일부였다. 넓이는 다다미 석 장 정도여서 혼자 지내기에는 충분했지만, 원래 광으로 쓰던 터라 내가 쓰기 시작한 후에도 반은 창고로 사용되었다. 봉당 입구에는 양동이와 절임통, 항아리들이 어지럽게 놓여 있었고, 방 안 선반에는 밥통, 상자, 신문지로 싼 자질구레한 물건들이 가득 차 있었다. 내 물건이라고는 고작 옷을 넣어두는 상자와 더럽고 색이 바랜 이불이 전부였고, 책상은 물론 방석 하나 없었다. 어둡고, 눅눅하고, 곰팡내 나는 음침한 방이었다. 창문은 할머니 방을 향하고 있는 벽에 장지 반 장 정도의 구멍이 전부였다. 그렇게 구질구질한 방에서 나는 낮에도 밤에도 보잘것없는 살림 도구들과 함께 지냈다. 몸채에 일이 없는 한, 나는 이 음침한 방에서 혼자 시키는 대로 옷 솔기를 뜯으며 보냈다.

하지만 나는 결코 이 방의 구질구질함을 싫어하지는 않았다. 나는 어느 정도 가난과 고난에 익숙해져 있었다. 단지 나는 '식모 방'에서 보내는 생활의 무의미함에 초조함을 느꼈다.

함께 학교를 졸업한 친구들 가운데는 상급학교에 진학한 이도 있었고 직업을 구해 자활의 길을 모색하는 이도 있었다. 그 외 다른 아이들도 각자 미래에 대한 준비에 여념이 없었다. 그런데 나는 지금 이 '식모 방'에 갇혀 고모네의 하찮은 일들을 하고 있을 뿐, 무엇 하나 살아가는 데 필요한 것을 배울 길이 없었다. 나는 특별히 꽃꽂이나 다도, 무용 등과 같은 고상한 취미를 배우고자 하는 것은 아니었다. 하지만 적어도 보통의 가정에서 필요한 재봉이나 예절 정도는 알아두고 싶었다. 무엇보다 책을 읽고 싶었다. 하지만 이 모든 바람은 무시당하고 또 금지되었다. 가끔 바느질을 하는 경우가 있기는 했지만, 그것은 단지 필요에 의해서일 뿐, 재봉과는 거리가 멀었다.— 우리는 학교에서 좋은 선생님을 만나지 못해 재봉을 거의 배우지 못했다고 해도 과언이 아니다.— 요리도 마찬가지로, 내가 하는 일이란 기껏해야 밥을 짓거나 미소시루를 만드는 것에 불과했다. 즉, 나는 할머니 집에서 그때그때 일거리를 도와주는 사람에 지나지 않는 존재였다. 할머니와 고모는 나에게 한 여자로서 가져야 할 마음가짐조차 가르쳐주지 않았다. 할머니도 고모도 친절이라고는 손톱의 때만큼도 가지고 있지 않았다.

젊은 생명은 쑥쑥 자라고 싶었다. 하지만 누구 하나 자라도록 도와주는 이가 없었다. 나는 달랠 길 없는 초조함을 느꼈다. 이대로, 이 곰팡내를 숨이 막힐 정도로 마시면서 이 식모방에서 평생을 지내야만 하는가, 이런 불안감에 항상 떨어야만 했다. 결국 나는 신경쇠약에까지 이르게 되었다.

분명 나는 불면증에 시달렸다. 일을 하면 머리가 무겁고 몸이 노곤하여 졸면서도, 정작 밤에 잠을 청하면 좀처럼 잠이 들지 않았다. 한 시, 두 시, 때로는 세 시까지 잠들지 못하는 날이 많았다. 이리저리 몸을 뒤척이며 잠을 청하면 청할수록 머리가 맑아져 결국에는 신경이 곤두서는 것을 느꼈다. 가끔은 밤새도록 한숨도 못 자는 날도 있었다. 그런 다음 날에는 몸이 피곤해 기분이 무거운 것은 물론, 두통에도 시달렸다. 막연한 불안이 끊임없이 엄습해왔다. 어두운 생활이 한층 더 어둡게 느껴졌다.

18

생각해보면 나는 조선에 온 이후로 줄곧 학대받은 것 같다. 조선에 있는 동안 나는 단 한 번이라도 할머니와 고모네로부터 애정을 받은 적이 없었다. 이에 대해서는 지금까지 내가 쓴 기록을 통해 잘 알 수 있을 것이다. 하지만 내가 지금까지 이야기한 것은 불행한 역사의 일부분에 지나지 않는다. 그것도 가장 대표적인, 가장 잔혹한 이야기를 제외한 일부분이다. 나는 일부러 그러한 것들을 언급하지 않았다.

그런 일들을 이야기하면, 내가 거짓말을 하고 있다고 오해받을 수도 있기 때문이다. "이제 지긋지긋해. 말하자면 그건 네가 주눅 들어 있었기 때문이야. 모두 너의 비뚤어진 성격 탓이야. 아무리 냉혹한 할머니라도 설마 그 정도까지 했을까."라는 식의 이야기를 들을 것 같기 때문이다.

줄잡아 이야기한 것만으로도 이미 그렇게 생각하는 이가 많을 것이다. 그리고 나는 결코 내가 주눅이 들어 있다거나 성격이 비뚤어져 있다고는 생각하지 않는다. 실제로는 주눅이 들어 있고, 또 비뚤어져 있을지도 모른다. 하지만 무엇 때문에 그토록 비뚤어지게 되었을까.

어릴 때 나는 누구보다도 말괄량이였다. 남자아이들과 남자다운 놀이를 하는 걸 좋아했다. 지금도 나는 결코 어두운 여자도 아니고 우울하지도, 수줍음을 타지도 않는 여자이다. 그런데도 조선에 있던 7년 동안은 전혀 반대였다.

사랑을 받지 못하고 구박을 받았기 때문에 내 성격이 틀어지게 된 것이다. 일체의 자유를 박탈당하고 억눌렸기 때문에 꼬인 것이다. 학교에서는 그렇지도 않았지만, 집에 있을 때에는 말 한 마디를 하더라도 조심, 또 조심하게 되었다. 지금은 이렇게 거침없이 말할 수 있지만, 당시에는 결코 그럴 수가 없었다. 나는 먼저 할머니와 고모의 기분을 살폈다. 그리고 그들의 기분이 상하지 않도록 주의하며 말했다. 아니, 말뿐만이 아니라 모든 행동도 그러했다. 그 때문에 나는 결국 거짓말을 하게 되었고 겉과 속이 다른 행동을 하였으며 마지막에는 물건을 훔치는 일까지 하게 되었다. 루소가 『참회록』에서 고백하듯, 나 또한 무참한 학대 끝에 비뚤어지고 비뚤어져서 결국에는 도둑질까지 하게 된 것이다.

훔치는 일이 좋은 것인가, 나쁜 것인가 하는 데 대해서 지금 말하지는 않겠다. 하지만 철저하게 진실함, 솔직함, 정의로움을 구하는 나로서는 남의 물건을 탐하여 훔치는 일은 어떠한 경우에도 있어서는 안 된다고 생각하며, 물론 훔치지도 않는다. 조선에서 도쿄로 돌아온 후, 어떤 힘든 상황에서도 나는 남의 볏짚 부스러기 하나 몰래 내 것으로 하지 않았다. 그런 내가 할머니 집에 있을 동안에는 도둑질까지 하게 된 것이다.

어째서 내가 그렇게 야비한 성미가 되었던 걸까. 나는 그 제반 사정에 대해 이야기하고자 한다.

아이에게 돈을 주고 물건을 사 오도록 하는 것은 천하고 가난한 이들이 하는 짓으로, 품위 있는 부자 계급이 할 일이 아니다, 하는 것이 할머니와 고모네의 처세철학이자 긍지이기도 했다. 그 때문에 나는 물건을 사기 위한 돈을 가져보지 못했다. 보통은 가족 중 누군가가 사 왔고, 그렇지 않으면 외상을 했다.

그러나 이러한 규칙은 나에게만 적용될 뿐, 고모네 식구들이 필요한 것을 살 때에는 그렇지 않았다. 특히 내가 학교를 졸업한 후, '식모 방'에서 살기 시작했을 때부터는 더욱 그러했다. 고모네 식구들이 나에게 돈을 쥐어주고 물건을 사 오라고 심부름을 보냈던 것이다. 장이 서는 날이면 반드시 그렇게 했다.

조선의 시골에는 보통 한 달에 대여섯 번 장이 선다. 부강에는 음력으로 16일에 섰다.

예전에는 시장이 백강 근처에 있었고 조선에서도 손꼽힐 정도로 큰 규모였지만 철도가 지나가게 된 후에는 부쩍 사람이 줄었다. 장소도 마을 중앙으로 옮겨져 겨우 3, 4리 이내에 있는 마을 사람들이 모일 뿐이었다. 그렇다고는 하지만 역시 천, 이천 명의 사람이 모여들었다. 그러한 사람들을 대상으로 정육점, 음식점, 포목점이 들어서고, 과자, 약, 채소 등 갖가지 물건을 가지고 사방팔방에서 가게를 열었다. 물론 일본 소상인들은 이런 좋은 기회를 놓치지 않았다. 주민들 또한 대부분이 저렴한 물건을 사기 위해 시장에 모여들었다.

훌륭한 가문인 고모네는 이런 곳에 가게를 여는 비천한 일은 하지 않았다. 게다가 '천한 여편네'들과 같이 몸소 시장에서 물건을 사는 것도 창피하게 생각하였다. 그렇지만 누구보다도 인색한 그들은 시장에서 물건을 싸게 구입하고자 했고, 그것은 언제나 내 역할이었다. 그리고 이것이 내가 어쩔 수 없이 도둑질을 시작하게 된 단 한 가지 이유였다.

아마도 내가 열네 살이던 겨울이었을 것이다. 그 무렵은 생선이 귀해 값이 비쌌기 때문에 고모네에서는 생선 대신 가능한 달걀을 많이 사용하여 정월 음식을 만들고자 했다. 달걀 시세는 보통 10개에 10전 내외였다.

나는 장이 열리는 날마다 달걀을 사러 장에 갔다. 내가 장에 갈 때마다 할머니는 "흥정을 잘해서 되도록 싸게 사 와야 한다. 비싼 걸 사서는 안 돼." 하고 주의를 주었다. 어린 내가 흥정을 잘 할 리가 없었다. 그보다 물건이 비싼지 싼지 도무지 알 수 없었다. 가끔은 싸게 사 오는 날도 있었다. 그러면 할머니는 "음, 이건 싸게 샀구나." 하며 흡족해했지만, 대부분은 "조금 비싼 것 같은데." 하며 언짢아했다.

어느 날도 나는 시키는 대로 달걀을 사 왔다. 그러자 할머니는 달걀을 손바닥에 올려놓고는 눈으로 크기를 재보며 말했다.

"이 달걀은 몹시 작구나. 그러니까 비싸게 산 거야. 조금 전 미우라네 부인이 시장에서 오면서 오늘은 달걀이 엄청 싸다고 하던데……. 혹시 풀빵이라도 사 먹고 오는 건 아니냐? 가난한 집 아이들과 어울려서?"

이 무슨 무자비한 처사인가. 나는 깎을 수 있는 만큼 깎았다. 상대가 짜증스러워할 만큼, 내가 부끄러워질 만큼 깎았다. 사고 난 후에도 비싸게 산 것은 아닌가 하고 다른 사람에게 얼마에 샀는지 물어보기도 하고, 돌아오는 길에는 몰래 볏짚 꾸러미를 들추어보며 크기를 비교해보기도 하면서 할머니 마음에 들기 위해 무척 애썼다. 그런데도, 그런데도 역시 나는 비싸게 산 것일까. 할머니는 무엇 때문에 나의 속을 떠보는 것일까.

하지만 뭐라 해도 나는 아직 어렸다. 사실, 대부분의 경우 무엇을 사더라도 어른들과 같이 싸게 살 수는 없는 노릇이었다.

나는 그것이 고통스러웠다. 어떻게 하면 할머니 마음에 들 수 있을까. 이리저리 고민하던 끝에 한 가지 방법이 떠올랐는데, 그것이 바로 도둑질을 하게 된 유일한 동기이다.

시장에 가는 날이면 나는 먼저 집안 식구들의 눈에 띄지 않게 몰래 용돈이 들어 있는 상자 속에서 동화 일고여덟 개를 훔친다. 그리고 그것을 오비 사이에 몰래 넣어두었다가 시장에서 돌아올 때 남은 동전과 합쳐 할머니에게 주는 것이다.

그럴 때 할머니는 물론 웃음을 보였다. 기뻐하지는 않았지만 화난 표정은 짓지 않았다. 이후로 한두 달간은 이런 방법으로 할머니의 환심을 살 수 있었다. 물론 마음속으로는 몹시 불안했다. 언제 발각될지 모른다고 생각하니 벌벌 떨렸다. 뿐만 아니라 사정이 좋지 못한 날도 있었다. 용돈 상자 속에 은화만 있고 동화가 없는 날도 종종 있었던 것이다. 은화를 가지고 가면 동전이 없어진 표시가 나서 발각될 위험이 크다.

더 좋은 방법이 없을까, 또 고민하기 시작했다. 그리고는 또 다른 방법을 생각해내었다.

아마 열다섯 살 겨울이었을 것이다. 시장이 서는 날 아침, 나는 다른 일을 하는 척하며 뜰 앞에 있는 쌀 창고에 들어갔다.

창고 왼쪽에는 볏가마니가 높이 쌓여 있었고, 오른쪽에는 내 가슴 높이까지 현미 상자가 대여섯 개 놓여 있었다. 입구에서 가장 가까운 상자의 뚜껑을 열고 창문 틈으로 새어 들어오는 빛으로 쌀을 보았다. 평평하게 고른 쌀 위에는 손으로 '壽'라고 쓴 글자가 보였다. 이것은 하인 고 씨가 쌀을 훔치지 못하도록 할머니가 수를 쓴 것으로, 나는 예전부터 이를 알고 있었다.

쌀 위에 적힌 글자를 나는 가만히 바라보았다. 그리고 할머니가 쓴 글씨를 흉내 내어 손끝으로 따라 써보았다. 비슷하게 글을 쓸 수 있을 거라는 자신이 생겼을 때, 나는 재빨리 쌀 다섯 되를 퍼서 주머니 속에 넣었다. 주머니는 가마 뒤에 숨겨 놓고 상자 안의 쌀을 원래대로 고른 다음 연습해두었던 글자 '壽'를 할머니가 쓴 것처럼 손가락으로 써 넣었다.

드디어 시장에 갈 시간이 되었다. 주변에 사람이 없는 걸 확인하고 숨겨두었던 쌀 주머니를 뒷문에서 꺼냈다.

쌀 주머니는 물론 겉옷에 숨겨 가지고 나왔다. 그리고 식구들에게 들키지 않도록, 역시 시장으로 향하는 조선인 인파 속에 몸을 숨겼다.

시장은 여느 때와 마찬가지로 붐볐다. 사람들은 상점에서 상점으로 옮겨 다니며 물건을 사고 있었고, 상인들도 제자리를 차지하고 있었다. 나는 이미 어디에서 무엇을 파는지 대충은 알고 있었다. 어디서 무엇을 거래하는지도 잘 알고 있었다.

그러나 내가 가진 쌀을 어디에서 처분하면 좋을지 몰랐다. 빨리 돈으로 바꾸고 싶었다. 그렇지 않으면 사람들이 의심할지도 모른다. 고모부가 가끔 장에 나오는데, 만약 들키기라도 한다면 큰일이다. 쌀 시장에 가지고 갈까. 하지만 내가 가진 것은 너무 적은 양이었다. 그보다 그런 곳에 가서 흥정할 용기가 없다. 때때로 아는 사람들을 만나기도 했다. 그 사람들이 모두 할머니 집 '염탐꾼' 같은 느낌도 들었다. 나는 겁에 질려 있었다. 차라리 하수구에 쏟아버리고 말까, 하는 생각까지 하게 되었다.

우왕좌왕하는 사이에 시간은 점점 지나갔다. 벌써 4시 가까이 된 듯하다. 해가 점점 기울고 있다. 얼른 집에 돌아가야 한다. "무엇을 한 거냐. 또 뭔가 사 먹은 게지?" 하며 혼날지도 모른다.

마을 아낙네들이 물물교환하듯 물건을 돈으로 바꾸고, 그 돈으로 다시 물건을 산다는 것쯤은 나도 잘 알고 있었다. 그렇게 하면 되는 것이다. 하지만 좀처럼 용기가 나지 않았다. 나에게도 체면이라는 것이 있고, 또 아는 사람에게 들켜 할머니 귀에 들어가지는 않을까 걱정이 되었기 때문이다.

더 이상 시간이 없다. 막다른 골목에 왔다. 나는 용기를 내 다른 아낙네들처럼 해보자고 결심했다.

정신을 차려보니 안면 있는 조선 아낙네가 운영하는 음식점 앞에 서 있었다. 여기다, 여기에 들어가자, 고 생각했다. 하지만 손님이 안에 있었다. 빨리 나가주면 좋으련만. 이제 손님이 오지 않으면 좋으련만. 그렇게 마음속으로 생각하면서 나는 주변을 두세 번 맴돌았다. 그리고 겨우 손님이 다녀가고 없어졌을 때 조용히 음식점 안으로 들어가 귀까지 붉어질 정도로 부끄러워하면서, 그리고 자책감을 억누르면서 머뭇머뭇 작은 목소리로 부탁해보았다.

"저기…… 아주머니. 쌀 좀 사 주세요. 좋은 쌀인데……. 얼마라도 좋아요."

아낙은 놀란 듯이 내 얼굴을 바라보았다. 그 얼굴을 마주하자 한층 더 두려워졌다. 거절당하면 어쩌지? 할머니에게 말하면 어쩌나? 나는 구멍이 있으면 들어가고 싶을 정도였다.

하지만 걱정과 달리 구원의 손길을 잡을 수 있었다. 아낙이 대답했다.

"어떤 쌀인지 보자꾸나."

아아, 다행이다. 나는 가슴을 쓸어내렸다. 그리고 들고 다니기 곤란하여 정육점 뒤에 숨겨두었던 쌀 주머니를 가져와 아낙에게 보여주었다.

아낙은 쌀 주머니를 열어 한 줌 쥐어보고는, "쌀은 정말 좋구나. 양은 얼마나 되지?" 하고 물었다.

"다섯 되요."

"다섯 되가 맞네. 좋아."

쌀은 분명 다섯 되보다 많을 터이다. 주머니에 넣을 때 나는 고봉으로 다섯 되를 넣었고 그 위에 좀 더 넣었기 때문이다. 하지만 지금 그런 건 아무래도 좋다. 빨리 거래를 끝내고 조금이라도 좋으니 돈으로 받고 싶었다.

"네, 족히 다섯 되는 돼요. 하지만 돈은 얼마라도 좋아요."

아낙과의 거래가 겨우 성사되었다. 돈을 받은 나는 세어보지도 않고 거머쥔 다음 가게를 나왔다. 그리고는 인파 속에 몸을 숨겼다.

이 얼마나 딱한 사정인가. 그렇게 무서워하고 두려워하던 나는 그 후에도 몇 번이나 같은 일을 반복했다. 비싸게 산 것을 무마하고 할머니의 기분을 맞추기 위해서. 점점 얼굴이 두꺼워지는 자신이 무서우면서도…….

'만약 그때 내가 한 일이 발각되었다면…….' 지금도 가끔 그 일을 회상하면 등골이 오싹해진다. 발각된 이후의 결과를 생각하면 무섭지만, 나는 내가 한 일이 나쁘다고는 생각하지 않는다. 내가 그렇게 행동한 것은 그렇게 할 수밖에 없었던 환경 때문이었으며, 나 자신에게 큰 책임이 있다고는 지금도 생각하지 않는다. 오히려 나는 나에게 그러한 오점—오점이라고 생각하는 대목—을 남기게 한 할머니의 인색함과 인업에 무한한 분노를 느낄 뿐이다.

19

조선 생활에 대해 너무 길게 쓴 것은 아닌가, 하는 생각도 들지만 나로서는 이 정도는 써두고 싶었다. '나'라는 인간이 조선에서 햇수로 7년 동안 지내면서 어떻게 이 지경까지 비뚤어지고 위축되었는지, 알아주었으면 한다.

지금이야말로 지옥과 같은 할머니의 집과 헤어질 때라고 나는 생각했다. 나를 학대하고 들볶고, 모든 자유와 독립을 빼앗고, 내가 가진 좋은 점을 조금씩 파괴하고, 나의 성장을 저지하고, 나를 비틀고 뒤틀고 비뚤어지게 하여, 결국에는 도둑질까지 하는 여자로 전락하게 만든 할머니와 고모네 식구들의 손아귀에서 벗어날 때가 되었다고…….

열여섯 살 봄이었다. 어느 날 할머니는 방으로 나를 불러 이렇게 말했다.

"저기, 후미. 내일 볼일이 있어서 대전에 다녀오려고 해. 간 김에 네가 입을 외출복을 하나 사려고 하는데, 모아둔 돈이 있으면 주지 않겠니? 너는 돈이 필요하지 않으니까 가지고 있어도 소용이 없잖아. 무리하게 요구하지는 않겠지만, 그렇게 하는 편이 좋을 거야. 네 나이가 되도록 외출복 하나 없으면 안 되지……."

어릴 때부터 좋은 옷을 입고 싶다는 욕망은 그다지 없었지만, 제대로 된 외출복 하나 가지고 있지 않다는 말을 듣고 보니, 그런 것도 같았다. 하지만 내 돈으로 외출복을 사려 하는 할머니의 말을 들으니 기가 막혀 말도 나오지 않았다. 아무리 어려도 그것을 내 돈으로 사야 하는 것인지, 할머니가 사주는 게 당연한 것인지, 그것쯤은 분간할 수 있었다. 원래 할머니는 비단 기모노와 오비로 나를 꾀어 데려와 놓고, 언제부턴가는 그것들을 모두 사다코에게 줘버렸다. 햇수로 7년이 되도록 옷 같은 옷 하나 사주지 않고, 겨우 1엔 50전, 아니면 2엔 정도 하는 조악한 외출복을 입혀줄 뿐이었다. 그리고 학교에 보내주었다고는 하지만, 학교에서 돌아오면 일만 시키고, 학교를 졸업하고 나서 2년 동안은 식모로 쓰면서도 돈 한 푼 쥐어주지 않았다. 그런데 이 나이가 되어 겨우 싸구려 외출복 하나 사려 하니 깨진 냄비를 변상시키고 남은 돈을 모두 내놓으란 말인가. 박한 사람들이라는 것은 알고 있었지만, 정말이지 조금의 인정도 없었다.

"저, 옷 같은 거 필요 없어요." 나는 여간하면 이렇게 말하고 싶었지만, 만약 이런 말로 할머니의 비위를 상하게 했다가는 어떤 일이 일어날지 뻔히 알고 있었기 때문에 차마 말을 꺼내지 못했다. 나는 할머니의 말대로 하기로 하고, 곧장 저축해 놓은 돈을 찾으러 갔다. 냄비 변상금을 제하고 남은 6엔과 어머니가 용돈으로 보내 준 4엔을 합하여 10엔 정도가 저축되어 있었다.

다음 날, 할머니는 약속대로 외출복 하나를 사다 주었다. 검은색 옷감에 격자무늬가 있는 옷으로, 서른예닐곱의 여자나 입을 법한, 문양도 좋지 못하고 촌스러운 옷이었다. 나는 그걸 보고 실망스러웠지만, 물론 겉으로는 "감사합니다."라고 말해야 했다.

정작 옷을 입으려니 스소마와시*도 필요했고 우라지**도 필요했다. 스소마와시는 고모가 가지고 있던 쥐색 헝겊으로 덧대었고, 소맷부리도 고모가 가지고 있던 공단으로 해결했다. 우라지로 쓸 진홍색 천은 내 돈으로 샀다.

그러나 그런 것은 아무래도 상관이 없었다. 알 수 없는 것은, 할머니가 갑자기 왜 이런 행동을 하는 것인가였다. 그러나 그 이유도 얼마 지나지 않아 밝혀졌다.

아마 4월 초순인 3일, 또는 4일쯤이라고 기억한다. 어느 날 일을 보고 돌아와 보니, 내 방 선반에 낡은 고리짝 하나가 놓여 있었다. 몰래 내려놓고 안을 들여다보니 아무것도 들어 있지 않았다. 고리짝의 터진 부분에 안쪽으로 포장지를 붙여 가늘고 흰 실로 꿰매놓은 흔적만 보였다.

"어머나, 이걸 어디에 쓸 작정일까. 설마 나를……."

나는 그걸 보자마자 이렇게 생각했다. 왠지 날아오를 것 같은 가벼운 기분이 들었다. 하지만 뭔가 불안하기도 했다. 나는 버림받는 것인가, 일종의 상처받은 자존심 때문에 이런 생각을 하기도 했다.

---

* 裾回し. 일본 옷의 옷자락 안쪽에 대는 천

** 裏地. 안감

하지만 나는 고리짝에 대해서 아무것도 묻지 않았다. 고리짝을 보지도 못한 듯, 평소와 같이 일을 했다. 고모부가 나에게, "너도 오랫동안 우리 집에 있었구나. 학교도 고등과를 마쳤고, 또 결혼할 나이도 되었으니 고향 야마나시로 돌아가는 게 좋겠다. 마침 할머니가 내일 히로시마 쪽에 볼일이 있어 가신다니 같이 갈 수 있어. 그렇게 생각하고 준비하거라."라고 말한 것은 그로부터 4, 5일이 지난 11일 아침이었다.

나는 모든 것을 깨달았다.

나도 시집갈 나이가 된 것이다. 같이 살다가 결혼을 시키게 되면 쓸데없는 돈을 낭비하게 된다. 이왕 보내려면 지금이 적기다. 마침 할머니가 히로시마에 가야 할 일이 있으니, 같이 데리고 가면 된다. 아마, 작년 말부터 이런 심산으로 나의 귀향을 정해둔 것이 틀림없다.

지나치게 초라한 행색으로 고향에 돌려보낼 수는 없는 노릇. 지난번에 외할머니댁 식구들과 마을 사람들, 우리 어머니와 약속했던 옷은 어찌되었는가, 학교는 어찌되었는가, 하고 수상쩍게 생각하기 시작하면 그간의 할머니와 고모네의 부도덕한 행동을 들키기 쉽다. 그러니까 싸구려 외출복이라도 마련하여 입히는 수밖에 없는 것이다. 그럴 작정으로 할머니는 내가 가진 모든 돈으로 옷을 마련한 것이 틀림없었다.

밥상을 정리하자 할머니는 나에게 내 방에서 고리짝과 옷가지들을 가지고 오라고 명령했다. 그것들을 가져오자 할머니와 고모는 나에게는 손 하나 대지 못하게 하고 자신들이 직접 내 옷을 하나하나 펼쳐보기 시작했다. 마치 감옥의 차입을 검사하듯 소맷자락 안을 유심히 더듬어보기도 하고 깃을 훑어보기도 했다. 그리고 나를 조선으로 데려오기 전에 할머니가 잘난 체하며 했던 말들과 지금의 대우가 다르다는 것을 속이기 위해, 낡고 해진 통소매 옷 같은 것은 제쳐두고 입을 만한 옷들만 넣었다. 그렇기는 하지만 그 옷들도 색이 바래고 누더기같이 남루했다. 거친 비단으로 만든 겹옷은 힘없이 흐물흐물했고 하오리는 가스 실로 짠 안감을 덧댄 것이었지만, 이 정도가 그나마 가장 나은 편이었다. 내가 가장 좋아했던 모슬린 홑옷은 어느새 사다코에게 보내버려 없었고, 그 대신 마음에 들지 않아 내가 있는 동안 한 번도 입은 적이 없는 고모의 홑옷 하나를 받았다. 그것마저 고모는 나에게 큰 은혜라도 베푸는 듯, "어머니, 생각해보니 아이를 낳지 못하는 건 크나큰 손해군요. 이렇게 베풀면서 돈을 써야 하니까요."라고 말했다.

할머니는 할머니대로 이제는 작아서 더 이상 입을 수도 없는 옷을 고리짝에 넣으며, "후미. 네가 전에 입던 모슬린 겉옷은 속옷으로 고쳐서 네가 보는 앞에 이렇게 넣어두니 걱정 말거라. 그리고 흰색 겉옷은 해지고 닳아 지금은 없어." 하고 설명했다. 그리고 "분명히 말해두지만, 집에 가서 조선에 있는 할머니가 좋은 옷들을 가득 가지고 온 것은 사실은 나를 꾀려고 가져온 것이다, 라고 말해서는 안 돼. 잘 들어! 네 마음가짐이 좋았다면 다 너에게 주었을 거야. 하지만 네 심보가 좋지 못해서 그걸 받을 수 없었던 거야. 말하자면 자업자득이야. 알아듣겠지?" 하며, 내가 집에 돌아가서 불평불만을 늘어놓을 수 없도록 미리 입막음을 하였다.

물론 "네." 하고 대답했지만, 마음속으로는 "나는 더 이상 어린아이가 아니에요." 하고 대꾸했다.

다음 날, 나와 할머니는 이른 점심을 먹고 집에서 나왔다.

할머니는 사다코를 여학교로 진학시키기 위해 상담할 필요가 있었고, 또 할머니의 본가이자 미사오 씨의 친정집 장남 결혼식에 초대를 받았기 때문에 히로시마행은 예전부터 정해져 있었던 것이다.

집을 떠나던 날 고모부는 나에게 정확히 5엔을 용돈으로 주었다. 그것이 이와시타가에서 받은 전액이었다. 고모가 역까지 배웅했다. 하인 고 씨도 짐을 지고 따라왔다.

기다릴 사이도 없이 기차가 왔다. 나는 할머니랑 기차에 올라탔다.

햇수로 7년이나 살던 곳을 떠나는데도, 나는 눈물 한 방울 흘리지 않았다. 불행하게도 마음속으로 이렇게 빌고 있었다.

'아아, 기차여! 7년 전 너는 나를 속이고 이곳으로 데려왔다. 그리고 고통과 시련 속에 나를 혼자 두고 갔다. 그동안 너는 몇백 번 몇천 번 나를 지나쳐 갔다. 늘 곁눈으로 흘끗 보며 말없이 지나쳤다. 하지만 이번에야말로 너는 나를 데리러 왔구나! 너는 나를 잊지 않았구나. 아아. 어디든 데려가주렴! 얼른, 얼른! 어디든. 그저 빨리 여기에서 벗어나게 해주렴!'

3부

다시 고향으로

고향으로 돌아가다

고향 역에 도착한 것은 그로부터 사흘이 지난 저녁이었다. 아버지가 예전에 머문 적이 있는 엔코지(円光寺)의 치요(千代) 씨가 마중을 나와 주었다.

나보다 두세 살 많은 치요 씨는 나를 보자마자 뛰어와서는 내 손을 굳게 잡았다.

“그래, 후미. 잘 왔어.”

“고마워요. 결국 돌아왔네요.”

우리는 서로 두 손을 꼭 잡은 채 한동안 말없이 서 있었다.

나는 아무 말도 하고 싶지 않았다. 기쁘기도 하지만 면목이 없는, 뭐라 말할 수 없는 기분이 나의 입을 다물게 했다.

“짐은 어쨌어?”

“달리 짐은 없어요. 고리짝이 하나 있긴 한데, 오늘 도착하지는 않을 거예요.”

"그래. 자, 얼른 가자."

"네."

우리 둘은 개찰구를 빠져나왔다. 그리고 마을을 향해 걸었다. 하지만 이미 해가 저물고 있어 어두워지기 전에 도착하기는 어려울 듯했다. 그래서 우리는 역과 집 사이에 있는 외삼촌의 절에서—이에 대해서는 나중에 쓰겠다—머물기로 했다. 집에 도착한 것은 다음 날 정오 무렵이었다.

봄이었다. 마을은 화창한 햇볕을 받고 있었다. 보리는 물이 들기 시작했고 유채꽃도 노랗게 색이 들기 시작했다. 휘파람새가 산속에서 울었고 집집마다 마당에서 서향* 꽃 향기가 풍겼다.

눈앞에 외갓집이 보였다. 동쪽 개울가 다리를 건너 집 앞에 다다르자, 외삼촌이 채소밭에서 일하고 있는 모습이 보였다.

조선을 떠날 때 나는 흥분 상태였다. 한시라도 빨리 이 지옥에서 벗어나고 싶다는 생각이 간절했다. 기차 안에서도 얼른 조선을 떠날 수 있게 해달라고 빌었다. 어디라도 좋으니 한시라도 빨리, 하고 빌었다. 그러나 어디로 가면 좋을지 목적지가 없는 것도 사실이었다. 결국 나는 이곳, 고슈로 돌아와야 했다. 하지만 이곳이 나의 진정한 휴식처라는 생각은 들지 않았다. 마을에 도착하여 외삼촌을 만나는 순간, 나는 한층 더 우

---

* 瑞香. 팥꽃나무과에 속한 상록 관목

울해졌다.

외삼촌은 나를 보고 괭이질을 멈추었다.

"외삼촌, 돌아오고야 말았습니다. 부디 용서해주세요. 제가 잘못했어요."

나는 겨우 이렇게 인사했다. 그리고 울었다.

"괜찮아, 후미. 나는 다 알고 있단다."

평소 과묵하고 무뚝뚝하던 외삼촌은 좀처럼 웃지 않는 얼굴에 가볍게 미소를 지으면서 위로해주었다. 괭이를 지팡이 삼아 서서 나를 보며 또 이렇게 말했다.

"울 일이 아니다. 못 보던 사이에 꽤 많이 컸구나. 이렇게 잘 컸으니 무슨 일이든 못하겠니. 걱정 말거라."

집에 가면 얼마나 호되게 꾸지람을 맞을까 하며 걱정을 태산같이 했었다. 하지만 외삼촌은 혼내기는커녕, 애정과 축복의 손길을 뻗어주었다. 갑자기 어깨의 짐을 내려놓은 듯했다. '역시 여기가 내 집이야.' 하고 생각했다.

외삼촌은 일을 멈추고 나와 함께 집으로 가주었다. 외숙모가 부엌에서 점심을 준비하고 있었다.

"어머, 후미 왔구나. 세상에, 많이 자랐구나!"

외숙모도 나를 환영해주었다. 밭에 나가 있던 외할아버지도, 뒷방에서 누에에게 뽕잎을 먹이던 외할머니도 내 목소리를 듣고 달려 나왔다.

"아이고, 후미구나. 왔구나. 나는 너무나도 갑작스러워서 뭔가 잘못된 것은 아닌지 걱정했단다. 잘 왔다."

외할아버지가 말했다.

"많이도 컸네. 건강하게 잘 지냈니? 아무 소식도 없기에 얼마나 걱정했다고."

외할머니도 말을 보탰다.

나는 우물물로 손과 발을 씻었다. 치요 씨도 씻었다. 그리고 누추하지만 마음이 편한 다다미방에 앉았다.

점심 먹을 시간이라 함께 밥을 먹었다. 초라한 밥상이었지만 나는 산해진미를 먹는 듯 맛있었다. 적어도 음식이 목구멍에 술술 넘어가는 것만으로도 행복했다.

밥을 먹으면서 이모부는 여러 가지를 물었다. 조선, 부강, 고모네 집, 학교 등. 나는 요점만 간추려서 말했다. 하지만 조선 생활이 얼마나 고통스러웠는지, 얼마나 괴로웠는지, 얼마나 학대받았는지, 그런 것에 대해서는 하나도 이야기하지 않았다. 말하지는 않았지만 이모부와 식구들은 이미 모든 걸 알고 있는 듯했다.

외할머니와 외할아버지는 따로 밥을 드셨기 때문에, 외삼촌이 다시 밭에 나간 후 나는 외할머니 방으로 갔다. 그리고 이 이야기 저 이야기를 했다.

내가 고향으로 돌아왔다는 소식을 들은 어머니도 다음 날 아침 일찍 친정으로 왔다. 어머니도 상당히 늙은 듯했지만, 옷차림은 깨끗했다.

"많이 컸구나."

반가운 듯 나를 보는 어머니 눈에 눈물이 맺혔다. 그리고 나의 머리와 등을 쓰다듬었다. 그런 와중에 어머니는 내 팔을 보고 "어머, 이 팔! 동상에 걸린 흔적이 이리도 많이 남아 있다니." 하고 놀라더니, "아침부터 밤까지 물일만 시켰구나." 하며 갑자기 울기 시작했다.

나의 애절한 부탁을 거절하고 나를 두고 간 어머니다. 나는 지금도 그런 어머니를 잊을 수 없다. 하지만 이렇게 지극하게 나를 위하는 걸 보니 역시 고마운 마음이 들었다. 조선에서 가혹한 대우를 받고 난 뒤라 한층 더 고맙게 느껴졌다.

"조선에서는 어떻게 지낸 거니? 학교는 어디까지 보내주더냐?"

어머니는 끊임없이 나에게 조선 생활에 대해 물었다. 생각해보니 나는 조선 생활에 대해 제대로 적어 보낸 적이 없었다. 마음대로 편지를 쓸 수가 없었기 때문이다. 가끔 쓰기도 했지만, 감옥처럼 할머니와 고모네 가족의 검열을 하나하나 받아야 했다. 그리고 "저는 아무런 불편 없이 행복하게 잘 지내고 있습니다. 안심하세요." 하는 말은 꼭 써야 했다. 그래서 어머니는 할머니가 나를 데려갈 때 약속한 것처럼 행복하게 잘 살고 있다고 생각했던 것이다.

나는 조선 생활에 대해서 아무 말도 하지 않았다. 푸념을 늘어놓는 것도 싫었고, 이야기를 한들 이해해주지 못하리라 생각했기 때문이다. 학교는 고등과까지 다니게 해주었고, 또 사다코가 이와시카가의 양녀로 들어오게 되어, 더 이상 필요 없어진 나를 돌려보낸 거라고만 이야기했다.

"뭔가 이상하다고 생각은 하고 있었어. 처음에 한두 번은 '이와시타 후미'라는 이름으로 편지가 왔지만, 언제부턴가 '가네코 후미'로 바뀌어서 뭔가 사정이 생긴 것은 아닌가 생각했단다."

어머니가 말했다.

"하지만 이렇게 아무런 말도 없이 맨몸으로 아이를 돌려보낼지는 상상도 못했어."

외할머니도 맞장구를 치며 이와시타가를 원망했다. 그렇게 두 사람은 할머니가 나를 조선으로 데려갈 때 했던 말과 행동을 기억해내고는 일일이 그 심한 처사를 비판했다.

7년 만에 돌아와 보니 외할머니댁은 참으로 많이 변해 있었다. 외할머니는 몸채를 칸막이로 구분하여 뒷방에서 생활했다. 칸막이용 노송나무 문은 못질이 되어 있어 열리지 않았다. 뒤쪽 샘물은 나뭇잎과 진흙으로 뒤덮여 얕아지고 더러워져 있었다. 증조외할아버지가 정성 들여 만든 식목원은 차마 볼 수 없을 정도로 황폐해져 있었다. 몸채 서쪽에 있던 창고도 없어지고 그 자리에는 파가 자라고 있었다.

집안 분위기도 달라져 있었다. 같은 지붕 아래 사는 외할머니 내외와 외삼촌 내외는 아무튼 사이가 좋지 못해—칸막이용 문이 굳게 못질되어 있는 것도 이 때문인 듯했다—부모와 자식이 서로 다른 생활을 꾸리고 있었다. 외할머니네는 부지 내에 텃밭을 일구고, 용돈벌이 삼아 양잠 일을 하며 소소하게 살았다. 외삼촌네는 외삼촌이 몸이 약하고 농사일을 싫어하는 까닭에 포목과 헌옷 행상을 하며 생계를 유지했다. 아이도 벌써 네 명이나 있었다. 예전에 내가 업고 학교에 다녔던 큰딸은 내가 여기 있을 때와 같이 아홉 살이 되어 있었다.

어머니는 또 다른 집으로 시집가 살고 있었다. 엔잔에서도 정착하지 못한 어머니는 내가 조선에 간 후 얼마 지나지 않아 돌아와 제사장에서 다시 일했다. 그 와중에 엔코지의 주지와 아는 사이인 어느 중에게 시집을 갔지만, 그의 더할 나위 없는 탐욕에 질려 두 달을 채 못 살고 도망쳐 나와버렸다. 그리고 또, 어머니의 친정이 어느 정도 지위를 가지고 있었을 때 부엌문으로 드나들던 소네(曾根)라는 집의 게으름뱅이 차남과 이상한 소문이 나기도 했다. 부모와 친척들이 뜯어말리는 바람에 조슈에 있는 제사공장을 다시 다니기도 했으나, 지금은 엔잔 역 근처에서 다하라(田原)라는 명주실 중개업자의 후처로 살고 있었다.

이미 이야기한 바 있지만, 어머니는 많은 남자와 관계를 가지고 또 동거도 했다. 내가 조선으로 간 후에도 이를 반복하고 있었다. 그러한 어머니를 비난하려는 생각은 없다. 어머니에게 정조관념이 희박한 탓도 있지만, 어머니는 지독하게 의지가 박약한, 혼자서는 도저히 살 수 없는 여자였다. 그 때문에 누군가가 어머니를 지켜주기도 했고, 또 어머니도 그런 남자를 필요로 했기에 혼자된 어머니에게 남자들은 솔깃해지는 연담을 가지고 오는 것이었다. 친정에서도 첫 결혼에 실패한 청상과부를 집에 둘 수는 없는 노릇인 데다가, 그런 부유한 집과의 관계를 통해 얻을 수 있는 이익 등을 계산하여, 사실 어머니의 행복은 고려하지도 않고, 무리하게 어머니에게 연담을 강요하는 사정도 있었다.

하지만 어디서 굴러먹던 말 뼈다귀인지 소 뼈다귀인지 알 수 없는 남자와 들러붙어 집밖에서 실컷 고생을 한 후에, 다시 이 남자 저 남자를 기웃거리며 돌아다니던 어머니 같은 여자에게, 완벽한 집안으로부터 혼담이 들어올 리 만무하였다. 어차피 어머니가 시집갈 곳은 소위 재취 자리로 정해져 있었던 것이다. 실제로도 그러했지만, 어머니는 배부른 고민으로 집에서 뛰쳐나오기 일쑤였다. 결국에는 참을성이 없는 여자로 낙인찍혔고, 또 첫 결혼 상대인 사에키와의 관계에서조차 누가 잘못한 것인지 의심될 정도로 모두들 정나미 떨어져 했다. 뿐만 아니라 어머니의 혼담 때문에 외할머니 내외와 외삼촌 내외, 심지어는 엔코지 스님과의 사이도 틀어지게 되었다. 어머니는 이번에 결혼한 다하라 역시 지금까지의 결혼생활과 마찬가지로 중매쟁이의 말과 전혀 다른 집이라며, 집에 오자마자 질리지도 않는 듯 게정거리기만 했다.

처음에는 나를 보고 반가워하며 조선 생활에 대해 듣고는 분노하기도 했지만, 어느새 자신의 푸념으로 바뀌어 쉴 새 없이 외할머니에게 불평을 늘어놓았다.

옆에서 듣고 있으면 어머니가 불쌍하게 여겨지기도 했지만, 내가 조선에서 감당해야 했던 고통과 비교하면 아무것도 아니었다. 게다가 나는 나의 불행을 어디에도 호소할 수 없었던 데 비해, 어머니는 이렇게 불평만 하고 있다고 생각하니 마음이 불편해졌다. 그 침울하고 음산한 지옥에서 벗어나 겨우 한숨 돌릴 수 있다고 생각한 찰나, 또 이렇게 어두운 이야기를 듣고 있자니 견딜 수 없이 무거운 짐을 진 것 같은 느낌이 들었다.

어렵사리 만난 가족이었지만, 나는 그런 이야기를 듣는 것이 불편해서 외할머니와 어머니로부터 멀어지려 했다. 하지만 어디로 가야 한단 말인가. 본가—외삼촌 집—에 가면 외할머니와 외할아버지의 기분이 상할 것이다. 그렇다고 엔코지로 갈 수는 없는 노릇이다. 어머니와 관련된 일 때문에 어쩐지 겸연쩍다. 고향으로 돌아오자마자 나는 다시 안주할 곳 없는 자신을 발견하게 되었다. 이런 탓에 나는 마을 네거리를 정처 없이 돌아다닐 수밖에 없었다.

그러던 어느 날, 아마 고향으로 돌아온 지 사오 일이 지난 시점이라고 생각되는데, 멍하니 본가 문 앞에 서 있다가 예전에 학교에서 만난 친구 두세 명이 바구니와 낫을 가지고 올라오는 것을 보게 되었다. 우리는 다소 어른스럽게 서로 인사를 나누었고, 나는 그들에게 어디로 가는지 물었다.

"고사리 따러 가려고." 하고 한 친구가 답했다. 갑자기 나는 같이 가고 싶은 기분이 들었다.

"조금만 기다려주지 않을래? 나도 가고 싶어……."

모두 흔쾌히 내 부탁을 들어주었다. 나는 집으로 들어가 몰래 산에 오를 채비를 하고 뛰어 나왔다.

우리는 맑은 물이 바위 위로 흐르는 산골짜기를 따라 걸었다. 빽빽하게 우거진 나무 사이로 감제풀, 산딸기, 산두릅이 한창이었다. 이름도 모르는 풀과 나무가 우거져 있었고 꽃도 만발했다. 조용하고 눅눅한 숲 속에서 휘파람새가 울고 있었다. 그런 숲길을 지나자, 잔디가 깔려 있는 게 아닐까 싶을 정도로 푸른 산이 높이 솟아올라 있었다. 푹신하게 보이는 안개는 낮게 껴 있었다. 물론 산에 잔디가 깔려 있을 리 없었다. 꽤 키가 큰 관목이 자생하고 있었지만 5월이라 푸른 잎이 그다지 많지는 않았다. 우리는 쉽게 그 사이를 지나갈 수 있었다.

풀솜으로 얼굴을 가린 듯한 고비, 서양 머리 모양처럼 묶은 듯한 고사리가 무리 지어 자라고 있었다. 밑동 부분을 똑 잘라 바구니 안에 담을 때의 기쁨이란 이루 말할 수가 없었다. 뿔뿔이 흩어져 큰 소리로 서로 부르기도 하고 이야기도 나누었다. 노래까지 부르면서 산기슭에서 산꼭대기로, 산꼭대기에서 산 능선으로 돌아다니며 바구니 가득히 고사리를 땄다. 그리고 의기양양하게 기운찬 모습으로 집에 돌아왔다.

"할머니, 저 고사리 따 왔어요."

돌아오자마자 무거워진 바구니를 외할머니 앞에 내려놓고 외할머니가 기뻐하는 모습을 기대하며 말했다. 하지만 외할머니는 그다지 좋아하지 않았다.

"고사리? 고사리는 할아버지가 싫어해서 말이야." 이렇게 말하며 보려고도 하지 않았다. 나는 실망했다.

"그래요? 그럼 외삼촌네 드릴까요?"

외할머니는 그것도 싫은 듯했다. 한 집에 살고 있으면서도, 부모 자식 간이면서도, 사이가 나빠진 지금은 조금의 배려마저 아끼고 있는 것이다.

외할머니가 말했다.

"그럴 필요는 없어. 모토에이(元榮)네에 가지고 가거라."

모토에이는 막내 외삼촌이다.

어릴 때부터 온화하고 유순한 성격이어서 형제들 사이에서 각별한 사랑을 받았다. 첫째 외삼촌이 농사를 싫어하는 바람에 결국 농사일을 이어받았지만, 열두세 살이 되었을 무렵, 반드시 스님이 되겠다며 마을에서 1리 정도 떨어진 옆 마을 에린지(惠林寺)에 동자승으로 들어가, 당시 임제종(臨濟宗)의 종정(宗正)이던 스님의 제자가 되었다. 지금은 에린지 경내에 있는, 보게쓰앙(望月庵)이라는 전 종정—이때는 이미 종정직을 그만두고 있었다—의 은신처에 살고 있었다.

내가 조선에서 돌아오던 날 치요 씨와 묵었던 곳이 바로 보게쓰앙이다. 때문에 나는 이미 외삼촌의 얼굴을 잘 알고 있었다. 그래서 다음 날, 외할머니가 시키는 대로 고사리를 가지고 보게쓰앙을 찾아갔다.

내가 도착했을 때 외삼촌은 검은 기모노에 흰 오비를 매고 마루 끝에 앉아 분재를 손보고 있었다.

"안녕하세요." 하고 인사하자 외삼촌은 고개를 들고 나를 보더니, "아아, 후미. 잘 왔다." 하고 빙긋이 웃으며 일어났다. 그리고 "자, 이리 앉거라." 하며 먼저 마루 위에 앉았다.

나는 고사리를 외삼촌 앞에 내놓았다. 어제 친구들과 함께 딴 것으로, 외할머니가 가지고 가라고 해서 인사도 드릴 겸 왔다고 말했다.

외삼촌은 내 호의를 감사히 여기며 보자기 안의 고사리를 손으로 만져보았다. 그러고는 "어때? 어디가 좋아? 조선하고 고향 중에." 하고 물었다. 조선에 대해서는 그다지 말하고 싶지 않았기 때문에 그냥 "비슷해요." 하고 간단하게 답하고는, "외삼촌은 여기 혼자 있으면 쓸쓸하지 않아요?" 하고 물었다.

"쓸쓸하기도 하지만 마음은 편해." 하고 외삼촌은 또 미소 지으며 나를 보았다.

왠지 나는 이 외삼촌이 내가 지금까지 만난 사람 가운데 가장 고상한 사람이라는 생각이 들었다. 하지만 딱히 나눌 이야기도 없어 주변을 둘러보았다.

농가와는 달리 정원은 말끔하게 청소되어 있었고 나무와 정원의 징검돌 배치에도 아취(雅趣)가 넘쳤다. 나는 물론 그 의미를 알 수 없었지만 그냥 '멋지다'고 생각했다. 상당히 큰 절이었고 정원도 넓었다. 엄청나게 큰 나무도 있었다. 무엇보다 나는 그 고요함에 빨려들었다.

나는 아무것도 생각하지 않았다. 구깃구깃한 과거를 묻는 이도 없었고, 짓누르는 고통도 없었다. 나는 처음으로 안식이라는 것을 얻을 수 있었다.

다시 보게쓰앙으로 가보았더니 외삼촌이 부엌에서 무언가를 삶고 있었다. 나를 보더니 외삼촌은 크게 말했다.

"들어가서 신문이라도 읽고 있거라, 후미. 곧 점심을 대접할 테니."

시키는 대로 나는 방으로 들어가려 했다. 그때, 내 옆으로 개 한 마리가 다가왔다. 나는 개를 아주 좋아한다. 전생에 무슨 인연이 있었던 것은 아닐까 싶을 정도로 좋아한다. 나는 개와 놀기 시작했다.

"이 개, 외삼촌이 키우는 거예요?"

"응, 그래."

"이름이 뭐예요?"

"에스."

"에스? 이상한 이름이야. 에스! 에스! 에스, 이리 와!"

에스는 꼬리와 머리를 흔들며 뛰기도 하고 킁킁거리면서 나에게 덤비기도 했다. 나는 에스와 함께 주변의 논과 산기슭을 따라 산책했다.

문득 조선의 고모네가 기르던 개가 떠올랐다. 그 춥고 추운 조선의 겨울밤에, 멍석 하나 없이 밖에서 잠자던 개가 생각난 것이다. 내가 배곯고 집 밖으로 쫓겨났을 때, 마치 나의 고통과 슬픔을 알기라도 하는 듯 꼬리를 흔들거나 고개를 떨어뜨리고 콧소리를 내며 나에게 다가오던 개가 그리워졌다. 그때 내가 개의 목을 꽉 붙들고 껴안으며 혼자 소리 죽여 울던 것도, 그리고 밤에 몰래 나가 개에게 멍석을 깔아주었던 일도, 또 어릴 적 아버지에게 찔려 죽은 가여운 개의 죽음도 아련하게 떠올랐다.

조선에 있었을 때 나는 나와 개를 항상 연결 지어 생각했다. 우리 둘 모두 학대당하고 괴롭힘을 당하는 가장 딱한 동포라는 생각까지 했다.

나도 모르게 에스를 껴안았다.

"에스. 너는 행복하니?"

나는 작은 목소리로, 마음속 깊은 곳에서부터 이렇게 말했다. 그때 외삼촌의 목소리가 들려왔다.

"후미, 어서 와. 식사준비가 다 되었다."

나는 다시 한 번 개를 꽉 껴안아주고 방으로 들어갔다. 내가 가져간 고사리는 벌써 데쳐져 달걀과 함께 반찬으로 만들어져 있었다. 밥도 따뜻했다. 오랜만에 맛난 식사를 할 수 있었다.

점심식사가 끝날 무렵, 앞쪽에 있는 에린지의 어린 중 두세 명이 놀러 왔다. 모두 나보다 서너 살 위였고 같이 놀기 좋은 상대였다. 한동안 이야기를 나누는 사이에 우리는 금세 친구가 되었다. 지금 생각하면 부끄러워질 정도로, 그런 어린 중들을 앞에 두고 잘도 재잘거렸다. 가루타까지 하며 마치 정월 기분을 맛보기도 했다.

저녁이 되어 집으로 돌아왔다. 돌아와 보니 어머니는 외할머니의 양잠 일을 도우며 변함없이 불평을 늘어놓고 있었다. '아아, 또 시작이구나.' 하는 생각이 들었다. 낮에 외삼촌 절에서 놀던 일이 더욱 그리워졌다. 모든 것을 잊어버리고 해방되어 자유롭고 즐거운, 또 피가 끓어오르듯 힘이 넘치던 그때를.

이후로 나는 틈만 나면 외삼촌한테 놀러 갔다.

호랑이 굴로

하마마쓰(浜松)에서 아버지가 찾아왔다. 친척 가운데 누군가가 내가 돌아왔다는 걸 아버지에게 알린 것이다.

어릴 적 나와 어머니를 버리고 간 아버지. 조선에서 그렇게 나를 못살게 굴던 할머니, 고모와 같은 집안의 사람이다. 나는 아버지에게 좋은 감정을 가질 수가 없었다. 반감밖에 없었다. 하지만 아버지는 오랜만에 만난 나에게 애정을 보여주었다. 또한 나를 통해 아버지로서의 권위까지 느끼고 있는 듯했다. 그런 모습을 나는 어이없이 바라보았다.

그러나 아버지는 외가에서 오래 머물지 않았다. 외삼촌이 옆 마을에 있다는 사실을 알고는, 나에게 그쪽으로 안내해달라고 했다. 나는 아버지의 말을 듣고 싶지 않았지만 놀러 가고 싶은 마음에 아버지와 함께 집을 나섰다.

외삼촌은 무척 아버지를 반겼다. 아버지 역시 외할아버지와 마주할 때와는 사뭇 다른 표정으로 격의 없이 외삼촌을 대했다.

"참으로 오랜만이군요. 잘 오셨어요." 하고 외삼촌이 맞이하자, "마지막으로 본 후로 몇 해나 지났지. 그런데 너도 자리를 잡았구나. 아마 이름 있는 중이 될 게야." 하며 농담 반 진담 반으로 말했다.

외삼촌은 쓴웃음을 지어 보였다.

"제가 형님댁에서 신세를 진 건 형님이 오키쓰(興津)에 계실 때지요? 그때 저는 열일곱 살이었습니다. 그러니까 벌써 6년이 지났군요."

"그래, 그래. 내가 오키쓰에 있을 때 네가 온 적이 있구나. 그때는 정말 어렸는데……."

"그래도 결코 불량하지는 않았습니다."

이렇게 말하며 외삼촌은 크게 웃었다.

"그건 그래."

아버지도 소리 내어 같이 웃었다. 외삼촌은 한때 중을 그만두고 배를 타겠다며 일을 구할 때까지 아버지의 집에서 잠시 머물렀던 적이 있다.

여기서 잠시 외삼촌의 경력에 대해 말해두는 편이 좋을 것 같다.

앞에서도 언급했듯이, 외삼촌은 열두세 살 때 중이 되겠다는 말을 꺼냈다. 외삼촌을 가네코 가문의 대를 이을 사람으로 정해두었던 외할아버지는 극구 말렸지만, 외삼촌의 뜻을 꺾을 수는 없었다. 그런 가운데 외할머니가 먼저 포기하고 외할아버지에게 이렇게 말했다.

"여보, 저렇게 고집을 피우는데 허락해줍시다. 저 아이는 태어날 때부터 태반을 어깨부터 가슴까지 가사처럼 걸치고 있었어요. 그건 분명 스님이 되면 출세하게 될 거라는 암시예요."

외할머니까지 찬성하자 외할아버지는 잠시 생각해보더니 외할머니와 의견을 같이하게 되었다.

"그러고 보니 그렇기도 하네. 뭐든 농사일보다는 훨씬 나을 거야."

얼마 지나지 않아 외삼촌은 에린지에 작은 중으로 들어갔다. 에린지는 다케다 신겐(武田信玄)*과 관련이 있는 유명한 절로, 그곳에는 어린 중이 많았다. 외삼촌은 그 절에서 소학교를 다니며 수행하였다. 그리고 주지스님에게 특별히 귀여움을 받았다.

하지만 외삼촌은 처음부터 종교적인 감성이나 동기가 있어 스님이 되고자 한 것이 아니었다. 그 절에 있던 다른 어린 중

---

* 일본 전국시대의 무장. 시나노의 다이묘들을 제압해 통일한 것을 시작으로 영토를 계속확장했고, 우에스기 겐신과 다섯 차례에 걸친 격렬한 전투를 하기도 했다. 도쿠가와 이에야스 · 오다 노부나가 연합군과 전투하던 중 급사했다.

들과 마찬가지로, 중이 되면 빈둥거려도 먹고살 수 있을 거라는 지극히 얕은 생각으로 절에 들어간 것이었다.

그 때문에 열예닐곱 살이 되어 성에 대한 고민이 밀려들기 시작할 무렵에는, 승려라는 자신의 생활에 의문을 가지기 시작했다. 사원생활은 표면적으로는 매우 평화롭게 보인다. 하지만 젊은이에게 평화란 절대적인 가치가 될 수 없다. 젊은이에게 평화란 아무래도 좋은 것이다. 그것은 거세된 인간이 원하는 것이다. 젊고 건강한 사람이라면 활기찬 생활을 하고 싶을 것이다. 손과 발, 욕망을 자유롭게 분출하고 충족시킬 수 있는 생활을 하고 싶을 것이다. 외삼촌도 이렇게 생각했다. 그리고 사원생활에서 만족을 구할 수 없는 데 대해 불평을 늘어놓았다.

마침내 외삼촌은 결단을 내렸다. 자신의 법의를 갈기갈기 찢어 절 부엌 마루 밑에 집어던져놓고는 무단으로 절을 뛰쳐나간 것이다. 오키쓰에 있던 아버지를 찾아간 것도 그 무렵이었다. 요코하마에 가보니 다행히 선원 자리가 있어 규슈(九州)로 가는 배를 탈 수 있었다.

고슈의 산촌 농가출신인 외삼촌에게 있어 해상 생활은 상상을 초월하는 것이었다. 더구나 평화롭게 지내던 절 생활과는 전혀 사정이 달랐다. 그 대신 끝없는 대양과 창공, 파도와 바람 그리고 오존, 기운찬 바다사람들의 방탕한 생활, 이 모든 것은 젊은 외삼촌을 만족시키기에 충분했다. 그렇게 외삼촌은 더 이상 바랄 것 없이 재미있는 해상생활을 한 달쯤 한 뒤, 일단 항해를 마치고 다시 요코하마로 돌아왔다.

그러나 요코하마에 도착한 외삼촌은 식구들에게 붙잡히고 말았다. 그리고 강제로 집으로 끌려왔다.

장래를 잘 생각해보거라. 배를 타서 무엇이 되려느냐. 너는 많은 제자들 가운데서도 주지스님이 가장 예뻐하는 아이가 아니더냐. 지금 그 주지스님은 교토(京都) 본산 정종이 되어 있다. 주지스님의 출세는 곧 너의 출세가 아니냐. 주지스님의 마음에 들도록 하여 장래의 토대를 마련하는 것이 지금 네가 해야 할 가장 중요한 일이야.

이런 말들을 외할아버지로부터, 또 엔코지의 주지스님으로부터 들은 외삼촌은 결국 다시 절로 들어갔다.

하지만 외삼촌은 예전과 같이 더 이상 순진하지는 않았다. 외삼촌은 단지 모두의 의견에 따라 다시 절 생활을 시작한 것뿐이었다. 결국 외삼촌은 주지스님을 따라 교토로 갔다. 그리고 하나조노가쿠인(花園學院)에서 보통학을 배웠다.

그러나 이때부터 이미 외삼촌은 적지 않은 파계승이었다. 외삼촌은 학교를 다니는 동안 담뱃가게 아가씨를 따라다녔다. 병에 걸린 주지스님이 요양차 보게쓰앙에 머물기 위해 함께 고향으로 돌아왔을 때에는 엔코지의 치요 씨와 자별한 사이가 되어 있었다. 아니 사랑에 빠져 있었다.

내가 조선에서 돌아왔을 때 마중 나왔던 치요 씨는 외삼촌의 보게쓰앙에서 나랑 같이 묵었다. 그날 밤, 우리 세 명은 헛방에서 같이 잠을 잤다. 나는 이틀 동안 줄곧 기차를 타고 왔기 때문에 피곤해서 아무것도 모르고 깊이 잠들었지만, 두 사람은 그날 밤, 나의 마중을 핑계로 만나 밤새도록 이상야릇한 짓을 했던 것이다.

외삼촌과 치요 씨의 관계는 엔코지 사람들에게는 물론, 마을 사람들 모두와 외할머니 외할아버지에게까지 알려졌다. 그러나 엔코지의 주지스님도, 외할머니 외할아버지도 요란하게 잔소리하지는 않았다. 오히려 '마침 잘 됐어.'라고 내심 흐뭇해하고 있었다.

나는 외삼촌의 그러한 경력에 대해서는 모르고 있었다. 단지 조금의 호의를 가지고 있을 뿐이었다.

아버지가 술을 매우 좋아한다는 것을 알고 있는 외삼촌은 집에 있는 안주와 술을 전부 내놓았다. 두 사람은 서로 술잔을 주고받으며 온갖 추억을 되새기고, 친척들의 이야기로 꽃을 피웠다. 이러쿵저러쿵 비난과 공격의 말을 퍼붓다가는 또 지금의 외삼촌 사정이나 내 사정까지 화제로 삼았다. 제법 취기가 돌자 아버지는 정색을 하고 말을 꺼냈다.

"후미 말인데…… 모토에이. 사실 나는 오늘 자네에게 긴하게 할 말이 있어서 왔네. 잠시 별실을 빌릴 수 있을까?"

아버지는 외삼촌의 얼굴을 빤히 들여다보며 말했다.

"그래요? 괜찮습니다." 외삼촌은 일어나서 "그럼 이쪽으로…….” 하며 아버지를 안내했다.

두 사람은 위태로운 걸음으로 별실로 옮겨갔다.

내가 들어서는 안 되는 이야기! 게다가 나와 관련된 이야기임에는 틀림없다. 나는 불안해졌다. 쓸데없는 참견은 말아달라고 반발하고 싶었다. 하지만 그저 혼자 우두커니 서 있을 수밖에 없었다.

두 사람은 소곤소곤 낮은 목소리로 말을 주고받더니 이야기가 끝난 듯 별실에서 나왔다. 외삼촌은 아무렇지도 않게 평소와 같은 목소리로, “그렇게만 해주신다면 정말 감사하겠습니다. 무엇보다 본인에게도 아주 좋은 일이 될 겁니다.” 하고 말하며 아버지를 데리고 내가 있는 방으로 들어왔다.

두 사람은 다시 기분 좋게 술잔을 기울였다.

별실에서 두 사람은 무슨 이야기를 나누었을까. 나는 애써 그 이야기를 엿들으려 하지 않았다. 두 사람 또한 거기에 대해서는 그 어떠한 말도 나에게 해주지 않았다.

갑자기 아버지가 화제를 바꾸어 말했다.

“나는 지금까지 너에게 아무것도 해주지 못했다. 아무 생각이 없었던 것은 아니지만, 지금까지는 어떻게 할 도리가 없었어. 허나, 지금은 다소 여유가 생겼다. 요즘 하마마쓰에서 내 이름은 상당히 알려져 있어. 그래서 너에게 속죄하는 심정으로 너를 데리고 가려 한다. 어때? 같이 갈 테냐, 후미?”

나는 아버지를 좋아하지 않았다. 또 신용할 수도 없었다. 하지만 시골 외할머니댁에 있는 것보다 도시로 나가는 편이 좋다고 생각하여 아버지의 말을 따라 하마마쓰로 가기로 했다.

하마마쓰의 아버지 집에 도착하던 날 밤, 나는 외삼촌네 별실에서 외삼촌과 아버지가 무슨 이야기를 나누었는지 알게 되었다.

기차로 이동한 나는 아버지 집에 도착하자마자 피곤하여 잠이 들었다. 한참 자고는 문득 눈을 뜨자 옆방에서 이야기 소리가 들려왔다. 귀를 기울여보니, 이제 막 잠에 들려 하는 아버지와 이모가 끊임없이 내 이름 '후미코'를 들먹이며 이야기를 나누고 있었다.

내 이야기를 하고 있구나. 나는 갑자기 신경이 곤두섰다. 베갯머리에서 일어나 더욱 귀를 기울여보았다.

작은 목소리로 아버지가 말했다.

"……그 절은 아직 정식으로 모토에이의 것이 아니지만, 모토에이가 자리를 잡는다면 당연히 모토에이가 차지할 수 있어……. 모토에이의 말에 의하면 그 절은 원래 전 정종의 은신처로, 시주하는 사람은 없지만 그 대신 절이 가진 재산도 있고 연공(年貢)만으로도 편히 살 수 있는 모양이야……."

그때까지만 해도 나는 "뭐야. 시시하게."라고 생각했다. 다시 누우려는 순간, '후미코'라는 말이 또 들려왔다. 나는 다시 주의 깊게 들어보았다.

"……절에 기거하고 있는 할머니 말로는, 후미코는 조선에서 고향으로 돌아오자마자 엔코지의 어느 처녀와 함께 모토에이네에서 묵었고, 그 후로도 자주 모토에이에게 놀러 간다는군. 내가 봐도 저 녀석은 모토에이에게 반해 있는 것 같아……."

그 말을 듣고 나는 깜짝 놀랐다. 어두운 방 안에 누가 보는 이도 없었지만 갑자기 얼굴이 뜨거워지는 것을 느꼈고, 동시에 '내가 정말 그런 걸까……?' 하고 자문해 보기도 했다. '말도 안 돼…….' 나는 스스로를 부정하며 감정을 깨끗이 지웠다.

아버지가 말을 이었다.

"그래서 나는 단도직입적으로 모토에이에게 물었지. 너는 어떠냐, 후미코와 결혼하지 않겠느냐, 고. 그러자 모토에이도 두말없이 승낙하는 거야. 사람들이 수군대면 좀 어때. 하여튼 그 절에 후미코를 두면 평생 배부르게 먹을 수 있을 테고, 무엇보다 우리한테도 좋고……."

아아, 아버지는 나를 외삼촌에게 시집보내려는 것이다. 아니, 이미 그런 약속을 하고 온 것이다. 이 얼마나 끔찍한 일인가. 아버지는 나를 노예와 같이 외삼촌에게 팔아버린 것이다. 이 얼마나 모독적인 처사인가. 아니, 나쁜 것은 아버지만이 아니다. 불도에 입문한 외삼촌마저 더러운 짐승과 다를 바 없다. 지금 생각해도 소름이 끼친다.

그러나 희한하게도 당시의 나는 그런 이야기를 들었을 때 아무 느낌이 없었다. 기쁘다고도, 슬프다고도, 좋은 일이라고도, 나쁜 일이라고도 생각하지 않았다. 나의 가슴속에 희미하게나마 이성을 희구하는 무언가가 자라기 시작한 것임에 틀림없었다. 그렇다고 시집을 간다든지, 장가를 들인다든지, 하는 것에 대해 생각해본 적은 없었다. 그런 일들은 애당초 염두에 두지 않았던 것이다. 어떤 판단도, 감정도 가지지 않은 채, 나는 다시 잠에 빠져들었다.

그렇지만 이 일은 비할 데 없는 더러운 일이다. 단지 나뿐만 아니라 아버지, 외삼촌, 인류 모두에게.

당시 나는 아무것도 느끼지 못했다. 아니, 그 후로 한동안은 그랬다. 하지만 나도 언제까지나 어린아이로 있을 수만은 없는 법. 또 언제까지나 무지한 채로 있을 수는 없는 노릇이다. 사건의 전말과 의미가 명확하게 밝혀졌을 때, 아아, 나는 이를 꽉 깨물고 얼마나 울었는지 모른다.

아버지는 보게쓰앙의 재산 때문에, 그리고 그 재산으로 이익을 보기 위해 나를 하나의 물건처럼 외삼촌에게 팔려고 했던 것이다. 그리고 외삼촌은 외삼촌대로 처녀의 몸을 탐하기 위해, 그렇다, 단지 짐승 같은 욕구 때문에 나를 사려고 했던 것이다.

아버지가 비열했다는 것은 너무나도 명백한 사실이다. 하지만 외삼촌에 대해서는 왜 이렇게까지 이야기하는 것일까. 그것은 두말할 것도 없이 조카를 아내로 맞겠다고 약속한 부도

덕함 때문이기도 하지만, 단지 그 이유 때문만은 아니다. 외삼촌은 무서울 만큼, 또 놀랄 만큼 색마였다. 일체의 더러움과 추함을 버리고, 성스럽고 깨끗한 극락의 길을 구하기 위해 출가한 몸이면서도, 헤프게 육체를 쫓는 금수와도 같았다.

외삼촌은 한편으로는 치요 씨와 사랑을 나누고 정을 통하면서도, 다른 한편으로는 나를 노리개로 삼으려 했다. 그리고 나와 혼인을 하겠다고 아버지와 약속한 지 보름이 지나기도 전에 다른 여자를 찾았다. 나는 그 이야기를 외삼촌으로부터 직접 들었다. 그는 말했다. 분명히 자신의 입으로 말했다.

"그 후로—내가 아버지와 함께 외삼촌을 방문했을 때로부터—한 보름이 지났을 즈음이야. 치요가 도쿄에 사는 미즈시마(水島)라는 친구를 데리고 와서 자고 갔는데, 그 미즈시마라는 여인은 무척이나 아름다웠지. 치요와는 비교도 안 될 정도로 예뻤어. 나는 일부러 역까지 배웅해주었는데, 그때 미즈시마에게 열예닐곱 살 정도 되는 여동생이 있다는 말을 듣고 견딜 수가 없었어. 그래서 헤어지고 난 후, 사오 일이 지나기도 전에 몰래 절에서 빠져나와 그 여동생을 보기 위해 도쿄 스가모까지 갔지. 그런데…… 이럴 수가 있나. 그 여동생이라는 사람은 피부가 검고 키가 작은, 정말이지 너무 못생긴 처녀였어. 나도 바보같이……."

이런 이야기를 들을 당시만 해도 나는 외삼촌과 편지를 주고받고 있었다. 물론 연애편지와 같은 것은 아니었다. 나는 그저 알 길 없는 그리운 마음을 채우기 위해 편지를 썼다. 설령 편지를 쓴 이유가 그뿐이라고 해도 그때까지는 외삼촌을 미워하지 않았다. 게다가 특별히 질투를 느끼지도 않았다.

나는 말했다.

"왜 그 여동생을 보러 간 거죠? 미즈시마라는 여자가 그렇게 미인이었다면 그 사람과 사랑하면 되잖아요."

그러자 외삼촌은 후훗 하고 웃으며 아무렇지도 않은 듯 말했다.

"싫어. 아무리 미인이라도 처녀가 아닌데 뭘……."

그렇다. 당시 외삼촌은 처녀만을 바라고 있었다. 그리고 나도 처녀였기 때문에, 단지 그런 이유로 아내로 맞이하겠다고 아버지와 약속한 것이었다. 그 멍청한 중과 멍청한 아버지는 그렇게 약속을 한 것이다.

아버지는 하마마쓰 시모다레초(下垂町)에 살고 있었다. 집은 길 안쪽으로 들어간 곳에 있었고, 20엔 정도의 집세를 물고 있을 것 같은 작은 집이었다. 집에는 찬장, 화로, 장롱 등이 갖추어져 있었다. 그러니까 당시의 형편은 내가 알고 있던 예전보다는 훨씬 나은 듯했다. "하여튼 아버지는 보기 드물게 게으른 사람이야. 이렇게 보여도 실은 힘들단다." 하고 속마음을 털어놓던 이모의 말도 사실이지만, 옛날보다 살림이 많이 나아진 건 사실이었다.

아버지는 변함없이 엉터리 일을 하고 있었다. 말하자면 질 나쁜 공갈 신문기자였다. 신문이 가진 무서운 힘 때문에 대부분의 사람들은 겉으로는 아버지를 존경하는 시늉을 했다. 공경하는 체하면서 실제로는 꺼리는, 아버지는 그런 존재였다.

우습게도 아버지는 여전히 미신을 굳게 믿고 있었다. 거실 천정 가까이에 선반을 만들어 이나리(稻荷)*, 고진(荒神)** 등을 모셨고, 매일 아침 그쪽을 향해 경배했다. 그리고 손님이 드나드는 다다미 8장짜리 마루에는 어느 훌륭한 스님이 썼다는, 그리고 지금은 그 스님이 살아 있어 값이 얼마 나가지 않지만 죽고 나면 큰 값어치를 할 거라고 믿고 있는, '唯是天命'이라고 쓰인 족자가 걸려 있었다. 이것도 '운명론자'인 아버지의 미신철학이 여전히 남아 있음을 보여주는 것이었다.

족자 앞에는 '사에키가 족보'라고 쓰인 좁고 긴 상자를 모셔 놓고, 그 옆에는 이모가 골동품 가게에서 산, 아버지의 짐작으로는 꽤나 비싸다고 하는 낡은 화병이 놓여 있었다. 그리고 그 마루와 가까운 바깥 장지문 맞은편에는 책상 하나가 놓여 있었고, 그 위에 갱지 원고지와 봉투, 법률서적 두세 권, 그 밖에 밤거리 노점상에서 볼 수 있을 법한 영어사전이 쌓여 있었다.

아버지는 이러한 겉모습으로 그 비열한 인격과 텅 빈 머리

---

* 오곡(五穀)의 신

** 부뚜막 귀신

를 감추려 했다.

아버지의 그런 생활이 나는 싫었다. 무엇 때문에 아버지는 이처럼 거짓부렁 같은 생활을 해야만 하는가. 무엇 때문에 이처럼 허세를 부려야 하는가. 이미 나이가 지긋한데도 예전과 똑같이 게으름뱅이에 깡패다. 그러면서도 집에서는 아주 훌륭한 인격자인 양 도덕을 강조하며 시끄럽게 잔소리를 해댔다.

예를 들면, 이모가 부엌에서 일하고 있을 때 내가 방에서 책이라도 읽을라치면, 아버지는 금세 큰 소리로, 그것도 나에게 말하는 것이 아니라 이모에게 들으라는 듯이 "후미코는 뭐하는 거냐? 어머니에게만 일을 맡기고 마음껏 노는 법이 어디 있단 말이냐? ……얼른 가서 어머니를 돕도록 해라." 하고 호통을 치는 것이다. 그리고 이모가 보이지 않으면 나를 방으로 불러 앉히고는 촉촉이 젖은 눈으로 "후미. 내가 자주 널 야단치지만, 오해해서는 안 된다. 나는 너에게 함부로 일을 시키는 게 아니야. 세상에는 무엇 하나 쉬운 일이 없단다. 내가 시끄럽게 잔소리하는 것도 다 너를 위해서야. 그리고 너와 어머니는 혈육과 같은 사이라는 걸 명심하고 의리를 지켜라." 하고 타이르는 것이었다.

이런 아버지를 보고 있으면 측은해진다. 내가 왜 이모를 어머니와 같이 생각하고 의리를 지켜야 하는 것일까. 아버지는 자신이 한 일은 차치하고, 사뭇 점잖은 도덕가처럼 나에게 의리를 강요했다. 그나마 이모는 괜찮은 편이었다. 이모는 결코 나에게 의리를 강조하지는 않았다. 이모는 진심으로 나를 사랑해주었다. 그래서 나는 아버지가 괜한 말로 설교할 때면 이모와 서로 아버지의 뒷이야기를 주고받으며 웃기도 했다.

이런 식이었기 때문에, 아버지 집에 와서 열흘, 스무날이 지나기도 전에 나는 집안 분위기에 어떤 식으로든 적응하지 못할 거라고 느끼기 시작했다. 즉, 나는 아버지 집의 식구가 아니라는 걸 점점 깨닫게 되었던 것이다.

그중에서도 가장 힘들었던 것은 아침 경배였다. 아버지 집에서는 매일 아침 식사 전에 모든 식구가 마루에 정좌하고 앉아 '사에키가 족보'를 향해 경건한 예배를 올린다. 아버지와 같은 생각을 가진 사람에게는 당연한 일과 중 하나일 것이다. 다른 식구들의 생각은 모르겠지만, 태어나서 한 번도 사에키라는 성을 가져본 적이 없는 내가 어떻게 그들처럼 사에키 가문 족보에 절을 할 수 있단 말인가.

모두와 함께, 그 족보 앞에 앉혀져 경배하는 일은 나에게 있어서 매우 고통스러운 일이었다. 게다가 아버지는 항상 나를 감시하였다. 나는 마음에도 없는 숭배를 강요당했던 것이다. 견딜 수가 없었다. 그리고 그 불편한 마음은 자연스럽게 행동으로 나타났다. 그것은 아버지로 하여금 나라는 아이가 더없이 불성실하고 건방지고 거만한 '불초자식'이라는 생각을 들게 했을 것이다.

하마마쓰에 도착한 이후, 나는 그곳에 있는 실과여학교(實科女學校) 재봉전문과에 다니게 되었다. 그것은 아버지가 나를 보게쓰앙의 중인 외삼촌의 부인으로 시집을 보내기 위해서였다. 외삼촌이 "뭐, 가장 중요한 것은 재봉이죠."라고 말했기 때문에 재봉 연습을 하기 위해 학교에 다니게 된 것이었다. 하지만, 여러 번 말한 바와 같이, 나는 재봉을 좋아하지 않는다. 좋아하지 않는다기보다, 좋은 재봉 선생님을 만나지 못해서 애당초 재봉을 할 수 없었다. 그래서 학교에 가면 다른 학생들은 대충 끝손질하는 단계에 가 있는데도, 나는 초보처럼 처음부터 배워야 했다. 결국 선생님도 귀찮아하며 제대로 가르쳐주지 않았다.

자연히 나는 학교를 소홀히 하게 되었다. 도리 없이 학교에 가기는 했지만, 언제나 수다만 떨며 하루하루를 보냈다. 이런 상황을 알게 된 아버지는 자신의 의도대로 되지 않는 데 대해 당연히 화를 내었고 나는 나대로 점점 불만이 쌓여갔다.

7월 중순경, 방학이 시작되었다. 지속적으로 편지를 주고받던 모토에이 외삼촌으로부터 방학 때 한번 놀러 오라는 연락을 받고 나는 도망치듯이, 또 어떤 힘에 이끌리듯이 고슈로 향했다.

엔잔 역에 도착한 것은 오후 2시경이었다. 비가 억수같이 퍼붓고 있었다. 나는 비도 피하고 멀미가 가시는 걸 기다릴 겸 대합실 벤치에 앉아 30분 정도 쉬었다. 그러나 좀처럼 비는 그칠 기미를 보이지 않았다. 어찌할까, 고민하던 중 어머니의 집으로 가서 우산을 빌려보기로 했다.

어머니의 집은 역에서 3, 4정 정도 떨어진 밭 가운데 있었다. 나는 역에서 나와 집집의 처마 밑과 나무 밑으로 비를 피하며 어머니의 집 앞까지 도착했다. 나는 어머니가 자신에게는 아이가 없는 것으로 해두고 시집간 것을 떠올렸다. 무턱대고 어머니 앞에 나타날 수는 없는 노릇이었다. 그래서 나는 어머니의 집 울타리 밑에 숨어 비를 피하는 척하면서 상황을 지켜보기로 했다. 차를 마시는 중인지 방안에서는 어머니의 새된 목소리와 딸들의 웃음소리가 섞여 쾌활하게 들려왔다. 하지만 아무리 시간이 지나도 어머니는 모습을 나타내지 않았다. 울타리 사이로 집 안을 살피려고 했지만, 비 때문인지 어머니뿐 아니라 그 누구의 모습도 발견할 수가 없었다.

비는 더욱 세차게 내렸다. 안에 들어갈 수도 없고 포기할 수도 없었다. 나는 초조하게 그저 서 있을 수밖에 없었다. 그때, 집 앞 뽕밭에서 거름통을 맨 농부가 집 안으로 들어가려 했다. 그는 무릎에 구멍이 난 작업복 바지에 삿갓을 쓰고 있었다.

"저기, 한 가지만 여쭐게요."

나는 그 남자를 뒤따라가며 물었다.

"저기, 저기, 이 댁…… 아내 분은 안에 계신가요?"

"네. 있는데요."

남자는 대답과 함께 미심쩍은 눈으로 나를 보더니 더 이상 아무 말도 하지 않고 집 안으로 들어가 버렸다. 방금 전 그 남자가 집에 들어가서 무슨 말을 하는 건 아닐까. 그러면 식구들이 수상쩍게 여겨 나와 볼 텐데. 그렇게 될 경우를 상상하자 나는 기분이 나빠졌다. 어쩔 수 없이 대합실로 다시 돌아갔다.

멀미가 아직 가시지 않은 데다 머리부터 발끝까지 비에 흠뻑 젖어, 대합실로 다시 돌아왔을 때에는 몸 상태가 더 나빠진 듯했다. 결국 기차 안에서 먹었던 귤까지 모두 토하고 말았다. 나는 잠시 벤치에 앉아 고개를 숙이고 가만히 있었다. 그때 누군가 다가와 이름을 불렀다. 얼굴을 들어 바라보았다. 고마쓰야(小松屋)의 막내이모의 시동생이 내 옆에 서 있었다.

"후미코, 왜 그래? 기차 멀미를 했구나. 안색이 나빠 보여."

"네. 멀미를 한 데다 비를 맞아서……."

"그럼 안 되지. 잠시만 기다려라."

말도 채 끝맺지 않고 어딘가로 사라졌다 다시 나타난 그는 은단을 내밀었다. 나는 그다지 은단을 좋아하지 않았지만, 친절을 거절할 수 없어 고맙다는 인사를 하고 은단 일고여덟 알을 입에 넣었다. 그 남자는 내 옆에 앉아 등과 어깨를 쓸어주었다. 시간이 조금 지나자 몸 상태도 나아진 듯했고 빗발도 약해지기 시작했다.

"감사합니다. 이제 괜찮아요. 슬슬 일어나죠."

이렇게 말하며 옷매무새를 가다듬자, 그 남자는 "우산 없지? 후미." 하고 물었다.

"네, 좀 전에." 나는 친척 간이라 아무렇지도 않게 어머니 집에서 우산을 빌리려고 했으나 안으로 들어갈 수 없었다는 등의 이야기를 하고는, "요즘 어머니는 어때요? 안정되었나요?" 하고 물었다.

"응, 요즘은 괜찮은 모양이더군."이라고 대답하며 그는 근처에서 우산을 빌릴 수 있으니 같이 가자고 말했다.

나는 그 남자를 따라 대합실에서 나왔다. 남자는 역 앞길에서 왼쪽으로 조금 떨어진 곳에 있는 작은 요리점에 들어가더니 여주인에게 무슨 말을 하며, 주저하고 있는 나를 불렀다.

"들어오세요. 잠시 들어와서 쉬었다가 가세요." 하고 여주인은 말했다. 남자는 신발을 벗고 안으로 들어갔다. 하는 수 없이 나도 남자를 따라 2층으로 올라갔다.

빨간 앞치마를 맨 여자 종업원이 방석과 담배합을 가지고 왔다.

무슨 일이지? 여우에게 홀린 듯, 나는 무슨 일이 벌어지고 있는지 몰랐다.

"저기, 얼른 우산을 주세요. 집에 빨리 가고 싶어요. 해가 지기 전에……." 나는 재촉했다.

하지만 남자는 편히 자리를 잡고 앉아 담배를 뻐끔뻐끔 피우기 시작했다.

"그래, 우산은 당장이라도 빌려줄 수 있지. 하지만 배가 고플 거야. 튀김을 주문해두었어……."

"아뇨. 배는 안 고파요. 그리고 아직 속도 좋지 않고."

"아무렴 어때. 해는 아직 남아 있어……."

이렇게 말을 주고받는 사이에 여자 종업원이 덮밥 두 개를 가져와 한 사람 앞에 하나씩 놓고 갔다. 나는 정말 속이 메슥거렸지만 체면상 젓가락을 조금 대다가 내려놓고는 남자의 식사가 끝나기를 기다렸다. 남자의 식사가 끝나자마자, 기다리다 못해 다시 우산을 재촉했다. 그러자 남자는 "그래, 그래." 하며 이쑤시개를 입에 물고 일어나 내 뒤쪽에 있는 장지문을 열어 잠시 밖을 보더니, "마침 잘 됐네. 비가 그친 것 같아." 하고 혼잣말을 했다. 나는 아주 기뻤다.

"비가 그쳤다고요? 아휴, 다행이다. 어디……."

나도 일어나 밖을 내다보려 한 순간, 눈앞이 어지럽고 캄캄했다. 아아, 무슨 이런 악마와 같은 사람이 있단 말인가. 나는 밀치고 또 밀치며 화살을 지닌 짐승처럼 덤볐다. 그리고 정신없이 좁고 경사진 사다리 계단을 내려왔다.

나는 사람을 착각한 것이다. 조선에서 돌아왔을 당시 외할머니를 따라 고마쓰야에 있는 막내이모의 시댁을 방문한 적이 있었는데, 그때 보았던 이모부의 남동생이 바로 이 남자라고 믿고 있었던 것이다. 실제로 그 남자는 당시 내가 이웃집에 목욕물을 빌리러 갔을 때 만난 적이 있는 남자 중 하나였다.

나는 지금까지 이런 일을 입 밖에 낸 적이 없다. 하지만 나라는 존재가 이 세상에서 사라질지도 모르는 지금, 숨겨둘 필요도 없을 것이다. 나의 생활과 사상, 성격에 영향을 끼친 모든 것을, 지금 백일하에 공개해야 한다. 그것은 법관에게 나를 알리기 위해 필요한 것이지만, 그런 이유보다는, 더 큰 진리를 천명하기 위해서도 절대적으로 필요한 작업이라고 나는 생각한다.

소용돌이치는 성

나는 소마구치(杣口)에 있는 외할머니댁으로 돌아왔다. 아버지의 집이 나의 집이 아니듯 여기도 나의 집은 아니었다. 나는 이 넓은 세상 어디에도 편히 살 집이 없는 딱한 식객이었다. 게다가 혈육끼리 서로 싸우는 통에 그저 숨만 막혀갔다.

내가 숨 쉴 수 있는 곳은 단 한 곳, 모토에이 외삼촌의 절뿐이었다. 어떤 알 수 없는 힘에 이끌리듯, 매일같이 외삼촌의 절을 드나들었다. 밤낮없이 그저 외삼촌 절에서 지냈던 것이다.

새삼 말할 필요도 없이 치요 씨도 자주 외삼촌의 절에 놀러 왔다. 치요 씨는 진심으로 외삼촌을 사랑하고 있었다. 그러나 그 무렵, 치요 씨에게 연담이 들어왔다. 치요 씨에게 직접 온 것이 아니라, 치요 씨의 아버지—실제로는 아버지가 아니었다. 쉰 살이나 나이 차이 나는 오빠였지만, 이에 대해 특별히 설명할 필요는 없을 것이다—에게 들어온 것이었다.

어느 날, 치요 씨는 이사와(石和)라는 마을에 시집간 언니로부터 돌연 전보를 받았다. 치요 씨는 서둘러 외출복으로 갈아입고 갔다. 딱히 특별한 용건은 없는 듯했다. 단지, 도쿄에서 손님이 와 있기에 차와 과자를 내가는 심부름을 했으며, "미안하지만 급히 바느질 좀 해줘."라는 부탁과 함께 남성용 비단 겉옷을 건네받았을 뿐이었다. 물론 손님의 식사 시중도 들었다.

치요 씨는 이삼 일 머물다가 집으로 돌아왔다. 그리고 얼마 지나지 않아 그 손님과 언니 부부 사이에서 치요 씨의 혼인이 거의 정해졌다.

치요 씨는 어떠한 말도 할 수 없었다. 그녀에게는 사랑하는 사람이 있었지만, 그녀 스스로 남편을 고를 수 없었던 것이다. 치요 씨는 그저 노예와 같이, 물건과 같이 팔려버린 것이다. 치요 씨는 걱정과 근심으로 여위어갔다.

그녀는 이러한 사정을 나와 외삼촌에게 말했다. 그리고 혼담을 거절할 무슨 방법이 없을까 의논했다. 그러나 정작 삼촌은 예전처럼 치요 씨에게 더 이상 애정이 없었다. 치요 씨와 결혼할 생각은 당연히 털끝만큼도 없었다. 식상해져버린 치요 씨와 결혼하고 싶지 않았던 것이다.

치요 씨가 진심으로 호소해도 외삼촌의 마음은 움직이지 않았다. 외삼촌은 겉으로 어쩔 수 없다는 식의 말을 할 뿐이었다.

“슬픈 일이 아닐 수 없구나. 너만 그런 것은 아니야. 나도 괴롭다.”

외삼촌은 이런 식으로 말했다. 하지만 곧 이렇게 말을 더했다.

“하지만 나는 너무 힘이 없어. 우리는 어쩔 도리가 없는 거야. 운명이다. 어차피 인간은 운명에 따를 수밖에 없는 거야.”

딱한 치요 씨! 치요 씨는 잘 알지도 못하는 남자와 결혼하게 되었다. 치요 씨는 스스로 사랑하는 사람을 발견했다. 사랑하는 사람에게 구원을 요청했다. 하지만 그녀의 애인은 이미 치요 씨에게서 멀어져 있었다. 아아, 치요 씨는 어디로 가려 하는가.

그러면서도 두 사람은, 그러니까 치요 씨와 외삼촌은 여전히 그런 관계를 가졌다.

외삼촌은 이미 자신이 버린 여자와.

설령 운명이라 할지라도, 이미 다른 남자와 결혼하기로 결심한 여자와.

치요 씨는 이미 자기를 버린 남자와.

자신은 새로운 상대를 마음속으로 그리면서도, 이미 지나간 사랑의 잔해와.

내가 지나치게 외삼촌 절에 들락거리는 탓인지, 친척들은 나와 외삼촌의 관계가 외삼촌의 지인들 사이에 알려지면 외삼촌의 신용이 나빠져 일을 그르칠지도 모른다며 걱정하기 시작했다. 그래서 모두들 나를 외삼촌으로부터 떼놓고, 또한 외삼촌에게 좋은 짝을 찾아주기 위해 의논한 결과, 어머니가 시집간 집의 둘째 딸 요시에를 외삼촌에게 소개하기로 했다. 요시에는 얼굴도 예뻤고 바느질도 잘하는 데다가 집안도 괜찮은 편이었다. 나이도 외삼촌과 잘 맞았다.

외삼촌은 지금까지 가끔씩 어머니 집을 드나들기도 했기 때문에 요시에를 잘 알고 있었다. 아니, 그냥 알고 있는 정도가 아니라, 적어도 그럴 작정으로 꽤나 친하게 지내고 있었다. 그 사이 요시에를 통해 외삼촌을 알게 된 그녀의 학교 친구 중 한 사람이 외삼촌에게 연애편지를 보냈다는 둥, 그래서 결국 그 친구와 요시에의 사이가 나빠졌다는 둥, 이런저런 이야기가 들려왔다.

그러나 외삼촌에게 연담을 가지고 온 것은 외할머니뿐만이 아니었다. 외삼촌이 교토에 있을 때 알게 된 나라(奈良)의 어느 시골 스님이 딸을 외삼촌에게 시집보내려 한다는 말도 있었다. 이는 내가 외삼촌의 절에 들락거릴 때 들었던 이야기다.

"그 처녀는 미인이기는 한데 말이야, 교토라면 그나마 괜찮지만 나라 중에서도 시골이란 말이지." 하고 외삼촌이 나에게 말한 적이 있었다.

그뿐만이 아니다. 외삼촌에게는 종종 여자들로부터 편지가 왔다. 외삼촌은 그러한 사실을 조금도 숨기려 하지 않고 나에게 편지를 읽어주기도 하였다.

나는 특별히 질투를 느끼지는 않았다. 나는 그저 모든 것을 다 알고 있는 친구처럼 외삼촌을 대했던 것이다. 그러기는 했지만, 타의에 의해 억지로 눈뜨게 된 청춘의 적적함이라 할까, 나의 마음 어딘가에는 충족되지 않는 쓸쓸함이 있었다. 그렇지만 뭔가 모를, 뭔가 희구하고 싶은 기분이 끊임없이 끓어오르고 있었다.

여름방학도 끝나갈 무렵이었다.

8월 26일인가 27일의 일이다. 나는 고마쓰야에 있었다. 정오가 지났을 무렵, 외할머니가 이모에게 볼일이 있다며 찾아왔다.

그날 밤, 나와 외할머니는 고마쓰야의 이모부를 따라 활동사진을 보러 갔다.

활동사진은 이미 시작되고 있었다. 외할머니와 이모부는 겨우 관람석 뒤편에 자리를 잡았지만 나는 자리가 없어 서서 보기로 하였다.

서양극 제1막이 끝났다. 문득 정신을 차려 보니, 어느새 나는 왼편에 학생모를 쓴 청년 한 사람과 나란히 서 있었다. 나는 힐끗 그 청년을 보고는 다시 제2막으로 눈을 돌렸다. 잠시 후 돌연 그 청년이 나에게 말을 걸었다.

"저기, 실례지만, 이거 당신 것 아닌가요? 방금 제 발밑에 무언가가 떨어진 것 같아 손으로 더듬어 찾아보니 이게 떨어져 있었어요."

청년은 셀룰로이드 머리 장식을 손에 쥐고 있었다. 나는 머리를 만져보았지만, 내 것은 그대로 있었다.

"아뇨, 제 것은 아니에요."

"그래요? 이거 곤란하게 됐군." 청년은 혼잣말을 하며 뒤편으로 물러나 창틀 위에 그것을 놓고 다시 내 쪽으로 와서는 "그 전에는 무슨 내용이었죠?" 하며 매우 친한 듯이 물었다.

나는 조금 귀찮은 생각이 들어, "글쎄요. 저도 막 왔어요." 하고 쌀쌀맞게 말했다. 그리고는 화면을 열심히 들여다보았다.

그럼에도 불구하고 청년은 계속해서 말을 걸어왔다. 지금 밝히는 사실이지만, 당시 나는 그 청년의 목적이 무엇인지 대충 눈치채고 있었다. 하지만 딱 잘라 거절하지도 못했다. 왜냐하면 나에게는 이유 모를 무엇인가가 이미 소용돌이치고 있었기 때문이다. 두세 마디 이야기를 나누는 사이에 그 청년이 오래전부터 알고 지내던 친구와 같이 느껴졌다.

그러는 와중에 청년은 대담하게 내 손을 잡았다. 나는 깜짝 놀랐지만 일부러 뿌리치지는 않았다. 사람들이 모인 자리에서 소란을 피울 수는 없었다, 는 것은 핑계이고, 실제로는 뿌리치기에 너무나도 아쉬웠기 때문이었다.

청년에게 손이 잡힌 채 나는 가만히 있었다. 그러자 청년은 다시 한 번 힘을 주어 내 손을 꽉 쥐며 이번에는 딱딱하고 네

모진 종이 한 장을 쥐어주었다. 나는 그것도 가만히 받았다. 그리고 다른 사람들을 의식하면서 몰래 품속에 넣었다.

도대체 무엇일까. 나는 빨리 확인하고 싶었다. 돌아가는 길, 출구 쪽 전등 아래에서 품속에 있던 것을 살짝 꺼내 보았다.

꽃무늬에 금테가 둘러진 여성 취향의 명함에 주소와 세가와(瀨川)라는 이름이 적혀 있었다.

방학도 끝나 나는 다시 하마마쓰로 돌아갔다. 아쉬움과 미련을 남기고 돌아갔다.

밤이었다. 식구들은 모두 외출한 듯 현관이 잠겨 있었다. 그러나 나는 부엌으로 가서 뜰 울타리 밑으로 손을 뻗어 나무문을 열고는 변소 옆을 통해 집 안으로 들어갔다.

더웠기 때문에 먼저 문부터 열었다. 그리고 땀에 젖은 옷을 벗었다. 기차 안에서 아무것도 먹지 못한지라 배가 고파 부엌문을 열고 먹을거리를 찾았다. 남은 밥과 찬을 혼자 먹고 있는데 게다 소리가 들리더니 이모가 들어왔다.

"어머, 후미코 왔니. 대문이 열려 있어서 무슨 일이 생겼나 하고 놀랐단다."

"지금 막 왔어요. 배가 고파서 먹고 있는데, 이거 먹어도 괜찮은 거죠?"

"그럼, 괜찮지. 고슈의 가족들은 모두 안녕하시고?"

"예, 모두 잘 지내요. 이모는 어디에 다녀오시는 거예요?"

"오늘 밤이 아키바(秋葉) 씨네 엔니치*잖아. 그래서 할 일은 없고 더워서 모두 함께 잠시 다녀왔어."

"그렇군요. 아버지랑 겐 짱은?"

"두 사람은 이시바시(石橋) 씨네에 들러본다고 했어. 나도 가려고 했는데 이런 모양으로 가는 게 싫어서 먼저 왔어."

이런 이야기를 하면서 이모는 옷을 갈아입었다. 깨끗이 빨아 풀을 먹인 빳빳한 유카타를 입고 화롯가에 앉아서는 "차라도 줄까, 후미?" 하고 불을 붙이기 시작했다.

그 사이 나는 먹은 것들을 정리하고 설거지를 했다. 그리고 처음으로 느긋하게 앉았다. 이모는 갑자기 무슨 생각이 떠올랐는지 "후미, 좋은 거 하나 보여줄까?" 하며 장롱 위에서 종이로 싼 무언가를 하나 가져와서는 "오늘 저녁에 샀어." 하며 풀어서 보여주었다.

그 속에서 세공한 금반지가 두 개 나왔다.

나는 놀라서 물었다.

"어머나, 무슨 일 있었어요? 돈이라도 들어온 거예요?"

"아냐, 금이 아니라니까, 후미." 하고 이모는 입가에 웃음을 띠며 말했다.

"이거, 두 개에 겨우 50전이야. 평소에 계속 끼고 있으면 금

* 緣日. 신불(神佛)과 이 세상의 인연이 강하다고 하는 날로, 신불을 공양하고 재를 올린다.

방 벗겨지지만, 제대로 차려입었을 때만 하면 감쪽같아."

이모는 반지를 양손 약지에 하나씩 끼며 정말 금으로 보이는지 어떤지 물어보려다가, 스스로를 납득시키려는 듯이 혼잣말로, "가짜라도 그런대로 괜찮아. 아버지가 가진 시계랑 안경은 모두 가짜지만 2년이 지나도록 아직 색 하나 변하지 않았잖아." 하고 덧붙였다.

아아, 이모도 결국은 아버지에게 물들고 말았구나. 어째서 이 사람들은 말릴 수 없는 허풍쟁이가 되어버렸을까. 돌아오자마자 나는 이 사람들 때문에 불쾌해졌다.

무슨 일이든 아버지와 나 사이에 거리가 있다는 사실을 깨닫자 슬퍼졌다. 그리고 이러한 생활이 아니라, 스스로 생활을 만들어가고 싶다는 욕구가 자연스럽게 생겨났다.

활동사진을 보다가 만난 세가와에게 편지를 쓴 것은 그로부터 사오 일이 지났을 무렵이었다. 어떻게 쓰면 좋을지 잘 몰랐지만, 외삼촌이 받은 여자들의 편지를 생각해내며 문구를 흉내 냈다. 겉봉투 받는 사람 난에는 세가와의 이름을 적었다.

곧장 답장이 왔다. 연분홍빛 봉투였다. 보내는 사람은 여자 이름으로 되어 있었다. 편지 글에는 알 수 없는 영어가 마구 섞여 있었다.

나는 다시 학교에 다녀야 했다. 하지만 재봉과목은 재능이 없어 하기 싫었고 학과과목도 아주 시시해서 학교가 점점 싫어졌다.

그래서 반은 자포자기의 심정으로 일부러 선생님에게 반항하기도 했다. 집에서는 닥치는 대로 책을 읽으며 지냈지만, 아버지가 가지고 있는 책은 겨우 이야기 책 정도에 지나지 않았고, 그것마저도 시시하고 하찮은 내용이었다. 아버지에게 용돈을 받지 못했기 때문에 새 책도 살 수 없었다. 더 이상은 참을 수가 없었다.

아버지에게 도쿄로 보내 달라고 부탁했다. 물론 아버지는 허락하지 않았다. "바보 같으니라고!" 아버지는 나를 야단치면서 아버지만의 철학을 설교하기 시작했다.

"어린 여자아이를 혼자 도쿄로 보내줄 거라고 생각했니? 바보같이. 세상이라는 것은 네가 생각하는 것처럼 쉽지 않아. 간단히 말하면 남자가 잠시 여자에게 길을 물어도 세상 사람들은 곧 색안경을 끼고 본다고. 한번 그런 소문이 나봐라. 그럼 그 여자는 끝인 거야. 흠진 물건이 되고 마는 거지. 그뿐 아니라 너는 어디나 자유롭게 혼자 다닐 수 있는 그런 여자와는 달라. 말하자면 나는 너를 맡고 있어. 내 책임상 그렇게는 못 한다."

아버지는 자신이 한 일 따위는 이미 잊어버린 것이다. 또 아버지가 마음대로 정한 일은 내가 납득하든 하지 않든 절대적으로 해야만 한다고 믿고 있는 것이다.

언제까지 아버지의 억압 아래 있어야 한단 말인가. 읽을거리가 없어 가끔 있는 강연회에라도 갈라치면 그것마저도 허락해주지 않았다. 그런 폭력적인 억눌림 아래서 나는 스스로 문을 닫을 수밖에 없는 것인가. 젊은 생명은 자라나고 싶다. 자라지 않으면 안 되는 것이다.

결국 나는 학교를 관두기로 결심하였다. 그리고 교사든 아버지든 누구의 허락도 없이 지긋지긋한 재봉학교를 자퇴하였다.

당연히 아버지는 불같이 화를 냈다. 그러나 나는 더 이상 아버지를 따르지 않았다. 아니 아버지의 폭력적인 강압에 굴하지 않았다. 나는 나 자신을 지켜야만 했다. 그래서 결국 고향으로 돌아갔다.

그러나 이번에는 외할머니, 외할아버지가 외삼촌 절에 드나드는 걸 허락하지 않았다. 나는 고마쓰야로 보내졌고 다시 재봉학교에 다녀야만 했다.

지옥에서 벗어나기 위해 도망쳤더니 또 다른 지옥에 가두어지고 만 것이다. 벗어날 길이 없었다. 아직 독립된 인간이 아니었던 것이다. 나는 내가 원하는 길을 갈 수 있을 정도의 돈을 가지고 있지 않았다. 나는 나일 수 없는 생활에 구속되어야만 했다.

이러한 처지에 놓인 내가 자포자기에 빠지는 것은 나의 잘못일까. 물론 내 잘못이기도 하다. 나는 스스로를 모독하고 있었기 때문이다. 하지만, 하지만 적어도 나는, 이러한 모독은 용서받을 수 있다고 생각한다. 누구도 나를 이해해주지 않고, 누구도 나를 동정해주지 않았기 때문에, 나는 스스로 위로하고 싶었다.

비뚤어져버린 나는 집안일은 아무것도 하지 않았다. 아기를 돌보지 않는 것은 물론, 내가 먹은 밥공기 하나 제대로 씻지 않았다. 나에게는 어떠한 용기도 남아 있지 않았다.

세가와는 중학교 4학년이었지만, 학교를 그만두었는지 퇴학을 당했는지, 어쨌든 내가 고마쓰야에 갔을 때에는 이미 도쿄로 가서 부기학원에 다니고 있었다. 나는 세가와랑 계속 편지를 주고받았다. 그리고 다른 한편으로는 가능한 한 외삼촌 절에 가려 했다. 세가와에게 받은 편지 등은 외삼촌 절에 있는 서랍 속 내 짐과 함께 숨겨두었다.

치요 씨의 결혼은 자꾸만 연기되었다. 그동안에도 치요 씨는 변함없이 외삼촌의 절을 찾아왔다.

어느 날도 나는 치요 씨와 함께 외삼촌 절에 있었다. 그때 치요 씨는 친구 한 사람을 데리고 왔다. 저녁이 되었을 무렵, 식사를 마친 후 치요 씨는 옷매무새를 고치고 먼지를 털면서 우물쭈물하고 있었다. 나는 치요 씨의 속마음을 읽고는 언제나처럼 치요 씨를 붙잡았다.

"저기, 치요 씨. 이미 많이 늦었으니까 오늘은 그냥 주무시고 가세요. 그럼 저도 함께 자고 갈게요."

치요 씨는 물론 그렇게 하고 싶은 심정이었지만, 친구 때문에 머뭇머뭇하고 있었다. 그러자 그 친구도 치요 씨의 마음을 눈치채고는 "후미코와 함께라면 상관없잖아. 엔코지에서 자고 와." 하며 나와 치요 씨가 함께 자고 가기를 권했다.

그러나 치요 씨는 "그렇지만 너 혼자 보내는 건 마음에 걸려." 하고 친구의 눈치를 살폈다. 친구는 "괜찮아. 나는 괜찮아." 하며 다소 불만스러운 얼굴을 하고는 혼자 돌아갔다.

나는 조선에서 돌아온 첫날 엔코지에서 묵었던 것처럼 잠을 푹 잘 수 없었다. 하지만 오히려 치요 씨를 동정하기도 했다.

그 후 외삼촌은 작별인사 겸 선물로 치요 씨가 평소부터 가지고 싶어 하던 진주반지 하나를 사주었다. 그것은 두 사람의 영원한 이별을 의미하는 것이었다.

11월 중순 경, 치요 씨는 드디어 시집을 갔다. 도쿄에서 식을 올리기로 했기 때문에 엔코지에서는 마을 사람 몇몇이 모여 환송회를 하기로 했다. 절인 고등어와 무, 우엉조림 등이 마련된 간단한 자리였다. 사람들은 치요 씨를 축하하기 위해 밝은 얼굴로 모여들었다.

환송식을 준비하는 사람들은 분주하게 움직였다. 하지만 정작 주인공인 치요 씨의 얼굴은 심각했다.

"저런, 똥 씹은 얼굴로 시집가는 신부는 생전 처음 보는군. 아무리 절에서 하는 잔치라지만 이건 완전히 장례식 같잖아."

엔코지의 주지스님마저 치요 씨의 면전에서 이렇게 중얼거릴 정도로 치요 씨의 표정은 어두웠다. 정말이지 환송회는 치요 씨의 장례식과 다름없었던 것이다.

그날 밤, 치요 씨는 몰래 일어나 마지막으로 장문의 편지를, 영영 이별을 고하는 편지를 외삼촌에게 남겼다. 다음 날 엔코지에 갔더니 치요 씨가 사람이 없는 본당으로 나를 데리고 가서, "후미, 이것 좀." 하며 편지를 주었다.

치요 씨의 눈은 몹시 부어 있었다. 그리고 또 하염없이 눈물을 흘렸다. 치요 씨가 불쌍했다. 우리는 꼭 껴안고 울었다.

하지만 그날, 치요 씨는 울어서 퉁퉁 부은 얼굴에 흰 가루분으로 화장한 뒤 예쁘게 차려입고는 마을 사람들 네다섯 명의 전송을 받으며 마을을 떠났다.

시집간 지 보름쯤 지났을 무렵, 외삼촌은 치요 씨로부터 편지를 받았다. 외삼촌은 아무렇게나 봉투를 뜯어 편지를 줄줄 읽으며, "쳇, ……사람을 바보로 아는 거야, 뭐야?" 하고 말했다. 특별히 화를 내지도 않았고 슬퍼하지도 않았으며 그저 쓴웃음만 지은 채 편지를 나에게 던졌다.

자세히 생각나지는 않지만, 그 편지글은 시집간 집에 대한 이야기였다. 식모가 있다는 둥, 기식하는 서생이 있다는 둥, 간호사가 있다는 둥, 환자가 많아 생활이 꽤 여유롭다는 둥, 모든 사람이 자기를 '오쿠사마(사모님)'라고 부른다는 둥, 뭐 그러한 내용들이었다. 치요 씨는 보름 전까지의 번민을 까맣게 잊고 지금은 새로운 생활에 만족하며 살고 있는 듯했다.

세월이 흘러 어느덧 연말이 되었다. 28, 29일이 되었을 무렵 세가와는 부기 속성과를 마치고 돌아왔다.

세가와의 집은 고마쓰야에서 3정 정도 떨어진 곳에 있었다. 우리는 아침저녁으로 반드시 얼굴을 보았다. 반항적인 나였지만, 낮에는 역시 바느질을 배우러 가거나 집안일을 도와야 했고, 세가와는 식구들의 눈을 의식하지 않을 수 없었다. 세가와는 밤이 되면 고마쓰야 가게 창문 밖에서 휘파람을 불거나 깜깜한 밤에 담뱃불을 붙여 나에게 신호를 보냈다. 그러면 나는 어떻게든 이유를 만들어 집을 나왔다. 식구들에게 허락을 받고 외출하기도 했지만 대부분은 몰래 뒷문으로 빠져나왔다.

차디찬 겨울밤, 숨도 얼어붙을 지경이었다. 하지만 젊고 피 끓는 우리에게 그것은 아무런 문제가 되지 않았다. 망토 하나로 두 사람은 몸을 숨기며 밤거리를 걷기도 하고 가까운 절 경내를 돌아다니기도 했다. 가끔은 텅 빈 넓은 본당 안에서 키스하기도 하고 포옹하기도 했다.

그렇게 나는 보름 동안 거의 밤마다 집을 빠져나왔다. 두 시, 세 시까지 세가와와 함께 주변을 방황했던 것이다.

이런 탈선적인 생활을 하는 가운데서도 나는 나의 진실된 바람과 목적을 포기할 수 없었다.

나의 진실된 바람! 진정한 목적!

그것은 다양한 책을 더 많이 읽고 더 많이 습득하여 나 자신의 생명을 펼치고 싶다는 생각이었다. 그러나 나는 가난하다. 부잣집 아들딸처럼 풍족한 돈을 가지고 오랫동안 학교에 다닐 수가 없었다. 그렇다면 어떤 방법이 있을까. 여러 생각 끝에 나는 현(縣)의 여자사범학교에 진학하여 교사가 되어 먼저 경제적으로 독립한 후 서서히 내가 좋아하는 학문을 하고자 결심하였다. 사범학교에 가면 관비로 공부를 할 수 있기 때문에 집에서 약간의 보조만 받으면 되었다.

나는 부족한 학비를 외삼촌에게 부탁하려고 마음먹었다. 그리고는 열심히 시험공부에 몰두하였다. 밤늦은 데이트는 공부에 방해가 되기도 했지만, 대신 다른 시간을 더 유효하게 이용하여 집중적으로 공부할 수 있었다.

대부분의 학교가 학생을 모집하기 시작했다. 나는 사범학교 서류를 주문하여 입학원서를 적었다. 입학원서를 가지고 외삼촌에게 갔다. 하지만 외삼촌은 평소와는 달리 시무룩한 얼굴로 나를 맞았다. 나는 그것을 딱히 마음에 두지 않았다. 치요 씨가 시집을 가버려 쓸쓸한 것이겠지, 하는 정도로 생각했다.

나는 곧바로 외삼촌에게 부탁했다.

"저기, 나 오늘 원서를 가지고 왔는데, 도장 좀 찍어줘요."

"원서?"

외삼촌은 한층 뚱한 표정으로 말했다.

"음, 사범학교 원서로구나. 그런데 나에게도 좀 생각이 있으니 이것은 당분간 보류하도록 해. 그리고 내 생각에는 말이야, 후미가 하마마쓰에 계신 아버지 댁에 한번 다녀오는 게 좋을 듯해."

"왜요?"

나는 외삼촌의 느닷없는 말에 당황하여 물었다.

"왜요라니."

외삼촌은 잠깐 웃음을 보였지만 곧 어두운 표정으로 못마땅하게 말했다.

"아무튼 이유는 나중에 알 수 있을 테니 오늘은 돌아가거라. 나도 바쁜 일이 있고……."

아아, 이만저만 낙담이 아니었다. 처음에 나는 외삼촌이 진심으로 그런 말을 하고 있다고는 생각하지 않았다. 그러나 이렇게 딱 부러지게 거절하는 걸로 보아, 결코 농담도 협박도 아니라는 것을 알게 되었다. 내가 바라던 유일한 길! 지금 그것마저 완전히 사라지는 것일까. 눈물마저 말라 있었다.

나는 마지못해 고마쓰야로 돌아왔지만—무엇 때문일까. 외삼촌은 무슨 생각을 하고 있는 것일까—이런저런 생각에 뜬눈으로 밤을 새워야 했다.

다음 날, 외삼촌은 소마구치의 외할머니를 모시고 고마쓰야로 왔다. 그리고 하마마쓰로 가는 기차표 두 장을 내밀었다.

"무슨 일이야. 할머니."

기차 안에서 외할머니에게 물었지만 아무 답도 듣지 못했다.

"무슨 일인지, 나도 모른단다. 하지만 모토에이가 이삼 일 후에 하마마쓰로 온다고 하니, 그때는 알 수 있겠지."

외할머니가 이유를 모를 리 없다.

"그럼, 할머니는 왜 나랑 같이 가는 건데요?"

"왜라니. 그냥 모토에이가 너를 데리고 가라고 해서 그런 거지. 나도 오랜만에 기쿠노도 보고 싶고……."

더 이상 외할머니에게 물을 수가 없었다. 단지 커다란 위기가 나에게 닥쳐오고 있음을 느낄 뿐이었다.

우리는 아버지의 집에 도착했다. 아버지의 집을 떠나기 전에 아버지와 싸우고 나온 터라, 만약 나 혼자 왔다면 아버지는 나를 다시 내쫓았을지도 모른다. 하지만 외할머니와 함께 왔기 때문에 아무 말도 하지 않았다. 게다가 이모는 외할머니를 몹시 반가워했다.

마음이 무거웠다. 아버지와도, 이모와도, 외할머니와도 말을 하고 싶지 않았다. 그저 혼자 있고 싶었다. 혼자 생각하고 싶었다. 그리고 실제로도 혼자 신문을 읽거나 생각에 잠기거나 했다. 외할머니는 나에 대한 어떠한 말도 하지 않은 듯했다. 나도 있는 자리에서 외삼촌이 며칠 후에 온다는 것만 이야기했다.

이윽고 외삼촌이 왔다. 외삼촌 역시 나에게는 아무 말도 하지 않았다. 아니, 내 앞에서는 아버지에게도 이모에게도 침묵으로 일관했다.

아버지와 외삼촌은 술을 마셨다. 외할머니도 그 옆에 있었다. 나는 혼자 별실에 있었다. 외삼촌은 낮은 목소리로 아버지에게 무언가를 말하고 있었다. 나는 귀를 쫑긋 세워 들어보려 했지만 들리지 않았다. 그저, 때때로 아버지가 화난 듯 "저런, 멍충이", "저 녀석을 여기서"라는 말을 내뱉는 것과 그것을 저지하는 외삼촌의 말이 들릴 뿐이었다. 이따금 들려오는 단편적인 단어로 나는 대체적인 내용을 상상할 수 있었다. 그것을 눈치채고는, "쳇, 나를 바보로 알다니." 하는 맹렬한 반항심이 일어났다. 아버지와 외삼촌이 있는 곳으로 달려가서 마음껏 욕을 해주고 싶은 심정이었다.

하지만 참았다. 지나간 과거의 일은 어떻게든 되겠지. 앞으로의 일이 중요해, 앞으로의 일이, 하고 생각했다.

이야기가 끝나자 외삼촌은 하룻밤 묵지도 않고 그날 바로 돌아가 버렸다. 나는 현관에서 외삼촌을 배웅했다. 외삼촌이 나에게 말했다.

"아버지에게 모두 말해두었으니 나중에 잘 들어보도록 해."

아버지를 바라보았다. 아버지의 불만스러운 얼굴이 나를 노려보고 있었다. 당장이라도 나를 걷어차 버릴 듯했다.

외삼촌을 보내고 난 후, 아버지는 더 이상 참을 수가 없었던 모양이었다. 외삼촌에게 인사하기 위해 현관 다다미에 앉아 있던 내가 일어서기도 전에, "이런 화냥년!" 하며 분노에 찬 목소리로 소리를 지르고 갑자기 발로 내 어깨를 걷어찼다.

불의에 일격을 당한 나는 신음 소리를 내며 그 자리에서 쓰러졌다. 어깨뼈가 부서지는 듯 아팠다. 나는 일어날 엄두도 내지 못하고 그저 쓰러져 있었다.

아버지는 이어 말했다.

"그래, 잘했다. 잘했어. 내 얼굴에 먹칠을 하고……. 잘 했다. 조선에서 쫓겨난 것도 아마 그런 일 때문이겠지. 그래. 분명히 그럴 거야. 좋아. 마음대로 해……."

의식이 돌아온 나는 분한 마음에 아버지에게 달려들었다.

"뭐라고요? 제가 뭘 잘못했는데요?"

그러자 아버지는 소리쳤다.

"뭐야? 네년이 무슨 짓을 했는지 가슴에 손을 얹고 잘 생각해봐라. 이제 알겠냐? 모르겠어? 모른다면 알게 해주지." 하며 또다시 내 발을 걷어찼다.

"뭐 하시는 거예요. 그만하세요. 이제 그만하시라니까요……."

부엌에 있던 이모가 달려 나와 아버지의 팔을 붙잡고 내 몸을 가로막았다.

"뭐하는 짓이야. 왜 이 자식을 두둔하는 거야. 비켜."

아버지는 이모에게도 소리를 질렀다. 하지만 이모는 납작 엎드려 바위와 같이 꼼짝도 하지 않았다.

"이제 그만두게. 나중에 내가 잘 말할 테니."

외할머니도 조심스럽게 아버지를 달랬다.

"맘대로 하라고 해. 나도 이제 모르겠다. 맘대로 해."

아버지는 이렇게 일방적인 말을 남기고는 방으로 들어가 버렸다. 아버지가 들어가자 이모가 나를 일으켰다. 이모는 나의 소맷자락을 들추어보며 어깨를 문질러주었다.

"괜찮아? 다치지는 않았니? 아버지는 너무 난폭해."

"아뇨. 괜찮아요. 아무렇지도 않아요."

나는 아버지가 걷어찬 팔을 들어 올려보며 답했다. 이모는 나를 아버지가 없는 방으로 데리고 갔다. 외할머니도 함께 왔다.

"어이, 기쿠노. 술 가져와."

아버지가 외쳤다. 이모는 중얼거리며 아버지 방으로 다시 갔다. 외할머니와 나는 침묵을 지키며 생각에 잠겼다. 그리고 약 30분 정도 지났을 때, 아버지는 술에 취해 붉어진 얼굴로 시내로 나갔다.

이모가 나와 할머니가 있는 방으로 다시 들어왔다. 나는 처음으로 이모에게 물었다.

"아버지가 뭐라 하시던가요?"

"아니야. 처음부터 아버지가 잘못한 거야."

이모는 나와 외할머니의 얼굴을 번갈아 보며 말했다.

“외삼촌과 조카를 결혼시켜 부부로 만들려 하다니. 그런 도리에 어긋나는 일을. 아버지는 단지 모토에이 절의 재산을 노리고 멋대로 정한 거야. 그런 일이 순조롭게 풀릴 리가 없지 않니. 아버지가 화를 내봐야 소용도 없는 일이야. 화내는 사람이 잘못된 거지.”

“순조롭게 풀리지 않다니, 무슨 이야기죠?”

나는 대충은 알고 있었지만 명확히 해두고 싶어 거듭 물었다.

“그러니까 모토에이는 너와 혼인하겠다는 약속을 파기하려고 온 거야.”

이모는 비아냥거리는 말투로 말했다.

“네가 불량소년과 편지를 주고받는다는 둥, 밤에 데이트를 한다는 둥, 말괄량이라는 둥, 그런 불만을 줄줄 이야기하면서 말이야.”

오히려 이모는 나를 동정이라도 하듯 사건의 진상을 대략 이야기해주었다.

“아, 그래요? 자기가 한 일을 조금이라도 생각해보시지.”

나는 이 말만을 남기고는 입을 다물었다. 나는 모든 것을 알게 되었다. 더 이상 궁금해할 필요도, 항변할 필요도 없었다.

네댓 살 때부터 헤픈 성생활을 보고 자란 나다. 부자연스러운 성에 접하고 눈뜰 수밖에 없었던 나다. 그런 내가 열예닐곱 살이 되어 자신도 모르는 이상한 힘에 이끌려 무언가를 갈구한 것이 큰 죄악이라도 되는 양 아버지와 외삼촌은 말하고 있다. 하지만 나는 자신들이 저지른 난잡한 일들을 조금이라도 반성해보라고 충고하고 싶다.

내가 아버지와 외삼촌이 한 짓과 같은 일을 했다는 이유로, 아니 그들의 행위를 흉내 냈다는 이유로 외삼촌은 나를 가지고 놀고 아버지는 나를 도구로 사용한 뒤 헌 짚신처럼 버리고 밟고 또 찬 것이었다.

스님의 아내로 적합한 인물인지 아닌지 고민해보지도 않고, 그저 한 사람은 나를 장난감 삼아 놀기 위해, 다른 한 사람은 자신의 생활의 편의를 위해, 아무것도 모르는 사이에 마음대로 결혼을 정했던 것이다. 그런데도 아무런 책임이 없다는 것인가.

어렸을 때 나와 어머니를 버리고 사라진 후 10여 년의 세월이 지난 뒤 갑자기 친권을 주장하며 마치 물건 취급하듯 막무가내로 중의 아내로 팔아넘기려 하고, 그 계획이 생각대로 진행되지 않자 험한 욕을 퍼붓는 아버지. 아버지는 자신이 한 일에 책임과 죄가 있다고는 조금도 생각하지 않는다.

나는 어떠한 변명도 듣고 싶지 않았다. 어떠한 말도 듣고 싶지 않았다.

"오히려 잘 됐어. 모토에이를 위해서도, 후미코를 위해서도 오히려 잘 된 거야. 우리는 진작부터 이렇게 되기를 바랐는데 달리 방도를 찾지 못하고 있었어. 잘 됐어." 외할머니는 이렇게 말하며 나를 나무라지도 않았다.

'불쌍한 외할머니. 외삼촌은 당신을 그저 자신의 방패로 삼기 위해 나와 함께 보낸 거예요. 외삼촌은 당신이 이 결혼을 반대하고 있다는 걸 이미 알고 있었어요. 외삼촌은 아버지와 했던 약속을 파기할 때, 만약 아버지가 순순히 따라주지 않으면 난처해지니까, 그런 경우를 대비하여 외삼촌 편이 되어줄 당신을 하마마쓰로 보낸 거랍니다. 하지만 당신에게 의지할 필요는 없었어요. 언제나 그렇듯 성질 급한 아버지는 이렇게 나를 짓밟고 찼잖아요. 걱정하지 마세요, 할머니. 저는 이미 저의 갈 길을 정해두었어요…….'

나는 이렇게 마음속으로 말했다. 하지만 입 밖으로는 어떠한 말도 하지 않았다. 하나의 전기가, 나의 생활을 완전히 뒤집을 하나의 전환점이 기다리고 있었다.

이런 일이 벌어지고 말았지만, 나는 아버지 집에서 쫓겨나지 않았다. 나 역시 장래가 불투명한 탓에 무턱대고 아버지 집을 나올 수는 없었다. 그래서 우리는—아버지와 나—절대 일치될 수 없는 어긋난 마음을 가지고 한동안 같은 집에서 살아야만 했다.

하지만 머지않아 폭발할 때가 왔다. 아버지와 내가 영원히 헤어져야만 하는 때가 온 것이다.

그 계기는 남동생 겐과 관련된 것으로, 나와 아버지가 사소한 말다툼을 벌인 것이 결정적인 이유가 되었다. 지금까지 남동생에 대해 아무 말도 하지 않았기 때문에 이 자리에서 잠시 언급해두기로 하겠다.

아버지와 어머니가 헤어지고 난 후 나는 어머니 손에서 자랐고 남동생은 아버지 밑에서 자랐다. 이는 두 사람의 합의하에 이루어진 것이었고, 남동생이 세 살이었을 때 아버지를 따라갔다는 것은 이미 말한 바 있다.

겐은 어머니의 품을 떠나게 되었다. 하지만 아버지의 집에는 어머니를 대신할 이모가 기다리고 있었다. 꽤나 가난한 형편이었지만, 아무튼 이모가 야무졌기 때문에 나만큼 고생하지는 않았던 것 같다.

이모는 겐을 몹시 사랑하였다. "언니에게는 빚이 있어. 적어도 이 아이만큼은 잘 보살피지 않으면 낯이 서지 않아." 이모는 항상 이런 말을 하였지만, 내가 보기에 두 사람의 관계는 '빚'과 같은 냉정한 말로 대변되는 것이 아니었다. 무슨 일이든지 간에 이모는 겐을 친부모처럼 사랑해주었다. 자신의 자식처럼 격의 없이 진심 어린 애정을 가지고 키웠다.

겐이 학교에 가게 될 즈음, 나처럼 무적자인 채로는 입학하기 어렵다는 것을 알게 되었을 때, 아버지의 반대를 무릅쓰고 자신의 사생아로 등록하여 무사히 입학시킬 정도였다.

하지만 아버지의 잘못된 교육방침에 의해 겐은 결코 행복하지 않았다. 겐은 나와는 달리 몸집이 컸고 모르는 사람 앞에서는 말을 제대로 하지 못할 정도로 내성적인, 매우 온화하고 친절한 아이였다. 학교에서 쓰기와 미술 등의 과목은 성적이 좋은 편이었지만, 수학 과목은 성적이 나빴다. 수학뿐만 아니라 총체적으로 성적이 나쁜 편이었다. 이모는 자신들의 가난한 형편을 지긋지긋해하고 있었고 앞으로도 공부를 계속 시킬 만한 여유가 없다고 생각해 겐에게 장사를 시키려 했다. 하지만 아버지는 겐의 성격, 집안 형편 등은 고려치 않고 무턱대고 겐을 대학에 보내 법률공부를 시켜 훌륭한 인물로 키우겠다고 마음먹고 있었다. 아버지는 법률을 알고 있는 사람만이 세상에서 가장 위대한 인간이고 나머지는 모두 별 볼 일 없는 천한 인간이라고 생각하였다.

아버지의 교육 방침의 토대에는 그런 계획이 있었다. 그 때문에 공부에 흥미가 없는 아들에게 무리하게 공부를 시키고, 때로는 자신 앞에 겐을 앉혀서 책을 읽게 하거나 산수 문제를 풀게 했다. 그럴 때 겐이 조금이라도 잘못 읽거나 문제를 풀지 못하면 마구 야단을 치고 결국에는 머리가 나쁘다며 겐의 머리를 딱딱 때리기도 했다. 그런 일 때문에 겐은 어린 마음에 자신감을 잃고 위축되었으며 잘할 수 있는 것도 잘 못하게 되어버리고 말았다.

그러면서도 한편으로는 '사에키가 족보' 앞에 앉혀 경배 드리게 하고, 태정대신 후지와라 누구누구 재상의 123대를 욕되게 해서는 안 된다며 설교했다. 씨족제도 시대의 낡은 생각을 세뇌시키며 무거운 짐을 지게 했던 것이다.

아버지는 겐에게 이렇게 가르쳤다.

"이렇게 훌륭한 가문에서 태어난 덕분에 나는 지금까지 아무리 가난해도 업신여김을 당하지 않았다. 간단히 말하자면 여기 하마마쓰에도 나보다 부자인 사람은 많지만 그 사람들조차 나를 사에키 씨, 사에키 씨 하며 존경해. 이것은 모두 가문 덕분이야. 가문을 소홀히 해서는 안 되는 법이다."

무엇이든 있는 그대로 받아들이기 쉬운 어린 소년은 자신도 모르는 사이에 아버지에게 물들어 아버지와 똑같은 생각을 가지게 되었다.

평소부터 나는 아버지의 생각을 우습게 여기고 있었다. 겐을 대하는 아버지의 태도에 대해서도 비판적인 시선으로 바라보았고, 실제로 반대 의견을 내놓기도 했다. 이러한 것도 아버지와 나 사이가 소원해진 이유 중 하나이다.

겐을 대학에 보내 법률가로 만들어 잘만 하면 사법대신이나 총리대신까지 될 수 있다고 생각한 아버지는 먼저 겐을 중학교에 진학시키려 했다. 내가 여자사범학교에 입학하려 했을 때, 겐에게는 현립중학 입학시험을 치게 했던 것이다. 겐은 무사히 시험에 합격했다.

아버지는 이만저만 기뻐한 것이 아니었다.

"훌륭하다! 장하다……."

아버지는 하늘에 오를 듯한 기쁜 마음으로 겐을 칭찬했다.

"역시 내 아들답다. 열심히 공부해! 서양에는 스물두세 살에

법학박사가 된 사람도 있어."

그렇게 기뻐한 아버지는 이모에게 팥밥을 짓게 하며 겐이 내딛은 출세의 첫걸음을 축하했다. 또 평소보다 많은 양의 술을 마시며 기뻐했다. 그리고는 여느 때와 같이 족보 앞에 앉혀 설교했다. 겐과 아버지는 족보 앞에 나란히 앉아 머리를 조아리며 기도했다.

그 다음 날, 옷을 전당포에 맡겨 약간의 돈을 마련한 아버지는 겐의 입학에 필요한 물건들을 사러 시내에 나갔다.

일주일 정도 지나자 맞춘 구두가 도착했다. 그러자 아버지는 그 구두를 손에 들고 유심히 모양새를 쳐다보며 겐에게 말했다.

"이것 봐, 겐. 너도 알고 있겠지. 8엔짜리 구두와 12엔짜리 구두가 있었지만 네 것은 12엔짜리야. 아주 큰 맘 먹고 샀어."

그 말을 들은 겐은 몹시 기뻐했고 그 구두를 신고 학교에 갔다. 그런데 정오가 지난 무렵에 돌아와서는, "아버지는 거짓말을 했어요." 하고 불만스러운 듯이 아버지에게 달려들었다.

"무슨 일이냐."

"무슨 일이냐고요? 내 구두는 비싼 게 아니라 싼 거잖아요. 학교에 갔더니 알겠더라고요."

정곡을 찔린 아버지는 얼굴을 찌푸리며 답했다.

"아니다. 나는 절대 거짓말을 하지 않아. 네 것은 12엔짜리야."

겐은 납득하지 않았다.

"우메다 군, 스즈키 군이 자기들 구두가 8엔짜리라고 했는데, 내 것과 꼭 같았어요. 12엔짜리 구두를 신은 아이도 있었는데, 그 구두는 더 공들여 만든 것 같았고 가죽도 훨씬 좋았단 말이에요."

아버지는 겸연쩍은 것을 감추기 위해 기침을 하며 일부러 침착하게 말했다.

"아니야…… 아무리 아버지가 가난하다 해도 너를 기죽게 하지는 않아. 아버지는 틀림없이 12엔을 주고 샀다."

아버지의 말을 믿지 못하던 겐은 하는 수 없이 자신의 방으로 들어가 버렸다. 그리고는 어깨에서 가방을 내리며 곁에서 바느질을 하고 있는 이모와 나에게 작은 목소리로 말했다.

"있지, 어머니, 누나. 아버지는 저렇게 말하지만 내 구두는 8엔짜리야."

사실 겐이 말하는 대로였다. 아버지는 언제나 물건의 기준을 돈에 두고 있었다. 물건을 살 때에도 먼저 가격을 묻고는 그것으로 질의 좋고 나쁨을 결정했다. 혼자 무언가를 사 왔을 때는 아내에게도, 자식에게도 진짜 가격을 말하지 않고 20%, 30%, 때로는 3배나 부풀린 가격으로 말했다.

나는 평소부터 아버지의 천박한 행동에 반감을 가지고 있었다. 겐의 구두에 관한 말이 오고 갈 때에도 짜증이 나 견딜 수가 없었다.

나는 아버지가 들으라는 듯이 큰 소리로 말했다.

"아버지만큼 쓸데없이 허영 부리는 사람은 없을 거야. 8엔짜리 구두밖에 사줄 수 없으면서 12엔짜리라고 식구들에게 거짓말을 하다니……. 시시한 거짓말을 늘어놓지 말고, 좋은 구두를 신는 것만이 꼭 좋은 것은 아니란다, 하고 왜 말을 못해……."

그러자 아버지는 벌떡 일어나 거듭 발로 나를 찼다.

"입 다물어. 부모에게 이 무슨 버릇없는 행동이냐. 너 같은 불효자식을 우리 집에 둘 수는 없다. 나가. 지금 당장 나가. 네가 온 날부터 우리 집은 말썽이 많아졌어. 네가 오기 전에는 아주 평화로웠다. 넌덜머리가 난다. 네 녀석이 우리 집을 휘저어 엉망으로 만들어버리는 것을 더는 못 보겠구나. 나가. 나가버려. 당장 나가……."

겐은 놀란 나머지 멍하니 바라보고만 있었다.

"그만두세요. 무슨 그런 심한 말을."

이모는 옆에서 아버지를 말렸다. 하지만 아버지는 계속했다. 이모가 저지하면 저지할수록 미친 듯이 날뛰며 나에게 욕을 해댔다.

"네가 조선에서 쫓겨난 것은 당연한 일이다. 조선에 있던 식구들이 잘못된 것이 아냐. 모두 네가 잘못한 탓이야. 건방지고 고집 세고 성격까지 비뚤어져서는……. 그런 너를 누가 돌보려 하겠냐. 쫓겨나는 게 당연지사지. 봐라, 지금 부모한테도

이 모양 아니냐. 어쨌든 너 같은 불상놈의 자식을 우리 집에 둘 수는 없다. 무엇보다 겐에게도 좋은 본보기가 되지 않아. 자, 나가거라. 지금 당장 나가."

아버지는 이미 내 목덜미를 잡고 있었다. 그러고는 증오스럽다는 듯이 방 안에서 나를 질질 끌고 나갔다. 이모가 아버지의 팔에 매달리며 "그만두세요. 제발 그만두세요." 하고 울면서 애원한 덕분에 그 자리에서 일은 일단락되었다.

아버지의 말처럼 '네가 온 날부터 우리 집은 말썽이 많아' 진 것은 사실이었다. 지금까지 이야기한 대로, 나와 아버지는 무슨 일에서든 마음이 맞지 않았다. 의견이 달랐던 것이다. 특히 외삼촌과 관련한 일이 있은 후로는 적과 같은 관계가 되어 버렸다. 아버지와 나, 이 둘의 엇갈린 마음은 어느 한쪽이 어느 한쪽을 쓰러뜨리지 않으면 멈추지 않을 상태에 이르게 되었다. 나는 이런 상황을 충분히 알고 있었다. 나는 아버지 집에서 떠나자, 하고 생각했다. 그저 그 시기를 기다릴 뿐이었다. 그리고 지금 마침내 그 때가 왔다.

안녕히 계세요, 아버지

"네가 지금 나가버리면 친척들은 내가 널 괴롭혀 내쫓은 걸로 생각할 테니, 조금만 참아주렴."

이모는 애원하듯이 나를 붙잡았다. 하지만 나는 더 이상 견딜 수 없었다. 도쿄로 갈 결심을 굳혔다. 도쿄로 가서 고학을 할 작정이었다. 그러기 위해서는 최소한의 준비가 필요했다.

도쿄로 간들, 당분간은 아무 일도 할 수 없을 것이다. 당분간은 옷에 신경 쓸 여유도 없을 것이다. 이렇게 생각한 나는 가지고 있는 옷을 부지런히 빨고 바느질을 하며 때를 기다렸다.

신문이 오면 제일 먼저 구직란을 보았고, 영어나 수학 학교에서 학생을 모집하는 광고를 보면 잘라내어 고리짝 안에 숨겨두기도 했다. 그렇지만 과연 도쿄에서 무슨 일을 할 수 있을까. 어디로 누구를 찾아가면 좋을까. 아무런 짐작도 할 수 없었다.

아버지가 격한 분노를 표출했던 그날 이후, 아버지는 더 이상 나를 미워하지도 않았다. 아버지가 먼저 나서서 무언가를 해주려는 친절함 또한 손톱의 때만큼도 없었다. 가령 마음이 있었더라도 아버지는 무슨 일을 해줄 처지가 아니었다.

아무리 생각을 거듭해도 계획이 서지 않았다. 이제는 과감히 부딪치는 수밖에 없다고 생각했다. 아무튼 좋아, 가보자, 가서 무언가를 하자, 이렇게 결심했다. 날이 밝으면 떠나려고 마음먹은 바로 그날, 나는 아버지에게 분명하게 말했다. 상담이 아니라 선언이었다.

"내일 도쿄로 떠나겠습니다."

아버지도 이모도 더 이상 나를 붙잡지 않았다. 다음 날 나는 홀로 아버지 집을 나왔다.

품 안에는 겨우 차비 10엔 정도가 있을 뿐이었다. 책상도 이불도 하나 없었다. 아버지는 우산조차 마련해주지 않았다. 나를 엄습할 비와 바람, 추위, 그 모든 것을 스스로 막아내야만 했다. 하지만 나는 두렵지 않았다. 내 몸은 터질 듯한 긴장으로 가득했다.

나만의 생활을 찾아, 어딘가에 그러한 생활이 있을 것이라 믿으면서, 나는 그 거짓과 같은 집을 버렸다.

열일곱 살의 봄이었다.

안녕히 계세요. 아버지, 이모, 남동생, 외할머니, 외할아버지, 외삼촌. 지금까지의 모든 관계여, 안녕, 안녕. 지금이야말로 우리가 서로 헤어질 시간입니다.

4부

독립

도쿄로

도쿄로! 도쿄로!

스스로 뜻을 세워 자신의 생활을 개척하려는 자에게, 특히 학문에 입신하려는 자에게 도쿄는 매력과 유혹을 지닌 곳이다. 막대한 부를 자랑하며 거액의 학비를 지원받을 수 있는 청춘남녀는 물론, 나처럼 여비조차 충분치 않은 극빈자도 도쿄로, 도쿄로 몰린다.

도쿄는 무엇 때문에 그토록 동경의 대상이며 이상인 것일까. 나는 그 이유를 모른다. 아직 아무것도 모르는 청춘남녀들은 그들이 원하는 모든 것을 이루게 해주는 지상의 낙원으로서 도쿄를 인식하고 있었다.

도쿄로! 도쿄로!

아아, 그렇게 내가 원하던 도쿄여. 너는 나에게, 내가 바라는 나의 진실된 삶을 줄 수 있는가. 나는 믿는다. 반드시 네가 그것을 줄 것이라고. 아무리 어려움과 고통을 짊어지게 될지라도, 그 어떤 시련이 나를 기다린다고 해도, 너는 분명 나에게 줄 것임에 틀림없다.

나의 불행은 태어나면서부터 시작되었다. 요코하마에서, 야마나시에서, 조선에서, 하마마쓰에서, 나는 줄곧 학대당했다. 나는 '자신'이라는 것을 가질 수 없었다. 하지만 지금 나는 모든 과거에 감사한다. 나의 아버지에게도, 어머니에게도, 외할머니 외할아버지에게도, 외삼촌에게도, 이모에게도. 아니, 내가 유복한 가정에서 태어나지 않고, 가는 곳마다 모든 환경 속에서 학대받을 만큼 학대받은 나의 운명에 감사한다. 왜냐하면 만약 내가 나의 아버지나 외할머니 외할아버지 집에서 부족함을 모르고 자랐다면, 아마 나는 내가 그토록 혐오하고 경멸하는 사람들의 생각과 성격, 생활을 그대로 받아들여 결국에는 나 자신을 발견하지 못했을 것이기 때문이다. 하지만 운명적으로 불운한 탓에 나는 나 자신을 발견할 수 있었다. 그리고 나는 벌써 열일곱 살이 되었다.

나는 이미 자립할 수 있는 연령에 달해 있다. 그렇다. 나는 내 삶을 스스로 개척하고 스스로 창조해야 한다. 그리고 도쿄야말로 나의 삶을 굳건히 세울 수 있는 미개간의 광야인 것이다.

도쿄로! 도쿄로!

작은 외할아버지댁

드디어 도쿄에 도착했다. 도착하자마자, 이미 전부터 마음속에 정해두었던 미노와(三の輪)의 작은 외할아버지댁을 찾았다.

생각은 하고 있었지만, 미리 편지로 양해를 구하지는 않았다. 지금까지 편지를 주고받은 적이 없어 방법을 몰랐다. 하지만 찾아가면 나를 받아줄 것이라고 굳게 믿고 있었다. 작은 외할아버지께 신세를 지는 기간은 내가 독립하여 고학할 수 있을 때까지 당분간이니까 나를 받아주지 않을 리 없다고 생각했던 것이다. 실제로, 작은 외할아버지댁에서는 느닷없이 찾아온 나의 부탁을 흔쾌히 들어주었다.

물론, 작은 외할아버지 식구들은 나의 목적과 목표에 대해 동의하지도 않았고 도움을 주지도 않았다. 매일 밤 반주를 드시는 작은 외할아버지는 그때마다 나를 곁에 앉혀놓고 지겹도록 설교를 늘어놓았다.

"보거라, 후미. 잘 생각해봐. 너는 지금 몹시 공부를 하고 싶겠지만, 그렇게 고생하여 공부해본들, 그래, 그래서 선생님이 되었다고 해봤자, 50전, 60전 될까 말까 한 월급밖에 받지 못해. 그렇게 해서 생활이 되겠니? 그야 물론 독신일 때는 가능하겠지. 하지만 언제까지나 혼자 살 수는 없는 법 아니냐. 언젠가는 시집을 가게 돼. 시집가면 아이가 생겨. 아이가 생겨봐라. 배가 불러 학교에 가게 되면 모양새도 좋지 않아. 결국 밥벌이를 할 수 없게 되는 거야. 그래서 나는 말이다. 이왕 이렇게 되었으니, 우리 집에 있으면서 재봉을 익혀 제대로 된 상인과 혼인하는 것이 훨씬 행복하다고 본다. 무엇보다 지금은 돈이 중요한 세상이야. 어지간히 공부하지 않으면 출세할 수 없어."

작은 외할아버지의 뜻이 무엇인지는 나도 잘 알았다. 작은 외할아버지로서는 당연한 생각인지도 모른다. 그렇기 때문에 작은 외할아버지의 말씀에 감사한다. 내가 만약 "그렇다면 말씀에 따르겠습니다."라고 한다면, 당분간 나는 이 집에서 식모와 같은 처지에 놓이겠지만, 어쨌든 작은 외할아버지는 나를 잘 보살펴줄 것 같은 확신이 들었다.

나는 더 이상 누구의 집에서 성가신 존재가 되는 것이 싫었다. 나는 지금까지 얹혀살면서 수많은 고생을 하였다. 나의 바람은 독립하여 자신의 일은 스스로 해결하는 것이다. 이러한 간절한 생각은 진심에서 우러나온 것으로, 도저히 막을 수 없는 것이었다. 모처럼의 제의였지만 나는 작은 외할아버지의 충고에 따를 수 없었다. 그래서 이렇게 답했다.

"감사합니다. 하지만 저 같은 여자는 아무래도 상인의 부인이 될 수 없을 것 같아요……."

작은 외할아버지는 나의 말을 좀처럼 들으려 하지 않았다.

"젊었을 때에는 누구나 그런 생각을 하지. 젊은 사람들은 항상 꿈과 같은 것만 생각해. 좌우간, 잘 생각해보거라."

작은 외할아버지는 매일 밤 같은 말을 반복하며 나를 설득했다. 나는 끝내 참지 못하고 말했다.

"그냥 제 생각대로 하게 해주세요. 저는 굳은 결심을 하고 여기에 왔습니다."

"그렇구나."

작은 외할아버지는 다소 심기가 불편한 듯 말했다.

"그렇다면 좋도록 해라. 하지만 나는 네 공부를 시켜줄 수는 없다."

"네, 잘 알고 있어요. 저도 작은 할아버지께 도움을 받으려고 온 것은 아니에요. 스스로 고학할 수 있는 길을 찾아보겠습니다."

"흐음! 그래 한번 해보거라."

이리하여 나는 나의 운명을 개척하기 위해, 고학의 길을 찾기 위해, 시내로 나올 수 있었다.

그런데 작은 외할아버지가 그렇게까지 말하면서 나를 만류

한 데에는 납득할 만한 이유가 있었다. 그것은 작은 외할아버지의 경험에서 비롯된 충고로, 작은 외할아버지의 성공—그 작은 성공—이 작은 외할아버지를 그렇게 만들었던 것이다.

작은 외할아버지는 외할아버지의 셋째 동생으로, 어릴 적에 친척뻘에 해당하는 옆 마을 양조장에 양자로 보내졌다. 그러나 시골마을보다 도시가 좋다고 생각하여 가족과 함께 도쿄로 왔다. 처음에는 공부를 하려는 생각도 있었지만, 그것이 제대로 풀리지 않자, 어떤 일이 계기가 되었는지는 모르지만 헌 옷 장사를 시작하게 되었다.

작은 외할아버지는 딱히 장사 수완이 좋은 편은 아니었지만, 여러 번 실패를 거듭하면서 지독한 구두쇠가 되었다. 그리고 돌다리도 두들겨보고 건너갈 정도로 조심성이 많아, 장사를 시작하고 몇 해가 지나자 먹고 입는 데에는 별 지장이 없을 정도의 돈을 모을 수 있게 되었다. 그리고 그 후로 조금씩 한 발 한발 나아간 결과 지금의 지위에 이르게 되었다.

그렇게 된 데에는 묘한 '운'도 작용했다.

작은 외할아버지의 호주머니에 조금씩 돈이 모일 무렵부터 작은 외할아버지 부인의 행동이 빗나가기 시작하였다. 가장으로서 체면도 지켜야 하고 가게에 미칠 악영향도 차단해야 했기에 작은 외할아버지는 세 명의 아이를 둔 사이였지만 단호하게 이혼을 결심했다. 그리고 후처를 맞았다. 그런데 이 후처가 매우 야무진 사람으로 가게를 잘 꾸려나갔기 때문에 작은 외할아버지의 형편은 더욱 순조롭게 안정되어갔다.

내가 신세를 지러 왔을 때에는 장남은 분가하여 양복점을 운영하며 생모와 함께 살고 있었다. 나머지 두 아들은 후처가 길렀는데 자신의 아이처럼 사랑하며 키웠기 때문에 아이들도 계모를 잘 따랐다. 가끔 생모가 찾아와도 생모를 '작은어머니', 계모를 '어머니'라고 부르며 따를 정도였다.

나머지 두 자식 가운데 위가 여자아이, 아래가 남자아이였다. 막내가 어렸던 탓에 위의 여자아이 하나에(花枝)에게 장가온 남자, 즉 사위에게 대를 잇게 했다. 사위는 작은 외할아버지와 버금갈 정도로 구두쇠여서 가계는 점점 번창해갔다.

그런데 작은 외할아버지 집에 장가온 사위에 관한 이야기가 재미있다. 하나에 씨가 직접 한 이야기이므로 거짓말은 아닐 것이다.

하나에 씨의 말로는…….

그 당시 나는 딱 네 나이쯤, 그러니까 열일곱 살이었어. 소학교를 졸업한 후 근처 양장점에서 바느질을 배우고 있었지. 어느 날도—아마 어느 가을날이었을 거야—여느 때처럼 점심시간에 집에 돌아왔어. 그런데 새어머니가 이렇게 말하는 거야. 오늘은 집안에 일이 있으니 점심 이후에는 재봉 일을 하지 말거라. 그래서 새어머니의 말대로 쉬고 있는데 한 여자가 와서 내 머리를 다듬는 거야. 무슨 일일까, 하고 이상하게 생각했지만 여자가 시키는 대로 경대 앞에 앉아 있었지. 그 여자는 데가라*를 풀어 다카시마다**로 머리 모양새를 고쳤어.

“왜 이런 머리 모양을 하는 거죠?” 하고 묻자, 그 여자는 “저는 그저 어머니께서 시키시는 대로…….” 하고 말하며 아무것도 말해주지 않았어. 그때까지도 나는 특별히 이상하게 생각하지는 않았지. 그저 연극 구경이라도 시켜줄 모양이구나, 하고 대수롭지 않게 여겼어.

그런데 나는 정말 어렸던가 봐. 한참이 지난 후에야 평소와는 달리 우리 집이 깨끗이 정돈되어 있는 것, 식구들이 모두 번잡스럽게 움직이고 있는 것을 알게 되었어. 분위기가 이상하다는 것을 알아차렸을 때에는 이미 근처의 생선가게에서 생선회와 구운 생선, 된장국 등 10인분의 음식이 도착한 뒤였지. 뒤이어 친척 네다섯 명이 우리 집에 왔어. 도대체 무슨 일일까 궁금해진 나는 새어머니에게, “대체, 무슨 일이에요? 어머니?” 하고 물었지만, 새어머니는, “오늘 밤에 너의 혼례식이 있어. 어서 옷을 갈아입도록 해.” 하며, 언제 준비해두었는지 예복과 오비를 꺼내 나에게 입히는 거야.

그때는 얼마나 놀랐는지, 말도 마. 여우에게 홀린 것 같다는 말도 있지만, 정말 그런 것 같았어.

---

* 手絡. 일본식 여자 머리

** 高島田. 높게 들어 올린 여자 머리 모양의 하나

하지만 어쩔 도리가 없었어. 나는 부모가 시키는 대로 예복으로 갈아입고 2층으로 올라갔지. 그런데 이게 무슨 일이니. 낮에 아버지와 이야기를 나누던 사내가 예복을 입고 앉아 있는 게 아니겠어. 친척들은 나와 그 남자를 나란히 앉히고는 헌배를 주고받으며 '축하한다'는 말을 건네는 거야.

어때? 이상하지? 이렇게 우리는 결혼했어. 게다가 그 남자는 새어머니의 조카였어. 이렇게 되어버려 나는 지금까지도 사랑이라는 걸 몰라. 후미, 시시하지…….

그러나 당황했던 것은 하나에 씨만이 아니었다. 당시 신랑이었던 겐(源) 씨도 마찬가지였다. 겐 씨는 양복 장인으로, 아주 솜씨가 좋았다. 그는 오랫동안 나가사키(長崎)에서 일을 하고 있었는데 돌연 부모가 불러들이는 바람에 고향에 도착하여 사흘이 채 지나기도 전에 결혼을 하게 되었다. 겐 씨 역시 본인의 의지와 상관없이 부모의 뜻에 따라 결혼하게 된 것이었다.

작은 외할아버지는 검약한 겐 씨를 매우 마음에 들어 했다. 딸인 하나에 씨와 결혼한 후에도 겐 씨는 변함없이 검약했다. 부모가 하던 고물상을 이어받고, 또 양복점을 따로 열어 사업을 번창시켰다. 내가 그 집에 갔을 때에는 이미 점원 서너 명을 거느리고 있을 정도였다. 서른 살이 될 때까지 자신의 재산을 1만 엔 내지는 2만 엔 정도로 불리는 것이 겐 씨의 바람이었다.

이런 집안 분위기 탓에, 공부에 목적을 둔 나를 이해해주는 이는 아무도 없었다.

신문팔이

작은 외할아버지댁에서 신세를 지는 동안 나는 자활의 길을 모색했다. 도쿄에 도착한 지 약 한 달이 지난 무렵이었다.

고학할 수 있는 좋은 방법이 없을까, 하고 정처 없이 시내를 돌아다니고 있을 때, 문득 '고학 분투할 자는 이리로 오라…… 형설사(螢雪舍)'라는 선전 문구가 전신주에 붙어 있는 것이 눈에 들어왔다. 시골에서 올라온 나는 그 문구를 보고 횡재한 기분이 들었다. 고학 분투할 자는 이리로 오라! 나는 몇 번이고 되뇌었다. 특히 형설사라는 이름이 마음에 들었다. 곧바로 형설사를 방문하였다.

형설사는 우에노 대로변과 가까운 우에노쵸 골목 안에 있었다. 가서 보니, 신문중개업을 하는 곳같이 '시라하타(白旗)신문점'이라는 간판이 걸려 있었다.

가게 입구의 유리문은 닫혀 있었고, 3평 남짓한 공간 안에는 탁자 2개가 놓여 있었다. 젊은 청년이 탁자에 기대서서 장부 같은 것을 보고 있었다.

"실례합니다."

나는 다소 망설이며 유리문을 열고 안에 있는 청년을 불렀다. 청년은 장부에서 눈을 떼고 무뚝뚝하게 나를 바라보았다.

"저기, 여기서 일하고 싶은데요. 사장님은 안 계시나요?"

"글쎄요."

청년은 잠시 갸우뚱거리며 안쪽으로 들어갔다. 그러자 살집이 좋고 얼굴색이 붉은 거구의 남자가 나타났다. 그 사람이 주인이었던 것이다.

나는 주인에게 여기서 일하며 고학하고 싶다고 말했다. 주인은 빤히 내 얼굴을 바라보더니 그 또한 무뚝뚝하게, "웬만큼 힘든 일이 아니야. 여자는 도저히 배기지 못할걸?" 하고 말했다.

아무리 힘들어도 웬만하면 자신 있다고 나는 속으로 생각했다. 그리고 여기만큼 공부하기 좋은 조건은 없다고 생각하고 결심을 굳혔다.

"아무리 힘들어도 견딜 수 있어요. 제발 일하게만 해주세요."

그러나 주인은 쉽게 허락하지 않았다.

"여자도 두세 번 써봤지만 오래 가지 않았어. 게다가 여자다 보니 남자 문제도 생겨서."

"아뇨."

나는 마음을 다해 답했다.

"저는 지금까지 정말 힘들게 지내왔어요. 지난날의 고생을 생각하면 무슨 일이든 할 수 있습니다. 그리고 보시다시피 저는 사내 같은 여자예요. 남자 문제가 생길 리 없어요."

주인은 잠시 고민하더니, 마침내 결심한 듯, "그렇다면 한번 해보겠나? 언제든지 좋으니 와서 일하도록 해." 하고 말하며 한층 밝아진 얼굴을 보여주었다.

나는 그의 태도에서 의협심 같은 것을 느꼈다.

"감사합니다. 모쪼록 잘 부탁드려요."

주인은 이후의 일정에 대해 시원시원하게 말해주었다.

"지금 우리 집에서 일하는 사람은 모두 열 명이야. 모두 남자인데, 앞집에서 같이 살고 있지. 그런데 자네는 여자니까 여기서 지내도록 해. 그리고 식대, 방세, 이불 사용료 등 한 달에 15엔씩 자네 수입에서 제하도록 하겠네. 장소는 가장 잘 팔리는 곳, 미쓰하시(三橋)를 자네에게 주지. 학교 다닐 정도의 돈은 충분히 벌 수 있을 거야."

나는 뛸 듯이 기뻤다. 곧장 미노와의 작은 외할아버지댁으로 가서 짐을 챙겨 시라하타 신문점으로 옮겼다.

다음 날 저녁부터 나는 신문을 팔기 시작했다.

주인의 아내는 아이를 업은 채로 나를 미쓰하시까지 안내해주었다. 그리고 바구니 메는 법, 신문 접는 법, 손님 부르는 법에 대해 가르쳐주었다. 그리고 마지막에는 가장 중요한—자신에게 가장 중요한—것, 신문 팔 때 주의해야 할 점에 대해 알려주었다.

"있잖아. 손님이 신문을 달라고 하면, 무엇을 드릴까요, 하고 물어서는 안 돼. 보다시피 신문은 아홉 종류지만, 손님이 특별히 말하지 않으면 그냥 재빨리 도쿄 석간을 건네주도록 해. 손님 대부분은 아무 말 없이 그냥 지나치지만, 행여 무슨 말을 하는 사람이 있거든 그때 원하는 신문을 주도록 해. 알겠지? 도쿄 석간은 우리와 특약을 맺고 있어서 매상을 많이 올려야 하거든."

'도쿄 석간'은 다른 신문보다 수수료가 좋았기 때문에 되도록 많이 팔 필요가 있었다. 그렇지만 그것은 쉬운 일이 아니었다. 본디부터 그다지 인기 있는 신문이 아니었기 때문에 날이 저물기 전에 빨리 팔지 않으면 석간으로서 의미가 없었다.

시라하타 신문점에서 일하면서 나는 입학금과 그 외에 필요한 돈을 주인에게 가불하여 학교에도 다니기 시작했다. 주인은 나에게 여학교에 다닐 것을 권했지만, 나는 여학교에 넌더리가 나 있었다. 여학교에 다닐 거라면 이런 고생은 할 필요도 없다고 생각했다. 나는 영어와 수학, 한자 세 과목을 집중적으로 배워 여학교 졸업 검정시험을 친 후, 여자의학전문학교에 진학하려고 마음먹고 있었다. 그래서 하마마쓰의 아버지 집에서 지낼 때 오려두었던 신문광고를 꺼내 영어는 간다(神

田)의 세이소쿠(正則), 수학은 겐수가칸(研數學館), 한문은 고우지마치(麴町)의 니쇼가쿠샤(二松學舍), 이런 식으로 학교를 선택했다.

그 가운데 니쇼가쿠샤만큼은 도저히 시간을 낼 수 없어서 월사금만 내고 한 번도 출석하지 못했다. 겐수가칸에서는 대수(代數) 초등과를 공부하였고 세이소쿠에서는 오전부 1학년에서 공부하였다.

세이소쿠와 겐수가칸 모두 여학생은 거의 없었다. 남학생과 함께 공부할 수 있는 학교를 일부러 선택한 것은 나 자신을 위해서였다. 여자아이들과 함께 공부하게 되면 옷에도 신경 써야 한다. 그로 인한 성가신 일을 피하기 위해서라도 옳은 선택이었다. 또 다른 이유로는 하마마쓰에 살던 시절의 여학교에서 얻은 교훈 때문이었다. 여학생만 모인 학교는 수준이 낮고, 학생이나 선생들도 학문에 열심이지 않기 때문에 그 안에서는 학습의 진전이 늦을 거라고 판단했다. 이와 관련된 또 다른 이유는 남자학교에 들어가 남학생들과 함께 책상을 나란히 놓고 공부하는 게 한편으로는 보통의 여학생보다 한 수 위의 재능을 가지고 있는 듯한 기분이 들기도 했기 때문이다. 물론 남학생과 경쟁하여 뒤지지 않으리라는 일종의 남자에 대한 복수심도 작용했겠지만, 나 자신은 인식하지 못한 허영심도 반영되어 있었던 것 같다.

시라하타 신문점, 즉 형설사에는 나와 비슷한 처지의 고학생이 있었다. 후지타(藤田)라는 청년, 그리고 이름을 잊어버린 또 한 명의 청년이 있었다. 그들은 도쿄중학에 다니고 있었다. 또 키가 크고 얼굴에 생기를 찾아볼 수 없는 요시다(吉田)는 국민영학회(國民英學會) 야간부에 다니고 있었고, 땅딸막하고 말을 더듬는 오쿠야마(奥山)는 전기학교 오후부에 다니고 있었다. 이름을 잊어버렸지만 긴죠(錦城)중학교에 한 사람, 보급영어(普及英語)에 두 사람, 세이소쿠 예비학교 수험과에 한 사람 등 제 나름대로 학교를 선택하여 공부하고 있었다. 그리고 낮에 통학하는 사람들은 석간을, 야간에 통학하는 사람들은 조간을 맡고 있었기 때문에 같은 집에 살면서도 사흘이나 닷새가 지나도록 얼굴을 보지 못하는 일이 많았다.

이와 같은 고학생 외에도 일반 신문판매원이 서너 명 있었다. 한 사람은 '팔뚝 기사부로'라는 별명을 가진 서른두세 살 정도의 남자로, 방직공장을 다닐 때 기계에 팔이 잘려나가 오른쪽 팔뚝이 아예 없었다. 그리고 또 한 사람은 목덜미가 나력창으로 지저분하고, 애꾸눈, 절름발이에다 왼손도 불편한, 대단히 흠이 많은 남자였다. 내 기억에 남아 있는 또 한 사람은 붉은 머리칼을 길게 길러 정수리에 둥글게 머리를 묶은 노인이다. 쉰이 넘어 보이는 이 노인은 '장발'이라 불렸으며 일을 마치고 돌아올 때에는 반드시 싸구려 술을 들이키고 와서는 어지럽게 큰 소리를 질렀다. 하지만 익살맞은 데다가 친절하기도 한 그는 신문팔이들의 친삼촌처럼 아이들을 잘 보살폈다. 모두 그 노인을 좋아했다.

고학생들은 대개 신문 판매 수수료로 생활했지만, 이들 세 명은 자신들이 신문을 도매로 구입해서 팔고 남은 것은 헌 신문가게에 싼 값으로 넘겼다. 물론 이런 좋은 조건하에서 일하는 대신 장소는 아주 나빴다. 그래서 자칫하면 이익을 보지 못하는 일도 생겼다.

이러한 사람들 가운데 아주 특이한 사람이 있었다. 그는 와세다대학 철학과를 졸업했다고 하며, 말수가 적고 어려운 얼굴을 하고 있었다. 그리고 언제나 독일어 책을 읽었다. 이름은 히라타(平田)로, 말하자면 모두를 관리 감독하는 역할을 맡고 있었다. 신문을 받아 오면 지면을 한번 훑어보고 사람들의 주목을 끌 만한 사건을 골라 신문 바구니 앞에 붙어 있는 종이에 그 사건들의 제목을 쓰기도 했다. '아사쿠사 7명 사망', '후카가와 화재'라는 식으로 굵게 쓴 글씨 위에 붉은 잉크로 동그라미를 그려 강조하여 시선을 끌게 하는 것이 히라타 씨의 일이었다. 그런 일이 끝나면 자신도 작업복으로 갈아입고 머리에 띠를 두르고서 배달에 나서는 것이었다. 뭔가 알 수 없는 사람이라고 나는 생각했다.

우에노 미쓰하시에서는 종소리를 내는 것이 금지되어 있었다. 때문에 나는 석간이요, 석간, 이라고 큰 소리를 질러 손님들의 시선을 끌어야 했다. 처음에는 좀처럼 말이 나오지 않았다. 말이 목구멍에 걸려 나오지 않았던 것이다. 아무런 거리낌 없이 소리를 지르게 되기까지는 열흘 이상 걸렸다.

나는 아침에 세이소쿠에 가서 정오까지 공부하고 이후부터 세 시까지는 겐수각칸에서 공부했다. 학교에서 돌아오면 곧장 식은 밥으로 배를 채우고 네 시부터는 바구니를 메고 미쓰하시 부근에서 일을 시작했다.

당시는 여름이었기 때문에 저녁 해가 머리 위를 뜨겁게 달구었고 몸은 땀과 먼지로 범벅이 되어 있었으며, 게다가 끊임없이 소리를 질러야 했기 때문에 목이 말라 견디기 힘들었다.

그러나 나는 이런 고통쯤은 참을 수 있었다. 희망이 있었기에 그만한 고통은 견딜 수 있었던 것이다.

어느 날의 일이다. 근처의 어느 여종업원이 신문을 사러 와서 잔돈이 있으면 바꾸어달라고 했다. 잔돈은 충분히 가지고 있었기 때문에 나는 흔쾌히 바꾸어주었다.

그녀는 나를 동정하듯 말했다.

"많이 덥죠? 보통 더운 날이 아니군요."

"그러게요."

나는 고마운 마음을 가득 담아 대답했다.

"덥기도 하지만 목이 말라서 소리도 나오지 않아요."

여종업원은 잠시 가게로 돌아가는 듯하더니, 잠시 후에 병과 잔을 들고 다시 나타났다. 병 속에는 메밀국수를 삶고 난 후의 뿌옇고 더운 물이 가득 차 있었다.

"고마워요. 고맙습니다."라고 거듭 인사를 건네고 나는 그 물을 마셨다. 기분이 꽤 나아졌다. 기운을 차린 나는 다시금 소리를 질렀다. 그리고 목이 마르면 다리 밑에 놓아둔 그 병을 꺼내어 물을 마셨다.

덕분에 나는 살 만해졌다. 대신, 잔돈은 그 여종업원이 부탁하는 대로 바꾸어주어야만 했다.

그런 일이 보름 가까이 이어졌다. 밤에 가게로 돌아오자 주인의 아내는 평소와 다름없이 나의 매상을 계산하더니 언짢은 표정으로 말했다.

"가네코, 왜 네 돈은 항상 지폐뿐이냐? 1엔짜리 지폐로 신문 한두 부 사려는 사람에게는 팔지 말아야 한다고 일러두었을 텐데."

나는 사정을 설명했지만, 부인은 조금도 헤아려주지 않았다.

"이 따위로 일을 한다면 정말 곤란해. 잔돈은 우리도 필요하단 말이야. 앞으로는 네 마음대로 돈을 바꾸어주는 일은 없도록 해!"

별일 아닌 것 같은 일에 부인이 시끄럽게 잔소리하는 데에는 그만한 이유가 있었다. 부인은 일꾼들이 가져온 잔돈을 환전소에 가지고 가서 얼마간의 수수료를 받고 지폐로 바꾸었다. 그 수수료는 부인의 수입이었다. 나는 그런 사실을 몰랐던 것이다.

우리의 노동 시간—신문을 파는 시간—은 오후 4시부터 밤 12시까지로 약 8시간이었지만, 그동안은 계속 서 있어야 하기 때문에 몹시 피곤했다. 7시까지는 행인도 많고 석간을 읽으려는 사람도 많았기 때문에 신문이 잘 팔렸다. 바쁜 동안에는 피곤함도 잊어버리지만 9시, 10시가 되면 신문이 팔리는 속도도 늦어져서 자연히 지루하기도 하고 긴장이 풀려 급속도로 피곤해지기도 했다. 꼿꼿이 서 있다 보면 다리도 아프고 몸이 피곤해 비틀거리는 일도 있었다. 그래서 나는 곧잘 전신주에 기대어 쉬기도 했다. 기대어 쉬면서 깜빡 졸기도 했다. 때로는 완전히 잠이 들어 있다가 깜짝 놀라 눈을 뜨는 일도 있었다.

갑작스럽게 비가 내리는 날은 더욱 힘들었다. 대부분의 손님들은 차를 타고 귀가하기 때문에, 사람들의 발길이 뜸해진다. 설령 행인이 있다 해도 신문 같은 걸 살 여유가 없다. 그런 날에는 좀처럼 팔리지 않았다. 뿐만 아니라, 게다 끈이 끊어져 곤경에 처한 사람을 가만히 보고만 있을 수 없어 도와주어야 하는 일까지 벌어지기도 했다. 손수건을 찢어 끈을 달아주어야만 했던 것이다.

그런데 인간이란 참으로 재미있다. 내가 그들을 돕는 것은 특별한 의도가 있어서가 아니었지만—가만히 두고 볼 수 없어 도와주는 것이었지만—상대방은 무척이나 고마워하며 억지로라도 지폐 같은 것을 신문 바구니에 넣고 갔다. 분명 그것은 감사의 뜻이라기보다 젊은 여자 고학생에 대한 동정심에서 나온 처사였다. 그런 특별한 경우 외에도 2, 3전 정도의 잔돈은 받지 않는 사람들이 있기 때문에 나는 그들의 심정을 잘 알 것 같았다.

이와 같은 특별한 수입은 신문팔이의 특권이라고 기사부로 씨가 살짝 가르쳐주었다. 나도 물론 그렇게 생각했다. 나는 용돈이 부족할 때에는 부수입을 내 지갑 속에 넣었지만, 그렇지 않을 때에는 주인에게 주었다. 주인은 신문 부수와 돈을 대조해 보고 남는 돈이 있을 때에는 그것을 돌려주기도 했다. 그러나 주인의 부인은 그렇지 않았다. 돈이 조금이라도 모자라면 잔소리를 해댔지만, 돈이 많을 때에는 모르는 척하며 그 돈을 자신의 금고에 넣었다.

내가 신문을 팔던 곳 주변에서는 각종 거리 집회가 열렸다. 일주일에 한 번은 반드시 구세군의 거리 연설이 있었다. 정해진 바는 아니었지만, 몬쓰키*를 입고 각모를 쓴 서너 명의 무리가 '불교구세군'이라고 적힌 제등을 대나무에 높이 달고는 노래를 불렀다. 그들은 구세군의 찬미가와 탬버린의 기세에 대항하면서 설교를 시작했다. 때로는 사회주의자 일단이 오기도 했다. 이들은 제등 같은 것은 가지고 오지 않았지만, 모이자마자 품속에서 전단을 꺼내 벽에 붙이고는 긴 머리칼을 휘

* 紋付き. 가문의 문양을 넣은 일본옷의 예복

날리며 팔을 흔들면서 목이 쉬도록 연설을 하였다. 가끔은 세 개 정도의 단체가 서로 싸우기도 했고, 앞에서 연설했던 단체의 취지를 부정하며 맞서기도 했다. 그런 날 밤에는 사람들의 시선이 연설에 집중되어 신문이 좀체 팔리지 않았다.

어느 날 밤도 신문이 팔리지 않아 울적해진 나는 체념하고 바구니를 든 채로 멍하니 연설을 듣고 있었다. 그러자 한 청년이 다가와 "너, 시라하타에서 일 나왔지." 하고 말했다.

나는 다소 당황했지만 침착하게, "네, 그런데요."라고 답했다.

"맞구나. 나는 하라구치(原口)라고 해. 나도 예전에 시라하타에서 일한 적이 있어. 사장님께 안부 전해줘."

이렇게 말하면서 남자는 나에게 선전용 인쇄물 한 장을 주었다. 거기에는 '러시아 혁명'이니 뭐니 하는 글귀가 적혀 있었다.

그로부터 사오 일이 지난 후의 어느 밤이었다. 사람들이 몰려와 또 연설을 시작했다. 그들은 연설이 끝나자 '사회주의 세상이 된다면'이라고 하는 소책자를 대여섯 권 들고는 청중들에게 사라고 권했다. 사회주의자들이 무슨 말을 하는지 이해가 되지 않았지만 왠지 사야만 할 것 같은 기분이 들어서, "저도 한 권 주세요." 하고 기어들어가는 목소리로 말했다.

"네, 40전입니다." 소책자를 가진 남자가 나에게 책 한 권을 건넸다. 그러자 언제 하라구치가 와 있었는지, "이 봐, 저 사람은 우리의 동지가 될 사람이야. 원가로 줘." 하고 그 남자에게 말했다. "그래? 그렇게 하지." 남자가 동의해 주는 바람에 나는 20전에 그 책자를 살 수 있었다.

얼마 지나지 않아 우리는 '동지'가 되었다. '동지'가 된 후에 알고 보니, 나에게 책자를 건넨 사람은 훗날 요네무라(米村)에서 살해당한 다카오(高尾) 씨였고, 그들 무리는 스가모(巢鴨) 노동사(勞働社)에 모여든 사람들이었다.

비가 오는 날은 비참할 정도로 매상이 오르지 않았다. 우산을 쓰고 있으면 옷단이 흙탕물에 젖고, 가장 중요한 신문도 젖어서 힘없이 구겨졌으며 쉽게 찢어지거나 달라붙기도 했다. 맑은 날에는 신문을 다리 난간 아래에 쌓아둘 수 있어 바구니가 조금은 가벼웠지만, 비가 오는 날에는 죄다 바구니 속에 넣어야 했다. 게다가 팔리는 속도도 늦어 좀처럼 줄지 않았기 때문에 바구니가 아주 무거웠다. 그 무게 때문에 어깨뼈가 부러지지는 않을까 생각했을 정도였다. 하지만 그 정도는 그나마 괜찮은 편이었다. 한 손에 무거운 우산을 들고 있으니 신문을 건네줄 때나 잔돈을 거슬러줄 때는 나머지 손으로 해결해야 했다. 그 때문에 신문을 땅에 떨어뜨려 흙투성이로 만든다든지, 허둥거리는 바람에 전차를 기다리던 손님들에게 '우물쭈물하지 말고 얼른 줘. 이거 야단났네.' 하고 야단맞는 일도 있었다.

어느 날 밤, 나는 일을 시작하자마자 약 한 시간 정도 심하게 내리는 소나기를 만났다. 손님들의 발길은 뚝 끊어져 신문은 전혀 팔리지 않았다. 10시에 가까운 시간이었지만 신문은 반 이상이나 남아 있는 상황이었다. 소나기가 그쳤다고는 하지만, 갑작스런 소나기에 놀란 사람들은 모두 집으로 돌아간 상태였고, 외출하기에도 이미 늦은 시각이라 행인은 평소의 3분의 1에 지나지 않았다.

하지만 나는 어떻게 해서든 신문을 팔아야 했다. 쉬어버린 목소리로 다시 "석간이요, 석간." 하고 외쳤다. 그러나 사람들은 석간 따위는 필요 없다는 듯 지나칠 뿐이었다.

비에 젖은 전신주에 기대어 앞에 걸린 시곗바늘을 쳐다보며, 어차피 신문이 팔리지 않을 바에는 일찍 집으로 돌아가자고 생각했다. 그날따라 시간은 좀처럼 가지 않았다.

나는 잊고 있던 것이 문득 생각난 것처럼 석간, 하고 맥 빠진 목소리로 행인들을 향해 소리쳤다. 역시 신문을 사려는 사람은 없었다. 넋을 놓고 있으니 한두 사람이 다가와 한두 부 정도 사주었지만, 그들은 신문이 필요해서가 아니라 처량한 내 모습을 불쌍히 여겨 사는 것 같았다.

밤이 깊어감에 따라 사람들의 발길은 더욱 뜸해졌다. 의욕이 없어지자 피곤은 한층 더 몰려왔다.

더 이상 가망이 없다, 언제까지 서 있어봤자 소용없을 거야, 집으로 돌아가자, 나는 이렇게 결심했다. 조금 이르기는 하지만 짐을 정리하여 돌아갈 채비를 했다.

집 근처까지 왔다. 대로변을 지나 골목길에 들어섰다. 집 옆 수채 위에 덮어놓은 널빤지 밟는 소리를 들었는지 이층에서 주인이 내다보며 소리를 질렀다.

"누구냐? 지금 이 시간에 돌아온 사람은?"

"저예요. 가네코예요."

나는 고개를 들어 이층을 올려다보았다. 이층에는 손님이 와 있는 듯, 주인과 손님이 맥주병을 놓고 마주 앉아 있었다.

"가네코? 시간이 이르지 않느냐. 11시는 되어야지."

주인의 말투는 조금 누그러져 있었지만, 역시 내 사정을 봐주지는 않았다. 주인은 말을 이었다.

"집에 돌아온 사람은 아직 한 사람도 없어. 제일 목이 좋은 자리에서 파는 네가 제일 먼저 돌아오다니, 그런 법은 없다."

"예. 그런데요, 신문이 전혀 팔리지 않는걸요. 저녁 소나기 때문에 손님들 발길이 완전히 끊어졌어요."

나는 사정하듯 말했지만 주인은 조금도 개의치 않았다.

"그야 물론 잘 팔리지 않는 날도 있겠지. 그래도 제일 좋은 자리를 가진 네가 이렇게 일찍 들어온다면 정말 곤란해져. 팔리지 않더라도 정해진 시간까지는 참고 서 있어야지. 그렇게 하지 않으면 나쁜 장소로 바꿀 테야."

마지못해 나는 다시 일터로 돌아갔다. 사람들의 발길은 이미 완전히 끊어져 사람 수를 셀 수 있을 정도였다. 물론 나는 '석간이요, 석간'이라고 소리칠 용기도 없었다. 가끔 한두 번

외쳐보았지만, 그 소리는 흐느끼는 울음소리처럼 우에노 숲에 메아리쳐 다시 돌아올 뿐이었다. 나의 비참한 심정이 그 메아리에 녹아 있는 것 같았다.

다리 난간에 기대어 나는 그저 눈물을 흘리며 시간이 가기만을 기다렸다. 시계 위로 보이는 맑은 밤하늘에는 별이 두세 개 빛나고 있었다.

대로변을 지나가던 텅 빈 인력거 한 대가 내 앞에서 멈추어 섰다. 젊은 차부는 소리 없이 조용히 끌채를 내려놓고 나에게 말했다.

"실례합니다. 신문 두세 부 정도 주시겠어요?"

"네, 어떤 신문을 드릴까요?"

"뭐든 상관없어요. 남아 있는 신문 아무거나……."

필요도 없는데 동정심에 사주는 것이구나, 하고 나는 생각했다. 신문을 건네지 않고 나는 상대의 얼굴을 쳐다보았다.

상대방은 학생 모자를 눌러쓰고 있었지만, 배지는 흰 종이로 가리고 있었다. 그 역시 나와 같은 고학생이었던 것이다.

나도 고학생이다, 라는 일종의 허영심이 작용했는지 나는 기운을 차리고 말했다.

"당신은 학생이죠? 그렇죠? 어느 학교?"

상대방은 그저 웃음만 지을 뿐 대답하지 않았다. 내가 두세 번 되묻자 할 수 없다는 듯 입을 열었다.

"당신과 같은 학교에다 같은 학급입니다."

"어머! 같은 학교에 같은 학급?"

"그래요. 당신은 눈치채지 못했겠지만, 나는 이미 오래전부터 당신을 알고 있었어요. 당신은 학교에서 자주 졸더군요. 나는 틀림없이 당신도 고학생일 거라고 생각했어요. 그리고 가끔 여기서 석간을 파는 당신을 목격하기도 했답니다."

우리는 그 자리에 선 채 잠시 이야기를 나누었다.

남자의 이름은 이토(伊藤)이며 구세군에 속한 군인, 즉 기독교인이었다. 아자부(麻布)에 있는 수의학교 학생이었지만 월사금을 내지 못하고 몸도 아파 학교를 그만두었다고 했다. 내년에 다시 들어가기 위해 겐수각칸 대수과(代數科)에서 공부하고 있는 중이란다. 학교에서 여학생은 내가 유일했기 때문에 나는 눈에 잘 띄었고, 게다가 그는 이곳에 거리 연설을 하러 오기 때문에 석간 파는 나를 진작부터 알고 있었다고 했다.

석간을 팔기 시작한 지 일주일이 지났을 때 나는 고학생을 전문적으로 유괴하는 남자에게 사기를 당할 뻔한 적이 있었다. 주인이 주의한 바도 있고 하여 나는 남자를 특히 조심하고 있었지만, 이토는 한눈에도 그런 종류의 남자가 아니라는 것을 알 수 있었다. 오히려 이토를 알게 되어 행복하다는 생각마저 들었을 정도였다.

이토는 나에게 충고했다.

"이렇게 힘든 일을 하면 피곤해서 아무것도 할 수 없어요. 지금 당장은 참을 수 있겠지만, 점점 마음도 망가지게 돼요.

다른 일을 하는 게 어때요? 나라도 괜찮다면 의논 상대가 되어줄게요. 보시다시피 저도 무능한 사람이지만, 내가 할 수 있는 일은 뭐든 도울게요."

슬프고 또 적적한 마음으로 가득하던 터라 나는 눈물이 날 정도로 기뻤다. 그가 고마웠고, 내 기분은 한껏 밝아졌다. 그런 마음으로 우리는 헤어졌다.

시라하타 신문점은 고학생에게 공부할 수 있도록 편리를 제공한다는 걸 내세우고는 있었다. 실제로 시라하타 신문점에서 일해 번 돈으로 학교를 다니는 고학생도 있었다. 나처럼 혼자 힘으로 학교를 다닐 수 없는 고학생들은 어찌되었건 학교를 다닐 수 있도록 기회를 준 시라하타 씨에게 감사해야 했다. 나는 이런 구조를 딱히 부당하다고 생각하지는 않는다. 하지만 시라하타 씨가 만약 '나는 너희들을 도와주고 있는 것이니, 너희들은 나를 위해 내가 시키는 대로 일해야만 한다.'고 말한다면, 그것은 아주 잘못된 것이라고 생각한다. 왜냐하면 고학생들이 시라하카 씨로부터 면학의 편의를 얻은 것은 사실이지만, 동시에 시라하타 씨가 고학생들에 의해 생활을 유지하고 있는 부분도 무시할 수 없기 때문이다. 그리고 내가 보기에는 시라하타 씨가 고학생들에게 주는 것보다 받는 것이 훨씬 많았다.

처음에는 나도 아무것도 몰랐다. 열흘이 지나고 스무날이 지나면서 자연히 나는 시라하타 씨의 인격도 우리 아버지와 그다지 다르지 않다는 것, 시라하타 씨의 가정도 우리 가정과 비슷하다는 것을 알게 되었다. 그리고 시라하타 씨의 가정이 그렇게 된 것은 시라하타 씨의 선천적인 성격 탓도 있지만, 고학생들로부터 받는 돈이 많기 때문이라는 사실도 알게 되었다.

시라하타 씨에게는 두 사람의 아내가 있었다. 한 사람은 지금 시라하타 씨와 함께 살고 있는 사람이고, 다른 한 사람은 지금의 아내가 내쫓은, 말하자면 전처였다. 보통 전처라고 하면 이미 헤어져 아무런 관계가 없을 거라고 생각하기 십상이지만, 시라하타 씨는 여전히 전처를 돌봐주고 있었다. 그 때문에 그에게는 두 사람의 아내가 존재한다고 말하는 것이 타당하다.

사람들의 말에 따르면, 지금의 아내는 아사쿠사(淺草) 근처 찻집에서 만난 여자로, 전처를 쫓아낼 정도로 실속을 챙기는 사람이라 한다. 게다가 무진장 신경질적인 여자로, 히스테리를 부릴 때에는 여간해서 달랠 수 없는 성격이었다.

그러나 시라하타 씨에게는 또 다른 여자가 있었다. 후나바시(船橋) 근처에 살고 있는 사람으로, 어릴 때부터 잘 알고 지내던 여자였다. 시라하타 씨는 사흘이 멀다 하고 옷매무새를 고치고는 외출했다. 그때마다 그의 아내는 그 분풀이로 신문을 판 돈의 일부를 몰래 가지고 나가 20엔, 30엔이나 하는 기모노와 오비를 사서 돌아왔다. 실제로 내가 있는 동안에도 그러한 일이 한 번 있었다. 시라하타 씨는 화를 냈고, 아내도 시라하타 씨의 여자관계를 트집 잡으며 크게 싸움을 벌였다. 싸움 끝에 시라하타 씨의 아내는 제정신을 차리지 못하고 2층 난간에서 공단 오비를 타고 아래층으로 내려가 큰길 밖으로 나가서는 인력거를 타고 정처 없이 밤새도록 돌아다니다가 종국에는 지인의 집에서 이틀 밤을 먹지도 마시지도 않고 앉은 채로 뭔가를 중얼거리며 돈을 세는 시늉을 했던 적도 있었다. 덕분에 나는 일체의 식사준비와 아이들 세 명의 뒤치다꺼리를 도맡아야 했다.

이런 일들이 벌어지는 한편, 전처는 시타야사카모토쵸(下谷坂本町)에 있는 연립 공동주택에서 살고 있었다. 집세는 전남편이 주었지만, 두 명의 아이와 함께 살고 있던 터라 살림은 시라하타 신문점에서 100여 부의 신문을 받아 그것을 판 돈으로 꾸리고 있었다. 전처가 신문을 파는 장소는 목이 그다지 좋지 않아 종일 팔아도 2엔이 채 되지 못했지만, 현재 부인은 이런저런 핑계를 대며 일부러 신문을 늦게 배달했다. 그런 정도라면 그나마 괜찮은 편이었다. 때로는 전처를 마치 거지처럼 취급하기도 했다.

나는 이 집에서 살면서 우리 집에서 겪던 일을 그대로 다시 보는 듯해서 기분이 좋지 않았다. 시라하타 씨같이 돈이 있는 사람이—그 돈은 고학생들이 피땀 흘려 조금씩 모은 돈이었던 것이다—더 심했다.

그렇다면 시라하타 신문점에서 나는 어떻게 생활했을까?

나는 지금까지 석간을 팔기 시작했을 때 벌어진 일들에 대해서만 말했다. 그러나 당시 생활에 대한 이야기가 아직 많이 남아 있다.

우선, 나는 오후 4시에 석간을 팔러 나갔고, 12시가 되어서야 집으로 돌아올 수 있었다. 귀가한 후에도 곧장 잠자리에 들 수 없었다. 12시경에 돌아온 신문팔이들의 매상을 내 방에서 확인하였기 때문이다. 시라하타 씨가 직접 매상을 확인하는 날에는 방 한구석에서 일했기 때문에 다른 구석에서 잠을 잘 수 있었지만, 그의 부인은 결코 그런 배려를 해주지 않았다. 방 안 가득 신문이 지저분하게 널려 있고 사람들이 소란스럽게 이야기를 나누는 바람에 좀처럼 잘 수 없었다. 도리 없이 잠을 쫓기 위해 부엌으로 나가 다음 날 아침에 먹을 쌀을 씻어두거나 아침부터 내버려둔 그릇들을 설거지하고 정리했다. 시라하타 씨의 부인은 이런 것을 아무렇지도 않은 듯 생각했고, 언제나 나에게 집안일을 시켰다. 내가 잠자리에 드는 시각은 1시가 넘고 2시에 가까운 시각이었다. 그런데도 나는 다음 날 아침에 반드시 7시에는 일어나야만 했다.

7시에 일어나 방을 청소하고 식사를 준비하면 금세 8시가 되었다. 학교 수업은 8시에 시작되었다. 전차를 타고 가는 시간이 30분 정도 걸렸기 때문에 8시에 집을 나서봤자 첫 수업은 제대로 들을 수 없었다. 게다가 시라하타 씨의 부인은 유치원에 다니는 두 명의 아이들을 데리고 학교에 가도록 했다. 그 바람에 학교에 간다 한들 첫 시간은 물론 둘째 시간도 제대로 수업을 받을 수 없었다.

정오까지 세이소쿠에서, 이후 3시까지 겐수각칸에서 공부하고 집에 돌아온 후에는 곧장 신문을 팔러 나갈 준비를 해야 했다. 몸은 땀과 먼지로 범벅이 되어 있었지만, 한밤중 12시에 집에 돌아와도 목욕은 할 수 없었다. 적어도 일요일만이라도 천천히 쉬고 싶었지만, 목욕과 빨래로 하루는 금세 지나갔다. 이런 식의 생활이었기 때문에 편히 휴식을 취할 수 있는 시간은 없었다고 해야 할 것이다.

지나치게 무거운 짐과 연일 이어지는 수면 부족 때문에 학교에 가서도 책상 앞에 앉으면 곧 잠이 쏟아졌다. 아무리 정신을 바짝 차려 잠을 자지 않으려 해도 잠은 이길 수 없었다. 그래서 선생님이 무슨 말을 하는지 이해하지 못했으며, 연필을 쥐는 법조차 잊어버릴 정도였다.

처음에 나는 시라하타 씨에게 아무리 힘들어도 견딜 수 있다고, 참을 수 있다고 말했었다. 그 결심은 지금도 변함이 없다. 하지만 나의 의지는 확고했으나 나의 육체는 견딜 수 없었던 모양이다.

결국 나는 결심하게 되었다. '아무리 고집을 부려봐야 소용없는 일이다. 이건 불가능하다. 공부를 하기 위해 이런 힘든 생활을 하고 있지만, 지금의 고통은 너무 지나치다. 공부마저 할 수 없을 정도이다. 이것은 의미 없는 짓이다.' 라고.

이런 결론을 내리고 나니, 나는 어찌해야 할지 몰라 당황스럽기만 했다.

우선 시라하타 신문점의 일을 그만두자고 생각했다. 그러나 월사금이며 옷값이며 필요한 물건을 충당하기 위해 12, 13엔 정도의 돈을 가불한 상태였다. 그만두려면 돈을 갚아야만 했다. 그렇지만 돈은 쉽게 구해지지 않았다.

차부 일을 하는 이토는 '그런 곳에서 남에게 신세를 지고 있으면 공부도 제대로 할 수 없을 뿐 아니라 타락하고 말아요. 빨리 그곳에서 벗어나서 독립하는 게 좋아요.' 하고 말하며 빌린 돈을 갚고 좋은 일자리도 구하라고 충고했다. 이토는 나의 걱정을 덜어주려 했지만, 그의 사정도 어렵지 않은가. 그런 일을 바라는 것은 허황한 희망이라 여겨졌다. 그래서 나는 사회주의에 대해 같이 이야기하며 친해진 하라구치에게 사정을 이야기하고 돈을 빌려보려 했다. 그러나 그는 성의 없이 '그건 나도 좀 곤란해.' 하고 거절했다.

할 수 없이 나는 시기를 기다려보기로 했다. 그런데 내가 일을 그만두고 싶다는 것을 어떻게 알았는지—동료들에게 이 집에서 느낀 고충을 호소하며 다른 일을 하고 싶다고 말한 적이 있는데, 그것이 주인의 귀에까지 들어간 모양이었다—어느 날 시라하타 씨는 떫은 얼굴로 나에게 나무라듯이 물었다.

"가네코, 너 여기 일을 그만두려고 별 생각을 다 하고 있다는데, 사실이냐?"

가불한 돈을 갚을 때까지 참고 일할 생각이었지만 이렇게 추궁당하니 거짓말을 할 수 없었다.

"네, 사실은 너무 피곤해서 공부도 할 수 없을 지경이에요. 빌린 돈을 갚고 나면 잠시 쉴 생각이었어요……."

"그래? 그래서 내가 처음부터 거절한 거야." 시라하타 씨는 한층 퉁명스럽게 "좋아. 관두고 싶으면 그렇게 해. 우리 사정도 있으니 내일이라도 나가 줘." 하고 무섭게 말했다.

일이 이렇게 되어버린 이상 더는 머물 수 없다고 생각하고 나는 단념한 듯 "네." 하고 답했다. 대답을 하긴 했지만 어떻게 하면 좋단 말인가? 나는 무일푼이었다. 달리 다른 일거리도 없었다. 난처했다.

이제 내일이면 떠나야 한다. 그런 와중에도 시라하타 씨는 나를 그날 밤 가장 목이 나쁜 혼고3쵸(本鄕3町)에 보냈다. 그리고 나는 그날 밤 50전 남짓한 돈을 더 빌려야 했다.

주인이 나를 먼저 내쫓은 것이다. 그래서 나는 당연히 내가 진 빚을 없는 것으로 해줄 거라 생각했다. 그런데 그게 아니었다. 시라하타 씨는 내가 일을 그만둔 직후, 두 사람이 끄는 인력거를 타고 미노와의 작은 외할아버지 집을 찾아가서, 나를 욕하며 상세한 계산서를 보여주고는 빌린 돈을 갚도록 종용

했다고 한다. 이런 이야기를 작은 외할아버지에게서 들었다. 그때 시라하타 씨가 커다란 카스텔라를 선물로 가져왔기에 작은 외할아버지는 어쩔 수 없이 요구하는 대로 그 자리에서 돈을 갚아주었다고 한다. 나는 작은 외할머니에게 심한 잔소리를 들었고, 또 작은 외할아버지에게는 용서를 구해야 했다.

노점상인

시라하타 신문점을 나왔을 때에는 이미 저녁이었다.

일을 그만두기는 했지만 아무런 준비가 없는 상태에서 막무가내로 내쫓기다 보니 우선 갈 곳이 없었다. 게다가 공교롭게 비까지 내리고 있어 막막하기만 했다. 나는 마쓰자카야 입구 돌계단 앞에 풀죽은 모습으로 서서 망설이고 있었다.

아무리 생각해도 방법이 떠오르지 않았다. 겨우 생각해낸 것이라고는 이토를 통해 한두 번 만난 적이 있는 구세군 소대장 아키바라(秋原)를 찾아가 하룻밤 재워달라고 부탁하는 것이었다.

우산이 없었기에 옷단을 걷어 올리고, 낮은 게다로 철벅철벅 흙탕물을 튀기면서 처마 밑을 따라 걸어 소대를 찾아갔다.

수요일, 또는 목요일이었을 것이다. 언제나 닫혀 있던 문은 집회 때문인지 열려 있었고 전등이 환히 켜져 있었다. 사람들이 이미 모여 있는 듯했다.

조금 주눅이 든 나는 잠시 동안 그 앞에 서서 주저하였지만, 언제까지 밖에서 기다리고 있을 수만은 없어 결심한 듯 문을 열고 안으로 들어갔다. 서른 명 가까운 사람들이 긴 의자에 앉아 있었다. 앞에서 세 번째 의자에 앉아 있던 이토가 나를 발견하고는 다가왔다.

"결국 쫓겨났어요."

나는 이토를 보자마자 말을 건넸다. 이토는 나를 봉당 구석으로 데려가 말했다.

"이야기는 나중에 천천히 듣기로 하죠. 오늘 저녁에는 간다 본부에서 K소좌가 특별강연을 하러 옵니다. 곧 임시집회가 시작될 거예요. 마침 잘 와주었어요. 일단은 자리에 앉아서 들어보시죠."

나는 이토가 안내하는 대로 부인석 가운데 앉았다. 이토는 작은 성서와 찬미가집을 가져와서 오늘 저녁 소좌가 이야기할 부분에 표시를 해주었다. 그리고는 자기 자리로 돌아갔다.

내 눈에 성서 따위는 들어오지 않았다. 불안한 마음만이 가슴속에서 요동치고 있었다. 구멍이 있으면 들어가고 싶을 정도로 서글픔이 절절히 밀려왔다.

이윽고 집회가 시작되고 기도와 찬미가를 부르는 순서가 다가왔다. 그러나 나는 그런 식순을 그냥 넘길 수밖에 없었다. 그저 남이 하는 대로 머리를 숙이고 일어서기만 했다. K소좌의 말도 전혀 머리에 들어오지 않았다. 하지만 시간이 지나자, 분위기에 조금은 익숙해진 탓인지, 아니면 마음이 안정된 탓인지, K소좌의 강연도 들리기 시작했다. 하지만 그때는 이미 K소좌의 강연이 끝나가고 있었다.

설교가 끝이 나자 다시 찬미가를 부르기 시작했다. 그 리듬은 굽이치는 큰 물결과 같이 크게 부풀어올라 엄습하는 힘을 가지고 있었다. 그 물결을 타면 머나먼 곳으로 갈 수 있을지도 모른다는 기분마저 들었다.

스스로 감격에 차서 말도 잇지 못하는 소좌의 기도가 이어졌다. 고통받는 영혼을 대신하여 구원을 기도하는 소좌의 말은 반드시 들어야만 할 것 같은 기분이 들게 했다. 기도가 끝나자 신도들의 '증언'이 시작되었다. 점원인 듯한 한 청년이 일어나더니 죽을 만큼 고통을 안고 있던 사람이 믿음을 통해 구원받았다는 말을 늘어놓았다. "저는 예수님께 구원받아 정말로 행복합니다." 내 옆에 있던 할머니가 말했다. 모두 입을 모아 "아멘"이라든지 "할렐루야" 하고 외쳤다. "맞습니다. 오, 신이시여!" 어떤 사람은 감격한 나머지 부르짖기도 했다. 이토는 앞으로 나가 테이블 다리 밑에 꿇어앉아 기도했다. 그것은 나를 위한 기도였고, 내가 구원받도록 기도하는 것이었다.

나는 왠지 가만히 있을 수가 없었다. 여기에 내가 의지할 무언가가 있고, 그것이 나에게 손을 내밀고 있는 듯한 기분이 들었다. 나는 알 수 없는 힘에 이끌리고 있었다. 문득 정신을 차려보니 나는 이미 소대장의 발밑까지 가 있었다. 그리고 소대장의 발밑에 엎드려 그저 울기만 했다.

소대장은 또 '아멘'이라고 외치며 내 팔을 잡았다. 그리고 나를 일으켜 세워 이것저것 물었다.

나는 훌쩍거리며, 묻는 말에 솔직하게 답했다. 소대장은 대답 하나하나를 노트에 기록하며, "여러분, 구원을 받은 이 자매를 위해 기도합시다." 하고 말하며 자신이 먼저 떨리는 목소리로 기도하기 시작했다. 그 뒤를 이어 이토를 비롯해 다른 사람들도 감사의 기도를 올렸다.

무언가에 홀린 듯, 나는 감격해하고 있었다. 일체의 고민을 잊어버리고, 모두와 함께 신을 찬미하고 있었다. 나는 어느새 신자가 되어버린 것이었다.

이토는 나를 위해 유시마(湯島)의 신하나쵸(新花町)에 방을 하나 마련해주었다. 그리고 3, 4엔으로 지인에게서 가루비누를 사서 나에게 주었다. 나는 그것을 가지고 밤에 노점을 했다.

장소는 간다의 나베쵸(鍋町)였다. 네다섯 시쯤 저녁식사 시간에 맞추어 두부장수가 나팔을 불기 시작하면, 이토가 마련한 작은 양철 세면기에 램프와 헌 신문 대여섯 장, 그리고 가루비누 30봉지를 담아 보자기로 싸서 새 장사를 하기 위해 나서는 것이다.

나베쵸에서 丁자형으로 전찻길이 다다르는 곳의 한 모퉁이에 노점을 꾸렸다.

내 옆 가게는 이야기 책, 아동용 잡지, 컬러 우키요에* 등을 파는 헌책방이었고, 그 옆에는 구운 옥수수를 파는 할머니가 상자 위에 앉아 풍로를 앞에 놓고 부채질하며 옥수수를 굽고 있었다. 내 맞은편에는 헌옷 장수가 자리를 잡고 있었고, 그 옆에는 하카마를 입고 수염을 기른 꽤 나이가 많아 보이는 남자가 물개구이, 소철 열매 등 알 수 없는 물건들과 약의 효능을 적은 종이를 가판대 위에 놓고 연설하고 있었다. 丁자형의 세로 길을 따라가면 만년필점, 묘목점, 완구점 등이 자리를 잡고 있었다.

나는 먼저 맞은편의 헌옷 장수와 옆 가게인 헌책방 장수에게 인사를 건넸다. 헌옷 장수는 겉으로 보기에도 약삭빠를 것 같은 남자였지만, 헌책방 장수는 마음씨 좋은 아저씨 같았다.

"무슨 장사를 하려고?"

헌책방 할아버지는 입가에 웃음을 띠면서 의아한 듯 나를 바라보았다.

"가루비누요."

"음, 싸봉(savon) 가루구나. 열심히 해보렴."

이렇게 말하며 할아버지는 내가 가게를 차리는 것을 신기한 듯 보고 있다가, 내 행동이 서툴러 보이는지 다가와 이것저것

---

* 에도 시대의 풍속화

가르쳐주기도 하고 물건을 팔 때 주의해야 하는 점에 대해서도 일러주었다.

이들은 밤에 노점을 하며 생계를 꾸리는 사람들이었다. 때문에 형편이 좋은 편은 아니었지만, 가게는 구색을 갖추고 있었다. 하지만 나는 아니었다. 무엇보다 나에게는 물건을 진열할 가판대가 없었다. 그래서 땅에 신문지 네댓 장을 깔고 그 위에 물건을 올려놓을 수밖에 없었다. 게다가 상품이라고 해 본들, 가루비누 봉지 30개 정도가 전부였고, 그 사이에 작은 램프가 미안한 듯 불을 밝히고 있었다. 뭐라 말할 수 없는 조촐한 가게였다. 다른 가게와 비교할 수 없이 초라했다. 신문지에 올려놓은 가루비누 뒤편에 나 역시 신문지를 깔고 앉았다. 무릎 위에 책을 펴고 앉아 풀죽은 모습으로 손님을 기다렸다.

옆 가게 헌책방 할아버지는 재미있고 친절한 사람이었다. 항상 술을 마셔서 얼굴은 불그스름했고, 술이 없으면 "아가씨, 미안하지만 가게 좀 봐줘." 하며 나에게 가게를 맡기고는 어딘가로 사라졌다. 그 사이 할아버지는 가까운 술집에서 잔술을 마시고 왔다. 밤이 깊어져 손님이 뜸해지면 안경 너머로 주름진 눈을 껌뻑이며 파는 책 가운데 아무거나 집어 들어 묘한 장단을 붙여 작은 목소리로 읊조리는 것이 할아버지의 습관이었다. 그러다 지겨워지면, "아가씨, 당신 가게는 참으로 음침하기 짝이 없단 말이요. 요괴라도 나올 것 같아……."라고 좋은 웃음을 지으며, "이걸로 좀 털어봐." 하고 헌책 위에 놓여 있는 먼지떨이를 내 쪽으로 던져주곤 했다.

장사가 되지 않아 몇 시간 동안 심심하던 나는 자연스럽게 할아버지와 말동무가 되었다.

"아녜요. 아무리 먼지를 털어보아도 소용없어요. 가판대가 없으니 지나가는 사람들이 일으키는 먼지를 그대로 덮어쓸 수밖에요. 게다가 오늘은 훨씬 심하네요. 오늘 와보니 누가 물을 뿌려두었는지 땅이 축축해서 신문지를 펼 수도 없었어요. 땅이 마를 때까지 한참을 기다렸는데, 그런데 이것 보세요. 가루비누도 신문지도 이렇게 습기가 차서……."

"그러네. 괜찮겠어?"

"괜찮지 않죠, 할아버지. 겉봉지에 습기에 주의하라고 적혀 있잖아요."

"그럼 가판대를 만들면 되잖아."

"그야 말씀해주시지 않아도 알고 있어요. 하지만 돈이 없는걸요. 저기, 할아버지."

나는 할아버지가 앉아 있는 빈 상자를 곁눈으로 보면서 "그 빈 상자 저에게 주시면 안 돼요? 할아버지가 앉아 있는 그 상자 말예요. 가판대로 쓰기 딱 좋은데요." 하고 말해보았다.

그러자 할아버지는 놀란 듯이 눈을 동그랗게 뜨고는, "응? 이 상자? 그건 곤란하지. 이 상자를 너에게 주면 너야 좋지만 나는 안 돼. 밤새도록 서 있게 된다면 이 노인은 정말 미쳐버릴 거야. 아이고, 그건 안 되지……." 하고 웃어 보였다.

이리하여 우리는 좋은 친구가 되었고 좋은 이웃이 되었다. 하지만 그것이 오히려 나를 적적하게 만들었다. 하다못해 이 할아버지가 우리 할아버지, 아니 아버지였으면, 하고 생각했다.

가게 모양새가 음침한 탓인지 대부분의 사람들은 눈길도 주지 않고 지나쳐버리기 일쑤였다. 잠시 눈길을 주더라도 그뿐이었다. 가끔 젊은 남자가 무엇에 쓰는 물건인지—아마 나를 놀릴 작정이었던 것 같다—물어보고는 호기심에 한두 봉지 사 가는 일이 있었다. 하지만 손님이 10전짜리 물건을 사는데 50전이나 1엔짜리 지폐를 내는 바람에 난처해지는 일이 종종 있었다. 그럴 때에는 옆집 할아버지와 친하게 지냈기 때문에 도움을 얻을 수 있었다.

"잠시만 기다리세요." 하고 손님이 준 돈을 할아버지에게 가져가 바꾸어달라고 했다. 10전만 챙기고 나머지는 그대로 손님에게 돌려주었다.

이런 식이었기 때문에 하룻밤 매상은 겨우 50전 내지 70전 정도였고, 열심히 해보았자 1엔을 버는 것이 전부였다. 게다가 3할의 중개료까지 내야 했기 때문에 밥을 먹고 살아갈 도리가 없었다. 가끔은 그날 매상을 모두 합해도 밥값이 남지 않는 경우도 있었다. 때문에 상품의 매입도 자연히 줄어들어, 그러지 않아도 초라한 가게가 날로 초라해져갔다.

가게의 상황을 눈치챘는지 옆집 할아버지가 충고했다.

"아가씨, 이러면 안 돼. 사람은 참으로 이상해서 종이 한 장을 사더라도 이왕이면 크고 번듯한 가게에서 사고 싶어 하는 법이거든. 그래서 장사가 안 되는 집은 점점 장사가 안 되고 번창하는 집은 점점 번창하게 되는 거지. 물건을 팔려거든 역시 모양새를 번듯하게 만들어야 해."

맞는 말이었다. 날이 갈수록 물건 수가 적어져서 점점 매상이 오르지 않았다. 내 주머니 사정도 같이 나빠졌다. '아아, 20엔만 있으면 좋으련만. 20엔만 있으며 밤에 노점을 하면서도 고학할 수 있을 텐데.' 종일 그런 생각을 했다.

그래도 밤거리에서 매일 석간을 팔던 것과 비교하면 훨씬 수월한 편이었다. 물건이 팔리든 그렇지 않든 나는 주변 가게 모두가 철수할 때까지 밤이슬을 맞으며 땅에 앉아 있을 수 있으니.

철수 시간은 10시경이었다. 짐을 정리하고 유시마까지 12, 13정을 뚜벅뚜벅 걸어 집으로 가면 11시가 넘어서야 겨우 도착할 수 있었다. 그 시간에는 대부분의 경우, 집에 남아 있는 사람들이 모두 문을 잠그고 자고 있었다.

나는 한 손으로 물건과 도구들을 싼 보자기를 들고, 다른 한 손으로는 문고리를 흔들며 '아주머니, 아주머니' 하고 불렀다. 하지만 몇 번을 계속하다 보니 주인아주머니에게 미안한 마음이 들어 결국 아주머니를 깨우지 못하고 발길을 돌려, 간다 신사 경내에 있는 상점으로 가게 되었다. 낮에는 사이다와 얼음을 파는 상점이었지만 밤에는 문을 닫았기에, 가게 앞에 놓인 평상 위에서 잠을 청할 수 있었다.

그곳은 여름밤에도 시원했지만, 대신 모기의 맹렬한 습격을 받아야 했기 때문에 잠을 이룰 수가 없었다. 내가 겨우 생각해낸 것은 물건을 싸는 보자기를 머리에 쓰고 걷었던 옷소매를 내려 몸을 웅크리고 눕는 것이었다.

피곤한 탓에 대부분은 잠을 푹 잤지만, 가끔은 밤에 퍼붓는 소나기 때문에 일어나기도 하고, 순찰을 도는 경찰에게 들켜 경찰서로 가기도 했다.

이러한 생활이 언제까지나 계속될 수는 없었다. 특히 연이어 나흘, 닷새 동안 비가 오는 날이면 한 푼도 벌지 못하기 일쑤였고, 삼시 세끼는커녕 하루에 한 끼도 먹지 못하는 상황이 벌어지기도 했다. 그래서 남아 있는 물건을 가지고 행상을 시작해보았다.

하지만 처음 해보는 행상 또한 나에게 더할 나위 없이 어려운 것이었다. 매일 학교에서 돌아오면 곧바로 옷을 갈아입고 물건을 들고 나갔지만, 아무리 용기를 내도 남의 집 문을 두드릴 수 없었다. 가루비누를 필요로 하는 집은 한 곳도 없는 것 같았고, 들어가서 핀잔을 받으면 어찌할까 하는 생각에 좀처럼 들어가기가 쉽지 않았다. 그렇게 하루 종일 힘없이 걸어 다니다 보니, 결국 다리만 무거워졌다.

이렇게 약해빠져서 어찌할 것인가, 하고 자신을 나무라기도 하고, 아직 허세를 버리지 못했기 때문이야, 하며 스스로 위로해보기도 했지만 소용이 없었다. 저녁이 되어 하는 수 없이 죽을 각오로 백 집 가운데 한 집의 문을 두드렸지만, 대부분은 그저 거절당할 뿐이었다.

어느 더운 여름 오후, 나는 평소에 들고 다니던 더럽고 낡은 보자기를 한 손에 들고 양산도 없이 내리쬐는 햇볕 속을 들개처럼 마냥 걷고 있었다. 네즈(根津)의 야에가키쵸(八重垣町) 부근을 걷고 있을 때였다.

최근 사흘, 닷새 동안 장사가 되지 않아 밥 먹을 돈도 없던 나는 굶어서 피골이 상접한 상태였다. 더위와 배고픔으로 현기증마저 일어날 지경이었다. 나는 더 이상 쑥스러움이라든지 사주지 않으면 어쩌지 하는 나약한 생각을 하고 있을 때가 아니었다.

대로에서 좁은 골목길로 들어가 얼마간 지나가니 조그마한 정원이 있는 작은 주택이 눈에 띄었다. 집을 들여다보니 현관 옆방의 창가에 안주인처럼 보이는 여자가 경대 앞에 앉아 미용사를 불러 머리를 만지고 있었다. 여기다, 이 집이다, 하고 생각한 나는 그 집 안으로 들어가려 했다. 하지만 역시 부끄러워 한동안 입구에서 꾸물거리고 있었다. 다시 한 번 자신을 다그치고 나서야 겨우 현관문을 두드릴 수 있었다.

"실례합니다."

나는 주뼛주뼛 말을 내뱉었다.

"네." 하고 장지문 너머로 목소리가 들렸다.

"사모님, 가루비누를 사주시지 않겠어요? 싸고 때도 잘 빠져요……."

이렇게 말을 하며 나는 보자기 속에서 물건을 꺼내 보이려 했다. 하지만 물건을 꺼내기도 전에 퉁명스럽게 거절당하고 말았다.

"죄송하지만, 지금 일에 매여 손이 나지 않아요."

손이 나지 않는다고? 분명 나를 거지로 생각하는 거야. 정수리를 무언가로 맞은 듯한 기분이 들어 어지러웠다. 그리고 풀기 시작하던 보자기를 다시 싸매고는 힘없이 도둑개처럼 그 집을 나왔다.

"어휴, 참 시끄럽기도 하죠. 요즘은 매일같이 고아원에서 사람이 와요. 처음에는 불쌍히 여겨 5, 6전 내주기도 했는데, 끝이 없는 거예요. 이제는 처음부터 거절하기로 했어요."

"그럼요, 사모님. 그렇게 하시는 게 제일 좋아요. 불쌍하다, 불쌍하다 여기는 것도 한두 번이지, 계속 이런 식이면 사모님 입장만 난처해지죠."

"정말 그래요."

이렇게 두 사람이 깔깔대며 말하는 것을 나는 집 밖으로 나오며 들었다.

겨우 용기를 냈었지만 실패로 돌아가자 발은 더없이 무거워졌다. 또다시 맥없이 걷기 시작했다. 벌써 날이 저물어갔다.

어떡해서든 먹고살아야 했다. 그때 골목길 한 구석에서 구시마키*를 한 여자가 빨래를 하고 있는 것이 보였다. 그 옆에는 일고여덟 살 정도의 남자아이가 서 있었다.

"정말이지 너 같은 개구쟁이는 처음 보겠구나. 방금 갈아입혀준 옷을 이 모양으로 만들다니. 보거라. 여기에 차 기름을 묻히면 지워지지도 않는단 말이야……."

여자는 아이를 나무라면서 흰 바탕의 유카타를 빨래판에 놓고 문지르고 있었다.

나는 성큼성큼 그 여자 곁으로 다가갔다. 나는 노점을 할 때, 매일같이 흰 손수건에 기계기름을 묻혀 가루비누로 때가 깨끗하게 빠지는 걸 보여주곤 했다. 나는 가루비누를 자신 있게 권할 수 있었다.

"정말 때가 빠질 거예요. 제가 한번 해볼까요?" 하고 말했다.

"그럼 한 봉지 주세요." 여자는 품에서 지갑을 꺼내 20전을 주었다.

"감사합니다." 나는 돈을 받자마자 도망치듯 그 골목을 빠져나와 대로로 나갔다. 그리고 평소부터 유리창 너머로 쳐다보며 먹고 싶은 것을 점찍어두었던 떡집으로 달려 들어가 떡 두 접시를 먹어치웠다. 아침부터 아무것도 먹지 못한 배를 채

---

* 櫛巻き. 일본식 머리형의 한 가지. 머리를 끈으로 묶지 않고 빗에 감아 머리 위에 틀어 올리는 간편한 방법

우기에는 부족했지만, 그래도 얼마간은 힘이 났다.

행상에는 얼마간 익숙해질 수 있었다. 더 이상 남의 집에 들어가는 것이 힘들지는 않았다. 그러나 역시 매상은 잘 오르지 않았다. 하루에 30전 벌면 장사를 잘한 편이었다. 30전을 벌면 3할의 중개료를 내야 했다. 그래서는 연명할 돈을 벌 수 없었다. 가지고 있는 물건을 팔기만 할 뿐, 다시 물건을 매입할 수도 없었다.

하도 걷다 보니 게다의 굽도 닳아만 갔지만, 새것은 어림도 없었다. 나는 교외 저택 근처나 쓰레기 더미에 버려진 여성용 게다, 때로는 남성용 게다를 주워 갈아 신기도 했다.

학교는, 시간은 있지만 월사금을 낼 수 없어 세이소쿠에만 나갔다. 그 당시 나는 2학년이었고 하계 특별강습 때문에 아침 7시에는 나가야만 했다.

나는 아침 일찍 일어나 성서 글귀를 읽었다. 그리고 벽을 보고 꿇어앉아 기도를 하고 학교로 갔다. 세면기를 팔아버려 세수를 할 수 없었기 때문에 학교 가는 길에 있는 유시마 공원 화장실 입구 세면장에서 얼굴을 씻었다.

돈이 있을 때에는 쇼헤이바시(昌平橋)를 돌아 철교 밑에 있는 간이식당에서 아침을 먹었지만, 돈이 없을 때에는 준텐도(順天堂) 옆길을 따라 오차노미즈(お茶の水)로 지나는 지름길로 학교에 갔다.

강습회에 나가면서 나는 큰 도움을 받을 수 있었다. 강습회에 오는 두세 명의 여학생 중 가와다(河田)라는 여학생은 매일 도시락에 밥을 꾹꾹 눌러 담아 와주었다. 가와다 씨는 도쓰카(戸塚) 근처에 살고 있는 사회주의자의 여동생이었다.

그러나 나는 더 이상 버틸 수가 없었다. 결국은 겨울옷 두세 점을 보자기에 싸서 전당포로 가져갔다.

"어서 오세요." 어두운 가게 안에서 주판을 튕기고 있던 주인이 고개를 들어 나를 바라보았다. 하지만 나의 초라한 행색이 실망스러웠는지 다시 얼굴을 주판과 장부로 가져갔다.

주저하면서도 나는 옷을 맡길 테니 돈을 빌려달라고 부탁했다. 주인은 짜증이 나는 듯이 내 얼굴을 빤히 쳐다보며 말했다.

"저기, 누구 소개를 받고 왔습니까? 저희는 처음 오신 분과는 거래를 하지 않습니다만……."

"아뇨. 소개를 받고 온 것은 아니에요. 저희 집이 이 근처라서. 가까우니까 보고 오셔도 돼요……."

하지만 주인은 더 이상 나를 상대해주지 않았다. 장부에서 눈을 떼지 않고 귀찮다는 듯이 대답했다.

"네네. 하지만 규칙이 있는지라. 소개 없이 온 손님의 물건은 받지 않아요……."

하는 수 없이 풀이 죽어 집으로 돌아왔다. 그리고 이번에는 뭔가 팔 수 있는 물건이 없을까 하고 고리짝을 뒤져보았다.

신문점에서 일하던 때 헌책방에서 1엔 50전을 주고 산 대수 참고서와 3엔 정도를 주고 구입한 영어사전만이 돈으로 바꿀 수 있는 물건이었다. 그중에서 나는 지금 당장은 필요 없는 대수 참고서를 가지고 헌책방으로 향했다. 적어도 70, 80전은 받을 수 있을 거라고 생각했지만, 받은 돈은 겨우 20전이었다. 이후 나는 그 헌책방에서 내 책이 1엔 70전에 팔리고 있는 것을 보고 분한 마음이 들었다.

그렇기는 했지만 당시의 나에게 있어서 20전은 꽤나 큰돈이었다. 나는 돈을 받자마자 간이식당으로 달려갔다. 그리고는 게걸스럽게 배를 채웠다.

간이식당에서 우연히 이토를 만났다.

이토는 여전히 야간에 차부로 일하고 있었지만 장사가 잘 되지 않는 모양이었다. 그런데도 내가 힘들 때에는 제대로 먹지도 않고 모은 돈 20전, 30전을 가져다주곤 했다. 학교에서 돌아오는 길에 우연히 만나면 둘이서 같이 식당에 가기도 했다.

이토는 언제나 신앙 이야기만 했다.

"요즘 신앙생활은 어때요?"

나를 만나 맨 처음 하는 이토의 말은 늘 이런 식이었다. 뭔가 심각한 이야기를 건네면 길거리든 처마 밑이든 개의치 않고 이토는 꿇어앉아 기도부터 했다.

이토는 나에게 일요일 아침 예배에는 반드시 참석하라고 당부했다. 힘들고 어려울 때에는 기도를 하라고 했다. "기도는 힘이 될 거예요." 하고 격려해 주기도 했다. 사실 힘을 주는 정도로는 나에게 아무런 도움이 되지 않았다. 그래서인지 이토의 말이 잘 이해되지 않았다. 하지만 이토가 시키는 대로 교회에도 나갔고 기도도 했다.

나는 기적을 믿을 수 없었다. 하지만 이에 대해서도 이토와 아키하라는 그냥 믿어, 믿으면 알 수 있어, 라고만 말했다. 나는 그 모든 것을 믿을 수 없었지만, 이토만을 믿고 교회에 나가기도 하고 기도도 하였으며, 봉사하기 위해 아침 일찍 일어나 남 몰래 화장실 청소까지 했다. 모두 이토가 그렇게 하라고 했기 때문에…….

이처럼 나는 신을 믿고 사람들을 위해 봉사했다. 하지만 아무런 보답을 받을 수 없었다. 나는 사흘이나 굶었다. 그리고 또 새로운 일을 찾아 돌아다녔지만 작은 일 하나 구할 수가 없었다. 그뿐만이 아니다. 방세가 밀렸다며 집주인이 찾아왔지만, 당연히 방세를 낼 돈은 없었다.

결국 나는 언젠가 아키하라가 말했던 식모살이를 하기로 결심했다. 그리고 팔고 남은 물건을 정리하여 그 집을 나왔다.

집에서 나올 때, 짐을 현관에 두고 주인에게 "그동안 신세 많이 졌습니다." 하고 정중하게 머리 숙여 인사했다. 현관 옆 방에서 남편과 식사 중이던 주인아주머니는 들고 있던 젓가락을 놓지도 않고 흘깃 한 번 쳐다보고는, "별말씀을. 안녕히 가세요." 하며 차가운 한마디를 던지기만 했다.

주인아주머니가 잠을 깰까 봐 내가 빌린 방에도 들어가지 않고 길거리에서 잠을 잤으며, 화장실에도 못 갈 정도로 바빴지만 안 해도 되는 화장실 청소까지 했다. 그러나 마지막까지 아무런 보상이 없었다. 과연 기독교의 가르침은 옳은 것일까. 단지 사람의 마음을 속이는 마취제에 불과한 것은 아닌가. 인간의 성의와 사랑이 타인에게도 전달되어 그것이 세상을 더욱 살기 좋게 만들지 않는 한, 그런 가르침은 거짓에 지나지 않는다.

식모살이

아키하라 씨의 소개로 나는 아사쿠사쇼텐쵸(淺草聖天町)에 있는 나카기(仲木)라는 설탕가게에서 드난살이를 하게 되었다.

그 가게에는 쉰네다섯 살 정도의 주인 부부를 비롯하여, 장남 부부와 그 사이의 자식 둘, 그리고 차남, 삼남이 살고 있었고, 그 외에 점원과 식모가 각각 한 사람씩 있었으며, 거기에 나까지 모두 열한 명의 식구가 살았다.

주인은 가게를 아들에게 맡긴 채 전혀 일을 하지 않았고 집 밖에서 지내며 닷새에 한 번 정도 집에 오곤 했다. 뒤늦게 안 사실이지만, 주인은 아사쿠사 공원 부근 요정을 드나들며 비슷한 처지의 사람들과 어울려 밤낮을 가리지 않고 술을 마시고 도박을 하고 있었다. 게다가 공원 가까이에 첩의 집이 있어 대개는 그곳에서 지내는 듯했다.

내가 설탕가게에 들어간 후 약 한 달이 지났을 무렵, "오랜만에 쇼텐(聖天)* 님께 기도를 올리러 왔다가 잠시 들렀습니다." 하며 스물대여섯 살이나 됨직한 여자 하나가 온 적이 있는데, 주인의 부인은 그 여자가 주인의 첩이라는 사실을 알려 주었다. 조잡한 하오리를 입고 머리를 묶고 있었지만, 화류계 여자같이 세련된 사람이었다.

주인의 부인은 병적일 정도로 결벽증이 심했다. 방 안에서조차 슬리퍼를 신고 다녔다. 하지만 희한하게도, 아무렇지도 않게 그 슬리퍼를 신고 화장실에도 갔다. 젊은 시절에는 꽤나 미인이었지 싶을 정도로 여전히 요염했다. 목욕을 하더라도 족히 2시간은 넘게 시간을 들이며 몸단장에 신경을 썼다.

가끔 주인이 집에 오면 화로를 사이에 두고 마주 앉아 끊임없이 잔소리를 해댔다. 아마도 첩의 이야기인 듯했다.

"시끄러워. 적당히 해……."

주인이 들어오자마자 다시 뛰쳐나가는 것을 나는 몇 번이나 목격했다.

아들은 이렇다 할 특징이 없는 매우 평범한, 그리고 행실이 바른 남자였다. 그의 부인도 꽤 미인이었다. 부부 사이도 나쁜 편은 아니었다. 아니 아주 돈독해 보였다.

하지만 시어머니와 며느리 사이는 그다지 좋지 못했고 며느리는 항상 주눅이 들어 있었다. 그런 아내를 남편이 음으로 양

* 환희천. 불교의 수호신

으로 늘 감싸고 있다는 것은 누가 봐도 알 수 있을 정도였다. 시어머니는 며느리가 마음에 들지 않는 듯 언제나 잔소리를 해댔고, 때로는 화롯가에 엎드려 신경질적으로 울기도 했다.

차남 긴 짱은 스물네다섯 살로 보였다. 식구들 가운데 가장 근면하고 검약했다. 독신인 그는 집에서 빈둥거리며 주위에 보는 사람이 없으면 형수를 끌어안고 키스를 하는 등 형수를 곤경에 빠트리곤 했다. 아내를 맞는다면 형수보다 예쁜 사람으로 고르겠다고 하면서도 적당한 상대를 구하지는 못했다. 그런데도 여성용 우산을 사두거나 금테가 둘러진 명함에 '나카기'라는 이름만 새겨 옷장 서랍에 넣어두고 있었다.

삼남 신 짱은 간다의 사립중학교에 다니고 있었다. 그는 다른 형제들과는 조금 다른 모습이었다. 마르고 키가 컸으며 말이 없었다. 인상을 찌푸리고 있어 어딘가 어두운 느낌을 주는 그런 사람이었다. 그다지 공부를 잘하지는 못했고 점원이 비밀스럽게 일러주는 말에 의하면 담임선생에게 설탕을 한 가마니나 가져다주었지만 결국은 낙제했다고 한다.

이 집 재산이 얼마나 되는지는 모르지만 모두 분배된 상태이고, 지금은 그날그날 식사를 같이 하는 정도였다.

일은 구했지만, 도쿄로 온 유일한 목적인 학업을 중단하고 겨우 식모살이를 하고 있다 생각하니 서글픔이 절절히 밀려왔다. 무엇보다 집안 분위기가 나와 맞지 않은 듯해 우울했다. 이 집에 들어온 지 얼마 지나지 않았을 무렵, 별다른 생각은 없이 그냥 서글픈 마음을 호소하는 심정으로 가와다 씨에게 편지를 보냈다. 그러자 가와다 씨는 다음 날 나를 찾아와주었다.

가와다 씨가 와준 것만으로도 나는 뛸 듯이 기뻤다. 잠시 시간을 내 우리는 정처 없이 길을 걸으며 이야기를 나누었다.

편지에는 쓸 수 없었던 사정들을 가와다 씨에게 말했다. 이야기를 듣던 가와다 씨는 나를 더욱 동정해주었다. 그리고 말했다.

"있잖아. 우리 오빠가 가까운 시일 내에 시내에서 인쇄소를 개업할 모양이야. 어때? 너 거기서 일해보지 않을래? 그렇게 되면 다시 학교에 갈 수 있지 않을까?"

물론 나는 그렇게 하고 싶었다. 하지만 그것은 나도 사회주의자 동지가 된다는 것을 의미하는 일이다. 지금까지 신세 진 이토에게 면목이 생기지 않는다.

"고마워요. 나에게 그처럼 반가운 말은 없지만……." 하고 나는 이토에 대해 말하며 "그렇게 하면 이토를 배반하는 일이 되어서 마음이 편하지 않아요……." 하고 답하기를 주저했다.

"그건 좀 그러네."

가와다 씨는 잠시 생각해 보더니, 이내 밝은 얼굴로 말했다.

"크게 문제 될 것 같지는 않아. 이토라는 사람이 지금까지 베풀어준 은혜, 마음의 은혜는 어쩔 도리가 없지만 적어도 당신에게 베풀어준 물질적인 은혜를 완전히 갚기만 하면…….

그 정도 일은 나도 도울 수 있을 것 같은데…….”

이미 나는 기독교에서 벗어나고 싶은 상태였다. 게다가 가와다 씨의 제안은 다시없을 좋은 기회라는 생각이 들었다. 조금 뻔뻔하기는 하지만 모든 일을 가와다 씨에게 맡기기로 했다.

사흘 뒤 가와다 씨가 25엔의 환어음을 보내주었다. 가와다 씨의 친절을 감사히 여기면서 나는 그것을 우체국으로 가서 찾았다. 그리고 이참에 주인 부인에게 부탁하여 일을 그만두려 했다. 하지만 손에 종기가 생겨 치료한 지 얼마 되지 않은 부인은 붕대 감은 손을 보여주며 곤란한 얼굴을 하고 부탁하듯이 말했다.

“저기, 후미 상. 지금 자리를 비우면 정말 곤란해. 알다시피 며느리는 몸이 약한 데다가 임신한 상태이고, 식모 키요는 매사에 굼뜨고 꾸물거리고. 게다가 내 손마저 이 모양이니…….”

부인이 그렇게 말하니 나 또한 난처해졌다. 동시에 가와다 씨에게 미안한 마음이 들었다.

“네. 저도 알고 있지만……. 저도 이보다 더 좋은 일을 찾을 수 없을 것 같아서요.”

아무래도 부인은 나를 놓치고 싶지 않았던 모양이다. “그럼 내 손이 나을 때까지만 사정을 봐준다고 생각하고 있어줘요.” 라고까지 말했다.

그것마저 거절할 수는 없었다. 도리 없이 나는 모든 걸 포기하고 그해 마지막 날까지 일하기로 했다.

가와다 씨의 친절을 물거품으로 만들어버렸다는 죄책감이 들었지만 달리 방도가 없었다. 적어도 돈만큼은 갚으려고 했지만 가와다 씨는 그것마저도 받으려 하지 않았다.

이토는 삼일이 멀다 하고 찾아와, 종교상의 친구인 점원 야마모토와 집안 식구가 보이면 그들을 붙잡고 신앙 이야기를 하기 일쑤였다. 하지만 그 즈음에는 시험이 다가와도 밥벌이하는 데 급급하여 제대로 공부를 할 수 없는 일상에 힘들어하는 듯했다. 그래서 나는 가와다 씨에게 받은 돈을 이토에게 주고 싶었다. 그에게 진 신세나 은혜를 갚고 싶다는 점잖은 이유에서가 아니라 그저 이토가 당분간은 공부에만 집중해주기를 바라는 마음에서였다. 그렇게 마음을 먹고 이토를 기다렸지만 그는 좀처럼 찾아와주지 않았다.

나는 더 이상 기다릴 수가 없었다. 그래서 이토에게 환어음을 보냈다.

"이유는 나중에 말할게요. 지금 저에게 여윳돈이 있어서 보냅니다. 이 정도의 돈이면 한 달 정도는 지낼 수 있을 거예요. 부디 당분간은 일을 그만두고 열심히 공부하여 시험에 합격하길 바랍니다."라는 편지를 써서 함께 보냈다. 물론 겉봉투에는 보내는 사람이 남자인 것처럼 '가네코생(金子生)'이라고 썼다.

사흘 정도 지나 이토가 찾아왔다. 나는 평소와 같이 그를 전차 정류장까지 배웅했다.

그와 나 둘만 남았을 때, 이토는 말을 꺼냈다.

"돈, 고마워요. 하지만 적지 않게 놀랐습니다. 용건이 있으면 저에게 직접 말하세요. 앞으로는 절대로 편지 같은 건 보내지 말아줘요. 여자한테 편지가 온다는 사실이 알려지면 제 신용이 떨어집니다……."

"네, 하지만 마냥 기다리고 있을 수만은 없었어요. 혹시 곤란할까 봐 보내는 사람 이름도 남자이름으로 해두었는데요……."

"그래요. 뜻은 잘 알겠습니다. 그래도 편지는 보내지 말아주십시오……."

"미안해요."

나는 씁쓸한 기분으로 답하고 헤어졌다.

그러나 이토를 원망하지는 않았다. 오히려 이토에 대한 신뢰가 더 깊어졌다. 그래서 이토가 집에 오는 날이면 항상 이토를 배웅하러 나갔다. '저 가로등까지만', '저 전신주까지만' 그러면서 꽤 먼 밤거리를 걸으며 이야기를 나누었다. 집안사람들은 나와 이토를 믿었기 때문에 결코 우리를 이상하게 여기고 의심하지는 않았다.

그 무렵 나는 학교라는 짐을 내려두고 있었던 만큼 생활 형편은 비교적 나은 상태였다. 그래서 지금까지와는 반대로 이토를 도우는 일이 많아지게 되었다.

팁으로 받은 돈이 1엔 2엔 모이면 이토에게 주었다. 또 이토에게 줄 물건도 마련했다. 특별한 일 없이도 12시나 1시까지 깨어 있는 이 집 습관 때문에 나 역시 잠자리에 들지 않을 때에는 이토가 필요할 것 같은 물건을 만들기도 했다.

어느 날 밤도 이토를 배웅하기 위해 따라 나섰다. 조금 부피가 있는 물건을 보자기에 싸서 뒷문으로 가지고 나가 이토의 뒤를 따라갔다. 이토가 눈치채고는, "대체, 그건 뭐예요?" 하고 의심스러운 듯 물었다.

"이거? 이거 말예요. 꽤 추워졌잖아요. 그래서 당신이 쓸 방석을 하나 만들었어요. 그리고 베개도." 하고 답하고는 "당신은 방석도 없고 베개도 낡았죠?" 하고 물었다.

이토는 놀라면서, "내 베개가 허름한 것까지 당신이 어떻게 알아요?" 하고 되물었다.

"어떻게 알긴요. 얼마 전 우리 가게 점원 야마모토가 당신 방에 들러 낮잠을 자고 갔죠? 그가 돌아와서 말하길 당신 베개가 돼지우리에 깔아놓은 짚보다 못하다고 하더군요. 방석이 없다는 것도 그때 알았어요."

"그래서 만들어주었군요."

"그래요. 실은 제 모슬린 쥬반* 소매로 만들려고 했는데 붉은색이 섞여 있어서 관두었어요. 좋은 건 아니지만 사라사를 사서 만들었는데, 그래도 앉기 좋도록 보통 크기보다 좀 더 크

---

* 襦袢. 속옷

고 푹신하게 만들었어요. 베개는 당신이 좋아하는 크기를 잘 몰라서 대충 만들었지만 마음에 들지 않으면 다시 만들 테니 말해주세요."

"고마워요."

이토는 거듭 인사를 했다. 왠지 모르게 기뻤다.

11월 30일, 잊지 못할 바로 그날 밤의 일이다.

한동안 얼굴을 보이지 않던 이토가 홀연히 찾아왔다. 그러나 평소와는 달리 안색도 좋지 않고 기운도 없어 보였다. 무슨 일이 있는 것일까, 걱정하면서 나는 급히 집안일을 마치고는 주인에게 허락을 얻어 이토를 배웅하러 나갔다.

7, 8정을 걷는 동안 이토는 말이 없었다. 그저 내가 묻는 말에 간단히 답을 할 뿐이었다. 그러나 인적이 뜸해지자 갑자기 멈춰 서서, "가네코, 나는 참회해야 합니다." 하고 조용히 말하기 시작했다.

"나는 당신을 잘못 봤어요. 사실 나는 당신이 불량소녀라고 생각했었어요. 그러나 최근 들어 알게 되었어요. 당신은 참으로 사랑스러운 사람이라는 것을요. 나는 소대장과도 오랫동안 만나왔고 그 외에 많은 여자 신도들과도 친분이 있지만, 당신같이 따뜻하고 친절하며 여성스러운 사람은 처음이에요. 나는 당신 앞에서 나의 불찰에 대해 사과하고 싶습니다."

이토의 말에 나는 깜짝 놀랐다. 나는 사과하는 이토의 얼굴을 보았다. 그의 얼굴은 진지했다. 거짓말을 하고 있지는 않았다.

불량소녀! 그 말을 들었을 때 나는 날카로운 바늘에 찔린 듯한 아픔을 느꼈다. 하지만 그가 '처음으로 만난 따뜻한 여자'라는 말을 했을 때는 뭐라 형용할 수 없을 만큼 부끄러웠다. 기쁘기도 하고 슬프기도 한, 묘한 기분이었다.

나는 잠자코 이토의 말을 들었다. 아무 말도 하지 않았다. 하지만 문득 정신을 차려보니, 벌써 가미나리몬(雷門)을 지나 기쿠야바시(菊屋橋)까지 와 있었다. 그제야 나는 정류소 전주에 걸린 시계 바늘이 11시를 넘긴 것을, 그리고 주위 상점들이 문을 닫기 시작한 것을 알아차렸다.

나는 놀라 멈추어 섰다.

"벌써 11시가 지났어요. 이쯤에서 헤어져요."

"그렇군요. 많이 늦어졌군요."

이토의 말투는 안정적이었다. 그리고 평소에는 이토가 먼저 헤어지자고 하는데, 이번만큼은 헤어지자는 말을 하지 않았다.

"사실, 할 말이 더 남아 있어요. 우에노까지 걷지 않을래요? 돌아가는 길은 전차를 타도록 하죠."

"네, 그럼 더 걸어요."

내 마음속에 있는 무엇인가가 이성을 밀쳐내고 다급히 대답했다. 우리는 말없이 각자의 생각에 잠긴 채 또 걷기 시작했다. 그리고 우에노의 시노바스(不忍) 못 근처까지 왔을 때 자연스럽게 걸음을 멈추었다.

고요한 밤이었다. 주위에는 아무도 없었다. 못 근처 버드나무 밑에 움츠리고 앉아 떨어진 나뭇가지로 땅에 글자를 쓰면서 이토가 말했다.

"방금 말한 것처럼 당신이 유시마에 있을 때부터 나는 내 자신을 억누르고 또 억눌렀습니다. 그런데 요즘에는 나 자신을 통제할 수가 없어요. 당신을 이웃으로만 볼 수 없게 되었어요……. 무슨 말인지 알겠죠? 집에서 책을 읽고 있어도 온통 당신 생각뿐입니다. 하루라도 만나지 않으면 견딜 수 없을 것 같아요. 공부는 조금도 진전이 없고, 신앙심도 흔들리기 시작했습니다. 나는 최근 한 달 동안 죽을 만큼 괴로웠어요……."

그것은 나도 남몰래 바라던 일이었다. 나는 뛰는 가슴을 누르며 들었다.

이토는 다시 말을 이었다.

"나는 여러 가지를 생각해보았지만, 결국 당신을 잊고 예전의 나로 돌아가야 한다는 결론에 이르게 되었어요……. 그렇게 결심했습니다. 그것이 서로를 위한 일이라고 생각해요. 나중에 같이 살지도 않을 거면서 함부로 행동하는 것은 큰 죄입니다. 서로의 운명을 망가뜨리게 돼요. 그렇죠? 그건 역시 좋지 않죠……."

어째서 이렇게 생각하는 걸까, 나는 조금 실망스러웠다. 하지만 이토의 말은 아직 끝나지 않았다.

"그래서 나는 오늘 밤을 마지막으로 당신과 완전히 헤어지려고 합니다. 그래요. 앞으로는 절대 당신을 만나지도 않을 것이며 생각하지도 않을 거예요. 오늘이 11월 마지막 날이죠? 바로 오늘 나는 당신과 헤어지기 위해 당신을 만나러 온 겁니다. 내 마음, 알겠죠? ……앞으로 결코 당신의 가게에 가지 않을 겁니다. 나는 나 자신을 이겨보겠어요. ……그럼 여기서 헤어지도록 하죠. 당신의 행복을 빕니다……."

이토는 말을 맺자마자 일어섰다.

나는 내심 불만스러웠다. 참으로 비겁한 사람이라고 생각했다. 뭐라고 말하고 싶었지만 그가 이미 떠나려 하고 있었기 때문에 나는 도리 없이 답했다.

"그렇군요. 잘 가세요."

매달리며 애원하는 무언가를 뿌리치기라도 하듯 이토는 뒤도 돌아보지 않고 성큼성큼 걸어갔다.

쓸쓸하면서도 슬픈, 그러면서도 왠지 흐뭇한 심정으로 나는 한동안 이토의 뒷모습을 바라보았다. 그의 모습이 완전히 사라질 때까지…….

나카기 설탕가게 식구들의 생활은 제멋대로였다. 학교에 다니는 신 짱이 7시에는 집에서 나가야 했기 때문에 우리는 5시부터 일어나 아침식사 준비를 해야 했다. 신 짱이 학교에 가고 나면 약 한 시간이 지나 장남 부부가 일어나 그리고 10시경에 긴 짱이 일어난다. 마지막으로 11시경에 부인이 일어나 좁은 부엌을 30분이나 차지하며 세수를 한다. 때문에 국이 식기 일쑤여서 서너 번은 데워야 했다. 부인이 아침식사를 마친 후 무 한 개를 들고 쇼텐사마께 기도를 올리러 가면 상을 접을 시간도 없이 장남 부부의 점심을 준비해야 한다. 이런 식이었기 때문에 우리는 하루 종일 부엌에서 시간을 보냈다. 그뿐만이 아니다. 아침과 점심은 그나마 나은 편이었다. 밤이 되면 양식, 덮밥, 초밥, 국물요리 등을 주문해서 먹었다. 아침 늦게 일어나는 만큼 저녁 식사도 늦어질 수밖에 없었다. 야식 때문에 9시, 10시, 경우에 따라서는 11시, 12시에도 주문하러 나가야 했다. 식구들은 주문한 음식을 먹으며 1시고 2시까지 떠들면서 밤을 새우기 때문에 우리도 4, 5시가 되어야 겨우 잠에 들 수 있었다.

실제로 그러한 일과는 참으로 괴로운 것이었다. 과도한 노동과 수면부족은 지금까지 내가 겪었던 일에 뒤지지 않을 정도로 부담스러웠다. 그러면서도 나는 주인집 사람들에게 충성을 다하려 했다. 그러나 나는 지금 참회해야 할 것이다. 나는 진심으로 주인집을 위해 일한 것이 아니었다. 단지 주인집 사람들에게 잘 보이기 위해 동료인 식모 키요 몰래 먼저 일어나 일을 했다. 키요가 일어나 나왔을 때에는 이미 식사 준비를 마쳐두었다. 신 짱의 친구가 오면 내가 그저 무식한 식모가 아니라는 걸 알리기 위해 일부러 학교에 관한 이야기를 하거나 수학 노트를 보며 '여기 틀렸어.' 하고 말하기도 했다. 말하자면 나는 동료를 제쳐두고 나만 잘 보이기 위해 노력했던 것이다. 신 짱의 자존심을 건드리면서까지 나의 우월함을 과시하려 했다.

지금까지의 나의 생활을 되돌아보면서 가장 많이 후회하는 대목이 바로 이 일이다. 참으로 비열하고 천박한 행동이었다. 그 일을 떠올릴 때마다 소름이 돋는다.

기다리고 기다리던 12월 31일이 다가왔다. 밤 12시가 지나서 겨우 일을 마친 나는 짐을 꾸렸다. 머리를 빗고 모두에게 작별 인사를 건넸다.

주인의 부인은 "그동안 고마웠어." 하고 인사하며, "이건 남편이 주는 돈이야. 더 주고 싶지만 너보다 나이 많은 키요가 오래전부터 일하고 있는 터라 그럴 수도 없네. 이해해줘."라는 말과 함께 돈을 넣은 봉투를 내밀었다.

해방된 기분을 만끽하며 짐을 싼 보자기를 가지고 부엌문으로 나왔다. 정류장에 도착하자 때마침 마지막 전차가 도착했다. 나는 전차를 타고 고이시가와(小石川)에 있는 가와다 씨의 집으로 향했다.

전차에는 열서너 명이 타고 있었다. 출구 쪽 빈자리에 앉아 부인이 준 봉투를 꺼내보았다. 놀랍게도 봉투 안에는 5엔짜리 지폐 3장이 들어 있을 뿐이었다.

3개월 1주일 동안 쉬지도, 자지도 못하고 일한 대가였다. 나의 기대는 보기 좋게 무너지고 말았다. 큰 소리로 나 자신에게 저주를 퍼붓고 싶은 심정이었다.

처음부터 임금을 정하지 않은 것은 내 잘못이다. 하지만 그것은 아키하라의 충고 때문이었다. "돈 이야기를 해서는 안 돼요. 그것은 천한 짓이에요. 나카기 씨는 훌륭한 상인이라 말하지 않아도 제대로 계산해줄 거예요. 그저 맡겨두세요."라고 말했기 때문에 나는 아키하라의 말대로 '그저 맡겨'두고만 있었던 것이다. 정말로 나카기 씨는 제대로 계산한 것일까? 나는 학교에 가고 싶어 견딜 수 없었고, 또 가와다 씨로부터 좋은 기회를 얻었지만, 나카기 씨의 집안 사정 때문에 나의 모든 희망을 버리고 그들을 위해 일했다. 그러나 나카기 설탕가게는 나에게 월 5엔에도 못 미치는 월급을 쳐줄 뿐이었다. 나에게 그 정도 보수만 주는 사람들이란, 첩을 가진, 그리고 요정에서 도박을 일삼는 노인이며, 몸을 단장하는 데 2시간이나 걸리는 노부인이다. 아침 늦게 일어나고 밤을 새워 놀면서도 식모들에게는 겨우 4, 5시간 정도의 수면만을 허락하는 그런 부류의 사람들인 것이다. 이런 부조리함이 또 어디에 있을까. 이 얼마나 방자하고 오만한 태도인가.

나는 그 사람들에게 화를 내기보다는 나 자신을 비웃어주고 싶은 심정이었다. 봉투와 돈을 마구 구겨 소맷자락 안에 넣었다.

거리의 방랑자

설탕가게에서 나와 소위 '주의자'들의 집을 한두 곳 전전하다가, 결국은 다시 미노와의 작은 외할아버지댁에 들어가게 되었다.

"말했지? 신문팔이나 야간 노점상으로 공부할 수는 없다고. 남자라면 모를까, 여자아이 아니냐. 공부는 포기하는 것이 좋을 게다."

작은 외할아버지는 나를 나무랐다. 하지만 공부에 대한 나의 고집을 당장은 꺾지 못할 거라 생각했는지 억지로 학교를 그만두게 하지는 않았다. 그래서 나는 작은 할아버지댁에서 가사를 도우며 학교에 다닐 수 있었다.

나는 먼저 아침 5시에 일어나 전등을 낮게 비추어 공부하면서 밥을 짓고 된장국을 만들었다. 그리고 자고 있는 식구들의 식사준비를 해두고 난 뒤, 아침을 먹고 학교로 갔다. 정오가 지난 시각에 돌아와서는 곧장 빨래와 식사준비, 청소를 열심히 했다.

설탕가게에서 일하던 것과 비슷하게 바쁜 날이 이어졌지만, 여하튼 여기는 친척집이라 약간의 시간적 여유는 있었다. 게다가 한 달에 5엔씩 용돈을 받았기 때문에 월사금 2엔, 전차비 2엔 30전을 제하면 70전 정도가 남았다. 남은 돈으로 펜과 잉크 정도는 살 수 있었다. 하지만 독서욕이 왕성하던 내가 여전히 책 한 권 살 수 없는 건 견디기 힘들었다.

학교에서 사회주의자 두 명을 만났다. 한 사람은 서(徐)라는 조선인으로, 말수가 적고 온화했지만 무거운 인상을 가진 남자였다. 그는 나의 바로 왼쪽 책상에 앉아 시간이 나면 말없이 잡지 『가이조(改造)』를 읽었다.

조선에 있는 서의 집안은 유복하지 않았고, 나처럼 생활고와 싸우며 공부하고 있었다. 그는 학교를 계속 다닐 형편이 못되었는지 결국 학업을 그만두었다. 그러나 약 1년 후, 내가 박(朴)과 동거하기 시작하면서 서도 우리 그룹의 일원이 되어 같이 기관지를 내거나 운동을 했다. 서는 몸이 약했고 자주 아파서 고향으로 돌아갔는데, 우리가 감옥에 간 첫해 겨울, 늑막염인가 하는 병으로 병원에서 죽었다는 연락을 받았다.

또 한 사람은 오노(大野)라는 남자로, 아마 전년도에 일어난 도쿄시전종업원(東京市電從業員) 파업 때 해고된 사람인 듯하다. 나의 바로 앞자리에 앉아 우는 목소리로 영어독본을 읽고 있었다. 당시 그는 '신우회(信友會)'인지 무언지 하는 조합에 속해 있었다. 그다지 딱 부러진 주의자는 아니었고, '어쨌든 사회주의자'에 속하는 사람이었다. 그래도 그가 종종 조합 기관지나 책자들을 가지고 오는 덕분에 나는 그로부터 읽을거리를 빌리거나 받음으로써 사회주의 사상과 정신에 대해 조금씩 파악할 수 있었다.

사회주의는 나에게 특별히 새로운 것을 제공하지는 않았다. 지금까지 겪어오면서 느낀 감정들이 정당하다는 것을 이론적으로 뒷받침해줄 뿐이었다. 나는 가난했고 지금도 가난하다. 그 때문에 나는 돈을 가진 자로부터 혹사당하고 괴롭힘을 받았으며 들볶였고 억압당했다. 또한 자유를 빼앗겼으며 착취당하고 지배당했다. 이런 나는 힘을 가진 자들에 대해 항상 마음속 깊이 반감을 가지고 있었다. 동시에 나와 같은 처지의 사람들을 진심으로 동정했다. 조선의 할머니 집 하인 고 씨를 동정했던 것도, 불쌍한 개마저 동지처럼 느꼈던 것도, 그 외에 이 수기에는 언급하지 않았지만 할머니 주위에서 일어난 많은 일에서 억압당하고 고통받고 착취당하는 불쌍한 조선인에 대해 한없이 동정했던 것도 이러한 마음이 작용했기 때문이다. 내 마음속에 타오르고 있던 반항심과 동정심은 순식간에 사회주의 사상에 의해 불이 붙어버렸다.

아아, 나는 [redacted] 하고 싶다. 우리와 같은 불쌍한 계급을 위해, 나의 모든 목숨을 희생해서라도 투쟁하고 싶다.

그렇지만 나는 여전히 이러한 정신을 어떻게 살려갈 수 있는지 알지 못했다. 나는 무력했다. 무언가를 하고 싶어도, 그에 대한 준비도 단서도 가지고 있지 않았다. 나는 그저 불평, 불만, 반항심만 가득한 일개 반항아에 지나지 않았던 것이다.

이러한 심정으로 초조해하던 시절이었다. 어느 날 학교에서 돌아와 작은 외할아버지의 가게 뒷문으로 들어가려는 순간, "후미 짱, 후미 짱." 하며 나를 부르는 소리가 들렸다. 누군가 하고 뒤를 돌아보니 세가와가 거기에 서 있었다. 나는 매우 놀랐다. 가슴이 요란하게 고동치는 것을 느낄 수 있었다.

"어머나! 세가와? 어떻게 된 거야?"

세가와는 입가에 웃음을 머금은 채 차분히 말했다.

"꽤 많이 기다렸어. 이 근처에서."

"기다렸다고? 어머, 어떻게 알았어? 내가 여기 사는 건?"

"그야 알지. 엄청 찾았거든. 그건 그렇고, 잠깐 나와. 할 말이 있어."

세가와에게 이끌려 나는 발길을 돌렸다. 그리고 집에서는 보이지 않는 길가 담장 아래에 서서 잠시 이야기를 나누었다. 특별한 용건이 있는 것 같지는 않았다. 단지 나를 만나러 온 것뿐이었다. 그리고 자신의 하숙집에 놀러 오라고 했다.

세가와는 어느 사립대학 야학부에서 나의 외삼촌을 만나 내가 여기 있다는 걸 전해 들었다고 했다. 놀랍게도 그는 현재 어느 관공서에서 근무하고 있었다.

도쿄에 와서 고학하는 동안 세가와를 생각한 적은 전혀 없었는데, 이렇게 다시 만나고 보니 역시 그와 인연이 있는 듯했다. 하숙집에 가겠노라고 약속하고 헤어졌다.

여름방학에 다가왔을 때 아버지는 4엔인지 7엔인지, 여하튼 약간의 돈을 보내며 여름방학에는 하마마쓰로 돌아오라고 했다. 아버지의 집에는 가고 싶지 않았지만 도쿄로 온 이후 지금까지 너무 힘들게 지내왔던 터라 마침 쉬고 싶다는 생각도 들어 가보기로 했다.

생활고에 찌들어 있던 나를 조금이라도 쉬게 해준 것은 고마운 일이었다. 마을 자체도 도쿄의 번잡함과 어지러움에 비하면 죽은 듯 고요한 편이었다. 특히 아침 일찍 일어나 해안가를 산책하거나 촉촉한 아침 안개에 쌓인 논과 밭 사이를 걷노라면 이를 데 없이 상쾌하고 기분이 좋아졌다. 지금이야말로 자유로운 세상을 거닐고 있다는 생각이 들었다. 나도 모르게 가슴을 펴고 입을 크게 벌려 오존을 다량 함유한 공기를 마음껏 마시고 내뱉었다. 대지와 하나가 되는 것 같았다.

하지만 아버지의 집 분위기는 2년 전이나 3년 전이나 똑같았다. 아버지의 독선, 허영심, 허풍, 궁핍한 생각은 언제나 강력하게 표출되었고, 그 모든 것에 내 기분은 어지러울 뿐이었다. 아버지와 나는 다시 서로 으르렁거리고 언쟁을 시작했다. 갈등은 깊어만 갔다.

더 이상 아버지 집에 있을 수 없어 고슈의 외할머니 집으로 갔다. 그러나 외할머니 집도 마찬가지였다. 어머니는 역시 다하라 씨와 헤어져 혼자 제사장에 다니고 있었고 외할머니와 외숙모는 내가 고학하고 있다는 데서 희망을 보았는지 학교를 졸업하고 소학교 선생님이 되면 어머니를 잘 보살펴주라고 설교했다. 자식을 버리고 오로지 자신만의 안정을 좇던 어머니를, 죽을 고생을 하며 공부하고 있는, 그러나 앞을 내다볼 수 없는 나에게 떠넘기려는 것이었다.

나는 그곳에서도 견딜 수 없어 다시 도쿄로 돌아가야 했다.

도쿄로 돌아온 것은 8월 말이었다. 그로부터 닷새 정도 지난 어느 저녁, 시내에 나가 일을 보고 돌아오는 길에 가스카쵸(春日町) 전차 환승장에서 비를 만났다. 그래서 나는 근처에서 하숙하고 있는 세가와의 집에 들르게 되었다.

평소와 같이 허락도 구하지 않고 성큼성큼 사다리를 올라 세가와의 방문을 열었다. 세가와는 책상에서 편지를 쓰고 있는 듯했고, 뒤돌아 나를 보고는 엷은 웃음을 보였다. 그는 "뭐야. 후미 짱 아냐. 놀라게 한다니까." 하며 나를 맞이했다.

"비를 맞는 바람에 이 모양이야. 봐. 머리랑 옷이랑 완전히 젖었지."

나는 세가와 뒤에 서서 내 옷을 만지며 "뭐 하고 있었어?" 하고 세가와의 책상으로 시선을 옮겼다. 세가와는 황급히 책상 위의 편지를 감추며 서랍 속에 숨기고는 책상을 등지고 돌아서며 말했다.

"자, 앉아."

물론 나는 예의범절이 바른 편은 아니었다. 불량소녀같이 보이는 데퉁스러운 면이 있었다. 젖은 옷자락을 벌리고 책상다리를 하고 앉았다.

"언제 돌아온 거야?"

"사오 일 전에."

"꽤 오랫동안 있었구나. 50일, 60일이나 어디에 있었던 거야? 편지를 쓰려고 해도 어디로 보내면 좋을지도 모르겠고. 한 번쯤은 무슨 말이라도 하면 좋잖아."

"특별히 할 말이 없었거든."

"특별한 말? 흠, 그렇다면 후미 짱은 특별한 말이 없으면 편지를 쓰지 않는다는 말이군. 떨어져 있는 동안 나를 완전히 잊은 거지?"

"글쎄, 그럴지도 모르겠네. 네가 그런 것처럼……. 그건 그렇고. 배가 무지 고픈데, 밥이나 좀 먹자."

이미 하숙집 저녁식사는 끝난 시각이었기 때문에 세가와는 메밀국수를 주문해주었다.

가로등에 불이 들어왔을 때에는 이미 비가 그쳐 있었지만, 나는 돌아가지 않기로 했다. 그리고 둘이서 이야기를 나누었다. 그때, "실례합니다." 하며 두 남자가 들어왔다.

두 사람 모두 스물서너 살 정도로 보였다. 한 사람은 희고 키가 컸다. 다른 한 사람은 보통 키에 보통 몸집이었으며 가느다란 얼굴에 머리는 모두 뒤로 넘기고 검은 셀룰로이드테 안경을 쓰고 있었다.

세가와는 두 사람에게 나를 소개했다. 검은 테 안경을 쓴 사람에 대해서는 이미 세가와에게서 들은 적이 있었다. 그는 조선인 사회주의자 현(玄)이라는 사람으로, 평소에는 일본 이름인 마쓰모토(松本)를 쓰고 있었다. 키가 큰 사람은 현의 친구 조(趙)였다.

"여기 하숙집에 현이라는 조선인 사회주의자가 있는데 미행하는 사람이 둘이나 붙어 있어."라고 언젠가 세가와가 말한 적이 있기 때문에 나는 특별히 주의를 기울여 현을 보았다. 딱히 특징도 없었다. 사회주의자스러운 이야기도 하지 않았다. 내가 신경 쓰이는지, 잠시 있다가 방에서 나가버렸다.

그날 밤, 예전처럼 세가와와 나는 하나밖에 없는 이불을 덮고 잤다.

다음날 아침, 하숙집 식모가 1인분의 아침상을 가지고 왔다. 그러나 세가와는 내 것을 주문하지는 않았다. 혼자 젓가락을 들면서, "후미 짱, 먹을래? 먹는다면 내가 밥을 남겨줄게." 하고 말했다. 나는 왠지 싫어서, "아냐. 나는 집으로 돌아가서 먹을래." 이렇게 답하며 책상에 기대어 잡지를 읽었다. 식사를 끝낸 세가와는 창가에 서서 밖을 보며, "후미 짱, 와서 봐 봐. 날씨가 좋아." 하고 말했다.

"그래?"

나는 무성의하게 답하며 방금 전부터 생각하고 있던 말을 했다.

"저기, 세가와. 이러다가…… 만약 아기라도 생기면 어쩌지?"

사실 나는 이 문제에 대해 진지하게 생각하고 있었다. '만약 아이가 생기면…….' 나는 그 결과가 두려우면서도 한편으로는 이미 어머니가 된 듯한 기분이 들어 아직 보지도 못한 아이를 가슴에 품기도 했다. 그러나 세가와는 그런 일에는 전혀 무관심한 듯, 내 쪽을 바라보며 기지개를 켜고 하품을 하면서 나른하게 대답했다.

"아기라도 생기면 어쩌느냐고? 난 그런 건 몰라……."

돌연 나락으로 떨어진 듯한 고독함을 느꼈다. 나는 세가와가 겉으로는 이렇게 말해도 실은 심각하게 생각하고 있다고 여기고 다음 말을 기다렸지만, 세가와는 말이 없었다. 창가에 둔 바이올린을 들고 낮은 마룻귀틀에 앉아 태평하게 켜기 시작했다.

우리 사이에 진정한 사랑이 없다는 것은 알고 있었다. 그래서 세가와를 결코 원망하지는 않지만, 하지만 그렇다고는 해도 이런 경우에는 세가와도 책임을 져야 마땅하다고 생각했다. 참으로 무책임한 사람이다. 결국 나는 농락당한 것에 지나지 않았다.

외로움과 분노에 마음이 울컥했다. 박차고 일어나 세가와의 방에서 나왔다.

세가와는 무슨 말을 하며 나를 잡았지만 나는 대꾸도 하지 않고 그대로 나와 뒤 계단 아래에 있는 세면장으로 갔다. 거기서 나는 어제 소개받은 현이 어느 방에 있는 것을 보았다. 현은 굵은 세로줄무늬 유카타를 입고 창가 테이블에서 책을 읽고 있었다. 나는 왠지 현의 방에 들어가 보고 싶었다. 그러나 어제 잠시 만난 사이여서 그러지도 못해 수도꼭지를 틀고 세수를 했다. 수건으로 얼굴을 닦으며 다시 현의 방을 보았다. 현도 책을 덮어놓고 나를 보고 있었다.

"안녕하세요. 어제는 실례가 많았습니다." 하고 말을 걸었다.

"아닙니다. 저야말로……. 어젯밤은 비가 왔는데 오늘은 날씨가 화창하군요." 하고 현도 인사를 건넸다. 나는 그의 방문까지 걸어갔다.

"당신 방은 근사하군요. 정원도 보이고……."

나는 그의 방을 통해 보이는 정원을 바라보며 말했다.

"들어오시죠. 바쁜 일이 없으시다면……."

이렇게 말하며 현은 의자 하나를 테이블로 가져왔다. 거리낌 없이 나는 현의 방으로 들어가 의자에 앉았다. 그리고 신기한 듯 방을 둘러보았다. 벽 여기저기에 유명한 혁명가들의 초상화와 사진이 걸려 있었다. 삐라 같은 것도 붙어 있었다.

나는 일어나서 그것들을 유심히 살펴보았다. 그리고 한 사진 앞에 서서, "어머, 이 사진. G회 사람들이죠?" 하고 물었다.

"맞아요. 당신도 알아요? 그들을?"

현은 그 사진을 떼서 테이블로 가져왔다.

"네, 서너 명은 알고 있어요."

내가 사진 위로 얼굴을 가져가 "이 사람은 T 씨, 이 사람은 H 씨, 그리고 이 사람은 S 씨. 또 이 사람은 당신. 그렇죠?" 하고 한 사람 한 사람 지목하자 현도 얼굴을 사진으로 가져왔다. 그와 나의 얼굴이 아주 가까워졌다. 그는 "맞아요, 그래요." 하며 대답하다가 이윽고, "역시 그랬군요. 어제 보았을 때 아무래도 그런 것 같은 생각이 들었지만 물어볼 수도 없어 잠자코 있었어요." 하며 동지를 만난 듯 기쁜 얼굴로 말했다.

이것이 계기가 되어 현은 순식간에 마음을 열었다. 나 또한 그가 조선인이라는 사실에 친근함을 느꼈다. 친한 친구를 오랜만에 만난 듯한 즐거운 기분이었다.

우리는 마음을 열고 이야기를 나눌 수 있었다. 나는 7년간 조선에서 살았던 일을 이야기했다. 현은 조선에 있는 집에 대해 말해주었다. 그의 말에 따르면, 그는 경성에서 꽤 높은 지위와 부를 가지고 있던 집안의 외동아들로 태어났고, 지금은 동양대학 철학과에 다닌다고 했다. 하지만 학교에는 거의 나가지 않고 언제나 친구들과 어울려 지낸다고 했다.

"그렇군요. 그럼 당신은 운동만 하고 있는 거예요?"

"아뇨. 나 같은 쁘띠부르주아나 인텔리는 운동에 끼워주지도 않아요." 현은 씁쓸히 웃었다.

당시의 나는 이렇다 할 특별한 단체에 속해 있지 않았고 심각하게 운동에 관여한 일도 없었기 때문에 그를 경멸하지도 외면하지도 않았다. 나는 나와 비슷한 정도의 감정과 생각이 현의 마음에도 있다는 사실을 발견하고 기뻤다.

문득, 복도를 난폭하게 걸어오는 슬리퍼 소리가 들렸다. 무심코 그쪽을 돌아보니 세가와가 현의 방문 입구까지 와 있었다.

"후미 짱. 그렇게 남의 방을 드나들면 곤란해. 돌아가 줘."

"뭐라고?"

방금 전까지 마음속에 있던 화가 결국은 폭발해버렸다. 나는 소리쳤다.

"잘난 체하지 마. 내 발로 마음대로 다니지도 못하니? 내 마음이야. 입 다물어."

"현에게 폐를 끼치고 있잖아. 아침부터……."

"입 다물라고 했지!"

더욱 화가 치밀어 고함을 쳤다.

"현이 허락한 일인데 네가 왜 상관이야? 참견 말고 도시락이나 가지고 밖으로 나가. 그게 훨씬 너한테 어울려."

"기억해두겠어!"

세가와도 격분하며 말을 내뱉고는 사라졌다. 그다지 치욕스럽지도 고통스럽지도 않았는지 세가와는 일하러 나가버렸다.

내가 세가와에게 욕을 퍼붓는 것을 하숙집 식모는 기가 찬 듯이 듣고 있었다. 그러나 나는 아무렇지도 않았다. 다른 사람이 어떻게 생각하든 자기 일만 하면 된다고 생각했다.

그 후로 약 한 시간 동안 현과 이야기를 나누었다. 세가와에게 욕을 퍼붓고 난 뒤의 통쾌함과 흥분 때문에 나는 기운차게 떠들 수 있었다.

현의 방에서 나온 시각은 9시가 지나서였다. 길거리를 조금 걷고 있자 뒤에서 누군가가 불렀다. 뒤돌아보니 현이 서 있었다. 양복으로 갈아입고 보헤미안 넥타이를 매고 나의 뒤를 쫓아온 것이었다. 나는 멈춰 서서 현을 기다렸다. 현은 말했다.

"식사는 하셨어요? 사실 저는 아직 먹지 않았어요. 하숙집 밥이 맛이 없어서요. 지금 뭘 좀 먹으러 가려 하는데, 같이 가지 않겠어요? 그리 시간이 걸리지는 않을 거예요."

"그래요? 고마워요. 실은 저도 아직 식사 전이예요."

"마침 잘 됐군요. 같이 갑시다."

우리 둘은 전찻길에서 나와 언덕길을 올랐다. 우체국 앞에서 현은 나를 잠시 기다리게 했다. 창구에서 돈을 찾아오는 듯했다. 양복 안주머니에 무언가를 넣으면서 현이 나왔다.

덴진신사 옆 작은 양식당 2층으로 올라갔다. 아침 시간이었기에 우리 외에 손님은 없었다.

우리는 이미 오래전부터 알고 지내던 친구 사이 같았다.

다음 날, 학교에서 돌아와 보니 현에게 편지가 와 있었다. 희고 작은 서양봉투에 '속달'이라는 붉은 글씨가 보였다. 열어보니 꽤 질 좋은 편지지 위에 오늘 밤 우에노 간게쓰쿄(觀月橋)로 와주었으면 한다는 글이 말끔하고 정성스럽게 적혀 있었다.

늦더위가 기승을 부리고 있던 터라 다리에는 더위를 식히기 위해 모여든 사람들로 가득했다. 나는 눈에 불을 켜고 좌우 사람들을 하나하나 확인하면서 다리를 건넜다. 하지만 현의 모습은 보이지 않았다. 거짓말을 할 리가 없을 텐데, 하며 나는 다시 한 번 다리를 건넜다. 그때 마지막 난간에 현이 서 있는 것을 발견했다.

"아, 후미 상, 어서 오세요." 하고 현은 갑자기 내 손을 잡았다.

우리는 공원을 산책했다.

"당신에게 완전히 반해버렸나 봅니다."

현은 이렇게 말했다.

"나도 당신이 좋아요."

내가 답했다.

우리는 또 어느 작은 요리점으로 갔다. 그리고 나는…….

나는 현재 내가 가지고 있는 희망과 처지 등을 현에게 말했다.

"그럼 우리, 어딘가에 집을 마련합시다."

현은 약속했다.

그 후로 이유 없이 현에게 끌렸다. 현을 만나지 않는 날이 며칠 이어지면 적적해서 견딜 수가 없었다. 그럴 때에는 현이 갈 만한 곳을 찾아 헤맸다. 그러다가 결국은 현을 만나지 못하고 지쳐 돌아오는 날이 더러 있었다.

작은 외할아버지 집에서는 나를 감시하기 시작했다. 나는 외출하기가 곤란해졌다.

"집은 아직 구하지 못했나요?"

현을 만날 때마다 물었다.

"매일 찾고 있기는 한데."

현은 신문에 실린 집 광고를 주머니에서 꺼내 보여주었다. 얼른 집을 구했으면, 빨리 작은 외할아버지 집에서 나왔으면, 이런 생각이 간절했다.

어느 날, 밤 9시가 넘은 시간이었다. 거실에서 겨울옷을 바느질하고 있는데 현으로부터 전화가 왔다. 수화기 너머로 현이 말했다.

"후미 짱, 있잖아. 구노(久能) 씨가 많이 아픈 건 알고 있지? 몰라? 나도 몰랐는데 아주 위독한가 봐. 그래서 병문안을 좀 가야 할 것 같아. 같이 가지 않을래?"

구노 여사는 서른대여섯 살 정도의 여성 사회주의자였다.

어느 사상가와 그녀 사이에는 아이가 둘 있었지만, 남편을 버리고 운동에 뛰어들었다. 나는 지금까지 몇 번 그녀를 만난 적이 있었다. 그녀는 젊은 사회주의자들과 함께 가난한 생활을 하면서 피투성이가 되어 투쟁을 이어왔다. 그런 그녀가 언제 병에 걸리고 만 것일까. 나 역시 병문안을 가야겠다는 생각이 들었다.

"그래요? 그럼 가야죠. 지금 나갈 테니 좀 기다려요."

"기다릴게요. 지금 당장 나와요."

나는 작은 외할아버지 식구들에게 양해를 구하고 서둘러 집을 나왔다.

"거짓말. 전화를 핑계로 또 남자 만나러 나가는 거야."

나갈 채비를 하는 사이 하나에 씨는 일부러 들으라는 듯 큰 소리로 말했다.

물론 나는 현을 만날 수 있어 기뻤다. 하지만 그 당시에는 구노 여사만을 생각하고 있었다. 하나에 씨가 무슨 말을 하든 상관없었다.

현이 기다리고 있다는 현의 친구 하숙집에 도착한 것은 전화를 받고부터 30분이 지난 시각이었다. 하숙집에는 남자 서너 명이 누워 있거나 다리를 뻗고 앉아 이야기를 나누고 있었다.

"안녕하세요. 기다리게 해서 죄송합니다……. 마쓰모토(현) 씨, 이제 나가요."

긴장한 나는 장지문을 열고 문지방에 서서 현을 재촉했다.

그러나 현은 일어서기는커녕 빙긋이 웃고만 있었다. 오히려 친구 한 사람이 일어나 "그건 거짓말이었어요. 어서 들어오세요." 하고 내 손을 잡고 방 안으로 들어가려 했다.

"너무해요. 거짓말이었던 거예요?"

나는 화를 냈지만 한편으로는 기쁘기도 했다.

"어떻게 된 거예요? 왜 전화로 사람을 불러낸 거예요? 무슨 일이예요?"

"저기, 후미 짱."

현이 입을 열었다.

"방금 장님 한 사람이 퉁소를 불고 갔어. 우리 모두 그 소리에 빨려 들어갔지. 가만히 듣고 있으니 너무 슬픈 거야. 나는 결국 눈물을 흘리고 말았어. 잘 왔어. 우리는 너무 슬펐다고……."

현의 말이 거짓은 아닌 듯했다. 그의 목소리는 감상적으로 변해 있었다.

"부잣집 도련님들은 어쩔 수 없군요……."

이렇게 말하며 나는 방 안으로 들어갔다. 모두 나를 환영해 주었다.

"정말 쓸쓸한 밤이었지만 당신이 와줘서 기분이 한결 나아졌어요."

방주인처럼 보이는 남자가 말했다. 그리고 양식과 중식 요리를 시켜 접시 가득 내놓았다. 남자들은 맥주를 마시고 과일을 먹었다. 그러면서 실컷 떠들고 웃고 노래했다.

빨리 집에 돌아가야 하는데……. 초조했다. 그러나 모든 걸 거절하고 집으로 돌아갈 수도 없었다. 10시가 지나고 11시도 지났다. 하지만 모두들 집으로 돌아갈 생각은 하지 않고 트럼프를 시작했다. 트럼프는 내가 가장 좋아하는 놀이였기 때문에 나는 다시 눌러앉고 말았다. 정신을 차려보니 전차 소리도 듣지 못하고 빠져 있었다.

결국 나는 자고 가기로 했다. 현의 친구는 현과 나를 위해 별도의 방을 비워주었다.

다음날 아침, 눈을 떴을 때 가장 먼저 떠오른 것은 집안일이었다. 어제 저녁 집을 나설 때 하나에 씨가 했던 말이 뇌리를 스쳐 지나갔다.

아무리 내가 일부러 계획한 일이 아니라고 해도, 좌우간 내가 구노 여사를 만나지 않은 것은 분명한 사실이다. 그리고 현을 만나 외박했다. 작은 외할아버지댁 식구들이 얼마나 나를 깔보고 역정을 낼지 뻔하다. 이런 생각을 하니 불안해서 견딜 수가 없었다.

우리는 다시 현의 친구 방으로 모였다. 그들은 양식을 시켜 먹고 다시 어젯밤처럼 놀이를 계속했다. 하지만 나는 음식을 입에 넣을 기분이 아니었고 같이 놀 수도 없었다. 창가에 앉아 조용히 생각에 잠겼다.

"후미 짱. 이리 와요. 어디 아파요?"

때때로 그들이 말을 걸었지만 내가 대꾸를 하지 않자 그들은 다시 놀이를 계속했다. 나는 더 이상 참을 수 없어 현에게 말했다.

"저기, 마쓰모토. 잠깐 나올 수 있어요? 지금 집에 가려고 하는데 그 전에 할 말이 있어요."

현은 싫은 내색을 하면서도 자리에서 일어나 나왔다. 우리는 어젯밤에 잤던 방으로 들어갔다.

"저기, 현."

방에 앉아 나는 말했다.

"어제처럼 요즘 자주 외출하고 외박해서 더 이상은 집에 있기 힘들어요. …… 그래서 말인데, 그 얘기…… 어떻게 되었나요? 빨리 구해야 해요."

두 사람이 서로 알기 시작한 시점부터 현은 교외에 집을 빌려 동거하자고 했다. 그러나 그 뒤 현의 태도를 보면 그럴 생각은 전혀 없는 듯했다. 나는 현에게 진정성이 없는 건 아닐까, 하는 의구심이 들었다. 그런 생각을 하면 할수록 그에게 빠져들어 가는 것 같아 견딜 수가 없었다. 몇 번이나 집을 비우고, 외박을 하는 사이 집으로 돌아가기조차 싫어졌다.

"아, 그 얘기 말이군."

대답하는 현의 얼굴에 당황한 기색이 역력했다.

"그 애기는…… 그래, 지금 집을 구하고는 있는데, 그리고 집도 있기는 한데……. 우에노에 친구가 빌린 집이 있는데, 그 녀석이 고향에 가 있어서 해결을 못 했어. 하지만 곧 어떻게 될 거야. 집을 정하지 뭐."

역시 언제나처럼 믿을 수 없는 말이었다. 듣기 좋게 둘러대고 있다는 걸 나는 알 수 있었다.

"그래요?"

나는 가만히 생각했다.

지금 무슨 말을 해도 소용이 없다. 믿을 수 없는 말을 억지로 믿고 그저 기다리는 방법밖에 없다. 그건 그렇다 하더라도 어젯밤 일을 하나에 씨에게 설명할 필요는 있었다. 그래서 나는 말했다.

"그건 그렇고, 어젯밤은 구노 여사 병문안을 다녀온 걸로 되어 있어요. 이대로 집에 가기엔 좀 곤란해요. 그러니까 구노 여사에게 다녀온 증거가 필요해요. 생각해 보니 올 봄, 내 옷을 구노 여사가 전당포에 맡겼는데, 구노 여사를 만난 증거로 옷을 찾아 가져가고 싶어요……."

옷을 핑계로 현에게 돈을 얻어내고 싶었다. 그런 일은 서로 사랑하는 사이라면 아무런 문제가 될 것이 없다. 그러나 현이 만약 나를 노리갯감으로 생각하고 있다면, 이런 말은 내가 육체를 판 대가를 요구하는 것으로 들릴 것이다. 나는 그게 싫었지만, 집에 돌아가기 전에 꼭 옷이 필요하다고 생각했고, 말해도 좋은지 나쁜지 판단이 되지 않는 가운데 이런 말을 해버리고 말았다.

"아, 그렇군. 알았어. 그렇게 하는 게 좋겠네."

현은 가볍게 내 말에 답했다. 그러면서 주머니를 뒤지더니, "잠깐 기다려." 하고 나갔다.

마침 그때, 빗자루를 들고 복도를 지나가던 식모 두 사람이 현이 열고 나간 장지문 사이로 나를 보며 지나갔다. 지나가면서 속삭이듯 말하는 두 사람의 목소리가 들렸다.

"스미 짱, 저 여자는 대체 뭐하는 사람일까?"

"하숙집을 돌아다니는 매춘부 아닐까?"

현이 다시 들어왔다. 5엔짜리 지폐 한 장을 내 손에 쥐어주었다. 눈물을 삼키며 나는 그 돈을 받았다.

떠들고 노는 데 푹 빠진 사람들을 남겨두고 나는 하숙집에서 나왔다. 이미 10시가 넘은 시각이었다. 심하지는 않지만 비가 내리고 있었다. 우산도 없었고 굽 높은 게다도 없었다. 전당포에 돈을 내야 했기 때문에 우산과 게다를 살 수도 없었다. 우산 없이 비를 흠뻑 맞고 굽 낮은 게다로 흙탕물을 튀기며 스가모에 있는 구노 여사 집으로 향했다.

"실례합니다."

나는 구노 여사의 집 현관으로 들어갔다.

"네." 하는 답이 돌아왔지만 구노 여사는 아니었다.

"저기, 구노 여사는?"

"구노 씨? 그런 사람은 모르는데요?"

나는 어안이 벙벙한 채 밖으로 나왔다. 그리고 무슨 일인지 궁금하여 근처 '노동사(勞働社)'에 가서 물어보았다. 노동사에는 내가 아는 이가 한 사람도 없었지만, 구노 여사의 소식은 들을 수 있었다.

"구노 여사는 말이죠, 미키모토(三木本) 군과 함께 오사카(大阪)로 갔어요."

노동사의 동인 한 사람이 알려주었다.

"그렇군요. 이거 참 난감하네."

내가 말하자, "무슨 일이예요? 실례지만 당신은 누구시죠?" 하고 상대방이 물으며 쉬었다 가라고 했다. 하지만 나는 내 이름도 밝히지 않고 그곳을 나왔다.

나는 구노 씨가 가던 전당포를 알고 있었다. 그곳을 찾아갔다.

"네, 그런 물건을 보관하고 있었습니다."

주인은 내가 찾는 옷에 대해 말하기 시작했다.

"죄송합니다만, 지난달에 기한이 끝나 우리가 처분해버렸습니다. 몇 번이나 말씀을 드렸는데도 단 한 번도 이자를 주지 않으니……."

마지막 남은 유일한 희망의 끈이 끊어지고 말았다. 울고 싶어도 울 수 없는 절망의 못으로 던져진 것 같았다.

특별히 그 옷을 가지고 싶었던 것은 아니다. 단지 이번에는 그 옷이 꼭 필요했다. 뿐만 아니라 구노 여사의 일처리도 무성

의의 극치였다. 지금까지 '주의자'들은 뭔가 일종의 특별한, 위대한 인간이라고 생각하고 있었는데, 그게 얼마나 바보 같은 공상이었는지 명확해진 것이다. 아름다운 천상의 꿈에서 더러운 하수구 속으로 떨어진 듯이 환멸스러웠다.

보게쓰앙의 외삼촌이 병에 걸려 미노와의 작은 외할아버지 댁을 찾아왔다. 완전히 야위어 불쌍한 모습을 하고 있었다. 나에게 그토록 수치심을 안겨준 사람이었지만 그 모습을 보니 반감도 사라졌다. 나는 외삼촌을 데리고 병원을 찾았다. 하지만 외삼촌의 회복을 장담해주는 곳은 그 어디에도 없었다.

외삼촌은 허무하게 고향으로 돌아가야 했다. 나는 외삼촌을 이이다마치(飯田町) 역까지 배웅했다.

"안녕히 가세요. 몸조심하시고요."

"고맙구나. 열심히 공부해."

외삼촌은 자신의 죽음이 가까워지고 있다는 걸 모르고 있었다. 하지만 나는 알았다. 이것이 마지막 인사다, 하고 생각하니 역시 쓸쓸한 마음이 들었다.

기차가 떠나고 나도 발길을 돌렸다. 벌써 6시가 지났는지, 거리에는 전등이 켜져 있었다. 이런 적적함을 어디선가 발산시키고 싶었다. 그리고는 별 생각 없이 전차 몇 대를 그냥 보냈다.

멍하니 서서 거리의 불빛을 바라보고 있으니 견딜 수 없이 남자가 그리웠다. 더 이상 애인이라고 부를 수 없는 남자지만 만나고 싶었다. 그래서 나는 가까운 자동전화기로 달려갔다. 현이 있을 법한 곳에 전화를 걸었다. 겨우 현이 있는 곳을 알아낼 수 있었다.

"마침 전화 잘했어. 할 이야기가 있어서 만나고 싶었거든."

현은 혼고(本鄕)에 있는 조(趙)의 집으로 와 달라고 했다. 조의 집으로 갔다. 현도 2, 3분 전에 와 있었다.

"무슨 이야기죠?"

나는 물었다.

"무슨 이야기냐면 말이야."

현은 평소처럼 둘러말했다. 조와 함께 독일로 유학가기로 되었으니 헤어지자는 것이었다.

나는 이미 체념하고 있었다.

"그렇군요. 그렇게 하죠."

"헤어지기 전에 같이 놉시다."

조가 말하며 양식과 술을 내왔다. 나는 특별히 슬프지도 억울하지도 않았다. 그저 절망이 끓어오르는 듯했다.

막무가내로 위스키를 마셨다. 얼마나 마셨는지, 여하튼 제대로 몸을 가눌 수 없을 정도였다.

이리하여 나는 작은 외할아버지댁에서도 지내기 힘들게 되었다. 실연의 상처를 가슴에 안고 작은 외할아버지댁에서 나왔다.

일! 나 자신을 위한 일!

작은 외할아버지댁에서 나온 나는 히비야(日比谷)에 있는 작은 요리점에서 일하게 되었다.

그곳은 속칭 '사회주의 오뎅'이라고 불리는 요리점으로, 주인은 사회주의자를 동정하고 있었고 스스로도 사회주의자의 얼굴을 하고 있었기 때문에 신문기자, 사회주의자, 회사원, 문사 등 인텔리들이 많이 모여들었다.

나는 낮에는 일하고 밤에는 학교에 다녔다. 가게 주인은 학교 월사금과 전차비를 내주겠다고 약속했다.

이제껏 학교는 낮에 다녔는데, 밤에 학교를 다니기 시작하면서 나는 한 여자 친구와 가까워지게 되었다. 이름은 니야마 하쓰요(新山初代)였다.

아마도 하쓰요는 내 인생의 유일한 여성 친구라 할 수 있을 것이다. 하쓰요는 나에게 많은 것을 가르쳐주었다. 그뿐 아니라 그녀를 통해 나는 진실하고 따뜻한 우정을 느낄 수 있었다. 이번에 검거된 하쓰요에게 경시청 공무원이 "여자 친구들 가운데 누구를 가장 좋아하는가?" 하고 물었을 때, 그녀는 망설이지도 않고 내 이름을 말했다고 한다. 나 역시 하쓰요를 가장 좋아한다고 말하고 싶다. 그러나 하쓰요는 이 세상 사람이 아니다. 여기까지 쓰고 나니, 하쓰요에게 도움을 청하고 싶은 충동이 강하게 일어나는 것 같다. 하지만 그녀는 내 손을 잡아 줄 수 없다.

당시 하쓰요는 나보다 두 살 많은 스물한 살이었다. 매우 영리했고, 좋은 의미에서 남성적인 성격을 가지고 있었다. 의지가 강하여 주변에 좌우되는 일이 없었다. 항상 스스로의 힘으로 움직였다.

하쓰요의 집안은 유복하지는 않았지만 적어도 나와 같이 부랑자 집안은 아니었다. 하지만 그녀는 집안으로부터 어떠한 도움도 받지 못했다. 술주정뱅이 아버지는 자식들을 보살피지 않았고, 하쓰요가 여학교 2학년이 되었을 때 돌아가셨다. 그 후 하쓰요는 폐병이 들어 고향 니이가타(新潟) 시골에서 요양을 했다. 하쓰요가 생사의 문제에 번민하며 불교 공부를 시작한 것도 그 무렵부터라고 한다. 큰 병이 아니었던 탓에 다시 도쿄로 나와 부립 제2학교(어쩌면 제3학교)를 우수하게 졸업했다.

하쓰요의 능력을 아는 사람들은 그녀에게 상급학교 진학을 권했다. 그러나 하쓰요는 아버지도 돌아가신 데다 어린 여동생과 어머니를 희생하면서까지 상급학교에 진학할 수는 없다며 자립의 길을 모색했다. 그리고 타이프라이터 학교에 다녀 타이피스트가 되어, 당시 영국인이 경영하고 있던 회사의 사무원으로 일하는 한편 세이소쿠에 다니며 영어공부를 하고 있었다.

하쓰요와 어떻게 친구가 되었는지는 잘 기억나지 않는다. 야간 학교에서 우리 여학생들은—네댓 명은 있었던 것 같다—교실 앞쪽에 모여 앉아 처음에는 인사만 나누는 정도였다. 어느 날, '죽음'이라는 문제에 대해 하쓰요와 남학생들 사이에서 토론이 벌어졌고, 옆에서 듣고 있던 내가 그 토론에 끼어들면서 우리는 친구가 되었던 것 같다.

나는 하쓰요의 말과 행동에 매력을 느끼게 되었고, 언제부턴가 가까워지고 싶다는 생각을 가지게 되었다. 야간 학교에서 하쓰요를 본 순간 그런 마음을 가지게 되었다.

죽음에 대해 하쓰요는 이렇게 말했다.

"나는 폐병을 앓은 적이 있어요. 그래서 죽음에 대해서는 아주 진지하게 생각하는 편이죠. 나는 이렇게 생각해요. 사람이 죽음을 두려워하는 것은 죽음 그 자체가 아니라 죽음에 이르는 순간까지의 고통이 두려운 게 아닌가 하고. 사람은 수면을 두려워하진 않죠. 수면도 의식을 상실한다는 점에서는 역시 일시적인 죽음인데도 말이죠……."

나는 그 말을 들으면서 예전에 조선에서 죽음을 결심했을 때의 감정을 다시 한 번 선명하게 상기할 수 있었다. 나는 내 경험을 토대로 하쓰요의 의견에 반론을 가했다.

“내 생각은 달라요. 내 경험으로 단언할 수 있어요. 사람이 죽음을 두려워하는 것은 이 세상에서 자신이 영원히 사라진다는 것이 슬퍼서예요. 바꾸어 말하면, 사람은 이 지상의 모든 현상에 대해 평소에는 특별히 의식하지 않지만, 지상의 모든 것은 곧 자신이므로 그것이 사라져버리는 것이 대단히 슬픈 거예요. 수면은 결코 사라져버리는 게 아니잖아요. 수면은 그저 잊을 뿐이에요.”

물론 이런 토론에서 누구의 의견이 맞는지 단정할 수는 없다. 여하튼 이 일을 계기로 우리는 이야기를 나누는 사이가 되었다.

“당신도 죽음을 가까이 경험한 적이 있어요?” 하고 하쓰요가 물었다.

“네, 있어요.”라고 나는 답했다.

우리는 학교가 파하고 집으로 돌아갈 때도 계속 ‘죽음’에 관해 이야기했다. 그리고 곧바로 가까운 친구가 되었다.

나는 하쓰요에게서 직접적으로 사상을 배웠다고는 생각하지 않지만, 그녀가 가진 책을 통해 많은 것을 배울 수 있었다. 오랫동안 책을 읽고 싶어도 책을 살 수 없었던 나는 하쓰요와 친구가 되고 난 뒤부터 그녀가 가진 책을 많이 빌려 읽을 수 있었다.

『노동자 셰빌로프』를 감동스럽게 읽게 해준 것도 하쓰요였고, 『죽음의 전야』를 빌려준 것도 하쓰요였다. 베르그송이라든지 스펜서라든지 헤겔과 같은 사상 일반을, 적어도 그 이름을 알게 해준 것도 하쓰요였다. 그 가운데서도 가장 영향을 많이 받은 것은 하쓰요가 가지고 있던 니힐리즘 사상가의 책이었다. 슈티르너, 미하일 아르치바셰프, 니체 등에 대해 알게 된 것도 이 시기였다.

구름이 낮게 깔린, 금방이라도 비가 내릴 것 같은 해질녘이었다. 나는 4시에 가게를 나섰지만, 학교 수업이 시작되기까지는 아직 2시간 정도 여유가 있었기 때문에 학교에서 가까운 곳에 위치한 현(玄)의 친구 정(鄭)의 하숙집에 들렀다.

"어서 와."

정은 나를 보자마자 "그러지 않아도 반가운 소식을 전해주려고 기다리던 참이었어." 하며 서랍 속에서 편지 한 통을 꺼내 나에게 내밀었다. 그것은 현이 보낸 것으로, 편지 내용 가운데는 나에게 쓴 문장도 있었다. 어머니가 위독하다는 전보를 받고 부랴부랴 나서기는 했지만, 제대로 인사도 못하고 나온 것을 용서해 달라는 것이었다.

"흥."

나는 코웃음을 치며 편지를 다시 서랍 속에 던져 넣었지만, 특별히 화가 나지도 않았다. 정도 역시 그것에 대해 말이 없었다. 오히려 내가 편지를 다 읽기를 기다린 듯, 서너 장의 인쇄물을 나에게 보여주었다. 그것은 정이 출간하려는 국배판 8쪽

분량의 월간잡지 교정본이었다. 잡지 발간에 대해서는 평소부터 언급하고 있던 터라 나도 잘 알고 있었다.

"그래? 벌써 완성된 거야?"

나는 정과 같이 기쁨을 나누면서 잡지를 살펴보았다. 정이 평소에 써 모아두었던 것을 인쇄한 것으로, 이미 원고 내용은 알고 있었다.

그런데 오직 하나, 뒷장 한편에 실린 짧은 시가 내 눈에 들어왔다. 나는 시를 읽어보았다. 참으로 강한 힘이 느껴지는 시였다. 구절, 구절을 읽을 때마다 마음이 떨려왔다. 끝까지 읽고 나서는 황홀경에 빠지는 느낌이었다. 내 가슴속 피는 춤을 추었고, 알 수 없는 어떤 진한 감동이 나의 모든 생명을 고양시켰다.

작자 이름을 살펴보았다. 내가 모르는 이름이었다. 박열(朴烈)이라고 했다. 나는 누군가의 필명이라고 생각했지만, 곧 생각을 바꾸었다. 왜냐하면 이런 시와 어울리는 남자를 조선인 가운데 아직 본 적이 없었기 때문이다.

"이 사람, 누구? 박열이라는 사람?"

나는 정에게 물었다.

"그 사람은 말이지, 내 친구. 아직 잘 알려지지 않은 가난한 남자야."

정은 작자를 아주 가볍게 다루듯이 말했다.

"그래? 하지만 이 사람에게는 뭐라 형용할 수 없는 강한 힘이 느껴져. 나는 지금까지 이런 시를 읽어본 적이 없어."

나는 작자를 인정하지 않는 정을 멸시하듯 대꾸했다. 정은 그다지 유쾌하지 않은 듯했다.

"어째서 이 시가 좋은 거지?"

"꼭 집어서 말할 수 없지만, 아무튼 전체적으로 다 좋아. 좋다는 표현은 어울리지 않겠다. 아주 강해. 오랫동안 찾아 헤매던 것을 지금 이 시 속에서 발견한 것 같은 기분이 들어."

"꽤 감동한 모양이군. 한번 만나볼래?"

"응. 만나게 해줘. 꼭."

언제부터 내리기 시작했는지 밖에는 조용히 가랑눈이 내리고 있었다. 복도에 걸린 시계가 6시를 알렸다. 어떤 하숙생이 높은 음성으로 이야기하며 앞 계단을 내려갔다.

"참, 학교는?"

정이 물었다.

"학교? 학교는 아무래도 좋아."

나는 아무렇지도 않은 듯 답했다. 정은 이상한 눈으로 나를 바라보았다.

"왜 그래? 넌 고학생이잖아."

"그래. 원래는 열심히 공부하는 고학생이었지. 세 번의 식사를 한 번으로 줄이는 한이 있어도 학교에는 빠지지 않았지만, 지금은 그렇지 않아."

"왜지?"

"별다른 이유는 없어. 그저 지금과 같은 사회에서 훌륭하게 되려고 하는 것이 우습게 느껴졌을 뿐이야."

"뭐야. 그럼 학교를 관두고 무슨 일을 할 작정이야?"

"그러게. 그러지 않아도 계속 생각하고 있던 참이야. 나, 뭔가 하고 싶어. 그게 어떤 일인지는 나도 잘 모르겠어. 하지만 고학은 절대 아니야. 난 뭔가 해야만 해. 하지 않으면 안 되는 일이 있다고. 난 지금 그걸 찾고 있어……."

실제로 당시의 나는 그런 것들을 생각하고 있었다. 모든 일에 열정을 갖던 당시 나는 고학을 해서 훌륭한 사람으로 성장하고 싶다는 것을 유일한 목표로 삼았다. 하지만 확실히 깨달았다. 지금과 같은 세상에서는 고학을 하더라도 훌륭하게 될 수 없다는 것을. 아니. 그뿐만이 아니다. 훌륭하다고 대접받는 사람만큼 별 볼 일 없는 사람은 없다는 것을. 주변 사람들이 훌륭하다고 말하는 게 무슨 의미가 있는가. 나는 주변 사람들의 평가를 위해 사는 것이 아니다. 나 자신을 위한 진정한 만족과 자유를 얻어야 하지 않겠는가. 나는 나 자신이어야만 한다.

나는 너무나 많은 사람들의 노예로 살아왔다. 참으로 많은 남자들의 장난감으로 살아왔다. 나는 나 자신을 살지 않았던 것이다.

나는 나 자신을 위한 일을 해야 한다. 그렇다. 나 자신의 일이다. 그러나 나 자신의 일이란 무엇이란 말인가. 나는 그것을 알고 싶다. 그것을 깨달아 실천하고 싶다.

아마도 그것은 하쓰요를 알고 난 후부터일 것이다. 그녀가 권한 책에 감화되었기 때문일 것이다. 또한 하쓰요의 성격과 일상생활에 자극을 받았기 때문인지도 모른다. 아무튼 나는 오로지 이런 생각만 하고 있었다.

"그래. 우리에게는 우리가 진정으로 해야만 하는 일들이 있어." 정도 진지하게 나의 의견에 동의했다.

우리는 처음으로 진중하게 여러 이야기를 나누었다. 그러는 와중에 문득, 오늘밤 미토시로쵸(美士代町) 청년회관에서 '사회사상강연회'가 열린다는 사실이 떠올랐다.

나는 정의 집에서 나왔다. 그리고 학교로 가서 하쓰요를 불러내 강연회로 향했다. 거리는 눈으로 덮여 하얗게 변해 있었다.

그 당시부터 나는 사회에 대해 점차 알아가게 되었다. 지금까지 얇은 베일에 싸여 있던 세상의 모습들이 점점 선명하게 보이는 것 같았다. 나와 같은 가난한 사람이 어째서 공부도 할 수 없고 훌륭하게 될 수 없는지, 그 이유를 알 수 있었다. 재력을 가진 자는 점점 재력을 불리고, 권력을 가진 자는 무엇이든 할 수 있는 이유도 알게 되었다. 그리고 사회주의를 부르짖는 이유도 알게 되었다.

그러나 나는 결코 사회주의 사상을 그대로 받아들일 수는 없었다. 사회주의는 고통받는 민중을 위해 사회 변혁을 추구하지만, 그들의 방법으로 진정 민중이 행복을 찾을 수 있을지는 의문스러웠다.

'민중을 위해'라고 주장하면서 사회주의는 동란을 일으킬 것이다. 민중은 자신들을 위해 일어서준 사람들과 생사를 같이할 것이다. 그리고 사회에 하나의 변혁이 도래했을 때, 아아, 그때 민중에게 남는 것은 과연 무엇일까.

지도자는 권력을 얻을 것이다. 그 권력을 가지고 새로운 세계에 질서를 세울 것이다. 그리고 민중은 다시 그 권력의 노예가 되어야 할 것이다. 그렇다면 [redacted]란 무엇이란 말인가. 그것은 단지 하나의 권력을 대신하는 또 다른 권력을 지니는 데 지나지 않는다.

하쓰요는 그러한 사람들의 운동을 경멸했다. 냉소했다.

"나는 인간사회에 이렇다 할 이상을 가지고 있지 않아. 그래서 나는 우선 마음이 맞는 사람들끼리 모여 생활하는 것이 가장 가능성이 있다고 생각해. 그리고 가장 의의 있는 삶이라 생각해."

하쓰요는 이렇게 말했다. 하쓰요의 의견에 대해 우리 중 누군가는 그것을 도피라고 말했다. 하지만 나는 그렇게 생각하지 않았다. 나도 하쓰요처럼 이미 이렇게 망가진 사회를 만인의 행복을 추구하는 사회로 변혁시키는 것은 불가능하다고 생각했다. 나 역시 특별한 이상을 가질 수 없었다. 그러나 한 가지에 있어서 나와 하쓰요는 생각이 달랐다. 아무리 우리 사회에서 이상을 가질 수 없다고 하더라도 우리에게는 자신을 위한 일이 있다고 나는 생각했다. 그것을 성취하든 성취하지 않든 그것은 관여할 바가 아니다. 우리는 그저 그것을 진정한 일이라고 생각하면 된다. 그렇게 하는 것이, 그러한 일을 하는 것이 우리 자신을 위한 진정한 생활인 것이다.

나는 나 자신을 위한 진정한 일을 하고 싶었다. 그렇게 함으로써 우리의 생활은 곧 우리와 일치된다. 먼 저편에 이상적인 목표를 두는 것과 다른 것이다.

어느 춥고 추운 밤이었다. 여느 때처럼 나는 좌담회에 나가지 않고 정의 집으로 놀러갔다.

늘 그랬던 것처럼 아무런 예고도 없이 정의 방문을 열고 '안녕'이라고 인사했다. 정은 낯선 남자와 화롯가에서 목소리를 죽이며 이야기를 나누고 있었다.

낯선 남자는 그다지 키가 크지 않았고, 아주 말랐으며, 검고 덥수룩한 머리칼을 어깨까지 기르고 있었다. 스물서너 살로 보였다. 푸른 작업복에 갈색 외투를 걸치고 있었지만, 외투의 단추는 떨어질 듯이 달랑거렸고 소매 끝은 닳아서 해어졌으며 팔꿈치 주변도 닳아 구멍이 나 있었다.

"어서 와."

정이 나를 맞았다. 낯선 남자는 나를 한번 보더니 입을 다물고 화롯불로 시선을 옮겼다.

"꽤 추운 날씨네."

나는 성큼 방 안으로 들어가 화롯가에 앉았다.

"요 며칠 안 보이더라. 무슨 일 있는 거야?"

정이 물었다.

"아니."

나는 대답하며 이 초라한 행색을 한 손님에게 말을 붙여보았다.

"당신은 얼마 전 중화청년회관에서 열렸던 러시아 기근 구제음악회 때 무대 옆에 서 있었죠. 그렇죠?"

"그랬던가요?"

손님인 그가 답했다. 그는 짤막하게 답할 뿐, 긍정도 부정도 하지 않았다. 그리고 조용히 일어났다.

"아무려면 어때요."

나는 당황해서 그를 붙잡았다.

"말씀들 나누세요. 특별히 용건이 있어 온 건 아니니까……."

그러나 그는 역시 아무 말도 하지 않고 다다미방에 선 채 짙은 눈썹 아래 검은 셀룰로이드테 안경 너머로 차갑게 나를 내려다보았다. 왠지 모를 위압감이 느껴졌다. 그러고는 "실례했소."라는 말을 또렷이 남기고 방에서 나갔다.

"이봐, 자네. 오늘밤은 어디서 머물 텐가. 내 방에서 지내도록 하게나."

정이 황급히 일어나 복도로 쫓아가며 소리 질렀다.

"고맙지만 오늘밤은 고마고메(駒込)에 있는 친구네 집에서 신세를 지겠네."

그는 침착하고도 쓸쓸한 목소리로 답했다. 어쩐지 미안해졌다. 긴장되기도 했다.

"정, 저 사람 이름이 뭐야?"

"아아, 저 사람? 언젠가 당신이 꽤 감동받은 시의 작자, 박열 군이야."

"어머나, 저 사람이 박열?"

나도 모르게 얼굴이 붉어지고 목소리가 높아졌다.

"그래, 저 남자야."

정은 차분히 답했다.

나는 박열에 대해 여러 가지를 물었다. 정에 의하면 그는 지금까지 인력거꾼, 짐꾼, 우편배달부와 같은 일을 했지만, 지금은 특별한 직업 없이 밤마다 친구들의 집을 전전하며 지내는 듯했다.

"그렇다면 저 사람, 마치 집 나온 개와 같네. 그러면서 왜 저렇게 태도가 무거운 거야? 마치 왕자라도 되는 듯한 태도잖아."

"하긴, 친구들 집을 전전하며 얻어먹는 건 집 나온 개같이 보이기도 하군."

정은 다소 멸시하는 말투였지만 내가 언짢아하는 걸 보고는 "그래도 훌륭한 사람이야, 저 사람. 저 사람만큼 진지하게 생각하고 진지하게 행동하는 사람은 우리 가운데 많지 않아." 하고 덧붙였다.

당연히 그렇겠지. 당연히. 나는 마음속으로 외쳤다.

무엇인가가 가슴속에서 방망이질을 했다. 무엇인가가 가슴속에서 일어나고 있었다.

그가 가지고 있는 것은 과연 무엇일까. 그를 저토록 강하게 만든 것은 무엇일까. 나는 그것을 찾고 싶었다. 그것을 찾아 내 것으로 만들고 싶었다.

나는 정과 헤어져 가게로 돌아왔다. 도중에 다시 생각에 잠겼다.

그렇다. 내가 찾고 있는 것, 내가 하고 싶어 하는 일, 그것이 그의 안에 있다. 그것이야말로 내가 찾던 것이다. 그것이야말로 내가 하고 싶어 하는 일이다.

알 수 없는 환희로 가슴이 벅찼다. 흥분한 나는 그날 밤 잠을 이루지 못했다.

다음 날 아침 일찍 나는 정을 찾아갔다. 그리고 박과 교제하고 싶으니 만나게 해 달라고 말했다.

"하지만 그는 종일 돌아다니는 사람이라 여간 운이 좋지 않으면 만나기 어려울 텐데." 하고 정은 말했다.

"상관없어. 우리 가게로 오기만 하면 돼. 정은 그렇게 전해만 줘." 내가 답했다.

정은 승낙했다. 그러나 박은 오지 않았다. 닷새 정도 지나 다시 정의 집을 찾아갔다.

"정, 전하기는 한 거야?"

"물론이지, 이삼 일 전에 만나 똑똑히 전했어."

"박은 뭐래?"

"글쎄. 박은 그저 '그런가요' 하는 말만 할 뿐 아무 말도 없었어. 그다지 마음이 내키지 않는 모양이야."

나는 적지 않게 실망했다. 나 같은 사람은 상대하지 않겠다는 것인가, 하는 불안한 생각이 엄습했다. 나는 희망을 버릴 수 없었다. 그저 박이 찾아오기만을 기다렸다.

열흘이 지났다. 박은 오지 않았다. 스무날이 지났다. 박은 여전히 소식이 없었다.

'아아, 결국 허사인가.' 하고 스스로에게 말했다. 슬펐다. 자신에게 아무런 가치가 없다는 것이 박을 통해 증명된 것 같아 더욱 쓸쓸했다. 도리가 없었다. 나는 나 스스로를 살기 위해, 하쓰요와 같이 타이피스트라도 되어 직업을 갖도록 하자고 결심했다.

정에게 전언을 부탁한 지 한 달이 지났을 무렵, 아마 3월 5일인가 6일이었던 것 같다. 박이 불쑥 가게에 나타났다.

박의 얼굴을 마주하자 가슴이 방망이질을 시작했다.

"어머나, 드디어 오셨군요."

두 테이블에 앉은 손님을 시중 들던 나는 박을 가게 한 구석의 테이블로 데려가며 작은 목소리로 말했다.

"마침 잘되었네요. 잠시 숨이라도 돌리고 있어요. 나도 곧 나갈 테니."

이렇게 말하며 나는 밥을 담고 조린 두부와 무를 찬으로 차려 박에게 내놓았다. 이제 곧 학교에 갈 시간이었다. 나는 이층으로 올라가 준비를 했다. 박에게는 먼저 나가 있으라고 해두고서…….

평소처럼 나는 가방을 들고 가게를 나섰다. 박은 길거리에 서서 나를 기다리고 있었다. 우리는 전찻길까지 같이 걸었다. 전찻길에 이르자 박이 흠칫 멈추어 서며 말했다.

"당신은 간다로 갈 거죠. 난 교바시(京橋)에 용무가 있으니, 이만 실례하겠습니다." 그러고는 성큼성큼 걸어갔다.

"저기, 잠깐만요."

나는 뒤쫓아 가며 말했다.

"내일도 들러주세요. 맛있는 걸 준비해둘게요."

"고맙소. 들르겠소."

곁눈질도 하지 않고 그는 사라졌다. 나는 어쩐지 아쉬웠다.

다음 날은 점심 무렵에 박이 왔다. 박을 한쪽 테이블에 앉히고, 나는 다른 사람들에게는 들리지 않도록 낮게 말했다.

"오늘 저녁 학교 앞으로 와주지 않겠어요? 잠시 드릴 이야기가 있어요."

"어느 학교요?"

"간다 세이소쿠."

"좋소. 그리로 가리다."

그는 분명하게 답했다. 겨우 안심할 수 있었다. 그리고 저녁이 되기를 기다렸다. 약속대로 박은 학교 옆 가로수 아래에 서 있었다.

"와주셔서 고마워요. 많이 기다렸어요?"

"아니오. 지금 막 도착했소."

"그렇군요. 감사합니다. 잠시 걸을까요?"

사람들의 통행이 적은 곳을 골라 우리는 걸었다. 하지만 서로 말이 없었다. 나는 길거리에서 가볍고 간단하게 이야기를 나누고 싶지 않았다. 좀 더 조용하고 차분한 곳을 찾고 있었다.

진보쵸(神保町) 거리로 나오자 큰 중화요리점이 보였다.

"여기 들어가요."

나는 성큼성큼 계단을 올라갔다. 박은 가만히 내 뒤를 따라왔다. 3층에 있는 작은 방에 우리는 앉았다. 종업원이 차를 가지고 왔다. 적당히 어림하여 두세 가지 음식을 준비해 달라고 주문했다. 종업원이 사라지자 나는 찻잔의 덮개를 열어보며 말했다.

"저기, 이 차는 어떻게 마시면 좋을까요? 덮개를 열고 마시면 차 찌꺼기가 입 속으로 들어올 것 같고, 덮개를 덮은 채로 마시자니 좀 이상하고. 뭔가 묘하게 어렵군요."

"어떻게 마시는 걸까요. 이렇게 훌륭한 곳에는 와본 적이 없어서 나도 잘 모르겠소만……."

박은 이렇게 말하면서 나처럼 덮개를 열어보기도 하고 다시 닫아보기도 했다.

"아무튼 차니까 요는 마시면 되는 거잖소. 특별한 규칙이 있는 건 아닐 테고."

이렇게 말하며 박은 덮개를 약간 비스듬하게 기울여 그 사이로 마시기 시작했다.

"아! 역시, 그렇게 하면 되겠군요. 아마 그렇게 마시는 걸 거예요."

나는 박이 하는 대로 마셔보았다. 차 맛은 그다지 좋은 편이 아니었다.

종업원이 요리를 가지고 오는 동안 우리는 잡담을 하며 식사를 했다. 나는 그다지 먹지 못했지만 박은 꽤나 배가 고팠던 모양으로, 잘 먹었다.

나는 용건을 말하고 싶었지만 긴장한 탓인지 좀처럼 말을 꺼내지 못하고 있다가 겨우 서툴게 입을 열었다.

"저기……. 정으로부터 제가 당신과 교제하고 싶다고 한 것은 들으셨죠……?"

"네, 들었습니다."

박은 접시에서 눈을 떼고는 나를 바라보았다. 눈이 서로 마주쳤다. 나는 당황했지만, 어차피 이렇게 된 이상 내 마음을 과감하게 말하지 않을 수 없었다.

"그래서 말인데요, 단도직입적으로 말하겠는데, 당신은 배우자가 있으세요? 배우자는 없어도 누군가…… 그래요. 연인이 있으신가요? 만약 있으시다면, 나는 당신과 그저 동지로서라도 교제하고 싶은데요……. 어때요?"

이 얼마나 서투른 프러포즈란 말인가. 이 얼마나 우습기 짝이 없는 장면이란 말인가. 지금 생각하면 웃음이 나고 얼굴이 붉어진다. 하지만 당시의 나는 진심이었고, 진지했다.

"난 혼자요."

"그렇군요. ……그렇다면 물어볼 게 있는데요, 일단 서로 마음을 터놓고 솔직하게 이야기를 나누도록 하죠."

"물론이오."

"저기……. 난 일본인이에요. 그러나 조선인에 대해 특별히 편견을 가지고 있지는 않아요. 그런데 당신은 나에게 반감을 가지고 있나요?"

조선인이 일본인을 대할 때 가지는 감정을 나는 대략 알고 있고 있었기 때문에, 무엇보다도 그것을 먼저 확인할 필요가 있다고 생각했다. 나는 조선인의 감정을 두려워하고 있었던 것이다. 그러나 박은 이렇게 답했다.

"아니오. 내가 반감을 가지고 있는 것은 일본의 권력계급이

오. 일반 민중은 아니오. 특히나 당신과 같이 편견이 없는 사람에 대해서는 오히려 친근함마저 가지고 있소."

"그렇군요. 다행이에요."

내 기분은 조금 편해졌고 미소가 번졌다.

"한 가지 더 물어볼게요. 당신은 민족운동가인가요? …… 사실 난 조선에 오랫동안 살았던 적이 있어요. 그 때문인지 민족운동을 하는 사람들의 기분을 어렴풋하게나마 알 것 같은 기분도 드는데, 그렇다 하더라도 나는 조선인이 아니라서 그들처럼 일본으로부터 억압받은 일이 없으니, 조선인들과 함께 독립운동을 할 마음은 좀처럼 생기지 않는군요. 그러니까 당신이 만약 독립운동가라면 유감스럽지만 당신과 함께할 수 없어요."

"조선의 민족운동자들을 동정할 만한 이유는 충분히 있소. 나도 과거에는 민족운동에 참여하려고도 했지만, 지금은 그렇지도 않소."

"그렇다면 당신은 민족운동을 반대하는 입장인가요?"

"아니, 결코. 그러나 나는 나만의 사상이 있소. 나만의 일이 있소. 나는 민족운동의 전선에 설 수는 없소."

모든 장벽이 무너졌다. 나는 한숨을 내려놓았다. 하지만 아직 진심을 말할 수 있을 정도의 기운이 만들어진 것 같지는 않았다. 우리는 여러 가지 이야기를 나누었다. 말을 하면 할수록 그의 가슴에 숨어 있는 커다란 힘이 느껴졌다.

나는 점점 강하게 마음이 이끌려가는 걸 느낄 수 있었다.

"나는 당신 가슴속에서 내가 찾아 헤매던 것을 발견했어요. 당신과 함께 일을 할 수 있었으면 해요."

결국 이렇게 말하고 말았다.

"나는 하찮은 사람이오. 나는 그저 죽을 수 없어 살고 있는 사람이오."

그는 이렇게 다소 냉소적으로 답했다.

8시가 가까워졌을 무렵이었다.

"또 만나기로 합시다."

우리는 종업원에게 계산을 부탁했다. 3엔 정도였다.

"내가 내겠소. 오늘은 돈을 가지고 있소."

박은 외투 호주머니 속에서 담배 서너 대와 꾸깃꾸깃한 지폐 두세 장, 동전 일고여덟 개를 꺼내 테이블 위에 올려놓았다.

"아뇨. 내가 지불하겠어요."

내가 말렸다.

"내가 좀 더 부자인 것 같은데요."

그리고 우리 두 사람은 나란히 음식점에서 나왔다.

이후로 몇 번인가 더 만남을 가졌다. 우리는 더 이상 불편한 마음으로 이야기할 필요가 없었다. 마음과 마음으로 이어져 있는 듯한 편안함을 느꼈고, 결국 우리 사이에 양해가 성립했다.

미사키(三崎)에 있는 작은 양식당 이층에서 우리는 결론지었다. 저녁 7시경이었다. 학교에 가기에는 늦고, 집에 돌아가기에는 조금 이른 시간이었다. 우리는 다시 정처 없이 호숫가를 따라 히비야 쪽으로 걸어갔다.

밤은 아직 차가웠다. 맞잡은 손을 박의 외투 호주머니 속에 넣고 발길 닿는 대로 걸었다.

공원에는 사람들이 없었다. 건조한 전차 소리만이 밤의 정적을 깨어놓고 있었다. 하늘에는 별, 땅에는 호광등, 그것들만이 조용히 빛을 밝히고 있었다.

평소와는 달리 박은 밝게 말했다.

박에 의하면 그는 경상북도 어느 시골에서 태어났다. 평민 집안으로, 대대로 농업으로 가계를 꾸렸지만, 선조들은 꽤나 학식이 깊어 사회적 지위를 가진 인물도 있었던 모양이다. 박의 아버지는 박이 네 살 때 돌아가셨고, 어머니는 아주 자애로운 분이었다. 어렸을 때 박은 어머니의 다리와 자신의 다리를 서로 묶어두지 않으면 잠에 들 수 없었을 정도로 어머니를 따랐다고 한다. 일곱 살이 되던 무렵부터 마을 서당에 다니기 시작했고 아홉 살이 되던 때에는 보통학교를 다녔는데, 머리가 상당히 좋았던 모양이다. 박은 공부를 계속하고 싶었지만, 마침 그때부터 가세가 기울기 시작했기 때문에 형은 박에게 농사를 짓게 했다. 실제로 박은 농사꾼이기도 했다. 하지만 공부를 하고 싶었던 박의 의지를 꺾지는 못했다. 열다섯 살 때, 박은 몰래 대구로 가서 고등보통학교 시험을 쳤고 멋지게 통과

했다. 그런 박을 형도 말리지 못해 학비를 대주었고, 그 무렵부터 박은 와세다의 강의록을 보기도 하고 일본 문학자의 책을 읽기도 했다. 그리고 그의 사상은 점점 왼쪽으로 기울게 되었다.

독립운동에 관여한 것도 그 무렵이었다. 하지만 그는 곧바로 운동의 허구성을 감지했다. 지배자가 바뀐들 민중에게는 전혀 영향이 미치지 않음을 간파했던 것이다. 그리고 열일곱 살이 되던 봄, 도쿄로 왔다.

도쿄에 온 이후, 그의 고난의 역사가 시작되었다. 그는 점점 스스로에게 침잠해갔다. 그는 펜으로만, 입으로만 하는 운동에 흥미를 잃었다. 그는 자신만의 길을 가려고 했다.

이러한 이야기를 당시의 그가 모두 털어놓았던 것은 아니다. 그는 지극히 자신을 드러내지 않는 남자였다. 당시의 그는 단편적으로만 본인에 대해 설명했다. 그 단편적인 이야기와 이후에 다른 사람에게서 들은 이야기를 내가 종합한 것이다.

실제로 우리는 과거를 이야기하기보다는 미래에 대해 논했다. 두 사람이 개척해야 할 길에 대해 열은 희망을 가지고 이야기했다.

"후미코. 나는 진지하게 운동에 임하기 위해 싸구려 여인숙에 들어가려 하오. 당신은 어찌 생각하시오?"

박은 뜻밖에도 이런 말을 꺼냈다.

"여인숙이요? 좋아요."

나는 답했다.

“여인숙이 깨끗하진 않을 거요. 빈대도 있소. 당신, 참을 수 있겠소?”

“참을 수 있고말고요. 그런 정도도 참지 못한다면 아무것도 할 수 없을 거예요.”

“그렇소. 물론 그렇소…….”

이렇게 말하고 박은 잠시 입을 닫았다. 그러나 이내 다시 말을 이어갔다.

“저기, 후미코. 부르주아들은 결혼을 하면 신혼여행을 가는 모양이오. 그런데 우리는 동거를 기념으로 비밀출판이라도 하면 어떨까 하는데.”

“재미있는 생각이군요. 그렇게 해요.”

나는 조금 들뜬 기분으로 찬성했다.

“어떤 책이 좋을까요? 크로포트킨의 『빵의 정복』을 가지고 있는데, 그걸 우리 두 사람이서 번역해볼까요?”

그러나 박은 반대했다.

“그건 이미 번역이 되어 있소. 다른 사람의 것을 출판하기보다 빈약하지만 우리 두 사람이 쓴 것을 발표하는 게 좋을 듯싶소만.”

우리는 그러한 계획을 세우는 데 열중했다. 정신을 차려보니 벌써 공원을 빠져나와 길거리에 나와 있었다. 그리고 시간도 꽤 늦어진 듯했다.

"몇 시쯤 되었을까요? 9시에는 집에 가야 하는데……."

헤어지는 게 아쉬워 내가 말했다.

"자, 그럼 여기에서 기다려주시오. 내가 좀 보고 오리다."

이렇게 말하면서 박은 전차 교차로 앞 파출소까지 가서 시계를 보고 왔다. 우리 두 사람은 시계라는 것을 가지고 있지 않았던 것이다.

"9시 17분 전이오."

"그래요? 그럼 가야겠군요."

내가 말하자 박이 다시 말했다.

"아직 30분은 괜찮지 않겠소. 학교가 9시에 마치고 전차를 타는 시간 10분을 더하면 9시 10분이잖소. 그러니까 아직 25분, 또는 30분은 시간이 남소."

"고마워요. 당신은 좋은 걸 가르쳐줬군요."

우리는 손을 맞잡고 다시 공원 쪽으로 걸어갔다. 그리고 나무 그늘 아래 벤치에 앉아 서로 차갑게 언 뺨을 맞대고 가만히 있었다.

시간이 흘렀다. 아쉽지만 일어나야 했다.

공원 출구에 다다랐을 때, 내가 물었다.

"그런데 오늘은 어디서 묵어요?"

"그러게."

박은 조금 생각에 잠기다가 "고우지마치(麴町)에 있는 친구 집에 가볼까 하오." 하고 쓸쓸하게 답했다.

"그렇군요. 그런데 집이 없어서 허전하지는 않아요?"

"허전하오."

박은 발밑을 쳐다보며 낮은 목소리로 말했다.

"이렇게 건강할 때는 문제가 없지만 병이라도 들면 서글프다오. 평소에 친절한 사람이라도 아프면 싫어하는 법."

"맞아요. 인간이란 본디 차갑죠. 당신은 아주 마른 듯한데, 지금까지 큰 병을 앓은 적은 없나요? 도쿄로 온 이후에……."

"있소. 작년 봄. 나는 유행성 감기에 걸렸는데 간병을 해주는 이가 아무도 없어 사흘 동안 먹지도 마시지도 못하고 여인숙에서 혼자 끙끙 앓기만 했다오. 그때는 정말 이대로 죽지는 않을까 하는 생각이 들어 불안하고 외로웠소."

어떤 감정이 가슴에서 솟구쳤다. 눈물을 머금은 채 눈을 깜빡이면서 나는 박의 손을 꼭 쥐었다.

"제가 알았더라면……."

잠시 후, 박은 분명하게 말했다.

"잘 가시오, 그럼 또 만납시다."

그는 내 손을 놓고 간다 방향의 전차를 탔다. 그를 보내면서 나는 마음속으로 기도하듯이 중얼거렸다.

"기다려주세요. 조금만 기다려주세요. 학교를 졸업하면 곧바로 우리 함께합시다. 그때는 내가 언제나 당신 곁에 있을 거예요. 결코 당신을 병으로 힘들게 하지 않을 거예요. 죽는다면 함께 죽읍시다. 우리, 함께 살고 함께 죽어요."

맺음말

내 수기는 이것으로 끝난다. 박과 나의 동거생활 기록을 제외하고는 쓸 수 있는 자유가 없다. 하지만 이 정도를 쓴 것만으로도 나의 목적은 달성된 것이나 마찬가지다.

무엇이 나를 이렇게 만들었는가. 나 자신도 이에 대해서는 말하지 않을 것이다. 나는 단지 나의 반생을 여기에 펼쳐놓고 싶었다. 마음이 있는 독자라면 이 기록으로 충분히 알아줄 것이다. 나는 그럴 거라고 믿는다.

곧 이 세상에서 나라는 존재는 사라질 것이다. 그러나 현상은 현상적으로 없어질 뿐, 영원의 실재 속에서는 존속한다고 나는 생각한다.

나는 지금 평안하고 냉담한 마음으로 이 조잡한 수기의 펜을 놓는다. 내가 사랑하는 모든 것에 축복이 있기를!

역자 후기

제가 가네코 후미코의 『나는 나(원제: 무엇이 나를 이렇게 만들었는가何が私をこうさせたか)』를 처음 접한 것은 『할머니 · 어머니 · 딸의 시대祖母 · 母 · 娘の時代』(가노 마사나오鹿野政直 · 호리바 기요코堀場清子 공저, 岩波書店, 1985)라는 책을 통해서입니다. 메이지 유신부터 2차 세계대전에 이르기까지의 일본 여성사를 개략적으로 살핀 이 책에서 가네코 후미코의 옥중 수기는 '체험의 문학' 가운데 소개되어 있었습니다. 이를 통해 가네코 후미코가 식민지 조선에서 불행한 유년시절을 보냈던 점, 사회주의 사상에 심취하여 조선인 무정부주의자 박열과 같이 생활하고 옥중에서 결혼한 점, 천황과 황태자의 암살을 시도했다는 이유로 기소되어 사형선고를 받은 가운데 스스로 목숨을 끊은 점 등, 가네코 후미코의 짧은 삶 가운데 드러나는 인상적인 면을 접할 수 있었습니다.

가네코 후미코에 대한 저의 관심은 이러한 지점에서 출발한 것이었습니다. 다시 말하면 가부장적 가족제도와 군국주의적 천황제 이데올로기의 허상과 부조리를 그녀는 어떤 방식으로 풀어내었는지 알고 싶었습니다. 사실, 박열과의 연애와 사랑에 대한 궁금증도 수기를 읽게 만들었습니다. 그러나 이러한 기대는 보기 좋게 어긋났고, 가네코 후미코를 그저 박열의 여인으로 보고자 했던 시선을 반성하게 되었습니다. 실제로 이 수기는 박열을 만나 동거하기 시작하는 시점까지만을 다루고 있습니다. 그 이후의 생활과 사건 등은 옥중에서 쓰기 힘들었기 때문입니다. 그러나 가네코 후미코가 '나는 나'로 살기를 염원했고, 행동으로 옮겼던 계기는 수기를 통해 충분히 알 수 있었습니다.

가네코 후미코에게 있어서 식민지 조선의 체험은 큰 의미를 가집니다. 수기의 절반 가까운 내용이 조선 생활을 차지하고 있는 것에서도 그 비중을 알 수 있습니다. 가네코 후미코의 조선 인식은 크게 두 가지로 나눌 수 있습니다. 하나는 '동정'이고, 다른 하나는 '함께 할 수 없음'입니다.

> 사회주의는 나에게 특별히 새로운 것을 제공하지는 않았다. 지금까지 겪어오면서 느낀 감정들이 정당하다는 것을 이론적으로 뒷받침해줄 뿐이었다. 나는 가난했고 지금도 가난하다. 그 때문에 나는 돈을 가진 자로부터 혹사당하고 괴롭힘을 받았으며 들볶였고 억압당했다. 또한 자유를 빼앗겼으며 착취당하고 지배당했다. 이런 나는 힘을 가진 자들에 대해 항상 마음속 깊이 반감을 가지고 있었다. 동시에 나와 같은 처지의 사람들을 진심으로 동정했다. 조선의 할머니 집 하인 고 씨를 동정

했던 것도, 불쌍한 개마저 동지처럼 느꼈던 것도, 그 외에 이 수기에는 언급하지 않았지만 할머니 주위에서 일어난 많은 일에서 억압당하고 고통받고 착취당하는 불쌍한 조선인에 대해 한없이 동정했던 것도 이러한 마음이 작용했기 때문이다. 내 마음속에 타오르고 있던 반항심과 동정심은 순식간에 사회주의 사상에 의해 불이 붙어버렸다.

아아 나는 [redacted] 하고 싶다. 우리와 같은 불쌍한 계급을 위해, 나의 모든 목숨을 희생해서라도 투쟁하고 싶다.(p. 331~332)

"그렇군요. 다행이에요."

내 기분은 조금 편해졌고 미소가 번졌다.

"한 가지 더 물어볼게요. 당신은 민족운동가인가요? …… 사실 난 조선에 오랫동안 살았던 적이 있어요. 그 때문인지 민족운동을 하는 사람들의 기분을 어렴풋하게나마 알 것 같은 기분도 드는데, 그렇다 하더라도 나는 조선인이 아니라서 그들처럼 일본으로부터 억압받은 일이 없으니, 조선인들과 함께 조선을 위한 독립운동을 할 마음은 좀처럼 생기지 않는군요. 그러니까 당신이 만약 독립운동가라면 유감스럽지만 당신과 함께 할 수 없어요."(p. 372)

즉, 가네코 후미코는 무적자(無籍者)라는 신분 때문에 일본에서는 물론 조선에서도 부외자로 살며 비인격적인 대우를 인내해왔던 체험을 바탕으로 조선인에 대한 피차별을 추체험할 수 있었습니다. 그러나 한편으로는 자신이 일본인 식민자라는 위치에 있음을 인식하고 있었고, 그 때문에 피식민자에 대한 이해와 공감이 쉽지만은 않다는 것을 간파하고 있었습니다. 후자의 경우, 가네코 후미코는 신분과 입장, 위치가 다름으로 인한 갈등은 끝내 몰이해로 종결됨을 경험을 통하여 알고 있었기 때문입니다. 가네코 후미코에게는 조선을 '타자'로 보는 시선이 내재되어 있었고, 이러한 '타자' 인식은 그녀의 사상을 더욱 풍부하게 만들었을 것입니다. 따라서 가네코 후미코와 '조선'의 관계를 논할 때, 무비판적으로 동일선상에 올려놓고 바라보는 데에는 주의가 필요합니다.

가네코 후미코가 옥중 수기를 쓰기 시작한 것은 1925년 여름 혹은 가을 즈음입니다. 사형선고를 예견한 듯, 가네코 후미코는 밤을 지새우며 수기 집필에 몰두했다고 합니다. 재판 이후, 가네코 후미코의 뜻에 따라 수기는 그녀의 동지인 구리하라 가즈오(栗原一男)에게 보내져 출간되었습니다. 이때, 가네코 후미코는 편집에 있어서 "문체는 어디까지나 단순하게, 솔직하게, 그리고 딱딱하지 않게 가능한 평이하게" 해주기를, "미사여구를 사용한다든지 지나친 기교를 부린다든지 우회적인 형용사를 붙인다든지 하는 일은 가능한 피하"기를 당부하였습니다. 번역을 함에 있어서도 가네코 후미코의 부탁을 염두에 두고자 노력하였습니다. 그리고 독자들의 편의를 돕기 위해, 원문의 방점과 문단 나눔 등을 조정하였습니다. 가네코 후미코의 바람처럼 "더 많은 세상의 부모가, 더 좋은 사회를 만들고자 하는 교육가, 정치가, 사회사상가 모두가" 편하게 읽고 공감할 수 있었으면 좋겠습니다.

이 책을 번역하면서 야마다 쇼지(山田昭次)의 『가네코 후미코-식민지 조선을 사랑한 일본 제국의 아나키스트』(정선태 옮김, 산처럼, 2003)의 도움을 많이 받았습니다. 김별아의 소설 『열애』(문학의문학, 2009)도 참고가 되었습니다.

1931년 일본에서 가네코 후미코의 옥중수기가 처음으로 활자화된 이후, 여러 책을 통해 꾸준히 그녀의 수기가 소개되고 있습니다. 뿐만 아니라, 박열과 가네코 후미코를 위해 변론했던 변호사 후세 다쓰지(布施辰治)에 관한 연구도 지속되고 있습니다. 최근 한국에서도 이들에 대한 주목이 늘어나고 있습니다. 앞으로도 가네코 후미코에 대한 관심과 연구가 계속되기를 기대합니다.

매끄럽지 못한 번역문을 다듬어주신 권경옥 선생님, 출판을 허락해주신 산지니의 강수걸 사장님께도 깊이 감사드립니다.

2012년 봄에

조정민